U0552195

作家散文
典藏

梁衡 著

梁衡散文

作家出版社

图书在版编目（CIP）数据

梁衡散文 / 梁衡著. --北京：作家出版社，2023.3
（作家散文典藏）（2024.4 重印）
ISBN 978-7-5212-2104-6

Ⅰ.①梁… Ⅱ.①梁… Ⅲ.①散文集-中国-当代 Ⅳ.①I267

中国版本图书馆 CIP 数据核字（2022）第 220788 号

梁衡散文

丛书策划：路英勇　张亚丽
出版统筹：启　天　省登宇
作　　者：梁　衡
责任编辑：李亚梓
装帧设计：TT Studio
出版发行：作家出版社有限公司
社　　址：北京农展馆南里 10 号　　邮　编：100125
电话传真：86-10-65067186（发行中心及邮购部）
　　　　　86-10-65004079（总编室）
E-mail: zuojia@zuojia.net.cn
http://www.zuojiachubanshe.com
印　　刷：三河市紫恒印装有限公司
成品尺寸：142×210
字　　数：282 千
印　　张：11.875
版　　次：2023 年 3 月第 1 版
印　　次：2024 年 4 月第 3 次印刷
ISBN 978-7-5212-2104-6
定　　价：48.00 元（精）

作家版图书，版权所有，侵权必究。
作家版图书，印装错误可随时退换。

目 录

第一辑　阅读自然

壶口瀑布	3
长岛读海	6
草原八月末	12
天星桥，桥那边有一个美丽的地方	16
芦芽山记	22
江南的春天	25
不如静对一院秋	28
冬日香山	30
青檀树铭	33
寻找缝补地球的金钉子	35
心中的桃花源	44

第二辑　致敬名胜

晋祠	67
泰山，人向天的倾诉	71
武当山，人与神的杰作	77
恒山悬空寺	82

古城平遥记	87
清凉世界五台山	91
苏州园林	96
印度土王邦寻旧	100
佩莱斯王宫记	106
在欧洲看教堂	111

第三辑　拥抱生活

青山不老	117
风沙行	120
补　丁	132
搭　车	137
吃　瓜	150
线条之美	155
母亲石	160
何处是乡愁	162
万鞋墙	168
六味斋记	172
开　河	173

第四辑　品味人生

夏　感	183
说人性	185
人生没有返程票	188
人人皆可为国王	190
匠人与大师	193

生与死的吻别	**196**
年　感	**200**
碑不自立，名由人传	**203**
九华山悟佛	**205**
圣弥爱尔大教堂	**211**
桑氏老人	**215**
夜幕下的京城故事	**217**
享受岂能是头衔？	**220**
在印度看乞讨	**222**
丑碑记	**227**
怎样做官、做人、作文	**229**

第五辑　大情大理

觅渡，觅渡，渡何处？	**263**
大无大有周恩来	**269**
带伤的重阳木	**288**
把栏杆拍遍	**296**
武侯祠，一千七百年的沉思	**304**
读韩愈	**309**
读柳永	**315**
乱世中的美神	**321**
最后一位戴罪的功臣	**338**
跨越百年的美丽	**348**
梁思成落户大同	**354**
百年明镜季羡老	**361**
我们捧起了100个太阳	**370**

第一辑　阅读自然

壶口瀑布

壶口在晋、陕两省边境上,我曾两次到过那里。

第一次是雨季,临出发时有人告诫:"这个时节看壶口最危险,千万不要到河滩里去,赶巧上游下雨,一个洪峰下来,根本来不及上岸。"果然,车还在半山腰就听见涛声隐隐如雷,河谷里雾气弥漫,我们大着胆子下到滩里,那河就像一锅正沸着的水。

壶口瀑布不是从高处落下,让人们仰观垂空的水幕,而是由平地向更低的沟里跃去,人们只能俯视被急急吸去的水流。那沟已被灌得浪沫横溢,但上面的水还是一股劲地冲进去,冲进去……我在雾中想寻找想象中的飞瀑,但水浸沟岸,雾罩乱石,除了扑面而来的水汽、震耳欲聋的涛声,什么也看不见,什么也听不见,只有一个可怕的警觉:突然就要出现一个洪峰将我们吞没。于是,急慌慌地扫了几眼,我便匆匆逃离,到了岸上回望那团白烟,心还在不住地跳……

第二次,我专选了个枯水季节。春寒刚过,山还未青,谷底显得异常开阔。我们从从容容地下到沟底,这时的黄河像是一张极大的石床,上面铺了一层软软的细沙,踏上去坚实而又松软。我一直走到河心,原来河心还有一条河,是突然凹下去的一条深沟,当地人叫"龙槽",槽头入水处深不可测,这便是"壶口"。

我倚在一块大石头上向上游看去,这龙槽顶着宽宽的河面,正好形成一个"丁"字。河水从五百米宽的河道上排排涌来,其势如千军万马,互相挤着、撞着,推推搡搡,前呼后拥,撞向石壁,排排黄浪霎时碎成堆堆白雪。山是清冷的灰,天是寂寂的蓝,宇宙间仿佛只有这水的存在。当河水正这般畅畅快快地驰骋着时,突然脚下出现一条四十多米宽的深沟,它们还来不及想一下,便一齐跌了进去,更涌、更挤、更急。沟底飞转着一个个漩涡,当地人说,曾有一头黑猪掉进去,再漂上来时,浑身的毛竟被拔得一根不剩。我听了不觉打了个寒噤。

黄河在这里由宽而窄,由高到低,只见那平坦如席的大水像是被一个无形的大洞吸着,顿然拢成一束,向龙槽里隆隆冲去,先跌在石上,翻个身再跌下去,三跌、四跌,一川大水硬是这样被跌得粉碎,碎成点,碎成雾。从沟底升起一道彩虹,横跨龙槽,穿过雾霭,消失在远山青色的背景中。

当然这么窄的壶口一时容不下这么多的水,于是洪流便向两边涌去,沿着龙槽的边沿轰然而下,平平的、大大的,浑厚庄重如一卷飞毯从空抖落。不,简直如一卷钢板出轧,的确有那种凝重,那种猛烈。尽管这样,壶口还是不能尽收这一川黄浪,于是又有一些各自夺路而走的,乘隙而进的,折返迂回的,它们在龙槽两边的滩壁上散开来,或钻石觅缝,汩汩如泉;或淌过石板,潺潺成溪;或被夹在石间,哀哀打旋。还有那顺壁挂下的,亮晶晶的如丝如缕……而这一切都隐在湿漉漉的水雾中,罩在七色彩虹中,像一曲交响乐、一幅写意画。

我突然陷入沉思,眼前这个小小的壶口,怎么一下子集纳了海、河、瀑、泉、雾，所有水的形态；兼容了喜、怒、哀、怨、愁，人的各种情感。造物者难道是要在这壶口中浓缩一个世界吗？

看罢水，我再细观脚下的石。这些如钢似铁的顽物竟被水凿得窟窟窍窍，如蜂窝杂陈，更有一些地方被旋出一个个光溜溜的大坑，而整个龙槽就是这样被水齐齐地切下去，切出一道深沟。人常以柔情比水，但至柔至软的水一旦被压迫竟会这样怒不可遏。原来这柔和之中只有宽厚绝无软弱，当她忍耐到一定程度时就会以力相较，奋力抗争。据唐《元和郡县图志》中所载，当年壶口的位置还在这下游一千五百米处。你看日夜不止，这柔和的水硬将铁硬的石寸寸地剁去。

黄河博大宽厚，柔中有刚；挟而不服，压而不弯；不平则呼，遇强则抗；死地必生，勇往直前。像一个人，经了许多磨难便有了自己的个性，黄河被两岸的山、地下的石逼得忽上忽下、忽左忽右时，也就铸成了自己伟大的性格。这伟大只在冲过壶口的一刹那才闪现出来被我们看见。

原载《人民日报》1993年8月23日

2014年入选人教版初中语文课本

长岛读海

想要知道海吗？先选一个岛子住下来，再拣一条小船探出去，你就会有无穷的感受。

八月里在烟台对面的长岛开会，招待所所长是一个很热情的人，叫林克松，与美国总统尼克松只一字之差。一天下午，他说："我给你弄一条小船，到海里漂一回怎么样？"第二天吃过早饭，我们驱车来到了海边。船工们说风太大不敢出海，老林与他们商议了一会儿，还是请我们上了船。他说："你来了，我们没有惊动官府，要不然，你今天就享受不上这小船的味道了。"我想今天就冒上一回险。

快艇高高地昂起头在海面上划出一道白色的浪沟，海水一望无际，碎波粼粼，碧绿沉沉。片刻，我们就脱离了陆地，成了汪洋中的一片树叶。这时基本上还风平浪静。大家有说有笑，一会儿就到了庙岛。这岛因地利之便是一座天然的避风港，历代都十分繁华。

岛上有一座古老的海神庙，海神为女性，这里称海神娘娘，在福建一带则叫妈祖。妈祖在历史上确有其人，是福建湄洲的一林姓女子，善航海，又乐善好施，死后被人们奉为海神。宋代时，朝廷封林家女为顺济夫人，元时封天妃，清时封天后，神就这样一步步被造成了。这反映了不管是官府还是百姓，都祈求平安。后殿右侧是一陈列室，有各种不同时代、不同类型的船只模型，大多是船民、船商所献。室后专有一块空地，供人们祭神时燃放鞭炮之用。人们出海之前总要来这里放一挂鞭炮，是求神也是自慰，地上的炮皮已有寸许厚。我国沿海一带，直至东南亚，甚至欧美，凡靠海又有华人的地方都有妈祖庙。有人说，如果组织一个妈祖党，那将是世界上最大的政党。

庙岛的海神庙依山而建，山门上书"显应宫"三个大字，据说十分灵验。山门两侧立哼哈二将，门庭正中则供着一个当年甲午海战时致远舰上的大铁锚。这铁锚和致远舰，还有舰的主人，带着一个弱国的屈辱和悲愤，以死明志一头撞进敌阵，与敌船同沉海底，半个多世纪后，它又显灵于此昭示民族大义。锚重一吨，高二点五米，环大如拳，根壮如股。海风穿山门而过，呼呼有声，大锚拥链而坐，锈迹斑斑，如千年古树。我手抚大锚，远眺山门之外，水天一色，烟波浩渺，遥想当年这一带海域，炮火连天，血染碧波，沉船饮恨，英雄尽节。再回望山门以内，哼哈二将本是佛教中守护庙门的神，因为他们有力便借来护妈祖庙。这大铁锚本是海战的遗物，因为它忠毅刚烈也就入庙为神。人们是将与海有关的理想幻化为神，寄之于庙。这庙和海真是古往今来一部书，天上人间一池墨。

离开庙岛，我们向外海方向驶去，海水渐渐变得烦躁不安。这海水本是平整如镜，如田如野，走着走着，我们像从平原进入了丘陵，脚下的"地"也动了起来。海像一面宽大的绿锦缎，正有一个巨人从天的那一头扯着它抖动，于是层层的大波就连绵不断地向我们推压过来。快艇更加昂起头，在这幅水缎上急速滑行。

老林说开花为浪，无花为涌。我心中一惊，那年在北戴河赶上涌，军舰都没敢出海，今天却乘着小船来闯海了。离庙岛越来越远，涌也越来越大。船上的人开始还兴奋地说笑，现在却一片寂静，每个人的手都紧紧地扣着船舷。当船冲上波峰时，就像车子冲上了悬崖，船头本来就是向上昂着的，再经波峰一托，就直向天空，不见前路，连心里都是空荡荡的了。

我们像一个婴儿被巨人高高地抛向天空，心中一惊，又被轻轻接住。但也有接不住的时候，船就摔在水上，炸开水花，船体一阵震颤，像要散架。大海的波涌越来越急，我们被推来搡去，像一个刚学步的小孩在犁沟里蹒跚地行走，又像是一只爬在被单上的小瓢虫，主人铺床时不经意地轻轻一抖，我们就慌得不知所措。我不知道这海有多深，下面有什么东西在鼓噪；不知道这海有多宽，尽头有谁在抻动它；不知道天有多高，上面有什么东西在抓吸着海水。

我只祈祷这只半个花生壳大小的小船别让那只无形的大手捏碎。这时我才感到要想了解自然的伟大莫过于探海了。在陆地上登山，再高再陡的山也是脚踏实地，可停可歇，而且你一旦登上顶峰，就会有一种把它踩在了脚下的自豪。可是在海里呢，你始终是如来佛手心里的一只小猴子，你才感到了人的渺小，你才理解人为什么要在自然之上幻化出一个神，来弥补自己对自然的屈从。

我们就这样在海上被颠、被抖、被蒸、被煮，腾云驾雾般走了约半个小时。这时海面上出现了一座小山，名龙爪山，峭壁如架如构，探出水面，岩石呈褐色，层层节节如龙爪之鳞。山上被风和水洗削得没有一棵树或一根草，唯有巨流裹着惊雷一声声地炸响在峭壁上。山脚下有石缝中裂，海水急流倒灌，雪白的浪花和阵阵水雾将山缠绕着，看不清它的本来面目。

老林说这山下有一洞名隐仙洞，是八仙所居之地，天好时船可以进去,今天是看不成了。我这时才知道,在我国广泛流传的八仙过海原来发生在这里。古代的庙岛名沙门岛,是专押犯人的地方,犯人如果逃跑,无一不葬身海底。一次有八个人浮海逃回大陆,人们疑为神仙,于是传为故事。现在我们随着起伏的海浪,看那在水雾中忽隐忽现的仙山,仿佛已处在人世的边缘。在海上航行确实最能悟出人生的味道。当风平浪静,你"纵一苇之所如,凌万顷之茫然",觉得自己就是仙;当狂涛遮天,船翻桅摧,你就成了海底之鬼。人或鬼或仙全在这一瞬间。超乎自然之上为仙,被制于自然之下为鬼,千百年来,人们就在这个夹缝里生存,你看海边和礁岛上有多少海神庙和望夫石。

离开龙爪山,我们破浪来到宝塔礁。这是一块突出于海中的礁石,有六七层楼高,酷似一座宝塔。海水将礁石冲刷出一道道的横向凹槽,石块层层相叠如人工所垒,底座微收,远看好像风都可以刮倒它,近看却硬如钢浇铁铸。我看着这座水石相搏产生的杰作,直叹大自然的伟力。

过去在陆地上看水与石的作品,最多的是溶洞,那钟乳石是水珠轻轻地落在石上,水中的碳酸钙慢慢凝结,每万年才长一毫米,终于在洞中长成了石笋、石树、石塔、石林。可今天,我看到的是水怎样将自己柔软的身子压缩成一把锉、一把刀,日日夜夜永无休止地加工着一座石山,硬将它刻出一圈圈的凸凸凹凹,分出塔层,磨出花纹,完工后又将塔座多挖进一圈,以求其险,在塔尖之上再加一顶,以证其高,又在塔下洗削出一个平台,以供那些有幸越海而来的人凭吊。

这些都做好之后还不算完,大海又将宝塔后的背景仔细调动一番。离塔百多米之远是一片壁立的山坳,像一道屏风拱卫相连,屏面云飞兽走、沙树田园。屏与塔之间,奇石散布,如谁人的私家花园。我选了一块有横断面的石头,斜卧其旁,留影一张。石上云纹横出,水流东西,风起林涛,万壑松声,若人之思绪起伏不平,难以名状。

　　脚下一块大石斜铺水面,简直就是一块刚洗完正在晾晒的扎染布。粉红色的石底上现出隐隐的曲线,飘飘落落如春日的柳丝,柳丝间又点撒些黑碎片,画面温馨祥和,"燕子声声里,相思又一年"。这是任何一个画家都无法创作出的作品。

　　大海作画就是与人工不同,如果我们来画一张画,是先有一个稿子,再将颜色一层一层地涂上去,而这海却是将点、线、色等,在那天崩地裂的一瞬间,统统熔铸在这个石头坯子里,然后就用这一汪海水,蘸着盐,借着风,一下一下地磨,一遍一遍地洗,这画就制成了。

　　实际上,我们现在看着的这一幅画仍在创作中。《蒙娜丽莎》挂在巴黎博物馆里,几百年还是原样,而我们再过十年、百年后再来看这幅石画,不知又将是什么样子。现代科技发明了高速摄像机,能将运动场上的快动作分解来看,有谁再来发明一个超低速摄像机,让这幅画的形成过程动起来,拿到美术院校的课堂上去放,那将是一门绝顶精彩的"自然艺术"课。

　　下午看九丈崖。这是北长山岛的一段海岸,虽名九丈实则百丈不止。从崖下走一遍可以感受海山相吻、相接、相拼、相搏的气魄。我们从南面下海,贴着山脚蹭着崖壁走了一圈。右边是水天相连的大海,海上迎风而起的白浪像草原上奔驰的马群,翻腾着,嘶鸣着,直扑身旁。左边是冰冷的石壁,犬牙交错,刀丛剑树,几无退路。那浪头仿佛正是要把人拍扁在这个砧板上,我们就在这样的夹缝中觅路而行。但是脚下何曾有什么路,只是一些散乱的踏石和在崖上凿出的石阶。行人如履薄冰地探路,一边又提心吊胆地看着侧面飞来的海浪。老林走在前面,他喊着:"数一,二,三!三个浪头过后有一个小空当,快过!"我们就像穿越炮火封锁线一样,弓腰塌背,走走停停。尽管非常小心,还是会有浪头打来,淋一身咸汤。

这时最好的享受就是到悬崖下,仰着脖子去接几滴从天而降的甘露。原来与海的苦涩成对比,九丈崖顶上不断飘落下甜甜的水珠。这些从石缝里渗出来的水,如断线的珍珠,逆着阳光折射出美丽的色彩。我们仰着脸,目光紧追定一颗五色流星,然后一口咬住,在嘴里咂出甜甜的味道。

在仰望悬崖的一霎间,我又突然体会到了山的伟大。它横空出世,托云踏海,崖壁连绵曲折尽收人间风景。半山常有巨石与山体只一线相连,如危楼将倾;山下礁石则乱抛海滩,若败军之阵。唯半山腰一条数米宽的浅红色石层,依山势奔突蜿蜒,如海风吹来一条彩虹挂在山间。背后的海浪从天边澎湃而来,在脚下炸出一阵阵的惊雷,山就越发伟岸,崖就越发险绝。我转身饱吸一口山海之气,顿觉生命充盈天地,物我两忘,神人不分。

原载《中华散文》1996 年 1 月

草原八月末

朋友们总说，草原上最好的季节是七八月。一望无际的碧草如毡如毯，上面盛开着数不清的五彩缤纷的花朵，如繁星在天，如落英在水，风过时草浪轻翻，花光闪烁，那景色是何等地迷人。但是不巧，我总赶不上这个季节，今年上草原时，又是八月之末了。

在城里办完事，主人说："怕这时坝上已经转冷，没有多少看头了。"我想总不能枉来一次，还是驱车上了草原。车子从围场县出发，翻过山，穿过茫茫林海，过一界河，便从河北进入内蒙古境内。刚才在山下沟谷中所感受的峰回路转和在林海里感觉到的绿浪滔天，一下都被甩到另一个世界上，天地顿然开阔得好像连自己的五脏六腑也不复存在。

两边也有山，但都变成缓缓的土坡，随着地形的起伏，草场一会儿是一个浅碗，一会儿是一个大盘。草色已经转黄了，在阳光下泛着金光。由于地形的变换和车子的移动，那金色的光带在草面上掠来飘去，像水面闪闪的亮波，又像一匹大绸缎上的反光。

草并不深，刚可没脚脖子，但难得地平整，就如一只无形的大手用推剪剪过一般。这时除了将它比作一块大地毯,我再也找不到准确的说法了。但这地毯实在太大,除了天,就剩下一个它。除了天的蓝,就是它的绿。除了天上的云朵就剩下这地毯上的牛羊。这时我们平常看惯了的房屋街道、车马行人还有山水阡陌,已都成前世的依稀记忆。看着这无垠的草原和无穷的蓝天,你突然会感到自己身体的四壁已豁然散开,所有的烦恼连同所有的雄心、理想都一下逸散得无影无踪。你已经被融化在这透明的天地间。

车子在缓缓地滑行,除了车轮与草的摩擦声,便什么也听不到了。我们像闯入了一个外星世界,这里只有颜色没有声音。草一丝不动,因此你也无法联想到风的运动。停车下地,我又疑是回到了中世纪。这是桃花源吗?该有武陵人的问答声,是蓬莱岛吗?该有浪涛的拍岸声。放眼尽量地望,细细地寻,不见一个人,于是那牛羊群也不像是人世之物了。我努力想用眼睛找出一点声音。牛羊在缓缓地移动,它们不时抬起头看我们几眼,或甩一下尾,像是无声电影里的物、玻璃缸里的鱼,或阳光下的影。仿佛连空气也没有了,周围的世界竟是这样空明。

这偌大的草原又难得地干净,干净得连杂色都没有。这草本是一色的翠绿,说黄就一色的黄,像是冥冥中有谁在统一发号施令。除了草便是山坡上的树。树是成片的林子,却整齐得像一块刚切割过的蛋糕,摆成或方或长的几何图形。一色桦木,雪白的树干,上面覆着黛绿的树冠。远望,一片林子就如黄呢毯上的一道三色麻将牌,或几块积木,偶有几株单生的树,插在那里,像白袜绿裙的少女,亭亭玉立。蓝天之下干净得就剩下了黄绿、雪白、黛绿这三种层次。

我奇怪这树与草场之间竟没有一丝的过渡,不见丛生的灌木、蓬蒿,连矮一些的小树也没有,冒出草毯的就是如墙如堵的树,而且整齐得像公园里常修剪的柏树墙。大自然中向来是以驳杂多彩的色和参差不齐的形为其变幻之美的，眼前这种异样的整齐美、装饰美，倒使我怀疑不在自然中。

这草场不像内蒙古东部那样风吹草低见牛羊，不像西部草场那样时不时露出些沙土石砾，也不像新疆、四川那样有皑皑的雪山、郁郁的原始森林作背景。它像什么？像谁家的一个庭院，"庭院深深深几许"。这样干净，这样整齐，这样养护得一丝不乱，却又这样大得出奇。本来人总是在相似中寻找美。我们的祖先创造了苏州园林那样的与自然相似的人工园林，获得了奇巧的艺术美。现在轮到上帝向人工学习，创造了这样一幅天然的装饰画，便有了一种神秘的梦幻美，使人想起宗教画里的天使浴着圣光，或郎世宁画里骏马腾啸嬉戏在林间，美得让人分不清真假，分不清是在天上还是人间。

在这个大浅盘的最低处是一片水，当地叫泡子，其实就是一个小湖。当年康熙帝的舅父曾带兵在此与阴谋勾结沙俄叛国的噶尔丹部决一死战，并为国捐躯，因此这地名就叫将军泡子。水极清，也像凝固了一样，连云朵的倒影也纹丝不动。对岸有石山，鲜红色，说是将士的血凝成。历史的活剧已成隔世渺茫的传说。我遥望对岸的红山、水中的白云，觉得这泡子是一块凝入了历史影子的透明琥珀，或一块凝有三叶虫的化石。往昔岁月的深沉和眼前大自然的纯真使我陶醉。历史只有在静思默想中才能感悟，有谁会在车水马龙的街市发思古之幽情？但是在古柏簇拥的天坛，在荒草掩映的圆明废园，只会有一些具体的可确指的联想。而这空旷、静谧、水草连天、蓝天无垠的草原，叫人真想长啸一声"念天地之悠悠"，想大呼一声"魂兮归来"。教人灵犀一点想到光阴的飞逝，想到天地间的长久。

我们将返回时，主人还在惋惜未能见到草原上千姿百态的花。我说，看花易，看这草原的纯真难。感谢上帝的安排，阴差阳错，我们在花已尽，雪未落，草原这位小姐换装的一刹那见到了她不遮不掩的真美。正如观众在剧场里欣赏舞台上浓妆长袖的美人是一种美，画家在画室里欣赏裸立于窗前晨曦中的模特又是一种美。两种都是艺术美，但后者是一种更纯更深的展示着灵性的美。这种美不可多得，也无法搬上舞台，它不但要有上帝特造的极少数的标准的模特，还要有特定的环境和时刻，更重要的是还要有能与美产生共鸣的欣赏者。这几者一刹那的交汇，才可能迸发出如电光石火般震颤人心的美。

大凡看景只看人为的热闹，是初级；抛开人的热闹看自然之景，是中级；又能抛开浮在自然景上的迷眼繁华而看出个味和理来，如读小说分开故事读里面的美学、哲学，这才是高级。这时自然美的韵律便与你的心律共振，你就可与自然对话交流了。

呜呼！草原八月末。大矣！净矣！静矣！真矣！山水原来也和人一样会一见钟情，如诗一样耐人寻味。我一步三回头地离开那块神秘的草地。将要翻过山口时又停下来伫立良久。像曹植对洛神一样"背下陵高，足往神留，遗情想象，顾望怀愁"，明年这时还能再来吗？我的草原！

1991 年 9 月

天星桥，桥那边有一个美丽的地方

全国的山水也不知道去了多少处，竟没有想到还有这么美丽的地方。确实，全国知道天星桥的人很少，它在贵州黄果树瀑布旁八公里处，许多年来，黄果树的名声太大，很少有人注意到它。

天星桥的美就美在你突然发现世界上的风景还有这样一种美。只要你一走进这个景区，就一步一吃惊，一步一回头，你总要问："这是真的吗？"一般的"真像""真美"之类的词在这里已经苍白无力。因为这景你从没见过，从没想过，就是在小说中、在电影上、在幻想时、在睡梦里也没有出现过。现在，突然从你的心灵深处抓出一种美，摆在你眼前。你心跳，你眼热，你奇怪自己心里什么时候还藏有这样的美。

天星桥景区不算很大，方圆五点七平方公里，三个半小时就可逛完，基本上是走平地，也不会让你很累。你可以从从容容地看，慢慢悠悠地品。整个景区前半部以山石之奇为主，后半部以水秀之美为主，而渗透在全过程的是绿色的树、绿色的风。所以当你从那个美梦中醒来，细细一想，其实这天星桥的美和其他地方一样，还是跑不了石美、水美、树美。但是它却硬能够化平淡为神奇，将几个最普通的音符谱成了一首天上的仙乐。

石头哪里没有？但这里的石头总要变出个样，变出别一种形、别一种神，像一个曲子的变奏，熟悉中透着新鲜，叫你有一种感觉到却说不出的激动。

比如石的表面经常会隆起一簇簇的皱褶。它本是个铜头铁脑、生硬冰凉的东西，却专向柔弱多情方面取貌摄形，如裙裾之褶，如秋水之纹，如美人蹙眉，如枯荷向空。这种强烈的反差，从你心里揉搓出一种从未有的美感，你忍不住要叫、要喊，难怪国画专有一种表现法叫"皴"法。

再说它的形，也实在不俗，它绝不肯媚身媚脸地去像什么，是什么，反而是它什么也不像，什么也不是，在你头脑的储存里根本就没有这样的构图。比如一座山石，大约有城里的一座高楼那么大，侧面看它却薄得像一本书，或者干脆是一张纸。硬是挺立在那里，水从脚下绕，藤在身上爬。它是什么？什么也不是，就是美。脚下的，头上的，还有那些在坡上、沟里随意抛掷的石头，都要美出个样儿。

你可以伸手随意抚摸崖边一块突出的石，那就是一朵凝固的云。有时你走过一座小桥，这桥身是一块整石，但你怎么看也是一段枯了多年的树。有时路边或山根的石头连成灰蒙蒙一片，那就是一群抵角的山羊，前弓后绷，吹胡子瞪眼，跃然目前。

天星桥景区的前半部是石在水中。浅浅的水面托起无数错落的石山、石壁，又折映出婆娑多姿的影。有的山平光如洗，在水里是一面立着的镜子；有的中裂一缝，在水里就是一道飞来的剑影。而在这很多但并不太高的群峰之间则是三百六十五块踏石，游人踩着这些石头，鞋底贴着水面，在绿波上荡漾。当你看着水里的青山倒影时，也

17

就会惊奇地发现自己什么时候也变得这样美。因为这石的数目暗合了一年的天数,所以在这里总会有一块正是你的生日,此园就名"数生园"。你站在生日石上可以体会一下降世以来这最美丽的一天。

景区的中部是两座对峙的山峰,相距数十米之遥,他们各探出一只手臂呼唤对方。但就在相差一拳之远时,臂长莫及,徒唤奈何。这时一块巨石从天而降,上大下小,正好卡在其间,于是两手以石相连,成一座云中石桥,千年万年,苍松杂树扎根其上,枯藤野花牵挂其旁。石头能变到这等花样,也算是中外奇观。这景区的名字大概就是因它而取,就像我们一本散文集取名,就拣其中最得意的一篇。

天星桥的水是为石而生的。一入景区,脚下就是水,水里倒映着各色的山石。所以这水实际上是一面大镜子,就是为了让你正面、反面、侧面,从各个角度来看山、看石。只不过这镜子太大,你无法拿在手里,于是人就走到镜子里,踏在镜面上,"镜不转人转"。

刚入景区,在数生园一带,水面极浅,山石也不高,清秀娴静。如庭院深深。但静中有变,水一时被众山穿插成千岛之湖,一时又被变幻成漓江秋色,忽而又错落成武夷九曲,当然都是微型美景。总之随石赋形,依山而变,曲尽其态。到过了那云中之桥,山高谷深,就渐有恢宏之气了。谷底有一座深潭,方圆数里,一泓秋水深不可测。潭为四山所合,不见源头;水从深底冒出,成两米多高的水柱,又静静滑落潭面,如夜空中的礼花。问之于当地人,说这潭就叫"冒水潭",可见开发之迟,连名字也还没有受过文人们的"污染"。潭边有一株古榕,干粗二抱,叶繁如山。依树临潭,遥望天桥,只恨眼前不是夜晚,否则山高月小,好一篇《后赤壁赋》。

水从冒水潭里流出之后,泻在一片石滩里,没有了先前的浅静,也没有了刚才的深沉,撞在各样石上,翻起朵朵浪花,叩响潺潺轻鸣。要知这滩绝不是一般的乱石滩，而是一根根直立的石柱、石笋，此景就起名"水上石林"。云南的石林是看过的，那些无枝无叶的树，无言地伸向天空，让你感到生命的逝去；桂林的溶洞子也是看过的，那些湿漉漉、阴沉沉的石笋、石塔在幽暗中枯坐默守，让你感到岁月的凝固。当石头们只是同类相聚时，无论怎样地表现，也脱不出冰冷生硬，就像一场纯由男性表演的晚会。而现在绿水碧波欢快地冲入了这片石林，手之舞之，足之蹈之，绕过这片石轻翻细浪，撞上那座崖忽喧涛声，整个滩里笑语朗朗，湿雾蒙蒙。你再次体会到水就是生命。这些无生命的石头这时也都顾盼生辉，变出无穷的仙姿神态。游人从这块石跳到那块石，就在这水欢快的伴奏和伴唱中，舞蹈着穿过这片已有亿万年的生命之林。

天星桥的水不像我们过去随便看过的一条河、一个湖或者一座瀑布，你始终无法看到它一个完整的形，不知它从哪里出来，最后又回到何处。就像我们看一座房子，要找水泥只有到那砖与砖之间的勾缝中去寻。我只知道那水的结尾处是一个叫作珍珠泉的地方。蹚过数生园，钻出冒水潭，又漫过石林的水，不知道还做了哪些事，最后汇到了这里。

这里名泉，实则是一个大瀑布，但它不是一匹直垂下来的布而是一圈卷成漏斗状的布。平软的水波滑过整石为底的圆形沟坡，在石面上滚成一颗颗的珍珠，在阳光中幻出五颜六色。这时，你的面前是一只大斗，一只不停地吸进金银珠宝的斗。围着这急吸灌的珍珠飞流，四周翻起细碎的浪花，奏起喧闹的乐声。然而这一切突然就消失在一块巨石之下。当你翻过这一道石梁时，仿佛刚才就没有见过什么水，也没有听到水声，只有磊磊的石和石缝中绿绿的树，这水是一个来无踪去无影的洛神。

天星桥的树以榕树为多,叶大荫浓,满谷绿风。这里的树常会变出许多的形。有一株名"美人树",树身高大绰约,枝叶如裙裾飘动,女士们都争着与它合影。有一株叫"民族大家庭",一从石中钻出即分成五十六根树干,大家就一根一根地去数。还有一株并不是树,是一株老藤,不知有多少年月,甚至也看不清它从哪里长出,只见从山坡上搭下来,也许当初是被风吹了一下,就挂在了对面的一棵高树上又绕了几匝。生命之力竟将这藤拉得笔直,数丈之长,一腕之粗,像一根空中的单杠。

当我环顾四周,贪婪地饱餐这些秀色时,突然发现这里除了石就是水,基本上没有土。大大小小的树,不是抓吸在石上,就是浸泡在水中。无论是在路旁,在头上,在脚下,那些奔突蜿蜒、如雕如刻的树根,招惹得你总想用手去摸一摸,用身子去靠一靠,甚至想用脸去贴一贴。这些本该深埋在土层下的不见光日的精灵一下子冒了出来,排兵布阵,做了一次惊人的展示。这实在是天星桥的个性。

从数生园出来,路边有一块一楼多高的巨石,光溜溜的石壁上却顶出一株胳膊粗的小树。远看这树就如假的一般。导游小姐总喜欢考考游人,问这树根在哪里。你俯近石壁细细一看,石上蛛丝马迹,那树根粗者如箸,细者如丝,嵌缝觅隙,纵贯南北,奔走东西。我忽觉头上轰然一响,眼前的石面成了一片广袤的平原,于无声处河网如织,水流涓涓。那红色的"之"字形须根就像一道道闪电,生命的惊雷在天际隐隐作响。面对这株亭亭玉立的榕树和这块光溜溜的寻根壁,我一下子寻到了生命的美、生命的理。

我在这里徘徊,几乎每一块巨石都立在水中,而每块石上都爬满了树根。那根贴着石面匍匐而下,纵横交错又将巨石网了个结实然后再慢慢抽紧,就像我们在码头上看到的,吊车用网绳从水里提起一件重物。那赭色的根涨满了力，像一个大木桶外条条的铜箍，像力士角斗时臂上暴突的青筋。有长得粗些的，如臂如股披挂石上，像冬天崖上的冰柱，像佛殿后守门的韦驮，凛然而不可撼。霎时我觉得天星桥全部的美都在这根与石的拥抱之中。回看刚才的水美、石美全都做了树的铺垫。

这是一种多么美妙的有机结合。你看石临水巧妆，极尽其意，因水而灵；水绕石弄影，曲尽其媚，因石而秀。而这树呢，抱坚石而濯清流，展青枝而吐绿云，幻化出一团浓烈的生命。这种生命的力量和美感充盈在这条不大的山谷之中，令你流连忘返，回肠荡气。天下的好景有的是，但有的路途遥远，一生只能做一次游；有的以险取胜，只能供一部分人做冒险的旅行。只有这天星桥，路又不远，山又不险，景却特美，你可以一来再来，细品慢游。

1996 年 1 月

芦芽山记

山西多山，太行、吕梁纵贯南北，分卧东西，全省境内几乎无平地。其间较著名者有历代皇帝封禅祭扫的北岳恒山，有伯夷、叔齐不食周粟而死的首阳山，有介子推不受晋文公之封而焚身的介休绵山。但因这些地方历史掌故的名声太大，倒常常使游人忘记了山水本身的美。所以，若是真游山，还是无名的好。于是，在山西，我们便选中了吕梁山北梢芦芽山自然保护区的主峰——芦芽山。

十一日晨，天微阴。我们备足干粮、水，东南出五寨县城，乘车约行十多分钟，便投入大峡谷中。谷底乱石如斗，两侧峰崖急扑而下，遮天蔽日。车上下颠簸似浪中行舟，又紧贴山根爬行，缓缓如一豆甲虫。离市井才十数里，便顿如隔世。瞩目窗外，那山有的整石以为峰，拔地而起，节节如笋；有的斜卧如虎豹，周身斑驳有纹；更有其大如房的卵石，以一细尖立于山巅，石上又石，成累卵之危，仿佛一推即可滚落。山少树，石青黑，多水痕。可以想见，史前时期，这里曾是洪水汤汤，这些巨石被漂举如豆丸，山谷被切割如腐乳。后来骤然水退，寂寂石存，山高谷深，悄然至今。

再走，山坡多灌草，郁蔽如棕毡，间有松树散立其间。以后树渐渐增多，松杉直立如筷，密密匝匝，不得深视。这山正如其名，峰多峭拔如出土芦芽，这时一律为绿树所覆，你前我后，纷沓相叠，正是旧县志上说的"芦芽叠翠"。举目越过层峦望开去，满山满野的林子，近处墨绿，稍远深绿，再远浅绿，层层次次，最后只剩下一层朦胧的绿意融入天穹。车子像一叶扁舟，在这片绿海的波峰浪谷中穿行。

约九时半，我们来到主峰下，这时云已阴得沉沉欲坠了。山脚几个看林人说，怕有雨，今天是万不可登山了。远远而来的我们，岂肯悻悻地回去，大家每人折了一根枯树枝，便一头扎进黑林子里。头上云来云往，林中忽明忽暗，落叶积地盈尺，一踏一个虚坑。这里本少人迹，今天又飘着细雨，四周淅淅沥沥，唯闻雨打松枝与风弄树叶之声，越发静得怕人。脚下不时横着倒地的枯木，庞然身躯，用杖一捅就是一个窟窿。两边立着被雷劈死的大树，或中心炸裂，或齐肩削去，皆断躯残肢，一副残酷悲怒之状。朽黑的树身上又生出寸厚的绿苔，奇奇怪怪地立于空林间，如虎狼鬼魅。抬头常给人一身冷汗。领路的老杨说，他上这山已有十一次了，倒有九次走错了路，但愿今天不再犯第十次错误。

爬了约一小时，我们跃上一面斜坡，眼前骤然大亮，两山峰之间现出一片开阔地，虚云轻雾贴着两边的山，笼着坡上的树，在阔地的远处小心地拱合成一个大圆圈。而这个圆形的阔地上却无一根树木，清一色的阔叶绿草，托着大朵的黄花，微雨中灿若群星，又娇如美人出浴，四周绿树白云都是她们的陪伴。大家心情为之一振，高歌狂呼一阵，便东折而上攀小径向顶峰冲去。

这时山更陡，峰更峭，景亦更奇。我们攀行在石磴上，雾入衣袖，云拂脚面。俯视脚下则山川无形，天地不分，唯白云一片，滚滚如大海波涛，风振林梢，又隐隐传来千军万马之声。间或脚下石路正过两山谷口时，则浓云团团缕缕厮涌而出，急喷狂走之状，若山下鏖战，硝烟冲天却又寒气逼人，不敢稍留。

将凌绝顶时要过一短峡，仅容一人单行，曰束身峡；要过一梯，横棍九节，梯担两峰间，曰九杠梯，下临无底。这是全峰最险之处，过去当地人说，凡不做亏心事者才敢过梯。现在两边新加了栏杆，但仍然令人目眩。过木梯便是芦芽绝顶了。这是一块巨大的孤石，下细上阔，状如蘑菇，探伸在半空之中。石上有小庙一座，曰太子殿，是过去求雨人表示虔诚的所在。这时云蒸雾裹，已不辨天上人间。殿宇的檐角时隐时现，云中探出几株古松，我确信自己还未离地而去。

雨还在下，我们拄杖下山了，当钻出密林时，衣服早已湿透，鞋帮上满是星星点点的野花瓣子，早已成绣鞋一双。看林人笑道，还从未见过你们这般有兴致的人，忙招呼我们回屋烤火。这时我们心头贮满了愉快，哪管什么鞋湿衣凉，连忙辞谢，驱车下山。山下雨小。回看林间已挂上了无数条细亮细亮的瀑布，轻柔柔的，从水绿的林梢垂下来，跃在石上汇入谷底。谷底的水比来时已很大了，只是不见半点泥沙，还是原来的清。

在别人不愿出门的时候，去游人迹少至的地方，我们的心中泛起一丝莫名的骄傲。

1987 年 4 月

江南的春天

今年春节时正在江西上饶,信江浩浩荡荡,穿城而过。晨起无事信步江畔。

气象信息,北京今天的最高温度只有零下二度,北方应该是冰雪茫茫、草木枯黄的吧,而这里却是一片绿色。石缝里挑出一枝不知名的草,开着一朵淡黄色的花。想北京,玉兰花是每年春回大地时较明显的标志吧,印象最深的是每年三月五日"两会"召开的时节,中南海红墙外的玉兰树才努力鼓出一些花蕾,也偶尔会绽开几朵。算一下日子,今天才是二月五日,整整还差一个月呢,这路边玉兰树上的花苞已经鼓得快撑不住了,有几朵已在枝头怒放,如翩翩起舞的蝴蝶。远处有一团迷迷蒙蒙的红雾,走近一看,是一株山桃,已绽开细碎的花瓣,正乱红无数落满地。

最有趣的是江边的柳树,细长的枝条上,还挂着去冬没有落尽的叶子,只是略微有一点发黄,而褪去叶子的枝梢处却鼓出了今年的新芽,有那性急的还绽开了嫩叶。不由想起清人张维屏的两句诗:"造物无言却有情,每于寒尽觉春生。"寒尽春生,多么有趣的现象,令我陷入了沉思，不由哦吟出一首小诗《江南春柳》：

> 去冬残叶仍缀枝，
> 今春新芽又鼓蕾。
> 时光不觉暗中度，
> 生命悄悄在轮回。

穿过柳树林子，闪出一团耀眼的金黄，我想那大概是北方每年最早开的迎春花吧。走近一看，却是一丛蜡梅。这是比迎春还早的花儿，不必等到春天，在腊月里就能开放。但为了抵御风寒，她的花朵表面天生有一层蜡质，这也难免遮掩了她的容颜，所以又叫"蜡梅"。而我今天看到的蜡梅却褪去了蜡衣，水灵灵的，一串儿笑声在枝头。

还有，北方春色最典型的镜头是飞雪飘飘和在一片枯黄中悄悄露出的草芽。韩愈诗："新年都未有芳华，二月初惊见草芽。白雪却嫌春色晚，故穿庭树作飞花。"韩愈说的是中原，如果再往西北呢？像我当年生活过的内蒙古西部，"千里黄云白日曛"，这些年由于三北绿化造林，虽说生态大有好转，但枯黄寒冷的底色是不会变的。而这里，悄悄涌动着的春色却是在一个大红大绿的深色背景中悄悄搬演。

江南的树叶一律比北方的阔大、宽厚，绿得发黑。在江边的马路旁，在小区的院子里，这个时节还不开花的乔木，香樟、广玉兰、桂花、含笑、梓树，还有较矮的绿篱植物石楠、夹竹桃、八爪金盘都黛绿油亮。然后，那一行行如仪仗队的茶花树，在浓密厚重的绿叶间怒放着艳红的花朵，有男人的拳头那么大。这花红得像谁在绿丛间泼了一团红墨，浓得化不开。以至于我几次想照一张花朵的特写，在镜头里却总难分清花瓣的纹路和层次。

比茶花更人高马大的，是一行行的柚子树。自然也是稠密厚重的枝叶。不过，在密叶深处却高悬着几颗去秋还未摘去的黄柚。如果把这一望浓重的黛绿比作是深邃的夜空，那么这穿越去冬而来的柚子，就是明亮的来自遥远夜空的星星。他们在春的门槛上，隆重地目送着过去的岁月，并迎接春的到来。

南北之春，除了生命的韵律及其背景的不同，便是空气的湿度了。我住到这里已经一月了，能记得起的，见到太阳的日子也就三五天吧，整个世界就这样沐浴在绵绵细雨中。唐朝诗人杜牧有名句："南朝四百八十寺，多少楼台烟雨中。"辛弃疾的后半生在上饶度过，他也有词写上饶之春："东风吹雨细于尘。"雨，比尘还细，如烟一样的轻软缥缈，罩着人间，当然也罩着所有的树木花草。

我记得在北京时，林业界的朋友说，北方的树其实不是被冻死的，主要是被春天的干风抽死的。你仔细观察，春天的树梢头一般都会被抽干了三五寸，而这里却急着要发芽。北方，春雨贵如油；这里则漫天而降，如烟如织。那些绿色的生命，岂止是只靠根部来吸收水分，它浑身的每一个细胞，都在呼吸着天地间的湿润。怎么能不叶绿花红呢？

我舒坦地伸开双臂拥抱天地，正无边喜雨潇潇下，一江春水向东流。

原载《北京晚报》2019 年 2 月 13 日

不如静对一院秋

我从不喝酒，却年年为秋色所醉。进入十一月，院子里的树木花草绚烂迷离，早让人醉得一塌糊涂。

那天在楼下散步，本来是艳艳蓝天，静静的小区，忽起了一阵秋风，所有的树木便发疯地摇摆，比赛着抖落身上的叶子，于是红的、黄的、绿的、橙色的、绛色的，枫树、银杏、柿树、梧桐等树叶瞬间就搅成一场五彩的雪花，从天而降。正在散步和晒太阳的人们一时都被惊呆了。等到回过神来，再掏出手机去拍照时，却又恢复了平静。秋阳艳艳，澄明如水，只是地上多了一块厚厚的地毯，镶嵌着数不清的色块、线条，还散发着落叶的清香。人们一时晕了神，都不忍心去踩。秋天就是这样突然降临的吗？如忽饮美酒，让人心醉。

红色是喜庆之色。人有喜事喝了酒，脸色发红，会有一种按捺不住的激动。现在的院子正是这种气氛。柿子树的叶片本就厚实，这时红得像浸过红颜料的布头，裹着黄柿子，露出一脸的憨厚。枫树，正庆幸它们一年中最露脸的时刻，不管是元宝枫还是鸡爪枫都尽力伸展开它们的尖叶，鲜红欲滴，如少女的口红。

而平时最不注意的爬山虎，本是怯怯地匍匐在墙角、墙头，用它的墨绿去勾线填缝，这时却喷出耀眼的红光，一时墙头便舞着蜿蜒的红飘带，墙角则像是谁刚泼了一桶红油漆，而高楼整面的山墙，则像一面鲜艳的红旗，火辣辣地呼喊着大地的浪漫。

我们常说秋天是金色的季节。这院子里虽不像丰收的田野有玉米、南瓜的金黄，却也给金色留下了足够的舞台。阴差阳错，当初设计者在院子的中轴大道旁全部栽上了银杏。它们干直冲天，枝柔拖地，枝条上互生着一束束嫩叶，叶开如扇。春夏时绿风荡漾还不觉有奇，而这时清一色地转黄，岸立路旁，就成了两堵"黄金海岸"。人们走在路上，有如登上金銮宝殿，脚踏软软的金丝地毯，遥望两条黄线射向蓝天，不知身在何处。本来工人还是每天照样地清扫落叶，后来居民强烈呼吁停扫一周，好留住这些金黄！现在，连环卫工人也吃惊地抱着扫帚，坐在路边的长椅上，享受着上天恩赐的这一年一次的黄金假期。仿佛大家都到了另一个世界。

当然还有不变的绿，那是松柏、翠竹、没来得及落叶的杨柳和地上绿油油的草坪。它们都做了秋的深色背景。也有许多中间色的过渡，马褂木因为硕大的叶片特别像古人穿的马褂而得名，这时呈现出深褐色，而白蜡树则刚刚染上一点淡黄。更有那玉兰，白绒绒的花苞，已经准备好了来年春天的绽放。地上的落叶，因时间的先后分出了水分的干湿和颜色的浓淡。

墙是一色的青灰，偶有一串红叶单挂在上，就像暗夜里的灯笼。一片鲜红的新叶正被风吹到枯叶堆上，像是正要去点燃它的火苗。阳光从树上未落的绿叶上反射着粼粼的光，秋风还是突然地来去，搅动一团色彩，扬起又落下。这时我就痴痴地坐在长椅上，透过漫天的彩叶，享受着胜似春光的秋色。难得，天地换装一瞬间，五颜六色齐抖擞。看尽南北四时花，不如静对一院秋。

原载《人民日报》2019 年 11 月 27 日

冬日香山

要不是有公务,谁会在这天寒地冻的时节来香山呢?可话又说回来,要不是恰在这时来,香山性格的那一面,我又哪能知道呢?

开三天会,就住在公园内的别墅里。偌大个公园为我们独享,也是一种满足。早晨一爬起来我便去逛山。这里,我春天时来过,是花的世界;夏天时来过,是浓荫的世界;秋天时来过,是红叶的世界。而这三季都游客满山,说到底是人的世界。形形色色的服装,南腔北调的话音,随处抛撒的果皮、罐头盒,手提录音机里的迪斯科音乐,这一切将山路林间都塞满了。现在可好,无花,无叶,无红,无绿,更没有人,好一座空落落的香山,好一个清净的世界。

过去来时,路边是夹道的丁香,厚绿的圆形叶片,白的或紫色的小花;现在只剩下灰褐色的劲枝,头挑着些已弹去种子的空壳。过去来时,林间树下是厚厚的绿草,茸茸地由山脚铺到山顶;现在它们或枯萎在石缝间,或被风扫卷着聚缠在树根下。过去来时,山坡上是些层层片片的灌木,扑闪着已经霜红的叶片,如一团团的火苗,在秋风中翻腾;现在远望灰蒙蒙的一片,其身其形和石和土几乎融在一起,很难觅到它的音容。

如果说秋是水落石出,冬则是草木去而山石显了。在山下一望山顶的鬼见愁,黑森森的石崖,蜿蜒的石路,历历在目。连路边的巨石也都像是突然奔来眼前,过去从未相见似的。可以想见,当秋气初收、冬雪欲降之时,这山感到三季的重负将去,便迎着寒风将阔肩一抖,抖掉那些攀附在身的柔枝软叶,又将山门一闭,推出那些没完没了的闲客。然后正襟危坐,巍巍然俯视大千,静静地享受安宁。我现在就正步入这个虚静世界。苏轼在夜深人静时去游承天寺,感觉到寺之明静如处积水之中,我今于冬日游香山,神清气朗如在真空。

与春夏相比,这山上不变的是松柏。一出别墅的后门就有十几株两抱之粗的苍松直通天穹。树干粗粗壮壮,溜光挺直,直到树梢尽头才伸出几根遒劲的枝,枝上挂着束束松针,该怎样绿还是怎样绿。树皮在寒风中呈紫红色,像壮汉的脸。这时太阳从东方冉冉升起,走到松枝间却寂然不动了。我徘徊于树下又斜倚在石上,看着这红日绿松,心中澄静安闲如在涅槃,觉得胸若虚谷,头悬明镜,人山一体。此时我只感到山的巍峨与松的伟岸,冬日香山就只剩下这两样了。

苍松之外,还有一些幼松,栽在路旁,冒出油绿的针叶,好像全然不知外面的季节。与松做伴的还有柏树与翠竹。柏树或矗立路旁,或伸出于石岩,森森然,与松呼应。翠竹则在房檐下山脚旁,挺着秀气的枝,伸出绿绿的叶,远远地作一些铺垫。你看它们身下那些形容萎缩的衰草败枝,你看它们头上的红日蓝天,你看那被山风打扫得干干净净的石板路,你就会明白松树的骄傲。他不因风寒而筒袖缩脖,不因人少而自卑自惭。我奇怪人们的好奇心那么强,可怎么没有想到在秋敛冬凝之后再来香山看看松柏的形象。

当我登上山顶时回望远处,烟霭茫茫,亭台隐隐,脚下山石奔突，松柏连理，无花无草，一色灰褐，好一幅天然焦墨山水图。焦墨笔法者舍色而用墨，不要掩饰只留本质。你看这山，他借着季节相助舍掉了丁香的香味，芳草的倩影，枫树的火红，还有游客的捧场。只留下这常青的松柏来做自己的山魂。

山路寂寂，阒然无人。我边走边想，比较着几次来香山的收获。春天来时我看她的妩媚，夏天来时我看她的丰腴，秋天来时我看她的绰约，冬天来时却有幸窥见她的风骨。她在回顾与思考之后，毅然收起了那些过眼繁花，只留下这铮铮硬骨与浩浩正气。靠着这骨这气，她会争得来年更好的花、更好的叶，和永远的香气。

香山，这个神清气朗的冬日。

1998 年 12 月

青檀树铭

山东枣庄之峄县有青檀沟，以其内遍布青檀树而得名。沟深二里，两岸全为一色的青石，石上丛生青檀树千余株。

青檀名檀却属榆科。其叶如榆，其子如榆钱。其幼时枝细而柔，中年时皮光而滑，青绿有纹，树叶婆娑，亭亭如盖，诚树中之美人也。其立于道旁自带三分静气，不威自重，无风也凉。盛夏时节，无论何人只要往树下一站，隐隐如有冰雪之感。传当年岳飞军务劳顿染目疾，来此小住，数日即目光炯炯。

青檀最可看的是老树。皮也裂，干也枯，枝也虬，根也露，与青壮之树相比仿佛换了一个树种。这沟里共有三十六棵千年以上的老树，当沟口一株就名"千年青檀"，守门把关，如天王立殿。沟内有迎客檀、虎檀、鹿檀、梅檀、龙字檀、槐抱檀等等，直至送客檀。千奇百怪，神形怪影，牵人衣袖，惊魂动魄。

这条沟记录着树与石的对话。青檀抱着光秃秃的青石，大小粗细之根钻洞觅缝，直撑得顽石横开竖裂，子孙繁衍，满山青绿。六百年的毅力，千年的意志，就这样与石头相拥，与时间共勉。史上曾有一次大旱，众松柏生于崖，渴而死；而青檀暴于石，挺而立，更见绿。世间无论何树总是求土以固其根，求水以润其脉，唯青檀却借石来养其魂，坚如石，危如岩，立如岸。魂存则命不死，静待天雨来，勃勃焕生机。世人皆知莲出淤泥而不染，而少知檀生顽石而愈绿。

　　我初识青檀并不是在山野，而是在都市的家具店里。檀属榆科，本贫贱出身，而青檀家具却与紫檀、花梨等一类的高级红木家具摆在一起。但它没有红木的那种傲气和珠光宝气，也不顾影自怜，喧闹啒瑟。我当时见到的是一套圈椅茶几，漂亮的弧线，沉沉的墨绿透出隐隐的花纹。静中有声，暗中有明，一直幽远到无形。我即联想到国画中的青绿山水、京剧舞台上的老生、名曲《二泉映月》和穿着布衣的民国学者。它出身贫贱却不卑不亢，气度自在，魅力袭人。就是最阔气的家具城也不敢把它当榆木看待，而要请它来与红木为伍，镇店守城。青檀树皮还是制造中国宣纸的基本材料，纸寿千年，水墨人间，全赖青檀。

　　伟哉青檀，青青不老。

2012年1月2日记于枣庄
2022年原载《北京晚报》

寻找缝补地球的金钉子

参观一个地质博物馆,我才知道原来地球是由112颗"金钉子"缝补连缀而成的。中国有11颗,最后的一颗在贵州。我不觉起了好奇心,专程从北京到贵州去找这颗神奇的金钉子。

"金钉子"是一个形象的比喻。源于1869年首条横穿美洲大陆的铁路胜利完工,这在当时是一件大事。疲劳的建设者们不忘浪漫一把,就用一颗用18K黄金制成的道钉,钉在最后的一根铁轨上,以作为工程结束的纪念。1965年,国际地质科学联合会(简称地科联)借用"金钉子"一词来命名地球不同年代的岩层。

人类从哪里来?从低等生物一步一步地走来。低等生物何时出现?要到地壳中的化石里去找。生物出现、灭绝、再出现、再灭绝,顽强地生存发展,直到有了人类。这么说来,生物发展史就是地球发展史。但又不完全是,因为在没有生物之前先有了地球,是地球无意间贪玩时孕育了生命。地球的年龄大约是46亿年,生物的出现是在38亿年前,16亿年前出现肉眼可见的生命,而人类的出现则只有300万到400万年。有一个生动的比喻:如果把地球的年龄比作一天24小时,人类的生命则只有3分钟。但这只有3分钟的人类,却有超强的大脑、足够的想象力和无穷的智慧。他居然想要弄清他出生之前的地球。就像我们生活在当代中国,要弄清周秦汉唐、宋元明清,甚至还想要弄清更遥远的史前混沌时期。

研究历史是用考古法,挖掘地表土壤中的人类文化遗存,分出哪朝哪代。研究地球史也是用考古法,不过是寻找地壳岩石中的生物遗存,即化石,以区分出地质年代。科学家在上一个年代与下一个年代的交接处做了一个记号,给它砸上了一颗"金钉子"。

对地球历史的探源是一项大海捞针的工程,更是一场没有尽头的跋涉。我们可以这样想象,在46亿年前的浩渺太空中,地球就像一团飞速转动的泥丸,在转动中不断崩裂、粘合,被挤出、涂上新的岩浆,融进了新的物质,孕出新的生命,时而隆起成山,裂地为谷,陷落为海,怒喷巨火。然后再崩裂、粘合,岩浆奔流,又来一遍沧海巨变,凤凰涅槃,如此反复无穷。又像是制陶艺人工作转盘上的一团泥,在飞速转动中不停地被拍、打、挤、捏,再上釉涂彩,进炉过火,然后成壶成罐,成碗成碟。这时我们随便拿起一只碗,你还能分得清它已经从当初的一团泥嬗变了多少层吗?但是,科学家有办法。地球再大也没有人的脑海大,历史再久远也没有人的目光看得远。地层学就专门来解决这个难题。国际地质科学联合会下面有一个专门分会"国际地层委员会"。科学家把46亿年以来的地层单位,分为"宇、界、系、统、阶"五级,相应的时间单位就是"宙、代、纪、世、期"五级时期。原来时间就隐藏在这五个地层里,或者说这五个地层就是凝固的时间。这样我们就可以看图识字,看"层"说"时"了。迄今为止,探明地层的基本单位是112个"阶",像楼梯的台阶一样,上下层阶阶相连。就是说我们要给地球走过的每一个台阶都做个记号,手里需要准备112颗金钉子。

但是46亿年啊,顽石层层,史海茫茫,怎样才能找到某一个台阶,然后再去砸上一颗金钉子呢?不要怕,有一条哲学原理管着:世上没有绝对静止的事物。小至一个人,大至一颗星球,只要你一动就会留下脚印。地球转动了46亿年,总会留下一些蛛丝马迹,让科学家抓住小辫子。它留下的痕迹主要有两个。一是,每个时期总会有一个代表性的物种出现和消失,它的信息就会保存在岩层的化石里。二是,哪怕一块石头也会变老。岩石里有些物质在不停地放射,自然就留下了脚印。不论是人还是物,这个世界上最藏不住的就是年龄,一个孩子总会变成老人,再会装嫩的女人也挡不住悄悄爬上眼角的皱纹。只要我们在地球的某一层岩石中找到相应的物种化石,再辅测它变化着的化学成分,就可以断定它的年代了。科学家就是用这个办法让时间倒流,让石头说话,为我们讲述地球过去的故事。

为了严谨,国际地科联公布了非常苛刻的金钉子标准。必须有自然的完整的有足够长度的地层剖面。内含有标志那个时期最早出现的生物化石。另外还特别加上一条人性化的规定,要求剖面所在地环境开阔,交通方便,便于人们公开研究、参观和交流。现在全球假设的112颗金钉子已经找到了78颗,在中国有11颗,贵州这颗就是中国的第11颗,为"寒武纪3统及5阶标准剖面点"。它的意义很特别,一身而兼二职。即在"宇、界、系、统、阶"的五层系列中,它既是一个"统"的标志,又是一个"阶"的标志。我们打个比喻,在中国历史中,习惯把每朝的开国皇帝称为"高祖",比如汉高祖刘邦、唐高祖李渊。下面就是他们的儿孙辈一代一代地往下传了。现在贵州的这颗金钉子就好比唐高祖李渊。对上,他是唐朝和隋朝两朝的分界点;对下,他又是唐高祖李渊与唐太宗李世民两代的分界点。它是一颗"高祖级"的金钉子，而以三叶虫化石为代表。这个点位离我们现在大约已有 5.08 亿年。

与贵州这颗金钉子有关的关键人物有两人。一个是研究并确定金钉子点位的科研团队带头人，贵州大学的赵元龙教授。一个是在现场挖掘并守护化石剖面 30 年的苗族农民刘峰。这两个身份迥异、年龄和文化知识差别极大的人却红花绿叶，演绎出了一个地球故事。

到贵阳的当天下午，我即去拜访赵元龙教授，他已经 86 岁，住在一座老式的没有电梯的七层楼上。我比他小十岁，上楼下楼都气喘吁吁，而他还在上班，有时还要出野外。地质学研究最大的特点就是野外考察，一卷行李，一个铁锤，走遍天涯。赵教授的大半生几乎都是在苗岭的深山密林中找化石。"松下问童子，言师采化石。只在此山中，云深不知处"。他的女儿也过 50 岁了，她说她小时候的记忆就是父亲不停地出野外、野外。而且由于费时长，科研经费不足，他经常是先工作，自己垫钱出差，然后再慢慢报销，白贴上去的钱也不知有多少。他一生的精力全在研究地层学，特别是寒武纪这一段的分层。为了寻找这颗金钉子，国际学术界争论了一百年，到后期逐渐集中到中、美、意三国的三个候选地上，又反复论证了 30 年。直到 2018 年，国际地科联经过多次现场考察，反复比较，层层投票，终于一锤定音，把这颗金钉子砸在了中国贵州省剑河县的深山中，正式命名为"苗岭统乌溜阶全球界线层形剖面和点位"，联合国教科文组织发来了证书。就是说，中国贵州的苗岭山上有个叫乌溜的地方，是地球 46 亿年历史的一个定位点。赵教授说这是一门冷学问，对寒武纪的这一段进行定位研究的，全球不超过一百个人，中国也不过几十个人，他们是地球尖兵。但这背后是举国之力，象征着一个国家的国力和学术高度。赵教授几乎耗尽了一生所有的心血，老人近来的身体已经大不如前。女儿心疼地说准备卖掉现在的房子换一个有电梯的新楼住，起码上下楼方便一点。好在他已经带出一个强大的团队。我的采访主要是由他们团队成员兰天副教授——一个很有学者风度的小伙子——帮助完成的。

隔天，我又驱车前往剑河县八郎苗寨，去拜访金钉子的守护人刘峰。这是一个很壮实的苗族农民，皮肤黝黑，身材粗短，虎背熊腰，猛一看倒像个举重运动员。他的家在剖面现场的一个小山头上。自己就山势修了一个化石陈列馆，上挂一块横匾，刻着一行斗大的字"等你五亿年"，是赵教授亲笔书写的。我往门前一站，一股雄浑古远的磅礴之气一下就罩住了我的全身。馆内全是他30年来亲手挖的5亿年前的化石。馆外是个平台，可俯瞰苗岭群山，莽莽苍苍直到天际。这位苗族汉子滔滔不绝地向来人讲述着每一块化石的年份，所含物种的科学价值。在我们这些外行看来，他完全是一位令人仰视的地层科学家了，只不过他的谈话中时常夹杂着一些草根故事，有时让你捧腹大笑。

天气闷热，看完室内的化石，我们拉过几个小凳子坐在平台上，切了一个大西瓜，慢慢细聊。他说1982年，赵教授带着几个学生来到八郎苗寨的山上采化石、选剖面，顺便就在本村雇了6个农民帮助敲化石，每天工资3元钱。刘峰第一天就敲出一块没有见过的化石。后经对比研究是一个新发现的物种"始海百合"。赵教授大喜，说："你真好手气。"立即奖励3元，他高兴地说，等于我头一天上班就挣了双份工资。为此赵教授还请他喝了酒，以后就形成了一个不成文的规矩，凡有新的发现，赵教授就请大家吃一顿。但是干了没多久，别人嫌钱少，都陆续不干了。他也想打退堂鼓，在赵教授的劝说下终于坚持了下来，如今已成了八郎苗寨的地质"土专家"，化石收藏第一人。

地层学是一门精细深奥的学科，但是具体操作起来，却比建筑工地上的农民工还要辛苦。朱自清在他的散文《谈抽烟》中说：当你点燃一支烟时，不管是蹲在石阶上的瓦匠，还是靠在沙发上的绅士，这种享受是一样的平等。地层学的研究，当具体到在剖面作业时，不管你是教授专家还是临时雇来的农民工，在石头和锤子面前也是一样的平等。而一块能让人眼前一亮的完美化石，却经常会最先出现在农民工粗大的黑手里。就像足球比赛，有时临门一脚全靠运气。赵教授经常会扔过来一块石头，说："小刘，你的手气好，你来敲！"200多米长的剖面，每隔20厘米就要采样敲石。这可不是我们平常说的那种考古，用一把"洛阳铲"，探挖脚下松软的黄土，这是在敲5亿年前坚硬的石头啊。刘峰刚开始只是为了一天3元钱的收入，后来对化石渐渐有了兴趣，再后来在赵教授的言传身教下，已经成了专家们离不开的助手，就连外地的古生物研究单位都请他去出现场呢。他第一次走出大山，受邀到外地帮助带几个学生敲化石，对方说你先一天到，选最好的旅馆住下。他一咬牙，选了个一晚30元的旅馆。第二天主人来了说，你这个身份该住300元一天的呀。他才第一次感到了自己的价值，直到和我们谈话时还掩饰不住那骄傲的笑容。他也常接待来到现场的外国专家。一个叫罗伯特的美国专家与他交上了朋友，特别喜欢喝他家的米酒，像啤酒那样大碗大碗地喝。不想，那天开会前喝多了，影响了研讨。为此赵教授把他狠批一顿。2006年，国际古生物协会在北京召开，会后要选定一个外地考察路线，罗伯特立即站起来为贵州八郎拉票："去八郎吧，那里有苗寨米酒，有戴满银饰的姑娘，有苗歌，有踩鼓舞，有最好的地质剖面。"想不到一个深山里的苗族农民，却成了中国地质界的品牌，为金钉子落户中国悄悄发挥着作用。

我问他，长期在野外作业有没有遇到过什么危险？他说最危险的一次就是精选了一大口袋化石背着下山,一到公路边上碰到两个送公粮的农民。三个人正说着话,后面来了一辆大卡车,把他们一起撞飞了,其中一个人当场死亡。电报打到贵阳,赵教授手都软了。我开玩笑说,赵教授是不是心疼他的那一袋化石?他却很认真地说:"不是,当时我要是死了,赵教授那一点可怜的科研费还不够我的丧葬费呢。他的研究立马断档,那就彻底完了。"他虽然舍不得离开赵教授,但生活实在太清贫。眼看村里人外出打工都盖起了新房,他又几次动了走的心。那年姑娘考上大学,没有学费,他想退出工作。赵教授赶忙发动地质界的朋友,一次捐了8000元,先送孩子入学。他说我家姑娘大学五年穿的衣服一直是赵家送的。而赵教授时常背一卷行李,带着学生爬到山上来,就住在他家的阁楼上。一次为向国际地科联准备申报资料,赵教授请了国内最著名的几个顶尖级地层专家来到八郎,就住在他的小木屋里。是夜风雨大作,山洪暴发,小屋几欲被掀翻。专家们浑身湿透,围着火盆听雷声。刘峰和他的老父亲,连声安慰,添火送水,陪着专家一直枯坐到天明。一个汉族知识分子和一个深山苗寨里的农民,为了那颗理想中的金钉子,在这里一盯就是30年。这恐怕是国际地学研究界少见的一道中国风景。陈毅说淮海战役是中国农民用支前的小车推出来的。"苗岭统"这颗金钉子是朴实的苗族兄弟用铁锤一点一点从5亿年前的岩石中敲出来的。

科学发现有时是先有偶然的邂逅,然后再去顺藤摸瓜找规律,如我们经常说的牛顿看到苹果落地。有时是先有了一个科学假设,然后再去寻找实证,如门捷列夫的元素周期表。金钉子的寻找就属于后一种类型。英国人莱伊尔在1833年出版了地质学原理,提出地层理论已近200年。而寒武纪第三统第五阶的金钉子假设,也已经被论证了100年。直到中国科学家终于在贵州找到藏有"印度掘头虫"三叶虫化石、厚达200多米的地层剖面时，这个5亿多年前的地层标准才算是被确立。相当于70多层楼的高度啊，像切豆腐一样，一刀切下去，5亿年前的岩石剖面纹理清晰，化石要素俱全。到哪里去找这样天衣无缝的剖面呢？一颗闪亮的金钉子终于钉在了中国的西南角，苗岭山中的白云深处。

人类这样执着地研究地球史，到底是为了什么？古语言："以史为鉴，可以知兴替。"金钉子所标志的正是一部地球生命的兴替史。而一切历史研究的意义，都在于回看过去预知未来。当你转动地球仪，找到这112颗金钉子时，就会知道人类从哪里来，将到哪里去。往小里说，比如怎样保护地球，关注气候变化应对灾难，珍惜生物的多样性；往大里说，比如人类的进化与消亡，甚至考虑往外星球的迁移。因为每一个物种的出现和消亡大概是几百万年，人这个物种也逃不出这个劫数。我们现在还处于人类的童年期，它和以前所有的物种一样，将来是进化还是消亡，尚未可知。"天凉好个秋"，地球这条小船迟早会"载不动，许多愁"。在多少亿年后，它也会像一颗流星那样毁灭。金钉子虽小却是一个星球过去的记忆和未来的路标，也是我们人类摸着过河的石头。

地球兴亡，匹夫有责。科学的作用在于发现，更在于普及。科学要求总得有一部分人，具宇宙之视野，怀人类之担当。文章写到这里，我突然觉得现在一般地理课堂上的地图或地球仪已经不够用了，应该制作一种新教具或者玩具。用112块地层板合成一个可以拆分的立体地球仪。上课前给每人发一把亮晶晶的金钉子。其中有78颗是深色的，刻上发现序号、国别、地名，用来缝缀已知的地层，而剩下的那些浅色的无名的钉子则任你去发挥想象，寻找落点。也许这个地层里有一条恐龙，那个地层里有一个三叶虫，而某个角落层里还会有一个智人。让孩子们亲手来缝缀一颗有46亿年历史的地球，那是多么有趣的事情，它将养成一代新人宽广的胸怀和无限丰富的想象力。而且这其中定会有几个人，就是将来的赵教授。不要着急，那些颜色稍浅一点的钉子，都会慢慢地一颗一颗地镀上真金而变成颜色沉稳的金光闪闪的金钉子。

我们要善待手里捧着的这一颗地球。

原载《北京日报》2022年9月3日

心中的桃花源

——陶渊明《桃花源记》解读

每一个多少读过点书的人，都知道陶渊明的《桃花源记》。一篇只有三百六十字的散文能流传一千五百年，家喻户晓，传唱不衰，其中必有它的道理。这篇文字连同作者最流行的诗作，大约是我在孩提时代，为习文识字，被父亲捉来读的。当时的印象也就是文字优美、故事奇特而已。直到年过花甲之后，才渐有所悟。一篇好文章原来是要用整整一生去阅读的。反过来，一篇文章也只有经过读者的检验、岁月的打磨，才能称得上是经典。凡是经典的散文总是说出了一种道理，蕴含着一种美感，让你一开卷就沉浸在它的怀抱里。《桃花源记》就是这样的文字。

《桃花源记》想说什么？

一般人都将《桃花源记》看作是一篇美文小品。它确实美，朴实无华，清秀似水，而又神韵无穷。但正是因为这美害了它，让人望美驻足，而忽略了它更深一层的含义。就如一个美女英雄或美女学者，人们总是惊叹她的容貌，而少谈她的业绩。《桃花源记》也是吃了这个亏，顶了"美文"的名，始终在文人圈子和文章堆里打转转，殊不知它的第一含义在政治。

陶渊明所处的晋代自秦统一天下已六百年。在陶之前不是没有过政治家。你看，贾谊是政治家，他的《过秦论》剖析暴秦之灭亡何等精辟，但汉文帝召见他时"不问苍生问鬼神"；诸葛亮是政治家，是智者的化身，但他用尽脑汁，也不过是为了帮刘备恢复汉家天下；曹操是政治家，雄才大略，横槊赋诗何其风光，但刚为曹家挣到一点江山底子，转瞬间就让司马氏篡权换成晋朝旗号。

陶渊明也不是没有参与过政治，读书人谁不想建功立业？况且他的曾祖陶侃（就是成语故事"陶侃惜分阴"里的那个陶侃）就曾是一个为晋王朝立有大功的政治家、军事家。陶渊明曾多次出入权贵的幕府，但是他所处的政治环境实在是太黑暗了。东晋王朝气数将尽，争权夺利，贪污腐败，军阀混战，民不聊生。以东晋的重臣刘裕为例，未发迹时是一个无赖，好赌，借大族刁氏钱不还，刁氏将其绑在树上用皮鞭抽。有一叫王谧的富人可怜他，便代为还钱。刘发迹，就扶王为相，而将刁家数百人满门抄斩，后来干脆篡位灭晋，建宋。陶渊明曾四隐四出，因家里实在太穷，无力养活六个孩子，公元405年时，他已四十二岁，不得已便又第五次出山当了彭泽县令，这更让他近距离看透了政治。东晋从公元377年起实行"口税法"，即按人口收税，每人年缴米三石。但有权有势的大户人家纷纷隐瞒人口，国家收不到税，就抬高收税标准，每人五石，恶性循环的结果是小民的负担更重，纷纷逃亡藏匿，国库更穷。

陶一上任就在自己从政的小舞台上大刀阔斧地搞改革，他从清查户籍入手，先拿本县一户何姓大地主开刀。何家有成年男丁二百人，却每年只缴二十人的税。何家有人在郡里当官，历任县令都不敢动他一根毫毛。

陶是个知识分子，骨子里心忧国家，要踏破不平救黎民，治天下，年轻时他就曾一人仗剑游四方。你看他的诗"刑天舞干戚，猛志固长在""君子死知己，提剑出燕京"，绝不只是一个东篱采菊人。所以鲁迅说陶渊明除了"静穆"之外，还有"金刚怒目"的一面。一时彭泽县里削富济贫、充实国库的政改试验搞得轰轰烈烈。正是：

莫谓我隐伴菊眠，半醉半醒酒半酣。

翻身一怒虎啸川，秀才出手乾坤转！

但是上层整整的一个利益集团已经形成，哪能容得他这个书生"刑天舞干戚"来撼动呢？邪恶对付光明自然有一套潜规则。这年干部考察时，何家买通"督邮"（监察和考核官员政绩的官）来找麻烦。部下告诉陶，按惯例这时都要行贿，给点好处。陶渊明大怒："我安能为五斗米折腰！"连夜罢官而去。回家之后便写了那篇著名的《归去来兮辞》："归去来兮，田园将芜，胡不归！既自以心为形役，奚惆怅而独悲。……世与我而相违，复驾言兮焉求？"

这次出去为官对他刺激太大了，他对官府、对这个制度已经绝望。他向往尧舜时那种人与人之间平等、和谐的生活；向往《山海经》里的神仙世界；向往古代隐士的超尘绝世。从此，他就这样一直在乡下读书、思考、种地，终于在他弃彭泽令回家十六年之后的五十七岁时写成了这篇三百六十字的《桃花源记》。作者纵有万般忧伤压于心底，却化作千树桃花昭示未来，虽是政治文字却不焦不躁，不偏不激，于淡淡的写景叙事中，铺排出热烈的治国理想，这种用文学翻译政治的功夫真令人叫绝。但这时离他去世只剩下六年了，这篇政治美文可以说是他一生观察思考的结晶，是他思想和艺术的顶峰。历史竟会有这样的相似，陶渊明五仕五隐，范仲淹四起四落。范仲淹那篇著名的政治美文《岳阳楼记》是在他五十八岁那年写成的，离他去世也还只剩六年。

这两篇政治美文都是作者在生命的末期总其一生之跌宕，积其一生之情思，发出的灿烂之光。不过范文是正统的儒家治国之道，提出了一个政治家的个人行为准则；陶文却本老子的无为而治，给出了一个最佳幸福社会的蓝图。

陶渊明是用文学来翻译政治的，在《桃花源记》中，他塑造了这样一个理想的社会：土地平旷，屋舍俨然，良田美地，往来耕作，鸡犬相闻，黄发垂髫，怡然自乐。这是一个自自在在的社会，一种轻轻松松的生活，人人干着自己喜欢的工作。在这里没有阶级，没有欺诈，没有剥削，没有烦恼，没有污染。人与人和谐，人与自然和谐。这是什么？这简直就是共产主义。

陶渊明是在晋太元年间（376—396年）说这个话的，离《共产党宣言》（1858年）还差一千四百多年呢。只是有那么一点点影子，我们就算它是"桃源主义"吧。但他确实是开了一条政治幻想的先河。当政治家们为怎样治国争论不休时，作为文学家的陶渊明却轻轻叹了一声："不如不治。"然后提笔濡墨，描绘了一幅桃花源图。这正如五祖门下的几个佛家大弟子为怎样克服人生烦恼争论不休时，当时还是个打杂小和尚的六祖却在一旁叹道："菩提本无树，明镜亦非台。本来无一物，何处惹尘埃。"人性本自由，劳动最可爱，本来无阶级，平等最应该。不是政治家的陶渊明走的就是这种釜底抽薪的路子。

陶之后一千二百年，欧洲出现了空想社会主义。而且巧得很，也是用文学作品来表达未来社会的蓝图，但不是散文，是两本小说，在社会发展史和世界文化史上影响极大，这就是1516年英国人莫尔出版的《乌托邦》和1637年意大利人康帕内拉出版的《太阳城》。所以《桃花源记》也可以归入政治文献而不是只存在于文学史中。

其实《桃花源记》又何尝不可以当成小说来读呢？甚至那两本书的构思手法与《桃花源记》也惊人地相似。陶渊明是假设几个打鱼人误入桃花源，而在《乌托邦》里是写一个探险家在南美，误登上一座孤悬海中的小岛。岛上绿草如茵，四周波平浪静。街上灯火辉煌，家家门前有花园。每个街区都有公共食堂，供人免费取食。个人所用的物品都可到公共仓库任意领取，并无人借机多占。更奇的是，他被邀参加一个订婚仪式，男女新人都要脱光衣服，让对方检验身体有无毛病，然后订约。其道德清纯、诚实高尚若此。探险家在这里生活了五年，回来后将此事传于世人，就如武陵人讲桃花源中事。《乌托邦》成书后顷刻间风靡欧洲，被译成多国文字，传遍世界。中国近代翻译家严复也把它介绍到了中国。

1637年，意大利人康帕内拉又出版了一本书《太阳城》。很巧，还是陶渊明的手法。一个水手在印度洋遇险上岸，穿过森林进到一座城堡，内外七层，街道平整，宫殿华丽，居民身体健康，风度高雅，衣食无忧。在这个城市里没有私产，实行供给制。服装统一制作，按四季更换。每日晨起，一声长号，击鼓升旗，大家都到田里劳动。没有工农之分，没有商品交换，没有货币。孩子两岁后即离开父母交由公家培养。总之一切都是公有，需求由政府实施公共分配。甚至婚姻也是政府考虑到后代的优生而搭配，靓男配美女，胖男配瘦女。又是那个水手归来"海外谈瀛洲"，如同武陵人讲桃花源。这本书同样风靡全球，是空想社会主义的又一座里程碑。以幻想理想社会类的文学作品而论，有三大里程碑：《桃花源记》《乌托邦》《太阳城》。

"桃园三结义"，陶渊明是老大。

为了追求真实的桃花源，除出书外，还有人身体力行地去试验。1825年4月，英国人欧文用十五万美元在美国买了一块地，办起一个"新和谐公社"。这公社规划得十分理想，有农田、工场、住宅、学校、医院。公社成员一律平等，也是吹号起床，集体劳动，吃公共食堂。没有交换，没有货币。算是一个西洋版的"桃花源"。可惜这个公社来得实在太早，与其时的生产力水平、道德标准相差太远。墙内清贫而浪漫的生活，抵挡不住墙外资本主义金钱、名利的诱惑，维持了两年，试验宣告失败。

但是人们心中那盏理想的明灯总是在轻轻闪烁，在西方，这种试验一直顽强地延续着。今天，英国查尔斯王子在本国一个叫庞德里的小城，也搞了一个"小国寡民"的建设，四百户人家，全部环保建材，绿荫小街，各家一色的院落，无汽车之喧嚣，无贫富之悬殊。美国弗吉尼亚州双橡树合作社区试验从1967年坚持到现在已有四十多年。四百五十英亩土地，百十个人口，财产公有，自愿结合。这是北美共产社区中维持时间最长的一个。

桃花源在中国人的心里更是根深蒂固，那个美丽的梦也总是挥之不去。洪秀全就曾搞过太平天国版的空想共产主义，分男营、女营，不要家庭生活（当然这并不妨碍他妻妾成群），而民国的立法院在1930年也讨论过要不要家庭。

青年毛泽东在1919年，也做过一次乡村新社会的试验。他说："我数年来梦想新社会生活，而没有办法。七年（指民国七年）春季，想邀数朋友在省城对岸岳麓山设工读同志会，从事半耕半读。今春回湘，再发生这种想象，乃有在岳麓山建设新村的计议，而先从办一实

行社会说本位教育说的学校入手，此新村以新家庭新学校及旁的新社会连成一块为根本理想。"（见《毛泽东早期文稿》第二版）

1958年，在这个全球人口最多的国度又开始了一场人民公社大试验，吃饭不要钱，一如《乌托邦》和"新和谐公社"里的情景，但又像欧文一样失败了。可是试验并没有停止。1986年人民公社体制在全国正式取消后，个别生产力（财富）和精神文明（觉悟）发达的集体仍在坚持着"共产"模式。如河南的南街村，到今天仍是吃饭不要钱。各家用多少米面，到库房里随便领取。那天参观时我奇怪地问："有人多领怎么办？""领多了，吃不了，也没用。""如果他送给外村的亲戚呢？""相信他的觉悟。"财富加觉悟，这真是一个现代版的桃花源，微型的"空想共产主义"。当然又是一次失败。

空想虽然空洞一些，但思想解放就是力量。无论是一个人还是一个社会，如果没有幻想，就会静止，就会死亡。自陶渊明之后，这种对未来社会的想象从来没有停止过。到马克思那里终于产生了科学社会主义。《共产党宣言》预言未来的理想社会是"自由人联合体"。没有阶级，没有剥削，没有贫富差别，没有尔虞我诈，大家自由地联合在一起。恩格斯给出的蓝图是："这种制度将给所有的人提供健康而有益的工作，给所有的人提供充裕的物质生活和闲暇的时间，给所有的人提供真正的充分的自由。"你看，这不就是桃花源中人吗？

就主体来说，陶渊明是诗人而不是政治家、思想家，他只是以憧憬的心情写了一篇短文。武陵人误入桃花源，陶渊明误入政治思想界，他万万没有想到他的幻想竟引来了这么多的试验版本。相比于政治和哲学，文学更富有想象力，陶渊明的桃花源足够后人一代一代地去寻找、评说。

桃花源在哪里？

中国文学史上有许多的游记名篇，也造就了许多的山水品牌，成了今天旅游的新卖点。但让人吃惊的是，一个虚构的桃花源却盖过了所有的真山水，弄得国内只要稍微有一点"姿色"的风景，就去打桃花源的牌子，硬贴软靠，甚至"争风吃醋"，莫辨真伪。北至山西、河北、河南，南到广西、台湾，处处自诩桃花源，人人争当武陵人。只我亲身游历过的"桃花源"就不下几十处，遍布大半个中国，是花还是非花，也无人去较真。但正是这似与不似之间，教哪一处真山水也比不上幻影中的桃花源，而那些著名游记又无论如何也不能与《桃花源记》等身。就连最有名的《小石潭记》，现在也只不过是柳州的一个废土坑而已，也未见有哪个地方去与之争版权、争冠名。桃花源成了风景的偶像。何方化作身千亿，一处山水一桃源。陶渊明用什么魔法将这桃花源的基因遍洒中华大地，遗传千年，繁衍不息？

凡偶像都代表一种精神，而精神的东西是既无形又可幻化为万形。陶渊明笔下的桃花源是一处风景，但绝不是单纯的风景，它是被审美的汁液所浸泡，又为理想的光环所笼罩着的山水。美好的事物谁不向往？正如地球上无论东西方都有空想社会主义的模式；在中国无论东西南北，都能按图索骥找到"桃花源"。桃花源不是小石潭，不是滕王阁，不是月下赤壁，也不是雨中的西湖。它是神秘山口中放出的一束佛光，是这佛光幻化的海市蜃楼，这里桃林夹岸，中无杂树，芳草鲜美，落英缤纷。《桃花源记》是一个多棱镜，能折射出每一个人心中的桃花源，而每一个桃花源里都有陶渊明的影子，一处桃源一陶翁。

我见到的第一个桃花源是在福建武夷山区。从福州出发北上，过永安县，车停路边，有指路牌：桃花源。我说这柏油马路一条，石山一座，怎么是桃花源？主人说不急，先请下车。行几百米，果见一河，溯流而上，渐行渐深，林木葱茏，繁花似锦，两山夹岸，绿风荡漾，胸爽如洗。而半山腰庙宇民房，红墙绿瓦，飘于树梢之上，疑是仙境。折而右行，半壁之上突现一岩缝，竟容一人，曰"一线天"。我从缝中望去，山那边蓝天白云，往来如鹤。因为要赶路，我们不能如武陵人"舍船，从口入"了，但我相信穿过一线天，那边定有一个桃花源。

再沿路北上就是著名的武夷山。山之有名，因二：一是通体暗红，山崖如血，属典型的丹霞地貌；二是环山有溪水绕过，做九折之状，即著名的"武夷九曲"。想不到在这景区深处却还另藏着一个小"桃花源"。

当游人气喘吁吁地翻过名为"天游"的石山顶，自天而降；或溯流而上，游完九曲，弃筏登岸时，身已累极，心乏神疲，忽眼前一亮，见一竹篱小墙。穿过篱笆小门，地敞为坪，青草如茵，草坪尽处一泓碧水如镜，整座红色的山崖倒映其中，绿树四合，凉风拂衣，汗热顿消。正是陶诗"蔼蔼堂前林，中夏贮清阴。凯风因时来，回飙开我襟"的意境。这时席地而坐，仰望"天游"之顶，见人小如蚁，缘壁而行；俯视池水之中，蓝天白云，悠然自得。草坪上散摆着些茶桌，武夷山的"大红袍"茶海内知名。你在这里尽可细品杯中乾坤，把玩手中岁月。那天我正低头品茗，忽听有人呼唤，隔数桌之外走过一人，原来是十多年未见的一位南海边的朋友，不期在此相遇。我们相抱而呼，以茶代酒，痛饮一番。我一面感叹世界之小，又更觉这桃花源之妙，它真是一个可暗通今昔的时光隧道。

光阴者，百代之过客，这武夷山里不知过往了多少名人，朱熹就是从这里走出去开创了他的哲学流派，我怀疑他"半亩方塘一鉴开，天光云影共徘徊。问渠那得清如许，为有源头活水来"的名句，就是取自这个意境。明代大将军戚继光在南方抗倭之后又被调到北方修长城，曾路过此地，在这里照影洗尘，竟激动得不想离去。他赋诗道："一剑横空星斗寒，甫随平虏复征蛮。他年觅得封侯印，愿与君王换此山。"而陆游、辛弃疾在不得志之时，甚至还在这里任过守山的官职。朱、戚、陆、辛都是中国历史上屈指可数的人物，他们在绚烂过后更想要一个平淡，要做陶渊明，做一个桃花源中人。辛词写道："今宵依旧醉中行。试寻残菊处，中路候渊明。"

我看到的第二处桃花源是湖南桃源县的桃源洞。一般认为这处景观最接近正宗的桃花源，况且国内毕竟也就只有这一个以桃源命名的县。这里除山水幽静外更多了一分文化的积淀。史上多有文人来此凭吊，孟浩然、李白、韩愈、苏轼等人都留有诗作。由此可见桃花源早已不是一个风景概念，而是一种文化现象了。

我印象最深的是这里刻于石碑上的一首回文诗：

牛郎织女会佳期，月底弹琴又赋诗。
寺静惟闻钟鼓响（响），音停始觉星斗移。
多少黄冠归道观，见几而作尽忘机。
几时得到桃源洞，同彼仙人下象棋。

一般的回文诗是下句首字套用上句的末一个字，这在修辞学上叫"顶真"格。而这首诗是从上字中拆出半个字来起写下句，这样的"顶真"就更难。接着还有一个更难的动作，刻碑时第一字不从右上起，而是中心开花，向外旋转，到最后一字收尾，正好成方。

这样的挖空心思说明后人对桃花源题材是多么地喜爱。而小石潭、赤壁，就是现代朱自清笔下的荷花塘也没有这样的殊荣呀！陶渊明所创造的"桃花源"实在是一个忘却时空、成仙成道的境界，比《乌托邦》《太阳城》多了几分审美，比《小石潭记》《赤壁赋》又多了几分理想。

那天我不觉技痒，也仿其格填了一首回文诗（比原式更苛求一点，连首尾都半字相咬）：

因曾数读《桃花源》，原知诗人梦秦汉。
又来桃源寻旧梦，夕阳压山柳如烟。

我看到的第三处桃花源是在湖北恩施。这里是湘、鄂、黔交界的武陵山区，陶渊明是今江西九江人，其活动区域不会到过这一带。但阴差阳错，这山却名"武陵"，而《桃花源记》正好说的是武陵人的事。当地人以此附比桃花源也算言之有据，比别处更多一点骄傲。况且，这里地处偏远，至今还葆有极浓的世外桃源的味道。

武陵山区多洞，这洞大得让你不敢去想，一个洞就能开进一架直升机，而洞深几许到现在也没有探出个所以。这比陶渊明说的"桃林夹岸，山有小口，豁然开朗"更要神秘。那天我们就在山洞里的一个千人大剧场看了一台现代武陵人的歌舞演出，真是恍若隔世，不知梦在何处。

最动人的是情歌演唱。男女歌手分别站在舞台两侧的两个山头上（请注意，洞里还有山）引吭高歌：

（女）郎在高坡放早牛，

妹在院中梳早头。

郎在高坡招招手,

妹在院中点点头。

(男)太阳一出红似火,

晒得小妹无处躲。

郎我心中实难过,

送顶草帽你戴着。

你看男子心疼他心爱的女子,恨不能立即送去一顶遮阳的草帽。楚人是善于歌颂爱情或者借爱情说事的,从屈原始,古今亦然,陶渊明的楚文化背景很深,这让我立即想起他的《闲情赋》:

我愿做她的衣领,以闻到她颈上的芳香。

可惜就寝时,衣服总要被弃置一旁;

我愿做她的衣带,终日系于她的腰间,

可惜换装时,衣带被解下,又有暂别的忧伤;

我愿做一滴发乳,涂在她的黑发上,

可她总要洗发,我又会受到冲洗的熬煎;

我愿做一把竹扇,让她握于手上,凉风送爽,

可秋天来临,还是难免有离去的凄凉;

我愿做一株桐木,制成一把她膝上的鸣琴,

可她也有悲伤的时候,会推开我不再奏弹。

(愿在衣而为领,承华首之余芳;悲罗襟之宵离,怨秋夜之未央……)

还有哭嫁歌。婚嫁本是喜事，但女儿出嫁要哭，大哭，不舍爹娘，不舍闺友，大骂媒婆。哭，且能成歌，有腔有调，有情有韵。艺术这种东西真是无孔不入，喜怒哀乐都有美，悲欢离合都是歌。但是这歌和大城市里舞台上那些尖嗓子、哑喉咙、扭屁股、声光电的歌不一样，这是桃花源中的歌，是在武陵山中的时光隧道中听到的魏晋声、秦汉韵啊。

那天演的又有丧葬歌。人之大悲莫过于死，但这么悲伤的事却用唱歌来表达。当地风俗"谁家昨日添新鬼，一夜歌声到天明"。你看那个主唱的男子，击鼓为拍，踏歌而舞，众人起身而合，袖之飘兮，足之蹈兮，十分洒脱。生死由命，回归自然，一种多么伟大的达观，仿佛到了一个生死无界、喜乐无忧的神仙境界。这远胜于现代都市里作秀式的告别仪式、追悼大会。

在歌声中我听到了一千五百年前陶渊明那首自己拟的《挽歌》："荒草何茫茫，白杨亦萧萧。严霜九月中，送我出远郊。""千秋万岁后，谁知荣与辱。但恨在世时，饮酒不得足。"武陵人这洒脱的"丧歌"，那源头竟是陶公的《挽歌》啊，你不得不承认这山洞里的桃源世界，确实还在继续着陶渊明所创造的那个生命境界和审美意境。

还有一种原始的茅谷斯舞蹈，舞者全身紧裹稻草，男子两腿间挂着象征阳物的装饰，甩来摆去，癫狂起舞，表达的是自然崇拜与生殖崇拜。这种淳朴只有在这深幽的山洞里才能见到，这时你已完全忘了山外的高楼大厦、车水马龙、电脑网络、反恐战争、股票期货，真的不知今宵何夕、身在何处了。

一连几天我就在这深山里转，感受这歌声、这舞蹈，还有米酒。这里喝酒也是桃花源式，是在别处从没有见过的。喝时要唱，要喊，要舞,喝到高兴处还要摔酒碗。双手过头,一饮而尽,然后"啪"的一声,满地瓷片,当然是那种很便宜的陶瓷碗。这正是陶渊明《杂诗》与《饮酒》诗的意境:"得欢当作乐,斗酒聚比邻""忽与一觞酒,日夕欢相持""若夫不快饮,空负头上巾"。历史越千年,风物亦然。

一日,喝罢酒,我们去游一个叫"四洞峡"的地方,那又是一处桃花源了。离开公路,夹岸数步,人就落入一个大峡谷中。头上奇树蔽日,脚下湍流漱石。平时在城里花盆中才能见到的杜鹃花,这里长成了合抱之粗的大树,花大如盘,洁白如雪。一种金色的不老兰,攀于岩上,遍撒峡中,灿若繁星。古藤缠树,树树翠帘倒挂;香茅牵衣,依依不叫人行。

许多草木都见所未见,闻所未闻。一种铁匠树,木极硬,木工工具对付不了它,要用铁匠工具才能加工,因有此名。其木放入炉中,如炭一样一晚不灭。一种似草似灌木的植物,秆子肥肥胖胖,就名"胖婆娘的腿"。真是目不暇接。走着,走着,这一路风景突然没入一个悠长的石洞,瞬间一片幽暗,不见天日,唯闻流水潺潺,暗香浮动。我们扶杖踏石,缘壁而行,大气也不敢出一口,仿佛真的要走回到秦汉去,也不知这样如履薄冰行了几时,忽又见天日重回到了人间。这样忽明忽暗,穿峡过洞,如是者四次,是为"四洞峡"。到最后一个石洞的出口处,有巨石如人头,传说是远古时一将军在此守洞,慢慢石化。

石壁上长有一株手腕粗的黄杨木,却言已生有八百年。据说这种树平时正常生长,而每逢有闰月就又往回缩,它竟能自由地挪动时空。现代物理学已有一种"虫洞"假说,人们可轻易穿越时空退回过去,而桃花源中的植物竟然早已有了这种本事。我回望洞口,看着这石将军、这黄杨树,浮想联翩。当年陶渊明由晋而返秦,我们现在莫不是返回到了东晋?

出峡之时已近黄昏,主人请我们参观他们的万亩桃林。这里乡民以种桃为生已不知起于何年。近年来为了进一步富民,政府又请专家指导,搞了一项万亩桃园工程,好大的规模,放眼望去,漫山遍野全是桃树。正是开花季节,晚照中红浪滚滚,一直铺向天边,只间或露出些道路、谷场,或农家的青瓦粉墙。我们随意选了一处半山腰的"农家乐",在院子里摆桌吃饭。席间仍是要喝米酒,唱古老的歌,摔酒碗。主人对我们这些山外来人更是十分亲热。有如《桃花源记》所言:"见渔人,乃大惊,问所从来。具答之。便要还家,设酒杀鸡作食。"又如陶诗:"落地为兄弟,何必骨肉亲。得欢便作乐,斗酒聚比邻。"他们也不知道什么戚继光曾经要用功名换山水,更不会去作什么回文诗。但他们知道这里就是桃花源,是他们的家,祖祖辈辈都这样自自然然地生活着。

桃花源不只是风景,而是一种生活符号,一种文化标记。

心中的桃花源

陶渊明为晋代柴桑人,即现在的江西九江县、星子县一带人。九江我是去过的,这次为写这篇文章又重去两地寻找感觉。结果这感觉真的让我大吃一惊。在陶渊明纪念馆,我看到了许多历代、各地甚至还有国外对他的研究资料,及出版的各种书刊。像东北鞍山这样远、这样小的地方都有陶学的研究团体,而今年的全国陶学年会是在内蒙古召开的。日本亦有专门的陶学社团。一本专刊上这样说:"渊明文学在日本的流传,不论时光如何流逝,人们对他恬淡高洁的人格的憧懔，对其诗文的热爱从未中断。"

而更未想到的是，陶渊明的墓是在一座部队的营房里，官兵们用平时节约下来的经费将其修葺保护得十分完美。我们登上营房后的小山，香樟、桂花、茶树等江南名木掩映着一座青石古墓，墓的四角，四株合抱粗的油松皮红叶绿，直冲云天。只看这树就知这墓在数百年之上。陶卒于乱世，其墓本无可考，元代时，大水在这附近冲出一块记载陶事的石碑，官民喜而存之，因碑起墓，代代飨祭。现在这个墓是部队在2003年重修，并立碑记其事的。一个诗人，一个逝去了一千五百多年的古人怎么会引起这么广泛、久远的共鸣呢？

陶渊明的《桃花源记》确是以艺术的魅力激起了我们千百年来对理想社会和美好山水的不断追求。但更有普世价值的是他设计出了一个人心理的最佳状态，这就是以不变应万变，永是平和自然，永葆一颗平常心。他以亲身的实践证明了这一点，接着又用自己的作品定格、升华、传达了这种感觉。他在我们每个人的心里都埋下了一粒桃花源的种子，无论如何斗转星移，岁月怎样更换，后人只要一读陶诗、陶文，就心生桃花，暖意融融，悠然自悟，妙不可言。当代德国著名哲学家海德格尔认为，哲学家应该具有诗人的思维，他说哲学最好的表达方式是诗歌。陶渊明已经做到了这一点，他始终是用诗歌来表现人生。

人生在世有三样东西绕不过去。一是谁能没有挫折坎坷；二是任你有多少辉煌也要消失，没有不散的宴席；三是人总要死去，总要离开这个世界。与这三样东西相对应的心境是灰心、失落与恐惧。怎样面对这个难题，克服人精神上的消极面，让每一天都过得快活一些，历来不知有多少思想家、宗教徒都在做着不尽的探索。过去关于奋斗、修养的书不知几多，现在"励志"类的书又满街满巷。而所谓"修养"，已经滑进了"厚黑"的死胡同，而你就是励志、奋斗、成就之后还是绕不开这三点。

你看现实生活中有的人生活并没有到谷底，甚至还有几分殷实小康，但还在没完没了地嫉妒、哭穷、诉苦、牢骚；有的人已身居高位，还在贪婪、虚荣、邀功；有的人已退出官场，还在回头、恋权、恋名，苦心安排身后事。陶渊明官也做过，民也当过；富也富过，穷也穷过；也曾顺利，也曾坎坷，但这些毛病他一点也没有。他学儒、学道、学佛，又非儒、非道、非佛，而求静、求真、求我，从思想到实践较好地回答了人生修养这个难题。

陶渊明生活在一个不幸的时代，"军阀"混战，政权更迭，民不聊生。他虽也做过几次官，但"不愿为五斗米折腰"，归隐回乡，日子过得紧紧巴巴。为避战乱他曾两次逃难，仇家一把火又将他可怜的家产烧了个精光。但在他的诗文中却找不到杜甫"亲朋无一字，老病有孤舟"式的哀叹，反倒常是一种"采菊东篱下，悠然见南山"的恬静。这是一种境界，一种回归，回归自然，回归自我，不为权、财、名、苦所累，永葆一颗平常心的境界。

他为官时不为五斗米折腰，不丢人格；穷困时安贫知足，不发牢骚，不和自己过不去，也就是《桃花源记》里说的"黄发垂髫，怡然自乐"。我们没有理由责备陶渊明为什么不像白居易那样去写《卖炭翁》，不像陆游那样去写"铁马秋风大散关"，不像辛弃疾那样"把栏杆拍遍"。陶所处的时代没有辛弃疾、岳飞所处时代那样尖锐的民族矛盾，他也未能像魏征、范仲淹那样身处于高层政治的漩涡之中。存在决定意识，各人有各人的历史定位。陶渊明的背景就是一个"乱"字，世乱如倾，政乱如粥，心乱如麻。他的贡献是于乱世、乱政、乱象之中在人的心灵深处开发出了一块恬静的心田，"结庐在人境，而无车马喧。问君何能尔？心远地自偏。采菊东篱下，悠然见南山"。

陶渊明一生大多身处逆境，但他却永是开朗。不是说这逆境不存在，而是他能精神变物质，逆来顺推，化烦躁为平和。他以太极手段，四两拨千斤，将愁苦从心头轻轻化去，让苦难不再发酵放大，或干脆就转而发酵为一坛美酒。马克思说："受难使人思考，思考使人受难。"世上总有不平事，尤其是爱思考的知识分子，世有多大，心有多忧，忧便有苦，苦则要学会排解。陶渊明对辞官后的农耕生活要求并不高，"岂期过满腹，但愿饱粳粮。御冬足大布，粗絺以应阳"，粗布淡饭而已。但他却从这种清苦中找到了精神上的寄托和审美的享受，"耕种有时息，行者无问津。日入相与归，壶浆劳近邻。长吟掩柴门，聊为陇亩民"。

陶渊明也不是没有做过官，但他不把做官当饭吃，他一生五仕五隐，那官场的生活只不过是他的人生试验。他对朝廷也曾是有过一点忠心的，甚至还有对晋王朝的眷恋。自晋亡后，他写诗就从不署新朝的年号。但是他把人格看得比政治要重。不为五斗米折腰，不看人的脸色。政治生活一旦妨碍了他的人性自由，就宁可回家。他高唱着："归去来兮，田园将芜，胡不归！既自以心为形役，奚惆怅而独悲。悟已往之不谏，知来者之可追。实迷途其未远，觉今是而昨非。舟遥遥以轻飏，风飘飘而吹衣。"何等痛快。朱熹评陶渊明说："晋宋人物，虽曰尚清高，然个个要官职，这边一面清谈，那边一面招权纳货。陶渊明真个能不要，此所以高于晋宋人物。"他岂止高于晋宋人物，也远高于现代的许多跑官要官、贪财受贿、争权夺利、图名好虚之人。

陶渊明对死亡的思考更是彻底，并有一种另类的美感。他说："有生必有死，早终非命促。千秋万岁后，谁知荣与辱。""死去何所道，托体同山阿。""自古皆有没,何人得灵长?不死复不老,万岁如平常。"人总有一死,何必叹什么命长命短,操心什么死后的荣誉。如果一个人总是不死,那生和死又有什么区别?这种彻底的唯物主义真让我们吃惊。正因为有这种生死观,他从不要什么虚荣,没有一点浮躁。更不会如今人之非要生前争什么镜头、版面,死后留什么传记、文选。

龚自珍说:"陶潜酷似卧龙豪,万古浔阳松菊高。莫信诗人竟平淡,二分《梁父》一分《骚》。"梁启超说:"这位先生身份太高了,原来用不着我恭维。"说是不用"恭维",但历来研究、赞美他的人实在太多。他的思想确实影响了一代又一代的人,他的这种达观精神几乎成了后人处世的楷模,如果你抚摸着陶之后的历史画卷,就会听到无数伟人、名人与他的共鸣,而这些人都是中国历史上的群山高峰啊。于是我们就会发现一股从遥远的桃花源深处发出的雷鸣,在历史的大峡谷中,滚滚回荡,隐隐不绝。

李白算是中国诗歌的高峰了,被尊为诗仙,但他对陶是何等地敬仰:"梦见五柳枝,已堪挂马鞭。何时到彭泽,狂歌陶令前。"他梦见陶公门前的五柳树了,要到彭泽去与他狂歌。白居易曾被贬为江州司马,离陶的家乡不远,他在任上时陶诗不离手:"亭上独吟罢,眼前无事时。数峰太白雪,一卷陶潜诗。"苏东坡曾被发配在偏远的海南,他身处逆境是把陶渊明当老师才渡过困境的:"吾于诗人无所甚好,独好渊明。渊明作诗不多,然其诗质而实绮,癯而实腴,自曹、刘、鲍、谢、李、杜诸人,皆莫及也。"他把陶放在曹植、李白、杜甫之上,而且居然把陶诗逐一和了一遍,这恐怕主要是精神上的相通。现代人中,毛泽东也有陶渊明情结,他一生轰轰烈烈是是非非,但晚年多次谈到想放浪形骸,寄情山水,去做徐霞客,或者去当一名教书先生。他上庐山，山下的九江就是陶渊明的家乡，于是赋诗道："陶令不知何处去，桃花源里可耕田？"

庄子说"内圣而外王"，事业是皮毛，心灵的自由才是人的终极追求。魏晋人追求的大概就是这个风度，所谓："居官无官官之事，处事无事事之心。"亦即陶渊明说的不要让心情为外形所役使（既自以心为形役）。翻阅史书，我们发现凡真正建功立业、轰轰烈烈的大人物，其内心深处都有一个静谧的桃花源，能隐能出，能动能静，收放自如。

诸葛亮六出祁山，七擒孟获，火烧赤壁，舌战群儒，一生何等忙碌，但留下的格言是："淡泊明志，宁静致远。"范仲淹"先天下之忧而忧，后天下之乐而乐"，其政治抱负多么强烈，但他的心理支柱是"不以物喜，不以己悲"。辛弃疾晚年写词："岁岁有黄菊，千载一东篱……都把轩窗写遍，要使儿童诵得，《归去来兮》辞。"

邓小平是继毛之后的又一伟人。"文革"之难，他在江西被软禁三年。这个昔日指挥淮海战役的主帅，在一个绿树砖墙的小院里，养了几只鸡，种了几垄菜，挑粪担水，劈柴烧火。如陶渊明那样"带月荷锄""守拙归园"。后来毛要他对"文革"下一结论，他说："我是桃花源中人，只知秦汉，不识晋魏。"但正是这种能伸能屈的淡定，让他后来一出山就带来国家民族的中兴。而事成之后他却淡淡地说了一句："我无大志，只愿国家富裕，我做一个富国的公民就行。"他要归去。

陶渊明不是政治家，却勾勒出一个理想社会，让人们不断地去追求；他不是专门的游记作家，却描绘了一幅最美的山水图，让人们不断地去寻找；他不是专门的哲学家，却给出了人生智慧，设计了一种最好的心态，让人们去解脱。如果真要说专业的话，陶渊明只是一个诗人,他开创了田园诗派,用美来净化人们的心灵。中外文学史上从来没有哪一位诗人能像他这样创造了一个社会模式、一种山水布景、一种人生哲学,深深地植根在后人的心中,让人不断地去追寻。

原载《中国作家》2012年第1期

第二辑　致敬名胜

晋　祠

出太原西南行五十里，有一座山名悬瓮。山上原有巨石，如瓮倒悬。山脚有泉水涌出，就是有名的晋水。在这山下水旁，参天古木中林立着百余座殿、堂、楼、阁、亭、台、桥、榭。绿水碧波绕回廊而鸣奏，红墙黄瓦随树影而闪烁，悠久的历史文物与优美的自然风景，浑然一体，这就是古晋名胜晋祠。

西周时，年幼的成王姬诵即位，一日与其弟姬虞在院中玩耍，随手拾起一片落地的桐叶，剪成玉圭形，说："把这个圭给你，封你为唐国诸侯。"天子无戏言，于是其弟长大后便来到当时的唐国，即现在的山西做了诸侯。《史记》称此为"剪桐封弟"。姬虞后来兴修水利，唐国人民安居乐业。后其子继位，因境内有晋水，便改唐国为晋国。人们缅怀姬虞的功绩，便在这悬瓮山下修一所祠堂来祀奉他，后人称为晋祠。

晋祠之美，在山美、树美、水美。

这里的山，巍巍的如一道屏障，长长的又如伸开的两臂，将这处秀丽的古迹拥在怀中。春日黄花满山，径幽而香远；秋来草木郁郁，天高而水清。无论何时拾级登山，探古洞，访亭阁，都情悦神爽。古祠设在这绵绵的苍山中，恰如淑女半遮琵琶，娇羞迷人。

这里的树，以古老苍劲见长。有两棵老树，一曰周柏，一曰唐槐。那周柏，树干劲直，树皮皴裂，冠顶挑着几根青青的疏枝，偃卧于石阶旁，宛如老者说古；那唐槐，腰粗三围，苍枝屈虬，老干上却发出一簇簇柔条，绿叶如盖，微风拂动，一派鹤发童颜的仙人风度。其余水边殿外的松、柏、槐、柳，无不显出沧桑几经的风骨，人游其间，总有一种缅古思昔的肃然之情。也有造型奇特的，如圣母殿前的左扭柏，拔地而起，直冲云霄，它的树皮却一齐向左边拧去，一圈一圈，丝纹不乱，像地下旋起了一股烟，又似天上垂下了一根绳。其余有的偃如老妪负水，有的挺如壮士托天，不一而足。晋祠在古木的荫护下，显得分外幽静、典雅。

这里的水，多、清、静、柔。在园内信步，那里一泓深潭，这里一条小渠。桥下有河，亭中有井，路边有溪。石间有细流脉脉，如线如缕；林中有碧波闪闪，如锦如缎。这么多的水，又不知是从哪里冒出的，叮叮咚咚，只闻佩环齐鸣，却找不到一处泉眼，原来不是藏在殿下，就是隐于亭后。更可爱的是水清得让人叫绝。无论多深的渠、潭、井，只要光线好，游鱼、碎石，丝纹可见。而水势又不大，清清的波，将长长的草蔓拉成一缕缕的丝，铺在河底，挂在岸边，合着那些金鱼、青苔、玉栏倒影，织成了一条条的大飘带，穿亭绕榭，冉冉不绝。当年李白至此，曾赞叹道："晋祠流水如碧玉，百尺清潭泻翠娥。"你沿着水去赏那亭台楼阁，时会发出这样的自问：怕这几百间建筑都是在水上漂着的吧！

然而，最美的还是祖先留给我们的文化遗产。这里保存着我国古建筑的"三绝"。

一是圣母殿。这是全祠的主殿，是为虞侯的母亲邑姜所修的。建于宋天圣年间，重修于宋崇宁元年（1102年），距今已有八百八十年。殿外有一周围廊，是我国古建筑中现在能找到的最早实例。殿内宽七间，深六间，极宽敞，却无一根柱子，原来屋架全靠墙外回廊上的木柱支撑。廊柱略向内倾，四角高挑，形成飞檐。屋顶黄绿琉璃瓦相扣，远看飞阁流丹，气势雄伟。殿堂内宋代泥塑的圣母及四十二尊侍女，是我国现存宋塑中的珍品。她们或梳妆、洒扫，或奏乐、歌舞，形态各异，人物形体丰满俊俏，面貌清秀圆润，眼神专注，衣纹流畅，匠心之巧，绝非一般。

二是殿前柱上的木雕盘龙。这是我国现存最早的盘龙殿柱，雕于宋元祐二年（1087年）。八条龙各抱定一根大柱，怒目利爪，周身风从云生，一派生气。距今虽近千年，仍鳞片层层，须髯根根，不能不叫人叹服木质之好与工艺之精。

三是殿前的鱼沼飞梁。这是一个方形的荷花鱼沼，却在沼上架了一个十字形的飞梁，下由三十四根八角形的石柱支撑，桥面东西宽阔，南北翼如。桥边栏杆、望柱都形制奇特，人行桥上，随意左右，如泛舟水面，再加上鱼跃清波，荷红映日，真乐而忘归。这种突破一字桥形的十字飞梁，在我国现存的古建筑中是仅有的一例。

以圣母殿为主的建筑群还包括献殿、牌坊、钟鼓楼、金人台、水镜台等，都造型古朴优美，用工精巧。全祠除这组建筑之外，还有朝阳洞、三台阁、关帝庙、文昌宫、胜瀛楼、景清门等，都依山傍水，因势砌屋，或架于碧波之上，或藏于浓荫之中，糅造化与人工于一体。

就是园中的许多小品，也极具匠心。比如这假山上本有一挂细泉垂下，而山下却立了一个汉白玉的石雕小和尚，光光的脑门，笑眯眯的眼神，双手齐肩，托着一个石碗，那水正注在碗中，又溅到脚下的潭里，却总不能满碗。和尚就这样，一天一天，傻呵呵地站着。

还有清清的小溪旁，突然跑来一只石雕大虎，两只前爪抓着水边的石块，引颈探腰，嘴唇刚好埋入水面，那气势好像要一吸百川。你顺着山脚，傍着水滨去寻吧。真让你访不胜访，虽几游而不能尽兴。历代文人墨客都看中了这个好地方，至今山径石壁、廊前石碑上，还留着不少名人题咏。有些题咏词工句丽，书法精湛，更为湖光山色平添了许多风韵。

这晋祠从周唐叔虞到任立国后自然又演过许多典故。当年李世民就从这里起兵反隋，得了天下。宋太宗赵光义曾于太平兴国四年（979年）在这里消灭了北汉政权，从而结束了中国历史上五代十国的分裂局面。1959年，陈毅游晋祠时兴叹道："周柏唐槐宋献殿，金元明清题咏遍。世民立碑颂统一，光义于此灭北汉。"

晋祠就是这样，以她优美的身躯来护着这些珍贵的历史文化。她，真不愧为我国锦绣河山中一颗璀璨的明珠。

原载《光明日报》1982年4月14日

1982年入选人教版初中语文课本

泰山，人向天的倾诉

我曾游黄山，却未写一字，其云蒸霞蔚之态，叫我后悔自己不是一名画家。今我游泰山，又遇到这种窘态。其遍布石树间的秦汉遗迹，叫我后悔没有专攻历史。呜呼，真正的名山自有其灵，自有其魂，怎么用文字描述呢？

我是乘着缆车直上南天门的。天门虎踞两山之间，扼守深谷之上，石砌的城楼横空出世，门洞下十八盘的石阶曲折明灭直下沟底，那本是由每根几吨重的大石条铺成的四十里登山大道，在天门之下倒像一条单薄的软梯，被山风随便吹挂在绿树飞泉之上。门楼上有一副石刻联："门辟九霄，仰步三天胜迹；阶崇万级，俯临千嶂奇观。"我倚门回望人间，已是云海茫茫，不见尘寰。

入门之后便是天街，这便是岱顶的范围了。"天街"这个词真不知是谁想出来的。云雾之中一条宽宽的青石路，路的右边是不见底的万丈深渊，填满了大大小小的绿松与往来涌动的白云。路的左边是依山而起的楼阁，飞檐朱门，雕梁画栋。其实都是些普通的商店饭馆，游人就踏着雾进去购物、小憩。不脱常人的生活，却颇有仙人的风姿，这些是天上的街市。

渐走渐高，泰山已用她巨人的肩膀将我们托在凌霄之中。极顶最好的风光自然是远眺海日，一览众山，但那要碰到极好的天气。我今天所能感受到的，只是近处的石和远处的云。我登上山顶的舍身崖，这是一块百十平方米的巨石，周围一圈石条栏杆，崖上有巨石突兀，高三米多，石旁大书"瞻鲁台"，相传孔子曾在此望鲁都曲阜。

凭栏望去，远处凄迷朦胧，不知何方世界，近处对面的山或陡立如墙，伟岸英雄；或奇峰突起，逸俊超拔。四周怪石或横出山腰，或探下云海，或中裂一线，或聚成一簇。风呼呼吹过，衣不能披，人几不可立，云急急扑来，一头撞在山腰上就立即被推回山谷，被吸进石缝。头上的雨轻轻洒下，洗得石面更黑更青。我曾不止一次地在海边静观那千里狂浪怎样冲上壁立的石岸，今天却看到这狂啸着似乎要淹没世界的云涛雾海，一到岱顶石前，就偃旗息鼓，落荒而去。难怪人们尊泰山为五岳之首，为东岳大帝。一般民宅前多立一块泰山石镇宅，而要表示坚固时就说稳如泰山。至少，此时此景叫我感到泰山就是天地间的支柱。

这时我再回头看那些象征坚强生命的劲松，它们攀附于石缝间不过是一点绿色的苔痕。看那些象征神灵威力的佛寺道观，填缀于崖畔岩间，不过是些红黄色的积木。倒是脚下这块曾使孔子小天下的巨石，探于云海之上，迎风沐雨，向没有尽头的天空伸去。泰山，无论是森森的万物还是冥冥的神灵，一切在你的面前都是这样地卑微。

这岱顶的确是一个与天对话的好地方，各种各样的人在尘世间活久了，总想摆脱地心的吸力向天而去。于是他们便选中了这东海之滨、齐鲁平原上拔地而起的泰山。泰山之巅并不像一般山峰尖峭锐立，顶上平缓开阔，最高处为玉皇顶。玉皇顶南有宽阔的平台，再南有日观峰，峰边有探海石。这里有平台可徘徊思索，有亭可登高望日，有许多巨石可供人留字，好像上天在它的大门口专为人类准备了一个进见的丹墀，好让人们诉说自己的心愿。

我看过几个国外的教堂，你置身其中仰望空阔阴森的穹顶，及顶窗上射进的几丝阳光，顿觉人的渺小，而神虽不可见却又无处不在，紧攥着你的魂灵。但你一出教堂，就觉得刚才是在人为布置好的密室里与上帝幽会。而在岱顶，你会确实感到"天接云涛连晓雾，星河欲转千帆舞"，"闻天语，殷勤问我归何处"。不是在密室，而是在天宫门口与天帝对话。同是表达人的崇拜，表现人与神的相通，但那气魄、那氛围、那效果迥然不同。前者是自卑自怯的窃窃私语，后者是坦诚大胆的直抒胸臆，不但可以说，还可以写，而天帝为你准备好的纸就是这些极大极硬的花岗石。

这里几乎无石不刻，大者洗削整面石壁，写洋洋文章；小者暗取石上缓平之处，留一字两字。山风呼啸，石林挺立，秦篆汉隶旁出左右。千百年来，各种各样的人们总是这样挥汗如雨、气喘吁吁地登上这个大舞台，在这里留诗留字，借风势山威向天倾诉自己的思想，表达自己的意志。

你看，帝王来了，他们对岱岳神是那样地虔诚，穿着长长的衮服，戴着高高的皇冠，又将车轮包上蒲草，不敢伤害岱神的一草一木，下令"不欲多人"，以"保灵山清洁"。他们受命于天，自然要到这离天最近的地方，求天保佑国泰民安。玉皇顶上现存最大的一面石刻就是唐玄宗在开元十三年（725年）东封泰山时的《纪泰山铭》，高十三点三米，宽五点七米，共一千零九个字。铭曰："维天生人，立君以理，维君受命，奉为天子，代去不留，人来无已……"从赫赫高祖数起，大颂李唐王朝的功德。一面要扬皇恩以安民，一面又要借天威以佑君，帝王的这种威于民而卑于天的心理很是微妙。他们越是想守住天下，就越往山上跑得勤，汉武帝就来过七次，清乾隆就来过十一次。在中华大地的万千群山中，唯有泰山享有这种让天子叩头的殊荣。

除了一国之主外，凡关心中华命运的人又几乎没有不来泰山的。你看诗人来了，他们要借这山的坚毅与风的狂舞铸炼诗魂，李白登高狂呼"天门一长啸，万里清风来"，杜甫沉吟着"会当凌绝顶，一览众山小"；志士来了，他们要借苍松、借落日、借飞雪来寄托自己的抱负，一块石头上刻着这样一首诗，"眼底乾坤小，胸中块垒多。峰顶最高处，拔剑纵狂歌"；将军来了，徐向前刻石，"登高壮观天地间"；陈毅刻石，"泰岳高纵万山从"；还有许多字词石刻，如"五岳独尊""最高峰""登峰造极""擎天捧日""仰观俯察"；等等。其中"果然"两字最耐人寻味。确实，每个中国人未来泰山之前谁心里没有她的尊严、她的形象呢？一到极顶，此情此景便无复多说了。

我想，要造就一个有作为有思想的人，登高恐怕是一个没有被人注意却在一直使用的手段。凡人素质中的胸怀开阔、志向远大、感情激越的一面确实要借凭高御风、采天地之正气才可获得。历代帝王争上泰山除假神道设教的目的外，从政治家的角度，他要统领万众治国安邦也得来这里饱吸几口浩然之气。至于那些志士、仁人、将军、诗人，他们都各怀着自己的经历、感情、志向来与这极顶的风雪相孕化，拓展视野，铸炼心剑，谱写浩歌，然后将他们的所感所悟镌刻在脚下的石上，飘然下山，去成就自己的事业。

看完极顶，我们步行缓缓下山，沉在山谷之中，两边全是遮天的峰峦和翠绿的松柏，刚才泰山还把我们豪爽地托在云外，现在又温柔地揽在怀中了。泉水顺着山势随人而下，欢快地一跌再跌，形成一个瀑布、一条小溪，清亮地漫过石板，清音悦耳，水汽蒸腾。怪石也不时地或卧或立横出路旁，好水好石又少不了精美的刻字来画龙点睛。

万年古山自然有千年老树，名声最大的是迎客松和秦松。前者因其状如伸手迎客而得名，后者因秦王登山避雨树下而得名。在斗母宫前有一株汉代的"卧龙槐"，一断枝横卧于地伸出十多米，只剩一片树皮了，但又暴出新枝，欣欣向上，与枝下的青石同寿。如果说刚才泰山是以拔地而起的气概来向人讲解历史的沧桑，现在则以秀丽深幽的风光掩映着悠久的文明。我踏着这条文化加风景的山路，一直来到此行预定的终点——经石峪。

经石峪，因刻石得名，就是石头上刻有经文的山谷。离开登山主道有一小路向更深的谷底蜿蜒而下，碎石杂陈，山树横逸，过一废亭，便听见流水潺潺。再登上几步台阶，有一亩地大的石坪豁然现于眼前。最叫人吃惊的是，坪上断断续续刻着斗大的经文。这是一部完整的《金刚经》，经岁月风蚀现存一千零六十七个字。我沿着石坪仔细地看了一圈，这是一个季节性河槽，流水长年的洗刷，使河底形成一块极好极大的书写石板。这部经刻大约成于北齐年间，历代僧人就用这种独特的方式来表达自己的信仰。

我在祖国各地旅行常常惊异于佛教信仰的力量和他们表达信仰的手段。他们将云冈、敦煌的山挖空造佛，将乐山一座石山改造成坐佛，将大足一条山沟里刻满佛，现在又在泰山的一条河沟里刻满了佛经。那些石窟是要修几百年经几代人才能完成的。这部经文呢？每字半米见方，入石三分，字体古朴苍劲。我想虽用不了几百年，可顶着烈日，挥汗如雨，在这坚硬的花岗石上一天也未必能刻出一两个字。中国的书有写在竹简上的，写在帛上、纸上的，今天我却看到一部名副其实的石头书。

我在这本大书上轻轻漫步，生怕碰损它那已历经千年风雨的页面。我低头看那一横一竖，好像是一座古建筑的梁柱，又像古战场的剑戟，或者出土的青铜器。我慢慢地跪下轻轻抚摸这一点一捺，又舒展身子躺在这页大书上，仰天遐想。四周是松柏合围的山谷，头上蓝天白云如一天井，泉水从旁边滑过，水纹下映出"清音流水"四个大字。我感到一种无限的满足。

一般人登泰山多是在山顶上坐等日出，大概很少有人能到这偏僻深沟里的石书上睡一会儿的。躺在书上就想起赫尔岑有一句关于书的名言："书——是这一代对下一代的精神上的遗训。"泰山就是我们的先人传给后人的一本巨书。造物者造了这样一座山，这样既雄伟又秀丽的山体，又特意在草木流水间布了许多青石。人们就在这石上填刻自己的思想，一代一代，传到现在。人与自然就这样合作完成了一件杰作。难怪泰山是民族的象征，她身上寄托着多少代人的理想、情感与思考啊。虽然有些已经过时，也许还有点陈腐，但却是这样地真实。这座石与木组成的大山对创造中华民族的文明史是有特殊贡献的。谁敢说这历代无数的登山者中，没有人在这里顿悟灵感而成其大业的呢？

天将黑了，我们又匆匆下到泰安城里看了岱宗庙。这庙和北京的故宫一个格式，只是高度低了三砖。可见皇帝对岱神的尊敬。庙中又有许多碑刻资料、塑像、壁画、古木、大殿，这些都是泰山的注脚。就像在古代中国只有皇帝才配有一座皇宫一样，哪还有第二座山配有这样一座大庙呢？庙是供神来住的，而神从来都是人创造的。岱岳之神则是我们的祖先，点点滴滴倾注自己的信念于泰山这个载体，积数千年之功而终于成就的。他不是寺院里的观音，更不是村口庙里的土地、锅台上的灶君，是整个民族心中的文化之神，是充盈于天地之间数千年的民族之魂。我站在岱庙的城楼上，遥望夕阳中的泰山，默默地向她行着注目礼。

原载《十月》1990年第1期

武当山，人与神的杰作

在武当山旅行最让我震撼的是万山丛中、绝壁之上和古树深处的宫殿。宫殿本是给人住的，给有权的王或皇住的，但不可理解，在这方圆八百里的荒山之中，怎么会有这么多的红墙绿瓦、木柱石梁，甚至还有铜铸、鎏金的大量宫殿。据统计，有九宫、八观、七十二庙，两千七百间房。真不知，历史是怎样完成这一杰作的。

武当大兴土木第一人当数朱棣。朱是违反封建帝王的传承法则，夺了侄儿的皇位上台的。他在位期间完成了中国建筑史上的两大工程，一是北修紫禁城，为我们留下了一座中国最尊贵的皇权殿堂；二是南修武当山，为我们留下了一处国内最庞大的神权殿堂。史载，为修武当，朱棣动用了江南九省的赋银，三十万工匠，耗时十二年。现在通行的说法是，他为了借神权来保皇位。可能还有更深一层的意思，这武当山也许是他经营的一个后方战略基地、一个政治陪都。但不管他是什么目的，却为我们留下了一批灿烂的文化遗产，我们只要先看看山上山下的两处大殿就会明白。

太和宫修在海拔一千六百一十二米的山顶上，规模宏大，明代时已有山门、朝圣殿、金殿等房五百二十间，历经风雨、战火，就是现在也还存有一百五十多间。它还有一个奇怪的名字——紫金城，和北京的紫禁城只差一字，也有一条长长的红色宫墙，将山头最高处全部圈起来，围成一座"皇城"，上顶蓝天，下眺汉水，俯瞰着林海茫茫、白云缭绕的七十二峰。太和宫里最好看的是金殿，整座大殿由黄铜铸成，表面又鎏以赤金。虽为铜铸，却是一座真正的大殿，高五点五米，宽四点四米，梁上的斗拱榫头，屋脊上的人物走兽，飞檐下的铃铛，四周的大柱围栏，各种构件应有尽有，花格镂空的门窗开合自如，殿内供设一样不少。

我轻轻推开殿门，正中是庙的主人真武大帝的坐像，高一点八六米。传说朱棣命画家为真武造像，画一张，不满意，杀一个画家，如是者数人。后一画家暗悟其意，就照朱的神态作画，当即通过。现在满山各庙留下的真武像都是这一个模式。

朱棣是个政治强人，南下金陵夺皇位，北扫大漠拓疆土，又下诏修《永乐大典》，文治武功都要占全。他生性残忍，又喜伪装。名儒方孝孺不为他起草诏书，他就以刀抉其口，灭其十族，杀八百七十三人。但在庙里，有小虫落其衣，他轻放于树说："此物虽微，皆有生理，毋伤之。"你看现在这个"真武大帝"不威自重，静镇八方，还有几分慈祥。这是一个真真切切的人，圆头大耳，无冠，短须，丹眼，龙鼻，腰壮肩阔，以手按膝，凝视前方。更妙的是他身着一件锦袍，体态安详如春，衣纹流畅如水，却于前胸和袖口处露出金属纹的铮铮铠甲。轻衣便服，难掩杀气，这正合朱的身份。

这尊神像无论从哪个角度讲都是一件极好的艺术品，它既无一般庙里神像的呆板，也没有帝王像居高临下的霸气，完美地表现了"神"与"皇"的结合。我真佩服这无名艺术家的构思之精和做工之巧。

真武神连同旁边的金童玉女等共五尊真人大小的铜像当时在北京铸就，经大运河运到南京，再溯长江而上，又入汉水至武当山下，再搬到这海拔一千六百多米的金顶上，可想是怎样地费工费时。现在山上还存有朱棣专为运送这批铜像下的圣旨："今命尔护送金殿船只至南京，沿途船只务要小心谨慎。遇天道晴明、风水顺利即行。船上要十分整理清洁。故敕。"后面又补了一句："船要十分清洁，不许做饭。"你看皇帝也这样婆婆妈妈，圣旨公文也不嫌啰唆。今天，当我们读这一段君权神授的故事时，却无意中读出了政治，读出了文化。感谢那些无名的工匠、艺术家，在六百年前为我们预留下这么多建筑、冶炼、雕塑、绘画的标本。

山顶的金殿是武当山海拔最高、施工难度最大的宫殿，以精见长；而山脚下的玉虚宫则是武当山海拔最低、占地最多的宫殿，以大见长。它又名老营宫、行宫，可知这是当年全山施工的大本营，又是驻扎军队的地方，也是皇帝出行办公、休息的地方。朱棣在启动北京紫禁城工程后四年，开始修玉虚宫，形制全照紫禁城的样子，只是等比缩小，而且山门、泰山庙、御碑亭等附属建筑越修越多，高峰时达两千多间殿宇，占地八十多万平方米，后经战火、水患，楼殿、屋宇逐渐荒废坍塌。到上世纪九十年代，平地淤泥已达两米之深，沧海之变，宫墙之内已成了一个庞大的果园。1994年花了一百多万，动用机械清土，这座深宫才大致露出了原貌。

我一进山门，心灵为之一震，映入眼帘的是一个荒芜的广场，而铺地的巨石每块都有桌面之大。石面油光平滑，可知这里曾经涌过多少膜拜的人流，但石缝中钻出的荒草又告诉你，它已熬过不知多少年的寂寞。广场的尽头是巍峨的宫殿轮廓和红色的残垣断壁，衬着绵绵的远山，令人想起万里长城或埃及沙漠里的金字塔。

这是另一个故宫,你脚下就是午门外的广场,只是多了一分岁月的悲凉。与北京故宫不同,院里多了四座碑亭。我从来没见过这么大的碑和亭,过去所见庙里、陵前的碑亭也不过就是平地竖碑、四角立柱、搭顶遮雨而已。而眼前,先要踏上几十级台阶才能上到亭座,这时仰观亭身,墙高九米多,厚二点六米,一样的红墙绿瓦,只是顶子已经塌落,成了一个天井,越过墙头的高草矮树,露出一方蓝天白云。实际上这就是一个小的宫殿,里面端立着一扇冰冷的石碑,宛如庙里的神像。

这碑也特别巨大,重一百多吨,只驮碑的赑屃就高过人头。每面碑上刻有一道圣旨,第一道是讲要严肃山规,"一应往来浮浪之人,并不许生事喧哗,扰其静功,妨其办道";第二道是讲这宫建成后如何灵验,"告成之日,神屡显像,祥光烛霄,山峰腾辉"。站在亭上北望,是广场、金水桥、玉带栏杆和巍峨的大殿,不亚于北京故宫的排场。可以设想,皇帝出行到此,这玉虚宫内外仪仗銮驾,三呼万岁,君权神授,何等威风。但是这豪华的行宫未能等到它主人的到来,朱棣在永乐二十二年(1424年)死于北征途中。

朱棣死后,明清两代直至民国,这出人与神的双簧还在往下演。真武帝的封号愈来愈大,进香的人愈来愈多,但无论如何这造神运动也救不了它的主人。自明代以后,武当虽愈修愈大而中国封建王朝却愈来愈衰落。但这满山满沟的文化积淀却愈来愈深厚,到处是建筑、文学、绘画、雕刻、音乐、武术的精品。

太子坡景区有一座五云楼,楼高五层,通高十五点八米,却只由一柱支撑,交叉托起十二根梁枋,建筑面积达五百四十四平方米。南岩景区,在半壁悬空为殿,殿外又横空挑出一长近三米、重达数吨的石雕龙头,祥云饰身,目光如炬,须髯生动。且不说其做工之精,如何装上去即是一谜。那天,我去寻访一处荒废的旧宫,向导半路说,沟下有一岩洞,披荆拔草,下去一看,洞里竟刻有一幅王维的自画像并一首诗。我望着起伏的沟壑和冉冉的云雾,真不知藏龙卧虎,这里面还有多少艺术的珍宝。

就像慈禧为自己祝寿却给后人留下了一座颐和园,朱棣为自己修家庙,却留下了一座文化武当山。其实,不只是中国这样,你看世界各地的金字塔、泰姬陵、希腊神庙等,那些为皇、为王、为神造的宫殿、教堂、园林,最终都逃离了它的主人,而回到了文化的怀抱。历史总是在重复这样的故事,王者借手中的权力,假神道设教,造神佑主,而忘了打扮神灵时绝离不开艺术。于是神就成了艺术的载体,而那些被奴役的工匠倒成了艺术创作的主体。历史不以英雄的意志为转移,总是按它的取舍标准,有时"买椟还珠",舍去该舍的,留下该留的。

武当山1994年被联合国列入世界文化遗产。

原载《人民日报》2011年11月1日

恒山悬空寺

我国有五岳名山，北岳恒山因交通不便，不及泰山、华山那样为人所知。然而，偏是深山藏宝。随着交通开发、旅游业的兴起，这一地区的恒山风光、云冈石窟、应县木塔等灿烂的文化明珠都光彩熠熠地展现在人们眼前。其中尤以恒山十八景之一的悬空寺，以其悬空结楼的惊绝艺术，使人既增长历史知识，又享受到独特的旅游情趣。

南出浑源县城八里，就是恒山。山之西有翠屏山。两山对峙，中隔峡谷千丈，洪流奔突。翠屏山一侧是万仞绝壁，就在半壁岩上悬着一座古寺。我们来到山下，仰首一望，只见一个建筑群红绿相映，玲珑剔透，像是一幅彩画贴在石壁上，又像无形的线把几座小房系在半空。正如当地民谣说的："悬空寺，半天高，三根马尾空中吊。"陪同的朋友说："请登寺吧。"只见一线小路曲曲弯弯向空中升去，飞鸟在半山腰翱翔。过一会儿我们就要进入这个空中楼阁了，我的心倒先悬了起来。

这寺按山的走势，院门南向，四十间大小殿宇台阁，紧贴岩壁一字排开，南北长如蟠龙，东西窄如衣带。进得寺门，穿过小院便登楼。楼梯既陡且窄，仅容一人。我们紧跟向导，手扶冰冷的岩石，忽上忽下，忽而又折回，像在石回路转的山洞中慢慢探行。若无人导引，断不知所向，就是到了眼前的殿宇，也无路可近。大家攀梯绕廊，在半空中迂回，兴致盎然。

先看三官殿。这是道教的天地，几座泥塑像都是乌眉黑须，衣袖带风，有一种飘尘出世的无为之感。继而是三圣殿。这里则是佛家的世界。看那佛像，丰臂润面，端坐莲席，目光微启，大概雷鸣电闪也不能惊动他的一丝禅心。最后是三教殿。这里集中国封建文化之大成。中间是佛祖释迦牟尼，右边是圣人孔子，左边是道教祖宗老子；他们神态各异，竭力表现出所主宗教的雍容大度。当然，沿途的神龛、小殿里还有许多阿难、护法、韦驮、关公、四大天王等栩栩如生的人物。

我聚精会神地欣赏着。一回头，见外面白云缭绕，那雾气已乘人不备，潜入殿门，托住众神，好一个仙境神界嘛。妙的是寺院依山砌屋并无后墙，塑像与山石浑然一体；有的借岩石的突悬，如隐山洞；有的背靠坚壁，更显得端庄大度。还有那衣带、云彩，随风舒展，极为精巧。我奇怪它们是用什么材料塑成的，竟与山石共垂千古而又毫未破损。凑到跟前细看，已有好事者剥开一点"伤口"，像泥、像沙、像灰、像石。向导说，这是特选的泥土、细沙，再加上好的棉花、麻纸，按一定配方调制而成。这可真是我们祖先最早的"钢筋水泥"了。

我们一个殿一个殿地看完后已走到尽头。回首一望，这才看清寺的全貌。原来这条窄窄的衣带，却打了三个结，即全寺精细地分成三个建筑群，每组都有上下左右的殿宇，成为三足鼎立之势，虽是水磨青砖、琉璃彩瓦，但并不落入俗套。同中有异，虚实相生，错落而不零乱，庄严而又精致，布局甚是巧妙。第一组与第二组以小院相通，第二组与第三组则靠一条仅容一人的栈道相接。就在这条悬空栈道上，依石又筑着一个重檐式的二层阁。游人到此，提心吊胆，缘壁而行，如履薄冰。如果大着胆子向下望，但见流云飞鸟，真是身悬半空了。我们退回身来，贴着石壁向上看，这才发现在山下看来像刀切一样的石壁，原来微呈弧形，整座寺就躲在这个弧凹里。向导说，要是遇到下雨，任你头上飞瀑直泻，屋瓦却滴水不沾，所有楼台殿阁都被遮在水帘中。那时遥望恒山，更是云遮雾障、山色有无了。

寺之曰悬空，并不是夸大的命名。整座建筑是在半壁上凿石为基，但这地基又只有一条石坎，并不能承担全部殿堂。这么多危楼耸立，只在岩基上挂了一个边。若人之登山，攀藤附葛，一只脚踏住岩石，一只脚却悬空着。原来修寺时先在石壁上横向凿洞，打入一排木桩作"地基"，再在木地基上铺石为面，砌墙造屋，偌大的一座寺院就这样悬空而起了。为减轻殿宇对木桩的压力，寺下安了几根木柱支撑。但这木柱只有一握之粗，却有丈把长，支于崖上的缝隙中，既无础石，也无钉楔，远看就如几根小棍挑着一个木偶戏台，游人见此，无不惊绝。不但殿基下的木柱如此，就是殿内的木柱也同样纤细修长。原来那横梁也是插入石壁的，木柱只不过是个样子。怪不得民间传说，悬空寺的柱子是假的，用手一推就可以来回摆动。

这寺始建于北魏后期，经金、明、清三代重修，至今已有一千四百多年，还是这样结结实实。聪明的祖先，力学规律在他们手中已运用自如了。

当年这里是晋冀二省相通的要道，至今半山腰上还残存着栈道的痕迹。那时人来人往，香火不绝。虔诚的善男信女远道来烧香许愿，在半空中求神拜佛。过往的诗人墨客也多题咏，就是"诗仙"李白也在这里留下"壮观"两个大字。你看那石壁上还有这样一首明人题诗：

石壁何年结梵宫，

悬崖细路小溪通。

山川缭绕苍冥外，

殿宇参差碧落中。

残月淡烟窥色相，

疏风幽籁动禅空。

停车欲向山僧问，

安得山僧是远公。

人要成佛升天，当然不可能。但人为地创造这样的悬空佛地，却大可以加强宣传气氛。你看，"梵宫""苍冥""碧落""残月淡烟""疏风幽籁"……总之，你踩着"悬崖细路"到此一游，或再烧上三炷高香，不就觉得已是飘尘出世、顿悟佛法了吗？这大概是悬空寺所以这样建造、这样命名的用意吧。

我继续寻访石上的题咏，在一个亭子里发现了一块清同治年间的重修寺碑。碑文详述了这寺到清咸丰九年（1859年）已多处坍塌，绅士们计议重修，但苦不得其法。这时，有一个叫刘山玉的木匠自告奋勇，说可以扎架整修，但还未实施就突然病故。直到同治三年（1864年）春，又有一个木匠张庭秀，毛遂自荐。他更有绝招，并不扎架，而在悬崖上结绳为圈，腰缠脚踩，次第更换松木。现在我们看到的寺院就是经这位大师润色后的杰作。

千百年来，不管佛也好，道也好，总是在追求空中的天堂。但事实证明，神并不能给人以天堂，倒是人们靠自己勤劳智慧的双手，创造了神话般的伟大文明。我抚着碑文临窗远眺，对面恒山蔽空，背后翠屏接日，谷底一线流水绕山而去。这时阳光给古寺的琉璃瓦上镀了一层鎏金，整座建筑，在这深山幽谷中放着异彩。啊，悬空寺，你这颗空中明珠，光照祖国河山，历阅人间沧桑，你仍将继续高悬在历史的长河中，和众多的星汉一起发出灿烂的光芒。

原载《旅游天地》1980年第6期

古城平遥记

听说山西平遥将被定为历史文化名城，我特意去采访。

平遥，北魏时即设县治，名曰平陶，后避魏太武帝拓跋焘讳，改为平遥，至今已一千四百多年。其为文化古城，理由有三：一是至今还有一座保存完好的古代城墙；二是城内还有许多古香古色的店铺和一些古老的手工业工艺；三是近郊有一座艺术价值极高的古寺。在二十世纪八十年代的今天，还有这么一个古代细胞，确属不易。

先说那城，铁钉大门，锯形女墙，长长的护城河，一如我们从古画上看到的那样。县志载，周宣王时，大将尹吉甫北伐猃狁，在这里驻兵，首筑长城。待做了县治后，历代又不断增修，现存城池是明洪武三年（1370年）扩建后留下的，城墙高三丈二，宽一丈五，周长约十二里，还基本完好。这是全国两千多个县中罕见的一例。

城墙上共修有七十二个戍楼，我从那喧嚣的大都市走来，弃车登城，一下子就像回到了古代社会。戍楼上仿佛军旗猎猎，刁斗声声。极目城郊，平畴绿野，阡陌相连。俯视城内，高脊瓦房鳞次栉比，店铺纵横，摊贩沿街，似闻叫卖之声。闭锁性是封建社会的特点，你沿城墙而行，就会发现这城严实得像一个铁桶。一般县城只有四门，而这平遥城却有六门。这是因为当年这里商业发达，南来北往的商人、进城出城的农民络绎不绝，因此东西城墙又各增开一门。当地人说这城是一只乌龟。你看，南门是头，北门是尾，东西四门是四条腿。说也巧，南门外又恰有一条叫柳根的河擦城而过。从上往下看，这整座城确实像一个正在吸水的乌龟。

奇怪的是，每座城门瓮城的内外门本应该是垂直一线的，而唯东北一门却偏偏斜了。门外有条路，蜿蜒如蛇状。当地人说，路去十五里，近处有一寺，寺内有一塔，名麓台塔，那实则是一根木桩，龟的一条腿是系在这桩上的，所以这城门是斜的，不然这龟早跑到河里去了。我们听着都笑了，倒也有点道理。

下得城墙，细游市井，更见古味。街极窄，仅容一马车，两旁一律为店铺。我随便走进一家布店，这里没有现代商店的玻璃柜台，全是红木柜面，已磨得油光。缘墙小格货架，室内光线有些暗，却浮着一种异样的味道，正是"古香"。店铺外的每根椽头上，原本是一律雕有龙头的，"文化大革命"中大都作为"四旧"破除了，幸有少数还在，看那雕工是极精细的。主人说，不久将全部修复。街上许多行业的店铺都以"古陶"命名，更见古色。

这些房子中还有一种可看的，就是"票号"旧址。票号便是今日的银行。中国最早的票号发源于山西平遥和邻近的太古县。平遥人过去在外经商的多，赚了钱，要往家里送很不安全，还要雇保镖，于是便生出这票号，专管兑取银钱。我看了一处叫"日升昌"的票号旧址，五进深院层层有门，俨然金库重地。如今是县里一处机关在此办公，不久将腾出来，好供人游览。

平遥还有两样够得上古的名产：一是牛肉。我在孩童时便知这是极稀有的珍肴，曾尝过几次，几十年来常常回味。据说牛在杀前先灌饱花椒水，生牛肉用当地产的一种硝盐腌七天，然后再煮，并不加任何作料。多少年来，人们用现代的手段分析，易地易法试制，终不得其味，至今还是一绝。

另一种是漆器，其历史可追溯到唐代，现在还可找到明代的原件。它选上好的椴木制作，用猪血砖灰抹缝找平，再涂以中国老漆，共四遍。每涂一遍后都要用细砂纸蘸水打磨，最后一遍，则要用手掌蘸麻油用力推磨，所以叫"平遥推光漆"，制成后平光如镜。

更绝的是，这种家具不避水火，一壶开水浇上去不起皮，火红的烟头放上去不留痕。据说，某次国外捞得一古代沉船，船上其他物件早已被海水浸泡得面目全非，唯有一个小炕桌，拭去泥沙，光彩照人。翻过桌底，却有"平遥"二字。

漆器设计师薛生金十六岁拜师学艺，现在已是这种绝技的传人，他领我看了漆器厂的产品陈列室。这里有桌、柜、几、凳、屏，凡生活中各式家具应有尽有。妙的是，这些家具虽千姿百态，却总不脱一种统一的韵味——"古色"。比如这电视柜，本是现代有了电视机之后才为它设计的，但它色调深沉，腿脚处又微现出弧度，再饰以云纹，谁说不古？更奇的是描金彩绘，有花、草、鸟、兽和全套古典小说人物。这画是一种特别的入漆颜料，既有油画的明暗调子，又有国画的精确线条，别是一种艺术，平遥推光漆已名扬海外，出口是免检的。

出城去，近郊还有宋、元、明、清古迹共七十六处，而以佛寺最多。我国历史上崇尚佛教的北魏政权曾在山西建都，留下了以云冈石窟为首的一大批佛教艺术。在平遥郊外也有一座"双林"古寺，建于北魏，重修于明，取释迦牟尼圆寂之地各有双木之意。寺内保存了大量极有艺术价值的悬塑、彩塑。整套的佛祖故事都是用泥塑出来，探出墙壁，悬在半空。有人说，这就是连环画的始祖。

被专家们评为艺术价值最高的是十八尊泥塑罗汉，这些佛国里的神竟与地上的人是相通的。有一尊名哑罗汉有口不能言，目眦裂，脸通红，一副急迫之状。其余的笑罗汉，面如春风；醉罗汉，两眼惺忪；病罗汉，形容枯槁。人创造了神，看来神还是脱不了人。宗教是内容，艺术是手段，那内容现在对多数人来讲，已晦涩难懂，而这艺术手段倒让人探究无穷。这里中外游人日益增多，内有不少是专为艺术而来的。

晚上宿在县委招待所里，这招待所竟也是一件古董。当年大概是一家有钱人的深宅。正房一溜五孔大窑洞，窑上有楼。两侧厢也是五窑五房，成三合大院。东西北角有雕栏玉阶曲折上下。上面大约是小姐的闺房。据说这样的古宅在城中还所存甚多。晚饭后，我在院中散步，两旁的高屋脊在苍茫暮色中庞然耸立，我好似在一座幽谷之中。这时明月东升，又将这一片古色罩上了一层朦胧。四周极静，远近隐隐传来三两声火车的笛鸣，叫人知道这不是魏晋。

1984年6月

清凉世界五台山

北岳恒山向东南逶迤而下，在山西东北部撒下了五座山峰，五峰拱卫连绵，圈出一块三百平方公里的地方，这便是国内外闻名的五台山。

山区以台怀镇为中心，分成台怀、台内、台外三个层次，像三个渐大的同心圆。在这个奇妙的同心圆内，由近而远，在山顶、谷底与密林中分布了五十七座红墙黄瓦的大小寺院。这里历来是海内外佛教徒朝圣的地方。那披着青松与白杨的冈峦，那映着鲜花与绿草的山泉，那阵阵的松涛和着悠悠的钟声，那绿茸茸的草地衬着古庙琉璃瓦上的夕阳，那从山谷里吹来的习习凉风，使这块小盆地的沟沟洼洼里，到处都有美的色彩与旋律，形成一个游览与避暑的胜地。

远在东汉永平年间佛教传入我国时，有两位从印度来的和尚，云游中国后，看中了这座山，便上书皇帝，说释迦牟尼在经书上说，文殊菩萨的道场原来就在中国的五台山。于是皇帝便恩准在此修庙，从此历代香火相传，极盛时，庙宇竟达三百多处，地方志上有此记载。

至于这山的风光之美，气候之好，又别有一段传说故事。说当年文殊初到此山时，酷暑难熬，风沙蔽日。有人说，东海龙王那里有一块"歇龙石"，只要借来镇山，便可玉宇澄清，暑气永消。于是文殊便去龙宫，指名要那块歇龙石。老龙王说，只要你拿得动，便拿去。这老和尚就施展法力，口中念念有词，一块偌大的青石便缩成一粒小丸，飞入他的袍袖，带回五台山。

可是那外出的小龙王回来时，发现丢了歇龙石，怒气冲天，便追到五台山区，四处寻找。它将巨尾一扫，就把五个峰顶都削成了平台；利爪乱刨，在山顶上翻起无数黑石，至今这些石块还遍布满山，人称"龙翻石"。当然文殊自有对付它的办法，一声咒语，便飞起两座山，将这条恶龙镇压在山下。现在五台山北面的繁峙县境内有一处秘魔崖，便是小龙王的被囚之处。制服了小龙王之后，文殊将清凉石安放在一个山坡上，盖起一座清凉寺。从此这五台山真的成了一个清凉世界。

这自然是传说，但这个美丽的传说，反映了人们对美好生活环境的向往和改造自然的威力。去年八月，我曾专程去造访过那块清凉石，它高与人齐，如炕面之大，面青色，有云纹，人坐其上，顿生凉意。这么大的物体却安安静静地躺在一座大寺庙的院中，真不知它是怎样来的。

五台山的绝妙之处，是气候清新凉爽，所以又名清凉山。去年，正当酷暑季节，我们一进五台山便立即被搂进了一个清凉的怀抱里。这里多的是青松、白杨。在台怀谷地南端有一寺，叫镇海寺，寺前寺后遍植古松。这些松也长得奇，孤高的干子直指天穹，到顶上又横生出枝叶。深深的绿，浓浓的荫，在这浓荫的庇护下，阵阵松涛，将人们身上的汗、心中的热，涤荡得一干二净。

在谷地北口有一寺，叫碧山寺，这里是白杨的世界。寺门前，有一片深幽的白杨林，它们一出土便密匝匝地挤在一起，细枝阔叶交错连理，风来枝摇叶动，将一轮烈日的炽焰筛成一缕缕的丝、一点点的亮，给人一种愉悦的清凉。这两寺之间还有南山寺、显通寺、梵仙山、黛螺顶等，皆无寺不树，无山不林，四围远接天际的山顶高坡上全是层层的白杨、茫茫的劲松和如毡似毯的草丛。整个小镇，连同谷里的人、车、马、房，还有那几十座寺院，一起被淹在这冷绿的大盆里，哪还有一丝的暑热能偷存下去？

除树多之外，这里的水也不少，台内各山各寺就流淌着泉水四五十处，清凉河水环绕台怀流过。说它是河，倒不如说它是一匹飘动的锦缎。这河很浅，却宽。它不咆哮，也不喊叫，只是在谷底穿树林，绕古寺，一路轻轻地歌唱着流去。人们在两岸的各处寺庙游览时，总要在这清凉河上穿行，这河水给人们一种凉意。

台怀镇口有一泉，名"般若泉"，泉眼圆亮如镜，水质沁凉宜人。清康熙、乾隆先后十五次上五台山，都是专饮此水。现据化验查明其中含有七种对人体有益的矿物质，是一种极好的矿泉。显通寺大院里有一泉，依山势从上落下，流过院心，又一直淌到寺外的石板路上，亮亮的，像一条项链。你若来到这里，可以蹲下来，引颈亲吻一下这来自地心的清凉，也可以像孩子一样，双手提鞋，赤足踏行在清波洗漱着的石板街上。一种无名的凉意会爬上你的双腿、你的腰身，慢慢地弥漫了你的全身，直至心田。浓荫已将烈日从天空隔去，清泉又将新凉从地下送来，好一个清凉世界。

五台山的清凉，自然不是那块清凉石的魔力，实因地势高，暑气很难爬上它的山腰。它的五个台顶都在三千米左右，其中北台高达三千零五十八米，是华北的最高峰。我们游完台怀镇各处后，乘上一部轻车，在这几个台顶之间飞驰，感到两肋生风，通体透凉。

路是极险的，左曲右弯，常常将碰壁而猛折，似落沟又急转。这时树也没有了，林带已落到了身下，成了山的围裙。坡上有五光十色的山花，山顶有朵朵飘浮的白云，有的云朵飞过来，拦住车的去路，闯进车厢缠住我们的胳膊和腿脚，脸上也给抹了一层轻轻的湿意。坐过飞机的人，在那个封闭的空间里，哪能体验到这种神仙般的滋味。

这时从车窗里看出去，尽是一座座连绵平缓的山头，要知每个台顶都有上百亩油绿绿的平滩，这是绝好的高山牧场。附近几省的骡马牛羊，每年盛夏都要赶来这里避暑放牧和进行交易，人称"骡马大会"。这里既有山地起伏的旋律，又有草原辽阔的情感，如果在山头上静坐一会儿，看山下的庙、眼前的云，听林间的泉，沐浴那习习的风，就会得到一种特殊的、美的享受。从这数千米高的台顶到那飞鸟盘旋的谷底，从台怀镇这一点圆心，到周围三百平方公里的山川，这是多么大的一个清凉世界啊！

自然除了好山好水之外，在这个清凉世界里还有好看的，那便是庙宇。到底是在佛家的圣地，这里的庙不但多，而且大得惊人，无论哪座寺院，动辄左右连院，前后数殿。一座显通寺，竟占地一百二十亩，有殿堂四百余间。塔院寺有一座大白砖塔，高达二十一丈。还有一座木塔是放经书的，能转动，另有一座殿将它裹在其中，取高处的书时，要到二层殿上伸手去拿。金阁寺里有一尊菩萨，高二十七点七米，他一人就占了两层殿，要看他的脸面也得上二层楼去。而这里许多寺又都修在半山上，凿坡为级，凡一百零八个台阶，披云掩绿，形若天梯。

第二个可看的，便是这庙宇内外的奇景。台怀镇最高处的菩萨顶上有一座殿，名滴水殿，它那琉璃瓦的屋檐，别说阴雨天，就是晴天，也渐渐沥沥地往下滴着水珠；显通寺里有座铜殿，是用五十吨铜铸成的；又如无梁殿，殿无一木，全砖到顶；明月泉，泉如碗口，可鉴星月；写字崖，崖本无字，水流则见；千佛洞，洞内怪石，如人脏腑；等等。在台外，还有两件国宝，就是如今全国仅存的两座唐代建筑，曰佛光寺、南禅寺，在这两座寺庙里，你可以欣赏到一千二百年前的庙宇建筑和佛像彩塑。

当盛暑难熬时，来这个清凉世界里，参观古建筑群，游览好山好水，增长历史文化知识，听取美丽的传说故事，实在是一件快事。

去五台山，有南北两路。南路从太原市转五台县城至台怀镇，凡九十公里，一路山势较缓，是在不知不觉中渐渐登山的。北路从山西省繁峙县的砂河镇，经鸿门崖天险，只四十六公里，坡陡路险，天气亦变化无常。我们登五台山是在去年八月里，从南路上山北路下山的，当我们沿着急速下降的公路，落到砂河镇时，便又浑身汗津津的，我们从清凉世界又回到了炎热人寰。

原载《旅行家》1984年第1期

苏州园林

我到苏州，是特地为她的园林而来的。在一条很小的弄里，我找见了网师园，这是苏州最小的园子，占地只有八亩。园子入口处很窄，四周有山、水、石、桥、花、木。园中心处有一屋，名"竹外一枝轩"，这个名字初读来令人不解，细想才知是据苏东坡诗意："江头千树春欲暗，竹外一枝斜更好。"果然，轩面一池水，水边有斜依的松柏，袅袅的垂柳，而穿过柳荫在波光水色中闪现出亭台、桥榭。景是错落的，甚至斜乱的，但这正是整齐美之外的更深一层的美，造园者与诗人的心是相通的，他们用人力来提炼自然美的精华，这是艺术。

和网师园相比，拙政园算是苏州最大的园子了，据说是《红楼梦》大观园的原型，但她并没有因为大而失去精。园中有楼曰"见山楼"，但对面只是很宽阔的水，隔岸又是若许亭、轩、阁，一起埋在绿树丛中，哪里有什么山？可是当你再凭栏品味时，会突然想起陆游的诗："疏沟分北涧，蓺木见南山。"谁敢说剪掉林木之后，那边没有山呢？想见的山比看见的更好看，更有味，这真是含蓄到极致了。

其余还有许多亭、堂，如"看松读画轩""风到月来亭""留听阁"等，都画龙点睛，景外有意。让你身在其中，又不得不神思其外，城中的园林不比大自然中的山水，她只有在有限的条件下，向精美、凝练、含蓄中去求艺术，像一首律诗。这样"园"有尽而意无穷，而在这里，艺术的表现手段又不像诗一样靠字、词，却是靠山石、花木、砖瓦。难得的是这些无声之物，竟有神有韵地构成了一个美的境界。当你在这些园子里悠游时，那实际上是在翻一部唐诗，或一本宋词了。

如果说在网师园、拙政园里得到的是诗情，那么在留园里得到的便是画意了。这个园子多回廊，亭堂又多窗，匠心之意是让你尽量透过廊、窗取景，抬眼时便是一幅画图。窗外常是粉墙，窗与墙之间或植竹数竿，或插梅一枝，墙为纸，物为墨，随风摇曳，影布墙上，且天生的艳红翠绿，这是任何丹青高手所不能企及的。这还不止，窗户又都是各种图案的花格子，透过窗子看景时别有一种隐约的效果与气氛，是朦胧的美。还有一奇趣，当游人在廊中走动时，从不同的角度望去，又会是一幅不同的画面，叫"移步换景"。真可谓将我们视觉的潜力挖绝了。

园中除画之外，还有雕塑，这便要说到石了。有一块"鹰石"突兀耸立，浑身高高低低，洞洞眼眼，石顶部极似一只老鹰腾空，长颈内弯，两爪伸张，双目炯炯，大约发现了地上有一只雏鸡，正鼓翅欲下。我站在石旁注视良久，越看越像，越想越像。觉得那鹰神从石出，气从石来，活了！但我岂不知，这是太湖里随便捞上来的一块石头。苏州园林的艺术正在不以墨为图，不以斧凿去雕塑，尽量利用自然之美，专取似与不似之间，匠心之意只是撩拨起你的遐想，引而不发，藏而不露。中国画中本有写意的一派，那是比工笔更含蓄、更有味的。

留园中还有两块石头叫人难忘。一曰"冠云峰",高六点五米,重五吨。是宋时运"花石纲"落入太湖中,清朝官僚刘蓉峰造园时又捞得的,这是苏州园林中最大的一块了。其旁又还有一块石"岫云峰",傍有一些紫藤出地,分为两股,穿石间小孔而上,到石巅后又绞作一团,浓荫蔽覆。藤遒劲而叶蒙缀,至少已逾百年。在苏州园林中,空间自不必说了,就连时间这个因素也被纳入造林艺术之中了。有人工制造的错落的美,有历史铸就的古邈幽远的美。我们平时谈画,那是些平面的颜色;我们游历山水,那是些自然的原形。而现在,我们看到的却是窗框里的翠竹、水池中的山石,这是自然物与纸上画的过渡,是自然美与艺术美的融合,别有一种角度,另是一番享受。

别于宅地花园的是沧浪亭。园中有山,环山有河,水面开阔。这本是宋庆历年间,诗人苏舜钦为官失意后隐居之所。他在这里造了亭,还写了《记》,歌咏其自在之情:"觞而浩歌,踞而仰啸,野老不至,鱼鸟共乐。"亭上有楹联:"清风明月本无价,近水远山皆有情。"登亭而望,绿荫之外空水茫茫,尘嚣不闻,市井不见,闲矣,静矣。这里不比城里那几处园子,那是主人正官运亨通之时闲玩游赏之地,这里是文人失意官场后抒发悲凉、宣泄积愤的所在。其意境是李白的《春夜宴桃李园序》,是王维的《山中与裴秀才迪书》,是陶渊明的《桃花源记》,游这种园子,得到的是一种恬淡闲逸的美。这就不只是诗与画的陶醉,而是在冷静地披览历史了。她使人不由忆想起我们民族悠久的文化和历史上曾相继登场的各种思想与人物。

在苏州看园林,实在是在读一本立体的书。本来通过建筑这面镜子,我们一样可窥见当时社会的政治、经济与文化,不过这种窥视与探讨却是充满了艺术的乐趣。这在国外已经专门兴起了一门"艺术社会学"。苏州的园林建筑艺术则完全称得起这门学科的一个分支,我想现在我们继承自己民族的文化遗产,不仅要去钻图书馆、考察文物、看古装戏,还应该到这样的城市里来走一走、想一想。

建筑是凝固的音乐,在这些秀美的园林里随时都飘荡着几世纪前的音符,一碰到我们的心弦,便会响起历史的鸣奏,在我们心灵的空谷中久久回荡。我又想,我们现在欣赏这浸透了古典文化艺术之汁的苏州城,还不应该忘记,怎样去为我们的后代创造一座同样饱储着当代文化艺术的城市。

1985年3月

印度土王邦寻旧

在印度旅行，一件有趣的事不可少，就是寻找那些土王的旧踪，在历史的烟尘里发现一点自己的头脑中还没有存入的人和事。

南印度的班加罗尔本就美得让新来者整日兴奋不已，而当你赞美当地的景致时，陪同却故意不以为然地说："明天到迈索尔去，那才真叫美呢！"从班加罗尔出发，西南行一百五十公里，便是过去的迈索尔土邦国，现在是一个小城。从公路上看开去，两边全是密密的椰林、油绿葱茂的菠萝蜜树和垂着黄鸭蛋似的果子的芒果树，而车子则是在一条大榕树搭成的绿胡同里钻行，不时这浓绿的凉荫中又会闪出一团热辣辣的火焰，耀眼光明，叫你在绿的沉醉中猛一惊醒。那是通体火红、不见绿叶的木棉树或火把树，行行重重，曲径通幽，更增加人的向往之情。

迈索尔到了，这是一片神秘的化外之地，土是一色的红壤，像一块无边的红地毯，而空阔中却玉立着一株一株的棕榈树，树下净无根草，树干通体洁白，拔地而起，到半空再展开她宽薄的枝叶。路边的房子，也都是红白两色，蓝天下绿树中如木偶小屋。

这时，一座洁白耀眼的城堡出现在天际，我一阵兴奋，驱车上前。原来这里还不是王宫，而是当年的英国总督府，现在做了旅游宾馆。这是一座两层楼的全大理石建筑，内外通体洁白，厚重雄浑。楼梯的扶手，宽得足以可以躺下一个人。昔日的舞厅现在是大餐厅，玉栏雕栋，金碧辉煌。主人揭开一方地板，露出里面的弹簧机关，说装了这些东西，跳舞时，随着乐声的急缓、舞步的快慢，地板就砰砰然地颤抖，真是享受的极致了。

当年总督夫人的房间如今已是客房，每晚收费四千卢比。房间大约两百平方米，一英寸厚的地毯满铺过去，叠花压锦，吊灯是大理石的，真不知怎样雕成。澡盆也是老式样，一个长瓷盆，三边围着花玻璃屏风，马桶的踏脚和坐处有毛织厚垫。电话是瘦高细挑扁担式的老样子，通体镏金。总督的房间亦然，只是已改装过。

我在楼上楼下走了一趟，恍如那些当年的英国贵族就在眼前，他们着燕尾服，打黑领结，如企鹅般挺胸腆肚。贵妇则袒胸露肩，长裙扫地，一会儿楼梯上飘上飘下，一会儿舞厅里吻手打躬。我才相信果然有这样豪华的场所来装下那些电影中常见的镜头，一楼大厅有一幅迈索尔二十四代土邦王画像，拄杖披衣大如真人，目光炯炯，透出一种英明聪慧之气，除了那一堆包头布外，倒也没有多少土味。

离总督府约五公里才是土王的王宫。总督府讲究大理石的纯白、线条的简洁，这里则追求金银的奢华、装饰的繁缛。王宫正面是一个前敞的二层大厅，约有排球场大，供商议大事、发布诏令和举行仪式之用。中间是王座，两边是大臣的席位，再两边墙上有窗格，是供王妃等女眷们躲在墙里窥看仪式之用，那时印度的妇女是不能随便露面的。

厅下是广场，如现代大型体育场之广，是一般民众聚集之地，广场右侧有一寺，各种石雕神像叠床架屋地堆砌在墙头屋顶。厅的二层右侧是土王的起居室，内有意大利穿衣镜、比利时的银椅、捷克斯洛伐克的吊灯，而天花板则是缅甸柚木制成。右侧是土王与亲信大臣议事的小议事厅，正中是银大门，浮雕着许多宗教神像故事，唯王可以出入。

与门相对是一个二百八十公斤的纯金宝座，厅侧之门为象牙硬木嵌镶，象牙拼镶之处如随手描画般自如。硬木的深红与象牙的纯白相映相照，热烈与娴静共处一平面之中。这两扇门1934年曾送至美国芝加哥参加世界艺术博览，颇为轰动。正像中国古代艺术中，如秦始皇兵马俑、云冈石雕佛像、甘肃铜雕马踏飞燕、魏碑书法等许多艺术品，已成美的典范却不知其作者姓名一样。

我在这两扇门前伫立良久，怅然肃然，向那不知名的艺术家默默致敬。环视厅内，那银门金座画有价，怎敌这无名艺人无价心，同时我也惊叹这一小土邦之王，辖地居民也不过我们国内一县之规模，却有如此气派的王宫，真令人咋舌。

王宫最可看的是后宫，中有一天井式大厅，高如欧洲的圆顶教堂，数十根厅柱，全用生铁铸成。此宫始建于1800年，1887年毁于大火，后又从英国请工程师花了四百万卢比重建，虽是封建式样，建筑材料却吸收了资本主义工业社会的文明。

环中央大厅有一壁画长廊，共二十六幅，每幅约高两米，长三米，幅幅相连，画的是土王在宗教节日里举行游行的宏大场面。土王坐在一个由八十公斤黄金制成的御辇内，这金辇又放在象背上，象背装饰得彩披拂地，流苏摇缀，两只雪白的牙上还箍了两对宽大的金圈，驾象人坐于辇前象颈上，土王在辇内英姿勃发，前后仪仗逶迤，万众山呼。前几天我在斋浦尔参观另一土王宫遗址时见过真正的象群，昔日王宫仪仗队的象现在正执行着驮游客上山的新使命。

印度在1947年独立前，全国有五百个土邦王。英国人统治时期还承认这些土王的权力，到独立后，政府便取消了他们的割据，赎买了他们的财产。迈索尔小邦国的土王共传了二十五代，最后一位王叫马哈拉加，到1947年才去世，他的儿子现在还是这个邦的议员。

中央厅的右侧辟有一个小陈列室，展览着这位末代土王的收藏物。最多的是兵器，各种各样的刀剑，有一把两百年前的古剑，薄而细长，可做缠腰之柔。一种中国兵刃中没有的匕首，形如《西游记》中二郎神的三尖两刃刀，但手把上又有小机关，刺中人后机关一开，两旁又炸出四个小刃，作用如现代子弹中的"炸子"。有一四指钢爪，套在手心里，不妨捏人一把，能致骨碎，属暗器一类。兵器室里面又有一室是土王的猎物标本。看来这个末代土王在气数将尽之前纵情游猎，行踪遍及欧亚非各地，每有猎获就将其中硕大者制为标本，其意大约是记功扬威。

封建君王巩固统治的主要手段便是一个字：杀。不杀人时就杀兽，总之要杀气常存。在中国史书中，每朝都有皇帝行猎的记载，如有亲射得重大猎物者必恭录时、日、地点，以明圣上英武，现在沈阳故宫中还存有努尔哈赤某年亲猎得一头大熊的标本。我在这个土王的猎物室中漫步，如置身于天然森林，突然你眼前冲出一头猛虎，双爪前探，血口盆张。一转身，一头黑熊又人立而起，双掌正要搭在你肩上。眼前独角犀兽弓背疾驰，远处梅花鹿耸耳静立。我一仰头，墙上伸出一头牦牛，两只大角如壮士双臂环抱，眼如铜铃。后退时不小心碰在一个齐人高的灯柱上，用手一摸，原来是一根象鼻，脚旁供人坐的一个圆凳却是一只象脚。

在迈索尔的二十五代土王中最令人印象深刻的是第二十四代王，

刚才看到的英总督府门庭里那张画像就是他。二十四代王即位时，邦内土地贫瘠，旱灾频频，他励精图治，兴修水利，筑成一历史上闻名的水坝。

下午返回时，我们曾驱车到坝上凭吊。坝高不可测，长约四五公里，坝外是一汪湖水，碧波浩渺，坝内绿树如烟，田连阡陌。我真不明白这小土王怎能有如此大的魄力，几乎是在平地上筑起这样长的大坝。车在坝上行驶约十五分钟。我在国内还未见过这样的工程。一般建库造坝，尽量取河口狭窄之处，而这条坝则平地卧龙，一虹南北。坝取弓形结构，弓背向水，可加倍受力，十分科学。

我们到坝下泄洪口处，激流喷涌而出，浪头常突然跃上渠岸，袭人一身清凉。渠首坝身上有花岗石碑，上刻明此坝是1929年到1937年修建，十多位工程师的名字都了然其上，并注明他们在此工作的日期，虽有的仅数月，亦不漏掉。比起创作那扇象牙门的艺人，工程师的待遇要好得多，可见第二十四代王的开明。坝旁的数顷土地已开辟成灯光花园，引水环绕其间，花圃成方成格。

我们从渠首下来时，已是日暮时分，一会儿灯光齐明，坝上灯柱成一条长龙，花园中的音乐喷泉随乐声节奏的快慢或如礼花冲天，或如彩绸曼舞，且五颜六色变幻无穷。路边花中都因势因地置有多色灯光，园中心一条人工瀑布两叠而下，浩浩中流，波光闪闪。虽是夜间，游客慕名而至，摩肩接踵，影影绰绰。夜风吹笑语花香，不辨天上人间。土王当年只知兴水利、修农田，未料今日又得旅游之利。灯光花园已成了印度招徕游客的一主要项目，坝头就有一座高级旅游饭店，难怪人们最不肯忘记这位二十四世土王呢！

许多旧迹往往是这样，不管当初修建者的目的如何，最终还是传给后人，作为国家、民族和全人类的财富，如我们现在游金字塔、长城、颐和园。一个人，不管自觉不自觉，只要他为世界留下一份有价值的文化遗产，便可永恒。

1990年4月

佩莱斯王宫记

我曾暗发宏愿，如可能要遍访世界上现存的王宫。因为王是一国权力的最高象征，王宫自然集中了这个国家最好的东西，包括自然风景、建筑艺术、历史文化等等。所以当罗马尼亚主人邀请我们访问佩莱斯王宫时，我窃喜正中下怀。

车子从布加勒斯特出发，向北驶去，一望无际的平原上刚翻过的土地袒开褐色的胸膛，天边或路旁不时出现一片茂密的森林，我顿然感到大自然的辽阔和这异国风光的美丽。路边靠着公路很近的地方常有农民的住房，这极普通的建筑却令我在车里激动得无法坐稳，欠着身子，贴着车窗贪婪地向外看。

我的第一感觉是：这房子不是给人住的，而是给人看的。大凡给人住的房子，总是面积求大，结构简单，用料用工求省，所以现代民居，要是平房就是一个火柴盒子，要是楼房就是一个大集装箱。而这些房子却绝不肯四面整齐划一，房子的一面或凸或凹，呈折线或弧线的美。

我的视线紧紧捕捉着一套扑过来又急急闪过的房子，它的门厅有意不开在正中,而是于房角挖掉一块,像一个熟鸭蛋被切了四分之一,露出蛋黄剖面,颜色和方位都十分雅致。路边所有的房顶都不像中国的房子一样,成一面坡或两面坡,那房收顶时才是建筑师大露一手之际,屋顶伸出许多尖的、圆的、多棱形的高柱,如魔盒子里探出的手。

我想这房主人都是些大公无私、为他人着想的人。要是只为实用,大可不必这样复杂,他却花钱花工,给来往的行人制造了一件工艺品,免费参观,提供美的享受,使许多如我这样的外乡人大饱眼福。这是参观王宫前的一个铺垫,我的情绪先有了一个适应异域的空间转换。

车子甩脱平原渐入山区,远处是白雪皑皑的山峰,公路沿着一条山谷穿行,谷下有河,名佩莱斯河,此地就因河得名。河隐藏在浓密的松树、白桦、冷杉深处,水流潺潺,只闻其声。树是特别的高大,一般要二人合抱,密密地插在山坡上。积雪压在落叶上,铺满树下,雪静树更绿,空山不见人,有一种莫名的幽邃。

我忽然想起曾看过的一部电影,是描写罗马尼亚古代社会的。公元前,这片土地上生活着达契亚人,这是罗马尼亚人的祖先,公元二世纪,罗马人侵入这里,达契亚人开始了与罗马人的长期征战、融合。那片子的外景大约就是在这沟里拍的,也是这树、这水和沟里尖顶的草房。武士们用笨重的铜剑格斗,声震山谷,尸横遍野。印象最深的一幕是:一支军队因败阵归来要执行军纪,处死一半,于是站成一列,一、三、五,单数点名,点到的人出列,伏首到前面的木墩子上,引颈等着巨斧劈下,遵命如流,视死如归。那曾经是一个多么野蛮又多么壮丽的时代。当时我坐在影院,被震慑得如痴如呆,忘乎所在。想不到今天能溯访此地。我停车路边,向深深的谷底、密密的林中眺望，希望那里能走出一两个腰围兽皮、握剑持盾的勇士。山风吹过，树森然不动，只抖下一些纷纷扬扬的雪。

王宫坐落在山弯子里，公路在这里随山的走向回了一个圈，水好像也是在这里发源的。东面是一面斜伸上去的大雪山，凄迷的雪雾一直漫到天外，古树在雪线以下排着奇幻的方阵，忽出沟底，忽涌坡上，森森然，如黛如墨，有时消失在远处的雪光中又如烟如织。

王宫在山坡上临谷面南而立，这是一座石木结构的民族式宫殿，它本身就是一座巍然的小山，王宫以厚重的花岗石起墙，越往上越层叠错落，挑出许多的尖顶，用橡木镶拼成各种图案的门窗，衬着皑皑的白雪，掩映在常青松杉和还留着些红叶子的枫树林中，完全是一个童话世界。这王宫的第一位主人是1866年从德国来的卡罗尔国王。卡罗尔是中国宋徽宗、李后主式的人物，身为国王却酷爱艺术，这王宫是他亲自参与设计督造的，里面结结实实地收藏着各种艺术品。王宫于1875年开始建造，1883年基本建成，到1914年全部完工时，卡罗尔也已去世了。

王宫共三层，一百六十间房。门向西开，进门就是一个通高三十多米的天井，中央是客厅，墙上垂下十八世纪的壁毯，厅内全套意大利硬木家具。

上二楼，左边一武器库收藏着五世纪到十九世纪的武器，有阿拉伯的剑、中国的弓，还有一把关公刀，一副连人带马的骑兵铠甲，据说是全罗马尼亚唯一的了。

右边是国王的办公室，室内桌椅的侧面、腿脚处、扶手上全是浮雕，椅子扶手的造型是四个坐着的小人，还都跷着一条腿。桌上的烛台分两层，上下层间有三个顽皮的小儿，做头顶重物状，神色颇惹人爱。天花板是三寸厚的木浮雕花饰图案。另有一写字台，侧面浮雕一老人头像，他勇往向前，长发被风吹向后面，如呼啸的火车头。台角的废纸篓也是皮革精制，上面刺着花纹，墙上有伦勃朗的名画。

再往前是天井式的藏书室，二层楼，橡木书柜，有旋梯可上下取书；桌上有信札箱，是皇后手绘的箱面。王宫里紧邻办公之地就有藏书室，这大概是欧洲皇帝的习惯。沙皇冬宫里的藏书室也与这差不多，只是更大些。我在中国故宫没有见到这种设施，也许我们的皇帝不如他们爱读书，或者我们现在搞旅游的人不着意展示这些。藏书室后又有一小办公室，小办公室右拐，便开始出现了一大串的客厅。这客厅很类似我们人民大会堂以各省命名的大厅，不过它是以艺术类别或国家、地区命名，而分别收集各地艺术品。

第一个是音乐文学厅，国王在这里接见作家、艺术家。全套桌椅是印度国王送的，黑色硬木，镂空浮雕，据说用了三代人工才完成。还有日本的瓷器，一对中国的大双龙洗，直径约有半米。最可看的是墙上的四幅油画，全以一个少女为题，据说是王后的构思。

第一幅代表春天，少女从花丛中走出，和煦的阳光照着她幸福的脸庞；第二幅代表夏天，阳光从浓荫中射下，她的纱裙飘动着幻化出一种热烈的向往；第三幅，色调转深，那女子低着头，一种秋的悲凉；第四幅，少女半裸着伏在一片雪地上，一片圣洁。这王后是国王上任三年后娶过来的，她也酷爱艺术，是一个作家、诗人，夫妻算是珠联璧合。可以想见他们每天在王宫里就是以切磋艺术来打发时日。没有听说过宋徽宗有什么擅画的妃子做伴。李后主的周后只是天生的美貌，他后来又纳了周后之妹，一个更美的美人，为她写了那首著名的"手提金缕鞋"词，却也未见二周与之有什么唱和，看来他们还是不如卡罗尔幸福。

音乐文学厅后是意大利厅，两侧立着米开朗琪罗的三个铜雕，墙

109

上是六幅意大利名画；再前，威尼斯厅，两件拉斐尔复制伦勃朗的圣母像，原件已经失传，此复制件也就成绝响了；再前，阿拉伯厅，满是地毯、挂毯，最有趣的是那几个长枕头，一枕可供十人眠；再前，土耳其厅，然后右折是长廊，长廊尽头再右折是小剧院。到此已绕王宫一周，再往前又是武器库了。

1910年后，这剧院又改成电影厅，舞台上刻有国王的一句话："一切艺术我都喜欢。"国王常在这里观摩演出，有时兴之所至还登台朗诵。这大概又类似我们的唐玄宗了，他亲自谱写《霓裳羽衣曲》，又做导演，又与宫人共舞。卡罗尔虽喜欢艺术，但治国方面也没有出什么大错，这一点比宋徽宗、李后主、唐玄宗都强。

从王宫出来，我又在周围的山坡林间徜徉了一会儿。除这座王宫外，旁边还有稍小一点儿的七八处宫殿，现在都做了旅游饭店。有一处就是我们昨晚睡的，内部设施极豪华。但最美的还是周围的白雪、绿树和沟里潺潺的流水。昨晚夜半醒来，皎月在天，雪光映窗，偶有一两声狗吠，或"咔嚓"一声雪压树枝的断裂声。要不是碍着外宾的身份，我真想半夜出户做一回秉烛夜游了。现在再看这景，虽没有昨夜梦幻式的朦胧，但还是一样的静，一样的美。

我佩服卡罗尔国王，他用艺术家的眼光选中了这块上帝创造的王土内最美的地方，又用王的权力集中人力在这里创造了一座艺术宫殿。他的后辈尊重这创造，所以他一死，第二代国王就立即重建新宫，把旧宫做了艺术博物馆，直到今天。国王是有至高无上的权力，但权力再大也将随生命而止。可是当他乘有权之时，选择干一件让国家民族永远记住的事，这权力便变成了永久的荣誉。卡罗尔选择了艺术，他知道艺术之河常流，艺术之树常绿，就如这佩莱斯的山和水。

1992年1月

在欧洲看教堂

教堂虽然是基督的大旗,是他的讲坛、他的行营,但教堂首先又是它自己,是由砖石构造、建成某种形状,又配以某种装饰的房子。它是盛着精神的物质,是相对内容而存在的形式。而形式这种东西又常常可以偷偷地离开内容,或假借内容来实现自己的价值。正如不管是皇帝还是农夫都要穿衣,裁缝就只管他们的形式,只在这一点上实现自己的手艺。

中国诗赋的格律,就是离开内容而独立存在的声韵和节奏的美。当主教大人们决心到处修造恢宏的教堂来宣扬圣道时,艺术家也就找到了一种表达自己艺术才能的借口和形式。所以今天我们看教堂,就是对宗教没有一点兴趣,也可以把它当作艺术来欣赏。就如欣赏马王堆出土的金缕玉衣,并不必追究这衣服是穿在什么人身上的。

教会垄断了文化也垄断了艺术,垄断了建筑。因为它有势、有钱,能调动最好的材料、最好的艺术家来修教堂。与教会平行的是皇宫,那也是有钱有势的主,你看哪一家不金碧辉煌?因此罗马和欧洲大地上的著名教堂,实际上成了那些伟大艺术家的个人纪念碑。

我猜想教会与艺术家之间是心照不宣互为利用的。我花钱雇你来修教堂，你的才能越发挥得淋漓尽致，教堂就修得越好，就越证明我教的伟大；我被你雇来修教堂，你花的钱越多，教堂修得越大，就越能发挥我的才能，证明我的存在。这种暗中的相互利用，倒给我们留下了一件件艺术精品。

借教堂成名的艺术家当首推米开朗琪罗。米开朗琪罗1475年诞生在佛罗伦萨，他的奶娘是位石匠的妻子，也许就是这段缘分，他一生也没有离开石雕艺术，后来他风趣地说："我是吃铁锤和凿子的奶长大的。"他二十八岁时便完成了成名作《大卫》，至今这件作品被全世界美术院校的学子奉为入门教材。梵蒂冈宫的西斯廷教堂可以毫不夸张地说就是米开朗琪罗纪念馆。

这位文艺复兴的先驱，以他人文主义的思想是反对神权的，但是他被迫两次来梵蒂冈的西斯廷教堂作画。第一次来是1508年，画了四年；第二次来是1535年，这次画了八年。现在西斯廷教堂成了游人难得一进的艺术圣地，那天我们去瞻仰时，教堂内密密麻麻地站满人，大家慢慢地挪动脚步，都仰起头看着这四百多年前的珍品。米开朗琪罗的这些画全部用裸体人物来表达，他是以人的尊严来对抗神的统治。

他第一次受聘是来画这个大厅的拱顶，开始他请了几位当时也是很有名的高手画家帮忙，几天后他发现不合自己的标准，然后就一个人来完成这项艰巨的工程。在这块八百平方米的天花板下，他站在脚手架上，仰着脸，要是晚上手里还举着一盏灯，就这样一直画了四年，到1512年完成。不用说别的，就是我们现在仰脸看画，一会儿就脖颈酸疼，他是以怎样的毅力来创造艺术的啊。

他第二次被召来是为了在祭坛后的山墙上画一幅《末日的审判》，

画高十米，宽九米，两百多个人物，足足画了八年，还是全用裸体。当画快完成时，教皇的一位官员来视察说："这么神圣的地方，怎么能画这种画？这画不如挂在澡堂子里。"米开朗琪罗非常恼火，此人一去，他就将他的形象画成一个阴间的法官，脚上盘着长蛇，现在这个人还在画上受罪。他的透视技巧十分高超，画上每个人物都像随时要走下来。这幅画当时就轰动了世界。

我挤在人群中，屏住呼吸和大家一起感受这艺术的魅力。我只感到四周全是米开朗琪罗的化身，这些人物从两侧的墙壁上，从天花板上，一起拥来，穿越五百年的时空，带着画家的呼喊，向我们诉说人的复兴、文艺的复兴。在教会死寂的殿堂里竟有了这样一个活泼泼的人的世界。这和我们在庙里和石窟所看的冰冷、一个模样的佛祖、观音大不一样。大约上帝也承认了内心深处的寂寞，从而暗自屈从了这位艺术家，让他在神殿上打开一扇通向人世的窗户，而实际上也就在众神间为米开朗琪罗留了一把交椅。

米开朗琪罗的创作态度是极其认真的。创作《大卫》时，他用一道屏风挡起来，作品未完成前，不许任何人看一眼。一次他正修改一件作品，有朋友来访，刚扫了作品一眼，他就装作失手把灯掉在地上，屋里一片黑暗。凡是自己眼睛通不过的作品，决不肯示人，凡是没有新意的作品，他决不留存。一次，他为雕一个人像，竟一连做了十二个稿样。正是这种执着，这种残酷的追求，使我们在五百多年后还觉得他是一个不可企及的高峰。

罗马和欧洲的著名教堂，大多是经数代名家设计和监督施工而成的。世界第一大的圣彼得教堂公元349年始建，以后历次重修，到十六世纪更有拉斐尔、米开朗琪罗这样的大师加入，到1612年才完成现在这个规模，前后一千二百多年。世界第四大教堂的佛罗伦萨大教堂1296年开工，到1461年完成，前后一百六十六年。大圣玛丽亚教堂公元352年始建，一直建到十八世纪，前后一千四百多年。

一座建筑的修建动辄上百年，上千年，只有宗教的信仰才能维系这样的工程。这在东方也不例外，中国的云冈佛窟修了五十年，乐山大佛修了九十年，大足佛刻前后七百年。因为朝代可以更替，信仰却没有更换，并且又只有这种宗教迷信式的信仰才能驱使人们将自己的精力、财力去作无限的倾注，并代代相续。

一个教堂越是这样一代代地往下传，就越显得珍贵，好像一个十世单传的婴儿，这是欧洲人最爱向客人显示的骄傲。正是在这种传承中，教堂成了一棵独特的艺术大树。如果你细心一点，还会发现这棵大树仍在不断地抽着新芽，现代艺术家设计教堂也要张扬自己的个性，他们已突破传统教堂尖顶厚墙的冷面孔而更富有人性，这也许是为了适应旅游业的需要。最典型的是芬兰的岩石教堂，建于1969年，由蒂莫和图奥莫兄弟两人合作设计。它完全是在一座岩石山顶上挖的一个深坑，搭上玻璃、钢和铜材的大顶棚。十足的现代味道，但仍不失教堂本色。

我认为，教堂对教会来说是布道的场所；对教徒来说，是寻找安慰洗刷心灵的地方；对艺术家来说，那是他手中的一块石料或者是一块画布。

1998年3月

第三辑　拥抱生活

青山不老

《三国演义》上有一个故事，写庞德与关羽决战，身后抬着一具棺材，以示此行你死我活，就是我死了也没什么了不起，埋了就是，真一副堂堂男子汉大丈夫的气概。这种气概大约只有战争中才能表现出来，只有在书本上才能见到。但是当我在一个小山沟里遇到一位无名老者时，我却比读这段《三国演义》还要激动。

窗外是参天的杨柳。院子在沟里，山上全是树，所以我们盘腿坐在土炕上谈话就如坐在船上，四围全是绿色的波浪，风一吹，树梢卷过涛声，叶间闪着粼粼的波。

但是我知道这条山沟以外的大环境，这是中国的晋西北，是西伯利亚大风常来肆虐的地方，是干旱、霜冻、沙暴等一切与生命作对的怪物盘踞之地。过去，这里风吹沙起能一直埋到城头，县志载："风大作时，能逆吹牛马使倒行，或擎之高二三丈而坠。"可是就在如此险恶的地方，我对面的这个手端一杆旱烟的瘦小老头，他竟创造了这块绿洲。

我还知道这个院子里的小环境。一排三间房，就剩下老者一人，还有他的棺材,那棺材就停在与他一墙之隔的东屋里。老人每天早晨起来抓把柴煮饭,带上干粮扛上锹进沟上山,晚上回来,吃过饭,抽袋烟睡觉。他是在六十五岁时组织了七位老汉开始治理这条沟的,现在已有五人离世,却已绿满沟坡。

他现在已八十一岁,他知道终有一天早晨他会爬不起来,所以那边准备了棺材。他可敬的老伴,与他风雨同舟一生,也是在一天他栽树回来时,静静地躺在炕上过世了。他没有儿子,只有一个女儿在城里工作,三番五次地回来想接他出去享清福,他不走。他觉得自己生命的价值就是种树,那边的棺材就是这价值结束时的归宿。他敲着旱烟锅不紧不慢地说着,村干部在旁边恭敬地补充着……十五年啊,绿化了八条沟,造了七条防风林带,三千七百亩林网。去年冬天一次就从林业收入中资助村民每户买了一台电视机,这是一个多么了不起的奇迹!但他还不满意,还有宏伟设想,还要栽树,直到他爬不动为止。

我们就在这样的环境中谈话,像是站在生死边界上的谈天,但又是这样随便。主人像数家里的锅碗那样数着东沟西坡的树,又拍拍那堵墙开个玩笑,吸口烟……我还从没有经历过这样的采访。

在屋里说完话,老人陪我们到沟里去看树。杨树、柳树,如臂如股,劲挺在山洼山腰。看不见它们的根,山洪涌下的泥埋住了树的下半截,树却勇敢地顶住了它的凶猛。这山已失去了原来的坡形,而依着一层层的树形成一层层的梯,老人说:"这树根下的淤泥也有两米厚,都是好土啊!"是的,保住了这些黄土,我们才有这绿树;有了这绿树,我们才守住了这片土。

看完树,我们在村口道别,老人拄着拐,慢慢迈进他那个绿风荡荡的小院。我不知怎么一下又想到那具棺材,不觉鼻子一酸,也许老人进去就再出不来。作为政治家的周恩来在病床上还批阅文件,作为科学家的华罗庚在讲台上与世人告别,作为一个山野老农,他就这样来实现自己的价值。

一个人如果将自己的生命注入一种事业,那么生与死便不再有什么界限。他活着已经将自己的生命转化为另一样东西,他死了,这东西还永恒地存在。他是真正与山川共存,与日月同辉了。达尔文和爱因斯坦都说过,生死于他们无所谓了,因为他们所要发现的都已发现。老人是这样地坦然,因为他的生命已转化为一座青山。

老人姓高,名富。这个普通的人让我领悟了一个伟大的哲理:青山是不会老的。

选自《没有新闻的角落》书海出版社1990年7月

2006年入选人教版小学语文课本

风沙行

1968年12月将近年底时,中央决定分配因"文革"而滞留在大学里的三届学生。那方法不是如现在这样个人填志愿,单位招聘,签约上岗。而是政治动员,号召到最艰苦的、祖国最需要的地方去。这样一来,天真、热血一点的人就纷纷写决心书表态。我学的是档案,为稀缺专业,最早是苏联专家要帮中国建一座档案学院,后中苏关系破裂,就在人民大学开设了一个档案系,每年只收二十人左右,我的上一年级只有十九人,以往的学生分配全部留在中央机关。这次号召到基层去、到边疆去,我们全班十二个党员纷纷带头表态,结果鞭打快牛,十二个人就全被分到北部边疆,东起黑龙江西到新疆,一路撒开了去。大家毫无怨言,限三天报到,打起背包就出发。

一

我被宣布分往内蒙古巴彦淖尔盟,查了一下地图,在乌兰布和沙漠的边缘,心想,此生要和风沙打交道了。临行时,行李中只带了一套《毛选》和一本焦裕禄治沙的小册子。

几经辗转，多日后我来到一个叫巴彦高勒的地方。安顿好住处，就与几个先到的待分配同学到街上去转转。谁知一出院门不远便是沙漠。正是午后，风停日暖，天净如洗。沙地气候，早穿皮袄午穿纱，虽是深冬，并不十分寒冷。我们见惯了大都市里的高楼大厦、车水马龙，忽看到电影里的沙漠，十分新奇。沙丘相拥而去，一个连着一个；连绵的弧线，一环套着一环，如凝固的波涛。才知"沙海"这个词确不是随意地杜撰的。我忽然想起《吊古战场文》里说的"浩浩乎平沙无垠"，还有唐诗里的名句"大漠孤烟直，长河落日圆"，不远处就是黄河。大漠长河，天高地阔，黄沙滚滚。我们几个萍水相逢的天涯学子，来做这沙海中的伴侣，一扇新生活的大门即将打开。大家兴奋不已，打滚扬沙，尽兴而归。

谁知还没有两天，沙漠就露出了真容。因为我们还要继续下派到县里去，就借了人力排子车拉上行李到火车站去办托运。走到半路狂风大作，飞沙走石，瞬间黄尘蔽日。前日里美丽温柔的沙海早不知躲到何处。街上的行人，男士一律帽檐朝后，女士以纱巾裹脸，艰难地躬身前行，好像正跟前面的一个人角力较劲。我们几个前拉后推护着车子，不让风吹翻行李，大口地喘气。可一张口，好像旁边正等着一个人，立即就给你嘴里塞进一把沙子。成语说，逆水行舟，不进则退。我没有行过船，却体验到了逆风拉车，不进则退。这是我到西北后经历的第一场风沙洗礼。回到招待所后，脱光了衣服也扫不净身上的沙子，那时候的招待所里还没有浴室。

我被下派到了临河县，这是守着黄河边的一个小县，只有四万人口。过了二十多天，才在县招待所里逐渐聚集了七八个大学生和十来个中专生。当时正是"文革"高潮，县机关几近瘫痪，只有几个人在维持局面。组织干事名李志忠,三十多岁,清瘦老练,说一口当地话。他是我出校门后碰到的第一个工作联系人。他找到我说:"县里决定把你们编成了一个劳动锻炼队。俺给你们找了一个条件最好的生产大队,小召公社光明大队,靠近公路,离县城四十里。大队长还是全国党代表哩。你们就在那里劳动落户。你看现在县里这个样子,也抽不出什么人去带队了。这二十多个学生中,就你一个党员,特任命你为队长,也算是帮我们一个忙。为了便于工作,再给你任命一个公社党委委员,可参加公社的有关会议。"就这样给我戴了一顶高帽子,却是个紧箍圈,套住了一个给他们白干活的人。

第二天他即叫上县里唯一的一辆夏斯吉普,带上我去看将要安家的地方。那时的乡间公路全部是土路。冬季里的塞外,几乎无日不风,空中悬浮着似落不落的沙尘,天地一片昏黄。出城北行一个多小时后,车子停下,他说到了。我说:"在哪里?"他用手指了指公路西侧,我仍是一头雾水。在我的印象里,所谓村子者,总得有房、有树、有人家。就算没有江南的粉墙黛瓦、中原的青砖大院,也总得有几间房子,或一点鸡犬之声吧?而这里唯闻北风呼啸,只见黄尘滚滚,向四处望去,收割过的田野是黄的,一条土路是黄的,远处的沙丘是黄的,依稀有几间平顶土房,也是黄的,整整一个黄土、黄沙、黄风搅动的混沌世界。我们要住的就是那几间瞪大眼才能辨认出来的土房。这就是塞外,我将要安家的地方。京城亲友若相问,一袭黄尘在风中。

安顿下来后,我们四个男生睡在一条土炕上,开始了沙里滚土里爬的锻炼生活。河套平原冬天的一大农活就是担土平地。背风铲土,顺风扬沙,口、耳、鼻,乃至你的贴身内衣及任何隐私处,无不灌进沙子。到收工吃饭,碗里也休想没有沙粒。这就是我们正常的劳作和生活。有一次我和一位女同学进城为锻炼队采买生活用品。骑自行车，来回八十里。下午返回时又风沙骤起，俩人蹬车艰难地逆风而行。那同学本就瘦小，又是城里长大，哪受过这等折磨。渐渐体力不支，我们只好骑行一阵又推行一阵，勉力而行。眼看天色昏暗下来，风愈紧沙愈急，前面还要路过一片坟地。我急了，从车上解下一根绳子，拴在她的车把上，翻身上车，在前面使劲蹬车，她也拿出吃奶的力气在后面跟骑，天黑前无论如何要赶回去，两人都汗水湿透了棉衣。家里的同学不放心，到临近村口时，早已看见几只手电筒的灯光，正出来找人。我们进屋后一屁股坐在炕沿上几近瘫软。战友们赶快拧一把热毛巾，又在锅里舀一碗米汤来压压惊。要不是我还顶着个"队长"头衔，当时真想哭几声，喘过来气后，自嘲地说了一句："没想到今天当了一回拖拉机。"大家哄然一笑，就算了事。

多少年后，我在国家新闻出版署工作，各省的出版局局长大都是我们这批老五届的学生。物以类聚，每年开会在饭桌上说着说着，就谈起往事。那天，我不知怎么谈到这次风沙夜归人。在座的四川省出版局的局长陈浼仁与我同是68届。他即讲了一个更惨的故事。当时他们几个大学生被下放到四川阿坝劳动，就是当年红军过草地的地方。草地有风无沙，但多雨雾。一天他们几个人出去捡柴火，突然一阵雾起，伸手不见五指，几个人走散，天黑回来时少了一人。也是打着手电筒四处呼喊。第二天，在不远处发现一堆狼吃剩的人骨头。顿时，满座无声，沉默良久，半天有谁以拳击桌，说了一声："喝酒！喝酒！"才又拉回到现实。那一年还发生了著名的"牛田洋事件"，在军垦农场劳动锻炼的八十三名大学生死于潮水中。那时的口号是"知识分子到基层去锻炼"。"锻炼"这个词借自铁工，就是把一块铁扔在炉子里烧炼，再拿出来反复锻打。我们这批人就像是一个个刚出炉的毛坯铸件，除了锻打，还被放到一个风洞实验室里来反复地吹沙洗磨。

一年后我先在县委工作，后当省报的驻地方记者，仍少不了经常下乡，吃风浴沙。一次额外受优待，搭乘盟委书记的车下乡。出城时还天清气朗，车行到北山脚下，山后渐渐升起一片腾腾的烟雾，先是深红暗黄，后渐成灰黑一团，滚滚而来。一会儿就感到了飓风的力量，像有一个无形的巨人，横挡于路的中央，用双手推住我们的车子不准前行。车子大喘着粗气，颤抖着左右摇晃。霎时风助沙威，沙借风力，一团沙、土、风搅成的旋涡将车子团团裹定。只见风挡玻璃上唰唰地卷过流沙的怒涛。车子如掉到了黄河深处，上下左右浊流滚滚，一片昏黄，人如在水下不辨东西。那时的北京吉普还是帆布篷，何谈密封。沙子循着袖口领口、衣襟裤脚等一切可乘之隙，急急往身子里钻。赶紧停车，静待其变，大家都不敢说话，因为一张口就有一把土直塞咽喉。这样等了半个小时，渐渐风挡玻璃上才出现路的影子，司机启动雨刷，边刷土边小心前行。这是我印象最深的一次风沙与车子的较量，如果当时人在车外又当如何！同行的盟委书记名蒋毅，是一位慈爱可亲的老者，后来他也调回北京，曾任全国总工会副主席。一次开会我们碰到一起，说起那段往事犹惊魂未定，如在昨天。

二

虽风沙肆虐，但人们居于斯，长于斯，也有了对付的办法。最有效的法子就是造林栽树。天不绝人，有沙就有抗沙的植物。在牧区有沙打旺、花棒、柠条等能固沙且可兼做牧草的灌木。农区则有一种名叫沙枣的树，我对它印象极深。现摘取一段当年的日记如下：

一九七三年六月十日

我们住的房子旁长着两排很密的灌木丛,也不知道叫什么名字。第二年春天,柳树开始透出了绿色,接着杨树也长出了新叶,但这灌木却没有一点表示。我想大概早已干死了,也不去管它。

后来不知不觉中灌木发绿了,叶很小,灰绿色,较厚,有刺,并不显眼,我也并不十分注意。只是每天上井台担水时,小心别让它的刺钩着自己的身子。

六月初,我们劳动回来,天气很热,大家就在门前空场上吃饭,隐隐约约飘来一种花香,我一下就想起香山脚下夹道的丁香,一种清香醉人的感觉。但我知道这里是没有丁香树的。

第二天傍晚我又去担水,照旧注意别让枣刺挂了胳膊,啊,原来香味是从这里发出的。真想不到这么不起眼的树丛却有这种醉人的香味。我开始注意沙枣。

去年四月下旬我到杭锦后旗参加了一期盟里举办的党校学习班。党校院里有很大的一片沙枣林。学习到六月九日结束。这段时间正是沙枣发芽抽叶、开花吐香的时期。当时曾写了一首小词记录了自己的感受:

干枝有刺,
叶小花开迟。
沙埋根,风打枝,
却将暗香袭人急。

秋天,我到杭锦后旗太阳庙公社的太荣大队去采访,又一次看到了沙枣的壮观。

这个大队紧靠乌兰布和大沙漠,十几年来,他们沿着沙漠的边缘造起了一条二十多里长的沙枣林带,沙枣后面又是柳、杨、榆等其他树,再后才是果木和农田。这长长的林带锁住了咆哮的黄沙。那浩浩的沙海波浪翻滚,但到沙枣林带前却停滞不前了。沙浪先是凶猛地打在树干上,但立即被撞个粉碎,又被气流带回几尺远,这样,在树带下就形成了一条无沙通道,像被一个无形的磁场阻隔,黄沙总是不能越过,并且还逐年树进沙退。高大的沙枣树带着一种威慑力量巍然屹立在沙海边上,迎着风发出豪壮的呼叫。

沙枣有顽强的生命力。一是抗旱,无论怎样干旱,只要插下苗子,就会茁壮生长,虽不水嫩可爱,但顽强不死,直到长大。二是它能自卫,枝条上长着尖尖的刺,动物不能伤它,人也不能随便攀折它。沙枣林常被用来在房前屋后当墙围,栽在院子外护院,在地边护田。三是它能抗碱。它的根扎在白色的碱土上,但枝却那样红,叶却那样绿,在严酷的环境里照样茁壮生长。

在这里我见到了林业队长。他是一个近六十岁的老人。二十多年来一直在栽树。花白的头发,脸上深而密的皱纹,古铜色的脸膛,粗大的双手,我一下就想到,他多么像一株成年的沙枣,年年月月在这里和风沙搏斗。他那质朴、顽强、吃苦耐劳的品质在育苗时通过满是老茧的手注入到沙枣秧里,在护林时通过期盼的眼神注入到古铜色的树干上。不是人像沙枣,是沙枣像人。

今年,又是初夏,而我在去冬已移居到临河县中学来住。这个校园其实就是一个沙枣园。一进大门,大道两旁便是密密的沙枣林。每天上下班,特别是晚饭后,黄昏时,或皓月初升的时候,那沁人的香味便四处蒸腾,八方袭来,飘飘漫漫,流溢不绝。初夏的一切景色便都熔化在这股清香中,充盈于人的心怀。

宋人咏梅有一名句:"暗香浮动月黄昏"。其实,这句移来写沙枣何尝不可?

沙地的可咏可叹之物还有许多。有一种红柳,生长很慢,极耐旱,枝通红。细枝可用来编筐子。我刚住下时房东送来一只新的红柳箩筐,横纹竖线,细编密织,就像是一只大红灯笼,红艳照人。放于墙角顿觉陋室生辉,寒窑生暖。较粗一些的红柳枝可编成篱笆,不是做篱笆墙而是糊上黄泥盖房顶,以枝代瓦。我们住的就是这种房子。它的嫩枝还有一个妙用,当小孩子出疹子正发热难受,将出未出之时,煎汤喝之,立马疹出病爽。又有一种芨芨草,叶嫩时可供牛羊啃食,最有趣的是,它多年生的草秆子有一人多高,洁白似雪,柔韧如藤,大约如织毛衣针那样的粗细。仲秋时节,你老远就能看见谁家土屋前后翠绿一蓬,这时的风景真不亚于江南平原上翠竹深处有人家。收割后可穿成帘子,雪白细密,透风遮阴。而最多的用途是绑成扫院子的大扫帚,一人多高,坚韧而有弹性。无论农家小院还是学校、机关都会靠墙杵上几把,不威自重,亮丽照人,一进门就感到这院子不扫也净。当然还有其他沙地特产,名声最响的就是河套蜜瓜了,我曾专有一篇《吃瓜》说其中的味道。祸福相依,这都是得了沙子的好处。

就是沙子本身也有许多特别的用途。沙与土，性相近，习相远。沙为圆粒，性流动；土为粉状，性黏滞。沙间有空隙，吸水透气；土质紧密，无水板结，见水成泥。这一比就见出沙子的可爱，也有了许多专门的用处。小者，可洗油瓶，弥砖缝。老油瓶子是最难清洗的，在没有发明洗涤灵的时代，乡间有一个最简单的办法，抓一把沙子，加半瓶水，来回晃荡几次，便洗得光亮剔透。新铺的砖地，缝隙纵横，这时倒上一簸箕沙子，再扫上两遍，天衣无缝。而沙子还用来铺在瓜地里，造成小气候，午热晚凉，便于瓜积累糖分，特别好吃。沙性吸水存水，当地就总结出一种植树经验，简直是一门特技，一个专利。拿一空酒瓶装满水，放入扦插树苗，连瓶埋入沙土中，小苗靠这一瓶水就可熬到长出须根，翻出瓶外，接上地气。在泥土中则不行。大者，沙子可用来筑城修路。我在乡下的时候，公路边每隔百米就备有一堆沙子，防雨天泥泞。沙子的这种圆、松、软、滑的特性还被用来减震，学校体育课上跳高、跳远的沙坑就是一例，而这几天看俄乌战争的报道，其所修的工事就是钢筋水泥板中间夹以厚层的沙子。沙子的流动性更被用来作自动密封剂。我的家乡山西洪洞县有一座明代的监狱，就是京剧《苏三起解》里唱的"苏三离了洪洞县"的那个监狱。狱墙先用砖砌成内外夹层，夹层里面灌满沙子。当越狱者正高兴自己已盗开了一个墙洞时，沙子却喷涌而出，壅塞洞口。犯人费尽心机，到头来却被一粒沙子戏弄，沮丧不已，又被锁回牢房。我们不能不惊叹古人的聪明，也不能不承认沙子的全能。

三

人久生情，地久生恋。长年生活于沙地，对这里也有了一种特别的情感。别看风沙脾气大，平歇下来也温柔可人。仲夏的夜晚，你一觉醒来，正凉风过野，细沙打在窗纸上，簌簌唰唰，如春雨入梦，窗外月明在天，地白如霜，沙枣花暗香浮动。这时忆亲人，怀远方，心也温暖，情也安宁。

想来命运把我们扔到这沙地里来也是有一定的道理。古人不是说要给你一点重任，先得饿其体肤、苦其心志吗？学生刚出校门正该这样。在大自然所设的各种苦境中，风沙够得上上等之苦了。但它像一杯苦茶，喝过之后又有一点回甜。一年后，这支锻炼队解散，散伙那天，我们再登沙丘，再看那浩浩乎平沙无垠，大漠孤烟、长河落日，别有一番滋味在心头。人生旅途漫长，但只要你曾经穿越过风涛沙浪，就懦者勇，弱者强，男女即可为壮士。大风起兮尘飞扬，壮士归去兮守四方！大家挥沙分手，各赴前程。但不管走出多远，我们身上都有一个印记：从风沙中走出来的人！

这种风沙刻在心里的烙印将一直伴我终身。后来我在全国各地采访，朱熹下轿问志，我却下车伊始先问人家的降雨量、无霜期、树木覆盖率等等，好来与西北做对比。不知道的人还以为我是学农林水专业的。1983年，我到新疆采访中国科学院新疆沙漠研究所，与他们谈沙说沙，如话乡音，格外亲切。后来去河南，在兰考捧起一把焦裕禄治过的沙子，倍感亲切。到山东看黄河入海口，滚滚而来的沙子竟在海边形成一片新的陆地。我在心中轻轻地喊道，这其中一定有几粒是从我当年的衣缝中抖落或者口鼻中吐出来的啊。退休后，单位每年夏天都组织我们到北戴河休假。我意外地发现海边沙地里竟然还有一棵沙枣树，在海风的长年揉搓下扭出了好几道弯，如虬龙欲飞，屹然挺立。它叶小、皮红、有刺，被淹没在郁郁葱葱的松林里，实在不显眼。游客们穿着艳丽的泳衣、打着遮阳伞，嘴里叼着小吃，熙熙攘攘地从它身边擦过，没有人多看它一眼，也没有人问一句这是什么树。老沙枣树沉默不语，有几分"独在异乡为异客"的凄凉。而我每年去时总要找到它，看了又看，摸了又摸，再合影一张。

生理学研究说小孩子断奶后吃的第一口菜是什么味道，就决定了他一生对美味的记忆。一个人的一生有两个童年。一个是生理人的童年，大约是六岁之前吧。一个是社会人的童年，大约是他从学校毕业之后走向社会的第一个六年。除了极少数人含着金钥匙落地，谁也不知道社会将给他准备什么样的头道菜。塞外风沙就是我进入社会后吃到的第一道菜，尝到的第一口社会味，它已永久地刻写在我生命的基因里。从此，西北的风沙成了我观察环境、透视社会、研究人生的一面镜子。那一年在云南，主人陪我逛街，为了扩宽街道砍去许多树木，城市只剩下裸露的水泥板。主人还在得意地说："我们这里四季如春，山好水好。"我脱口而出："就是人不好！你知道吗？在西北几代人才能栽活一片林，你们这里插根扁担都能活。怎么就是不栽树！"一时弄得人家很尴尬。回来后仍意犹未尽，在报上发了一篇短评《好山好水更要好官》。一次正赶上北方有沙尘暴，我们恰好到海南去开会，一落地，蕉叶如诗，椰林如画，上下天光，一碧万顷。别人都庆幸这几天逃离了北方的沙尘，我却心里有一丝在关键时刻逃离战场，不能与父老共艰克难的耻辱感。到晚年回头一看，我才发现自己的作品无论是文学还是新闻，凡影响较大的都与风沙有关。我曾有一篇写栽树老人的新闻稿入选小学课本，已有三十年，现还未"下课"，还与孩子们一同栽树。就是写西部的历史人物竟也不脱风沙的背景，如左宗棠和他的左公柳，林则徐发配新疆兴修水利，王洛宾在青海追求遥远的美丽，等等。上天赐我以风沙，我报风沙以文学，报风沙以人生。我在接受西北文学奖的答词中说：

"从一参加工作我就与西北结下了不解之缘。中国地形西高东低，是西部的冰雪化水，输送东南，滋润国土，繁衍子民。而它却把高寒、荒漠、风沙留给自己。生长在西北国土上的生命，无论是树木、灌草还是人，都有一种顽强、坚忍的牺牲精神。它们都是中华大地上生命的极点。我由衷地感恩西北，敬畏那些顽强的至高无上的生命。"

从去年开始，国家对环境保护的内容已经调整为"山水林田湖草沙"的七字方针。这个"沙"字已经堂堂正正地升为国策的一部分了。我伴沙而行五十年也倍感光荣。

原载《人民文学》2022 年第 8 期

补 丁

"补丁"这个词恐怕要退出词典了。它本是指衣服破了,用块碎布头补上。但是现在三十岁以下的人有谁见过补丁?又有谁还穿补丁衣服?

提起这个题目是因为一场乌龙。网上传出一张照片,当年的一个"知青",脚上的球鞋补丁摞着补丁。有朋友赶快发给我,我也不觉哑然失笑。这个"补丁客"就是我,但不是知青,已是大学毕业生了。上世纪六十年代末有一个政策,凡大学毕业生都得先到农村去劳动一年。1968年年底,我们几个从北京、上海来的大学生到内蒙古巴彦淖尔盟临河县报到,被安置到一个生产队劳动。吃住、干活一如知青,只是有国家发的工资,不拿队里的工分,农民乐得接受。第二年春天,我们在门前搭了一间草棚,垒了一个灶台。挑水、拾柴、做饭,过起了农家烟火的日子,还不忘在土墙上刷了一条放眼世界的时髦语录。那天,当地报社的一个摄影记者路过村子,竟意外地发现这里还有几个种地的大学生,就为我们拍了几张照片。旷野衰草风沙,土房柴草泥巴,书报锄头镰把,断肠人在天涯。我们哪里是什么知青,是

"困青","文革"潮起被困在学校不能按时毕业，毕业之后又被困在农村不能专业对口。五年寒窗各有所学，上知天文下知地理（我们这几人有天文、土木、生物等各种专业），现在却被困在塞外的一个沙窝子里。理想虽还未破灭，却不知将身落何处，一脸天真，几个书娃。照片上最显眼的是我坐在一个小木凳上伸出的一双脚，脚上是从北京穿来的那双帆布解放鞋，上面摞着十三个补丁。这个数字我一辈子也忘不掉。

那个年代经济短缺，吃饭要粮票，穿衣要布票，全民勒紧裤腰带过日子，穿补丁衣服很平常。连周恩来为防两袖磨破，办公时都戴上一双袖套，像女工在包装台上干活那样。毛泽东接见外宾时屁股后面有两个补丁，工作人员说换条裤子，毛说不用，外宾又不看后面。我们的大学校长是吴玉章，资格更老，曾是毛泽东的老师。与学生合影时，他坐前排的椅子上，后排站着的同学一低头，发现吴老肩膀上有两块补丁。这都是上世纪六十年代的事。这种困境一直持续到八十年代末。电影明星刘晓庆刚出道成名，要随电影代表团出访日本，却没有一件合适的衣服。在道具库里找到一件长裙，胸前却有一个破洞。就别了一枚胸花掩饰，也敢出国。明星达式常拍《人到中年》，背心后面几个破洞，那不是道具设计，就是他自己平时穿的衣服。这就是那个年代的正常生活。我们这些乡下学生鞋上有几个补丁算什么。我当时还有一件白衬衣，那是用日本进口的"尿素"化肥袋子缝制的。生产队将空袋子五角钱一个卖给社员。但"尿素"两个字怎么也洗不掉，裁剪时把它巧妙地处理在双腋下不易看见的地方。随着时代的变迁，经济的发展，不管是领袖、明星还是平民的补丁都没入了历史的烟尘。衣不为暖而为美，走马灯似的换着花样穿，不再因破而补，而是因时而弃，许多完好的衣鞋就成了垃圾。

衣可弃，习难改。我常碰到的一个难题是，一双袜子，还好好的脚后跟上就张开一个大洞，用之不能，弃之可惜。早几年尼龙袜时代还专有一种补袜的胶水，可解此难题，这几年也不见了。一天在网上搜，忽发现"补丁"二字，如他乡遇故知，乐从心底生。网上有各种补丁，颜色、布料、款式任选，而且还自带粘胶，一贴即可。我大喜，即下单购得几款。几日后到货，才知道这补丁不是那补丁，而是专往新牛仔衣裤上贴的小装饰。我这个"祥林嫂"，只知道补丁是补衣服的，不知道补丁还会耀武扬威地骑在新衣服上，而且还会变脸。就如过去戴口罩是一色的白，现在有红、有黑，还有卡通，甚至国旗都印了上去。我收到的变脸补丁自然不能解我的补袜难题。

袜子没有补成，"补丁"二字倒由实际问题升华成一个哲学问题，终日萦绕在我的脑子里，抹之不去。这世上的事是缺而后补，还是不缺也补呢？补是为了填洞找平，还是为平地上起楼呢？本来，补者，补缺、补漏之谓也，有弥补挽救之意。物因残而补，衣因洞而补，牙因缺而补，实在万不得已才去补。凡补过的东西总归是不如原装原配的好。但再一想，也不一定，补者又有补给、补充，添加、增强之意。补过的东西其强度和外观也有反超原物的，如胶粘的木板、焊接的金属，若去做破坏实验，先断裂的并不是补焊之处。掺了新元素的合金，也强过原来的单一金属。现在连人的脸也可以修补了，补后的面容更漂亮，以至于美容已成为一种时尚和一门产业。莎士比亚说，生还是死，这是一个问题；补还是不补，也成了一个我想不透的新课题。

后来，我们这一批"文革"中落难的大学生自然都离开了农村，但那是每人都打过补丁之后的事了。或者考研，或者入乡随俗，重学一门本事，反正必须重打补丁。别的不说，只外语这个补丁就有天来大，补得你喘不过气。那个时代，我们从中学到大学都是学的俄语，而要考研就得从头学英语，人近三十了还得重新投一次胎，要用多少吃奶的力气？不像是补一双鞋、一件衣，人打补丁是很痛苦的，我没有做过整容，想来一定很痛。但我见过钉马掌，要翻起马蹄，用钉子生生地给它钉上一块铁，那马也得忍着。但不要小看这块"铁补丁"，肉蹄变铁蹄，踏遍千里烟尘绝。科技改变世界，这么一块小补丁就大大地提高了军力（当然还有生产力），历史学家说蒙古人就是靠此横扫欧亚而造就了一个超大帝国。"困青"们当时也找到了一块"铁补丁"——考研。何以解忧，唯有杜康；何以解困，唯有考研！当然，考前你还得先上一个学前班：吃风裹沙，挑水劈柴，烟熏火燎，脱胎换骨，从城里人变成一个乡下人。然后再从低谷开始——补起。果然，经过连续强迫地补丁摞补丁，置之死地而后生，还真有人成名成才了。与我们一起在风沙中点瓜种豆、躬耕于垄亩的一名弱女生，三补两补，后来居然成了知名的天文学家，去摘星追月，躬耕宇宙去了。只可惜当初忘了说一句"苟富贵，勿相忘"。后来我们这几个"困青"，也一个一个逃出困境。有一次在北京的一个饭局上，不知怎么说到吃羊肉，又正在兴头上。在座的一位西服领带、国家外汇管理部门的领导——你就听听这职务和看看这身装扮，足够洋气的吧——大声说，你们信不信？现在给我一只羊，一把刀，我可以二十分钟以内，让你们在这锅里吃到涮羊肉。这真是"庖丁解羊"，大家为之一愣，摇头不信。但是我信，我知道他再洋也有一条深扎于黄土中的根，也是在那个年代打过补丁的"困青"。不过当时我在农区种地，他在牧区放羊。现在我们都已成古稀之人了，白头"困青"在，谈笑说补丁。再回看那张照片，如烟如尘，恍如隔世。那位照相的记者名叫李青文，想来也已八十多岁了，还不知天涯何处。感谢他为我们留下了难忘岁月的一痕，也愿他能看到这篇短文。

看来，生活乃至生命总是在不停地打着补丁。当然，最好一开始就能有一个正常的状态，尽量不要人为地破坏而又再去打补丁。但岁月蹉跎命多舛，人生谁能无补丁。

原载《光明日报》2022 年 5 月 19 日

搭　车
——河套忆旧

大约在自己无车，而又不得不出行时，才求人搭车，这实在是一种无奈之举、尴尬之事。而搭车又分两种，一是搭熟人的车有友情垫底；二是在路边拦车，一厢情愿，两不相识，一个敢坐，一个敢拉，最能见出世风的淳朴与人情的厚道。

一

我第一次搭车是搭的马车，当时我们七八个大学生在内蒙古河套农村劳动锻炼，房前正守着一条沙土公路。路上汽车很少，多是马车。一到秋天满是送公粮的车队（现在免了农业税，农民已经不交公粮了），还有用红柳笆子围得老高的甜菜，送往糖厂去榨糖。可谓车辚辚，马萧萧，粮糖不绝驰于道。我们的驻地离公社、医院、供销社等所在的行政中心大约有五里地，常有些小事要去办。最方便的出行方式就是在路边搭车，只要一招手就能跳上一辆，好像这就是我们的专车。

时间长了我们也摸出一点规律。车倌有年轻一点的，有老一点的，一般来讲老一点的好说话。在他们眼里，大学生是稀罕动物。奇怪这些洋学生怎么一下子掉到这个沙窝子里来？至少我们当时所在的公社还从来没有出过一个大学生。车又分空车、实车，空车好搭。实车装满货很难再坐人，但在车辕头再捎一个人也是可以的。俗话说，人一出门小一辈儿，对车倌我们一律喊大叔或大爷，先喊得对方心软。还有一个窍门是女生好搭车，鲜有被拒绝的，男生就可能让人家找个借口给怼回来。同性相斥，异性相吸，这个中学物理课上就学过的定律也同样适用于人类。如遇有急事就让女同学出面去拦车（如那一年党的"九大"召开，就急着要进城去打听精神，这事关我们的分配和前程），我们就躲在屋里趴在窗户上看，等到车把式"吁——"的一声勒住马，刹住车，我们就立马冲出来喊道："还有一个，捎上我。"而且一上车就掏出进城带的干粮，说，大爷尝尝我们烙的发面饼。车把式就不好意思说什么。但这种"美女招手法"很少用，有失女生的尊严。

因为这是一条固定的路线，时间长了与车倌就混熟了，话也多了。他们总爱向我们打听城里的稀罕事儿。我也常能从他们嘴里听到在城里听不到的故事。一般车倌都年纪偏大，有的是儿子娶了媳妇忘了爹和娘，他不愿意在家里看儿媳妇的白眼，就出来赶车，多挣工分还落得个逍遥。他们绘声绘色地讲起儿媳妇摔盆骂狗，我们听了都伤心。也有家庭和睦的，会给你展示刚从城里出车回来给小孙子买的玩具。有的光棍车倌还会悄悄地告诉你，这条线上的车马店里有他相好的老板娘。当时一到秋天，公路两边的房主就会腾出些房子来烧个大炕，接待过夜的车马，一般是赶车人自带米和马料，房主收一点柴火钱。也有人吃马喂，吃住全包的，类似现在的民宿。一时，车马店里人声喧哗，骡嘶马叫，人们套车卸车，大声地互相招呼。土炕上弥漫着旱烟味，有时还有一点酒香。还有一件最让孩子们高兴的事，可以到甜菜车上去抽一个糖萝卜，生吃或切片蒸熟，堪比现在的口香糖。总之，一到秋天，这条路上就鞭声不绝兮尘飞扬，马铃儿响来人四方。搭车成了一种文化，我们很怀念那些不期而遇的人，和那一条永远流动着故事的路。

二

劳动锻炼结束后，我到县里工作。当时县与县之间有老旧的柏油路相通，每天只有一趟班车。无论公私，出门办事也少不了到路边去拦车搭车，这好像已经成了一种共享的社会福利。

杭锦后旗（简称杭后）离临河县四十公里。曾经是当年傅作义晋绥军的根据地，这里留下不少旧的房屋街道和文化遗存。内蒙古巴彦淖尔盟（简称巴盟）机关先是设在磴口县（就是我从北京毕业千里迢迢去报到的地方），后又搬到临河，因房产不够，许多活动就到杭后去举办。一次我在那里住党校，学员都是当地的公社干部，每人一辆自行车。一到周末即"飞鸽"（当时的名牌自行车）而去。我因有事，前一天没有走成，原打算这一周不回家了。不想早晨一觉醒来，面对一个空荡荡的院落，不觉又动了归心，便去城边的路口去等班车。这条大路直通四十公里外临河县委的大门。当时我新婚不久，家安在县委大院里的一间办公平房里。老婆刚从外地调来，还没有安排工作，人生地不熟，举目无亲。我在路之头，她在路之尾，也许这时她正在大门外的路口遥望班车，"误几回，天际识归舟"。我这边左等右等班车不来，却过来一辆油罐车，我一挥手，司机居然慢慢地停了下来。

车上是一个光溜溜的椭圆形大油罐,罐的两侧各有一条一尺高的铁护栏,这是唯一的抓手。我喊一声:"师傅好,我是临河县委的,搭个车行吗?"他从车窗里探出头来,用嘴巴指向车上的油罐,说:"咋的?敢上去不?"没有想到幸福来得这么容易,我连说:"敢!"话音未落,便翻身上车,坐在罐侧。以双脚顶住护栏,双手左右托住油罐,找好平衡。司机一踩油门就像大象背上吸了一只蜗牛狂奔而去。以现在的交通规则论,这绝对是要重罚重处的。但那时天高皇帝远,地僻无王法,又年少轻狂,无知无畏。这竟成就了我搭车史上最具传奇的一笔,现在想来还后怕中夹杂着自豪。

还有一种搭车是半搭半挂。1972年8月,我调内蒙古日报驻巴盟记者站,从此开始了一生的新闻职业。记者站唯一的交通工具是一辆自行车。好在人还年轻,有的是力气。河套是个大平原,除北部靠近国境线的几个县外,套内数百里之内都可以蹬车前往。只要任务不急就或走或停,很有点类似现在的驴友骑行。那时国内还没有流行头盔、护膝之类,否则一定很潇洒。我一个旧黄布书包拴在车把上,迎风赶路,天黑宿店,蓬头垢面。这就是当时中国西部一个最基层记者的形象。因为再低一级就是县委报道组的通讯员了,这只能算是新闻外围人员,我也曾干过两年。

这种搭车没有预先的计划,也不必与司机打招呼征得同意。一般是在夏秋季节,风和日丽,你骑行在路上,如果觉得累了,就物色一辆挂有拖斗的卡车,这种车子车速比较慢,或者选一辆拖拉机也行,就是噪声大一点,也颠簸一些。你把骑行位置调整在拖车的右前方,等它从左边追上你两车平行时,你让过车头,右手扶定车把,腾出左手一把拉住拖车后马槽上的插销把,那粗细长短与弧度简直就像是为搭车人量身定做的。这时你就可以挺起身子,扬眉吐气,一展酸困的腰背，单手扶把保持平衡，任由拖车带着你长驱急奔。这样子极像海上的冲浪运动，快艇后面用绳子拖着一个脚踏冲浪板手系牵绳的人。这时我会解开衣扣，任风鼓荡着衣裳，想象自己是一只正在被牵引的风筝，就要升上天空。大有李清照词"九万里风鹏正举，风休住，蓬舟吹取三山去"的味道。这样的搭行十里二十里不在话下，累时可以脱开手慢行片刻，反正路上有的是车，一会儿就可顺手牵羊，再抓一辆继续滑行。

这种搭车是旁门左道，但是"盗也有道"，你可以慢慢领悟规律，熟能生巧，渐至完美。一是要找对位置，你必须跟在拖车的右外侧，若在左内侧，则有与对面来车相撞的危险。二是虽然省力却不可省脑，要随时紧盯前方数百米的路况，一旦发现有路面不平或对面有车来时要立即松手，以免司机猛刹车造成你连人带车的追尾。由于胆大心细，我这样搭行两年，行程数百公里，还从来没有出现过意外。驾驶室（他们叫车楼子）里的司机师傅也从没有苛责过你不许蹭挂，倒是遇有错车或路况不好时，还会主动减速鸣笛提醒后面，人性之憨厚善良可见一斑。

三

我最不能忘记的是一次长途搭车。那次到包头附近的营盘湾煤矿采访，矿上还有一个瓷窑。当时我的小家庭刚刚组建，正缺东少西。我先打听好有一辆回临河的顺风车，便买了一吨煤和一个小水缸，还有些锅碗瓢盆之类的小杂物。司机是一个姓胡的四十多岁的汉子，正和他的姓氏一样，一脸大络腮胡子。助手倒是一个白净的小伙子，姓张。上午吃过早饭后，我们收拾停当，打马上路。胡子和小张坐在前

141

面的车楼子里。我躺在后车厢的煤堆上,护着我的那些家当。

车子发动起来以后,胡子突然推开车门,从车楼子里甩给我一件老羊皮袄。我平躺在煤堆上,身下垫着皮袄,如在沙发。老羊皮袄是用隔年的老羊宰后剥下的皮制作而成,毛长皮厚,一把握不透。堪比一块厚毛毯或一床棉被。当地习惯将这种老羊皮熟制后直接缝制成袄,并不需要再罩一层布面。这是车倌、货车司机、守夜人、野外作业者无论冬夏必备的行头。当然也能为雪夜冰天中热恋着的男女抵御风寒,留下难忘的温暖。它正穿时皮板在外,可挡风寒;反穿时长毛在外不怕雨淋;如在野外,穿则为衣,卧则为褥,盖则为被,不怕揉搓,不避沙石。待到穿过两三年后,皮子经千揉万搓已经软得如一块海绵。这时再拿去清洗,配上布面(行话叫挂个面子)。几年的塞外生活,我太熟悉这种万能皮袄了,甚至已闻惯了它散发出来的膻腥味儿。当时我把这光板老羊皮袄垫在身下如在热炕,从心里感到这位胡子大哥的热心肠。

车子顺着沿山公路缓缓而行,右山左滩,好个空阔的田野。我仰面朝天看着深远的蓝天。小学地理课上就学过"内蒙古高原"这个词,其实没有在这里生活过的人,恐怕一生也不知道这几个字的含义。现在形容一个有身份的人叫做"高、大、上"。如果让我在中国大地的各种地貌中选一个"高、大、上"者,那就是内蒙古高原。单说"高",珠峰够高了吧,但是脚下群峰犬牙交错,无平坦之感。单说"大",华北平原、长江平原、成都平原都够大了吧?但阡陌纵横,市镇毗连,让人不能心静,没有居高临下之感。关键是这个"上"字,在人为高贵,在地为高原。有包容万物之心、宁静安详之态,不张不扬,十分低调。唯有这内蒙古高原高、大、上俱全,仰望有日月之可触,俯瞰无群峰之碍眼。亦高亦阔,如川之平,如秋之爽。

我躺在车上，伸手就能摸到蓝天；放眼前方，是一条永远到达不了的天际线。这时候你才真切地感到地球是圆的，假如对面的远处出现了一辆车，就像在大海上看见船的桅杆一样。这种感觉，你要是能到内蒙古中部的锡林郭勒或东部呼伦贝尔草原跑车会更加明显。我们的车在地球的表面飞奔、撒欢，又好像要离地而去。可以伸手撕下一片白云，缠绕在脖子上或者贴在胸前，然后再一松手，又放它飘去。

车子从营盘湾山里出来后，渐渐进入平坦的套区，除了前面的路、远处的天际线，四周没有任何参照物。两个多小时之后越过沙地草滩进入农耕区，时当8月，序属仲夏，正是八百里河套小麦的收割期。放眼望去，遍地黄金。麦浪拍打着车帮，卡车就像是漂在海上的一条船。我的家乡也是产麦区，但那里是丘陵、梯田。麦熟季节的风景是沿着山梁一层一层、一圈一圈的金黄。我还从未见过这一马平川、八百里的麦浪，金波滚滚，浩浩荡荡。坐在行进中的敞篷车上，有一种检阅夏季的庄严感，一边看一边在心里酝酿着诗篇，后来还真的写成了一首六百行的长诗。但"文革"期间所有的文艺期刊都已经停办，万马齐喑，无处发表，枉自少年轻狂。不过十多年后，这首胎死腹中的长诗被浓缩成一篇六百多字的短文《夏感》，收入小学语文课本一直使用到今，这还要感谢那次搭车捡来的灵感。

我抓着车帮，看累了就四肢放平躺在老羊皮袄上继续做着天上的遐想。天蓝得让你看不透它的深远，我又觉得它是一汪大海，车子就是穿行在波浪中的船。我奇怪，空气是透明的，水是透明的，为什么无数个透明的叠加就成了蓝色，如天空，如海洋，愈深愈蓝。这恐怕是物理学家该去思考的问题，就像当年牛顿终于从太阳的白光里分出了七色光。我们总有一天会从这个"蓝色"中抓到点什么。这么想着，我就伸手去抓到一朵云，然后一松手，又放它归去。这时才突然理解了神话题材的名著：阿拉伯会飞的神毯、中国的《西游记》、屈原的《天问》、李白的《梦游天姥吟留别》等等。我这哪里是搭车，是搭了一架飞机或者是一只射向宇宙的火箭。在还没有乘过飞机之前，这是我距离白云最近的一次旅行。

正当我这样"目既往还，心亦吐纳"，作着天上的遐想时，突然车子摇晃了一下，软塌塌的，像是撞在棉花堆上，又挣扎了两下哼了一声就不动了。我翻身跳下，这时胡子和助手小张也早从车楼子里出来，正蹲下身子四只眼睛瞄着车底。胡子爬到车盘底下摸了半天，出来时满脸沙土，摊开油污的双手，说："这可拉下圪蛋了（遇到麻烦了），传动轴断了。"我的脑子嗡的一下炸了。虽不懂车，但也知道车轴的重要性，有如人之脊柱、房之大梁。在这四处不着边的旷野上，断轴之祸，无异于灭顶之灾。小张那张白脸唰的一下更白了。胡子只说了两个字"皮袄"！小张爬上车帮，嗖的一下抽出刚才还垫在我身下的那张万能老羊皮袄，麻利地铺到车底下去。他们两个搬出工具箱，捡了些家伙就仰躺在皮袄上叮叮当当地干了起来。我无事可做便绕着车查看地形，这时才发现我们前进方向的右手正对着一个山口，一条干河正蜿蜒而下。枯水季节，河床上积满一层绵软的细沙。河床并不宽也不深，而且又平，一般不会有司机特别注意到它。谁知我们这个钢铁怪物吃硬不吃软，刚一下河就一头杵在沙被窝里。就像旧小说上说的，有那骄傲的武士打出一拳，却被对方的软肚皮吸住，拳头再也拔不出来。我们的车遇到的正是这种尴尬，咔嚓一声，轴断车停，进退不得，幸亏还没有翻车。

他们在车底鼓捣了半天，最后抽出一根车轴。胡子毕竟是个跑车的老江湖，挂着车轴就如关云长倚着一把大刀，贼亮的眼睛把周围四方扫视了一遍，说："这个地方没有人家也很少过车，再说就算有车来也拖不动咱们,只有自己想办法了。"他用手指着右手北方那个隐隐约约的山口说:"估计公社在那个方向,一般公社里都会有个农机修理点,我们去碰一碰运气。"然后突然转向我温和地说:"小记者,你敢一个人在这里看车吗?"本来是我搭他的车,好像倒成了他求我。同在危船,有难共担,我这个搭车的闲人,好不容易有了一个立功表现的机会,连忙大声说:"敢!"心想这里不用说有坏人,就连个活人影儿也没有,这片麦子地又吃不了我。说着胡子把我安顿在车楼子里,给我留了一个军用水壶,还有一把大铁扳子壮胆,嘱咐不管遇到什么事儿,都不要开车门儿。然后他们两个背了一个水壶,扛起车轴,顺着河沟一步一弯腰地向那个远处的山口走去。我拉紧车门,顿时一股莫名的孤寂袭上心头,刚才那美丽壮阔的麦浪,霎时成了淹没我这个孤儿的大海,而蓝色的天穹也成了吸我而去的黑洞。

一个人在车里无聊,就打开随身的小黄书包。掏出一本书翻两页,看不进去;又掏出采访本,想捋一下这两天的采访记录,也看不在心上。顿觉心随事走,人生起落在瞬间。刚才还飞车高原,蓝天白云,心花怒放,这时孤身一人缩在车内,北风打门,几多凄凉。胡子他们扛着沉重的车轴远去的身影,一步一踩留在沙地上的脚印,总浮现在我的眼前。此去有希望吗?那个地方有个农机站吗?全靠运气了。我这样一个人胡思乱想着,不觉天色慢慢暗了下来,我低头看一下手表已经下午七点,心如落日,暮云沉沉。当我再一抬起头时,车窗玻璃上却贴着一张人脸,鼻子都压成了扁平。我霎时惊出一身冷汗,这里四面旷野,从哪里跑出来一个人来?我都能听到自己心脏的狂跳,努力让它静下来,才看清是一个当地老乡,满脸皱纹,大概有六十多岁。我还是想不明白他是怎么出现的,就像唐僧在去西天的路上,突然路边就会出现一个人还是妖。当我确信他就是一个当地老乡后就把车窗摇下一条细缝。老汉一口当地话:"后生,车子焊(陷)住了吧?我下午三点就瞭见(看见)这辆车过去了,怎么现在还在这圪?"我已完全松弛下来,打开车门,说:"大爷,沙子焊住车了,轴断了,师傅到北山根去寻个农机修理站。"老汉一听马上露出一脸的同情:"天都擦黑了,肚子饿了吧,到我的道班里去吃点儿东西。"原来老人是个当地的养路工。

河套平原,各县与县之间的正规公路是沥青路面,而乡村之间全是沙土路,每隔十里左右就设一养路站,俗称"道班"。一般配三四个人,一辆毛驴车,遇有雨水冲塌,或者大车轧毁路面,随时拉土修垫。民工都从生产队里抽,在队里记工分,是一种民间养路制度。白天干活,晚上各回各家,留一个人看守道班。我随老人来到他的道班,这是路边一个高坡上圈出的一个简易小院,只有一间房子、一盘土炕和灶台。刚才我们飞车过道班,正"两岸猿声啼不住",放眼高原喜欲狂,哪能顾及这个小院?而老人却一眼记住了这挂倏忽而过的车辆。老人一进院子就顺手在门口抽了一捆柴火,进门后就要挽起袖子点火做饭。河套农村做饭,无论蒸、煮、炒、烙,都是固定在灶头上的一口三尺大锅,就是喝一口水也得用它来烧。我怪不好意思,说:"不饿不饿,喝口水就走。"他说:"你们的人一时半会儿回不来,我就是那个村里的,离这里七八里地呢。那里还没有通电,每天要等到晚上天黑了才用柴油发电供照明几个小时,他们要焊车轴也得等到来电才行。"我这才明白,为什么胡子走了这么长时间没消息。况且肚子也真的饿了,一天也没有正经吃口东西,就赶紧帮着老人刷锅、烧火,这些我在农村劳动一年,早学得麻溜麻溜的了,一边又与他聊天。老人有儿有女都已成家,他在村里没多少事儿就出来看道班,一天记一个工,去年队里分红每个工五角钱。说着他已经把面和好,擀成一张大饼，摊到锅底上。河套是产麦区，当地常做这种发面饼，做时里面放一点苏打，用麦秆之类的软柴火烧灶，饼子蓬松酥脆，类似西北的锅盔或新疆的馕，属于面食中的饼类一族。

这时天已经完全黑了下来，我心里老是挂记着胡子他们找到农机站没有，趁着大饼还在锅底等熟，就跑到外面踩着梯子上到房顶向正北方向瞭望。果然天边有电焊光一闪一闪，稍微放了点心。我回到屋里把饼子收拾进书包里，加满一壶热水，给老人留下半斤粮票、五角钱，就向停车处返去。路上掰了一小块饼子，胡乱塞到嘴里压一压饿火。回到车前，我先围着汽车转了一圈儿，看有什么动静，又检查了车楼子里有没有什么变化。再翻到车顶上继续瞭望北边方向，电焊火花已经熄灭，说明他们已经完工。我就呆呆地透过黑暗一直盯着山口方向。后半夜开始起风了，麦田一浪滚过一浪，我好像置身在一个孤岛之上。为了打发时间，我开始找天上我认识的星座，数星星。这样也不知道过了多久，前面出现了两道晃动的手电光。我兴奋地大喊一声："胡师傅——"声音划破黑暗在寂静的原野上飘荡，倒把我自己吓了一跳，心里一阵的震颤，眼圈都发热了。他们听见了我的声音，就高举起手电在空中划了几个圆圈。我跳下车向他们迎了上去。还没有等走到跟前，就听见在黑暗中胡子喊道："小记者，饿坏了吧？"我连忙喊："不饿不饿，我们有好吃的了。"他们来到车前放下沉重的车轴，先不说修车的事儿。胡子从怀里摸出一个油纸包，原来是一包酱牛肉。他说："没事了，总算把车轴焊好了。那个穷公社，想吃口饭，晚上连个鬼也找不见。好歹临走时在伙房里摸见两块酱牛肉。"我也赶快从书包里掏出大饼，又说了上道班的事儿。三个人先坐在车下的沙地上，掏出一把电工刀，把肉剁一剁，顶着满天星光，掰一块饼就着吃一口肉，再举起水壶喝一口水。今天不但搭车，还搭了一顿伙。这是我记忆中最香的一顿野餐。我的家乡出产一种老字号的平遥牛肉,香彻百年,闻名全国。我自己下乡一年也不知道吃过多少次柴锅大饼。但唯有今晚这顿野地里、星光下、卡车旁的牛肉加大饼,肉香、面香,还有田野里晚风送来的麦香,让我终生难忘。

我们吃饱喝足后开始干活。他们两个钻到车底下去换轴,我在外面打手电,等到轴换好了又用铁锹去清理车轮前面的沙子,为的是让车启动时轮胎能够抓住河床的硬石面。车轴换好了,胡子用沙子搓搓两手的油腻,跳进车楼子里发动车子,我们两个在外面心都提到嗓子眼上,胜败在此一举,生怕再听到那一声不吉利的"咔嚓",如果车轴再断一次,今天晚上真要在这里喂狼了。马达嗡嗡地轰鸣着,车身抖动一下,我和小张在后面用力推车,明知道这点力气对一辆卡车来说就像蚊子推大象,但还是使出吃奶的力气自求安慰,终于"咔嚅"一声,车轮咬住了河床,往上轻轻弹了一下,缓缓转动了,我们三个人的心都唰地落了地。胡子喊了一声:"上车!"小张从车底抽起那张老羊皮袄,一把甩到车后的煤堆上,推了我一把:"快上!"我不知道哪来的灵活劲,像猴子一样跳起,手抓马槽脚踩车轮胎一跃就翻上车顶。

这么一折腾已经是后半夜了,将近黎明时分。我躺在老羊皮袄上看着天边的月牙,晚风送凉,满天星斗,万籁俱静,感慨万端。我只是偶然搭了一次车,就摊上这么大一件事儿。苏东坡说"人生如逆旅,我亦是行人",李白说"天地者万物之逆旅,光阴者百代之过客"。逆者,不顺也,有迎上、插入之意。社会就是一辆行走的快车,每个人告别父母、离开学校,都要来逆搭这辆车,但却不知道会搭上哪一节车厢,而且还要换多少次车。这么想着,东方渐渐泛出鱼肚白色,不一会儿就跳出一轮红日,霞光照耀八百里河套,连麦浪也被染成了粉红色。

塞上六年，马车、拖拉机、汽车，甚至领导的专车，也数不清搭了多少次。现在想来，那六年的搭车生活真是一种享受。当我坐在慢悠悠的马车上，听车倌聊天，看着两边的青纱帐、麦田、羊群时，就像是在听一首古老的歌谣或者喝一壶老酒。而当仰面躺在载货的卡车上，则是一种追逐在云端的旅行。自从离开河套之后再也没有搭过一次车了。一是因为进了城，交通方便；二是人情变化，世风日下，搭车之事鲜有所闻，而碰瓷行骗的事例倒是不少。所以就常常想起当年那些搭车的故事，怀念那种萍水相逢、两不相识、一见交心的淳厚民风。我生也有幸，一入社会就在《诗经》式的古风中熏陶了六年整，度过了一个社会人的童年。

原载《北京文学》2022年第10期

吃 瓜

不知为什么，现在有一个网络流行语，把看热闹名为"吃瓜"，那些看热闹的人就叫"吃瓜群众"。此瓜远非彼瓜，今瓜已非昔瓜，这个瓜已完完全全地变异了。这倒让我想起当年吃真瓜的味道。

我八岁以前是在农村度过的，只留下了吃西瓜的记忆。那时农民以粮为命，土地以粮为本，在商品经济不发达的年代，西瓜不但是调剂生活的奢侈品，亦是一个乡村孩子记忆中的特殊风景。

我们那里种瓜不说"种"，叫"押瓜"或"压瓜"。小时只记住了这个发音，不知是何字。汉字真有魅力，想来这二字都可。"押"者，未知也，押宝。因为一个瓜在剖开之前是不知好坏的，有点赌的味道，就如现在玉石市场上的赌石。"压"，也有道理。一是要压瓜秧，二是瓜地里要压砂。这是为了改变局部小气候，利用沙地午晚温差大的特点，瓜日长夜歇，易积累糖分。现在的著名品牌宁夏硒砂瓜也是这个道理。西瓜是不可能家家都种的，一般是一个村或附近几个村有一个种瓜能手，每年种几亩地供周边村民食用。而孩子们很会利用大人的爱心，在瓜地里放开肚皮吃瓜，直吃到肚子和瓜一样圆。有一种很好的奖励是跟着大人去看瓜。到瓜熟季节，地里搭一个瓜棚，白天卖瓜，晚上看瓜。要是哪一天晚饭后，有大人突然摸着你的脑袋说："要不要晚上跟我去看瓜？"那就如现在说要带你去南极旅游。急忙抱起一个小枕头，抢先跑出门外，生怕被母亲抓了回来。"瓜棚"是书面语，我们叫"瓜庵子"或者"瓜鞍子"。这也是口口相传，大约两个字都说得通。"庵"，是离人群较远的简陋小屋，如尼姑庵；又名"鞍"，因为瓜棚只作临时之用，四根木头，两个人字架，形如马鞍。不管"庵"还是"鞍"，都很传神。

如你去看瓜，乐趣在瓜外。后半夜躺在瓜棚里，凉风习习，天边银月如钩，田野里虫鸣唧唧。如有幸看到远处夜行的动物，多半是狐狸，那两盏灯一样的眼睛直瞪着瓜棚，只这一点就足够你回去对小伙伴们吹上半年。有一次我还赶上看十几个大人挑灯夜战在地里掏獾子。不是像闰土讲给鲁迅那样的用叉子去叉，而是找见它的窝用水灌。被水灌出来的獾子肥肥胖胖的，像一头小猪。大人们高兴地把它捆在一根棍子上抬着，说回去炼獾子油，这是冬天治手脚皲裂的秘制润肤膏。不过乡下还有比这更简单、更高级的润肤品，那便是遍地都有的麻雀屎，涂在手上滑润细腻，绝好的养颜之物。雀屎涂手，这好像不可接受，但是当今有钱人喝的猫屎咖啡不是比这个还过分吗？自然与人真是一团解不开的谜。

我的第二次吃瓜高潮是参加工作后不久。大学毕业，在当时"到边疆去"的口号鼓舞下，热血沸腾，就来到内蒙古巴盟，乌兰布和沙漠的边缘。此地别无所长，唯产一种叫"华莱士"的蜜瓜，据说是当年一个传教士带来的。金黄色，滚圆，比足球略小一圈，熟透后，瓜瓤白中带绿如翡翠。它不像西瓜那样多汁多水，肉质呈果冻状，细腻浓香，闭上眼睛咬一口，还以为是在吃蜂蜜。吃过之后，上下唇粘在

151

一起，甜得化不开，要取清水漱口。瓜的糖分能多到这种境地，实在是匪夷所思。当地气候恶劣，浩浩乎平沙无垠，风起时尘暴蔽日，当面不见人影，白天烈日烤人，晚上又夜凉如水。我一个人背井离乡来到这个沙窝子里，举目无亲，聊以慰藉者、给亲友去信时用来报喜而不报忧者，唯有这华莱士瓜。现在早不用这个名字了，而叫河套蜜瓜。当地还产一种三白瓜，大如篮球，白皮白瓤白籽。刚一切开，还以为是生瓜蛋子，但吃时水多汁甜胜过红瓤瓜，又多了一股如雪梨似的清香，别有一种弦外之音。还有一种冬瓜，如农村土炕上的长条枕头那么大，并不是当菜吃的冬瓜。冬瓜到晚秋时才收获，但不着急吃，暂放到房内墙根处或水缸后面不去理它。到了寒冬腊月，它早已悄悄化作一包蜜水，用手轻轻拍一下，能看到瓜皮下汁水的流动。这时不能用刀了，要用一个空心草秆吸食。外面飞雪团团，屋内炉火熊熊，盘腿坐在滚烫的热炕上，吃完白水煮羊肉，浑身冒汗，甩掉老羊皮袄，小心捧过一个冬瓜，吸一口凉透肺腑，甜到心底，霎时如身生轻功，耳聪目明。又两年，这里有了生产建设兵团，引进了一种泰国瓜。从形状上看，它彻底颠覆了瓜的概念，不是圆球形，而是一个长棒子，大约有两握之粗，二三尺之长，表皮油光黑亮，里面是暗红色的瓤。到地里摘瓜，不是抱瓜，而是在肩膀上扛一条瓜。吃时要切成一段一段平放桌上，如一块块圆形蛋糕。

其实，忆吃瓜最忆是吃法。现在城里人吃瓜或宴客餐后上的瓜都是切成碎块，以牙签取食，而真正的好瓜瓤沙汁多是经不起牙签一挑的。我们那时在地里吃瓜都是一刀两半，半个瓜端在手里，用勺子挖着吃。我在瓜季下乡时经常在包里放一把勺子，不为吃饭，而为地头吃瓜。就像是端一个大海碗蹲在老槐树下吃午饭，有一种吃的气势。当地吃什么都是大碗。肉是连骨剁块，煮熟后堆在碗里。有一次我到乌梁素海（当地称湖为"海"）采访，招待所里吃鱼，竟也是每人满满一大碗，如冒了尖的粮堆。我以后走遍全国，甚至出国去，这样大碗吃鱼是唯一的一次。北地民风淳厚，可见一斑。

后来还有一次痛快地吃瓜，那已经不是西瓜，而是哈密瓜了。1983年到新疆，在石河子采访时正赶上国庆节，团场招待所的大院里就剩下我们两个北京来的小记者。主人不好意思地说，放假了招待不周，吃好瓜不想家，就往我们的房间里倒了一大麻袋瓜。几十年过去了，天山秋色全不记，唯留瓜香唇齿间。

离开巴盟四十年后，我回去过一次，又吃了一回华莱士，但已全无味道。问起冬瓜、三白瓜、泰国瓜，当地人直摇头，似从未听说过，我倒像是桃花源里出来的人，尽说些远古的话。后来也去过一次新疆，在国宾馆里吃切成小牙儿的哈密瓜，味同黄瓜。至于在北京更是吃不到当年的那个味道了，常百思不得其解。人说世界之变如沧桑，一块瓜里也沧桑啊！

后来找到了两个原因。一是今瓜已非昔瓜，早成了商品瓜，要产量，追化肥，上农药。二是地头瓜变成了城里瓜，对瓜来说，离地一天，味减一半，暗失美感。原来，人与瓜的初恋只能是在瓜地里。物理学家玻尔与爱因斯坦争论"测不准原理"。他说，比如你去测海水的温度，实际上得到的已是海水加温度计的温度，海水的初始温度你是永远测不到的。所以海南人吃椰子，过午不食，只吃上午在树上新摘的。椰一离树，原味便无，也只能是一个原味的近似值。世间之物瞬息万变，人生的许多美好只能有一次，过后唯有存在记忆里。于是想到城里人的可怜，千里之外你还想吃到好瓜？也只配做一个吃瓜群众了。南宋词人蒋捷有一首《虞美人·听雨》，回味人生不同年龄段听雨的感觉，吃瓜何尝不是这样，遂仿其调填《吃瓜》一阕：

少年吃瓜瓜棚中，枕瓜听虫声。青年吃瓜边塞外，大漠孤烟，味浓伴豪情。

而今吃瓜高楼上，淡而无味也。风沙瓜香都无影，侧耳遥闻闹市车马声。

原载《光明日报》2021年6月11日

线条之美

我第一次对线条感兴趣，是有人送我一个细长的瓶子，里面装着一种很名贵的牡丹油。但我"买椟还珠"，目不见油，竟被这个瓶子惊呆了。它的设计非常简洁，并没有常见的鼓肚、细腰、高脚、束口等扭扭捏捏的俗套。如果把瓶盖去掉，就剩下左右两条对称的弧线。但这线条的干净，让你觉得是窗前的月光，空明如水；或是草原深处的歌声，直飘来你的心底。我神魂颠倒了，在手中把玩、摩挲不停。工作时就置于案头，常会忍不住抬头看两眼。家里人说，你晚上干脆就抱着那油瓶睡觉去吧。

初中学几何时就知道，空中本没有一物，先有一个点；点一动，它的轨迹就生成了一条线。所谓轨迹者，只是我们的想象，或者是一物划过之后，在我们的脑海里的视觉驻留。原来这线条的美正在似有似无之间，是自带几分幻美的东西。主客交融，亦幻亦真，天光云影，想象无穷。正是因了它的来无踪，去无影，永不停，却又永无结果，也就让你永不会失望。线条，一种虚幻的、没有穷尽的，可以寄托我们任何理想、情感和审美的美。

点动生线,线动生面,在大千世界里,这线永处于一种过渡之中。当它静卧于纸面时就含而不露,或如枪戟之威,或如少女之娴;而一旦横空出世,就如羽镝之鸣,星过夜空。这线内藏着无尽的势能与动能。所以中国画的白描,不要颜色,也不要西画的透视、光影,只须一根线,就能表现出人物的喜怒哀乐、山水的磅礴雄浑。那线的起落、走势、轻重、弯曲等,居然能分出几十种手法,灵动地捕捉各种美感。叶落霜天,花开早春,大河狂舞,烈马嘶鸣。确实在大自然中,从天边群山的轮廓,到眼前的一片树叶、一枚花瓣,都是曲线的杰作。无论平面还是立体的艺术,一线便可定格一个美丽的瞬间,同时也吐纳着作者内心的块垒。曹植的《洛神赋》:"翩若惊鸿,婉若游龙。""髣髴兮若轻云之蔽月,飘飖兮若流风之回雪。""秾纤得衷,修短合度。""肩若削成,腰如约素。"简直是一幅美人线描图。张岱的名篇《湖心亭赏雪》,写雪后西湖的风景:"天与云与山与水,上下一白,湖上影子唯长堤一痕、湖心亭一点,与余舟一芥,舟中人二三粒而已!"你看一痕、一点、一芥、一粒,虽是文字,作者却如画家一般纯熟地运用了点和线的表现手法。

线条既然有这样的魔力,便为所有艺术之不可或缺,或者算是艺术之母了吧。最典型的是书法艺术,洗尽铅华,只剩了白纸上一丝黑线的游走。那飞扬狂舞的草书,漏痕、飞白、悬针、垂露等等,恨不能将人间所有的线条式样收来,再融入作者的情感,飞墨于纸。或如晴空霹雳,或如灯下细语。就这样牵着人的神经,几千年来书不完、变无穷、说不够、赏不尽。其实,它就是一根线,一根用毛笔在宣纸上画出的黑线条。

再如舞蹈,一个舞蹈家的表演实际上是无数条曲线在空间做着力与势、虚与实、有与无的曼妙组合,不停地在我们的脑海里形成视觉的叠加。正如纸上绝不会有两幅相同的草书，台上也绝不会有两个相同的舞姿。这永不休止的奇幻变化，怎么能不教你的神经止不住地兴奋呢？至于音乐，那是声音加时间的艺术，是不同声音的线条在不同时间段上的游走，轻轻地按摩着我们的神经，形成听觉上的驻留。所谓"余音绕梁，三日不绝"，其实那梁上绕着的是些乐谱的彩色线条。

线条魅力的最高体现是于我们的人体。这不但是艺术家着力研究、创作的对象，就是一般的女孩子甚或广场上跳舞的大妈也在留意三围、身段之类的美感。美容手术中最常见的便是去拉一个双眼皮，让你顿生光彩，信心倍增。而它只不过是在眼睛的上方轻轻地加了一痕。就这一"痕"，画线点睛，鱼跃龙门。而烫发，也不过是让直发变曲，但就这一"曲"，回头一笑百媚生。中国古典小说中凡关于美女的描写，几乎都是线条的展示。静态时喷鼓粉腮、娇蹙娥眉；动态时轻移莲步、风摆柳腰。就是一个女子忍不住妒火中烧，骂对方为小妖精、狐媚子时，仍然脱不了借用线条，妖狐其身，泼洒醋情，却又暗认其美。而男子的阳刚、伟岸、英俊，也无不是因为线条的明朗有力。

凡一物都有多宜性，如土地可种田亦可盖房、筑路、造林。人这个万物之灵，除作为生产力的第一要素外，还是世间最高贵的审美对象。每当世界杯足球赛时，许多女孩子都熬夜看球。我说你们又不踢球，如何这样关心？她们说："你不懂，我们不是看球，而是看人。"确实，那飞身一跃、腾空倒钩、贴地铲球、临门一脚，足以勾起女孩子心里的英雄崇拜。当一个人被用来审美时，其外形能使他人产生妙不可言的愉悦、发自内心的欢喜或一种不能自拔的相思。这全都归功于那些活泼流动而绝不重复的线条。莫泊桑说："女人本没有出身，她们的美丽便是她的出身。"燕瘦环肥，昭君端庄，貂蝉妩媚，女人身上个性无穷的魔幻之线就是她们的身份证。当一个男子爱美女修长飘逸、婀娜多姿的线条时，也会着意修炼自己虎背熊腰、铁肩铜臂式的线条。郭兰英唱"姑娘好像花一样，小伙胸膛多宽广"；奚秀兰唱"阿里山的姑娘美如水呀，阿里山的少年壮如山"，都是在说他们身上阴柔至美或阳刚至强的线条。

马克思说："人和人之间的直接的、自然的、必然的关系是男女之间的关系。"异性相吸，在很大程度上可以理解为不同线条的互补与重组。所谓相亲，第一眼就是相看对方线条之比例、走向、明暗。天庭饱满，地阁方圆。明眸皓齿，顾盼生辉。所谓一见钟情，就是一下落到了对方用有形、无形的线条织成的网兜里，而再也挣逃不脱。人类就是这样以爱的理由在一代一代的相互筛选中，告别猿身猴相，走向完善美丽。于是就专门产生了美术界的人体绘画、摄影、雕塑；舞台上的舞蹈、戏剧、模特；竞技场上的体操、健美、杂技；等等。这些都是人对自身形体线条的欣赏、开发与利用。你看，为了凸显身材的线条，便发明了旗袍、短裙、泳装；恨手臂之线条不长，就发明了水袖，在台上起舞蹁跹，挥洒人间，好不痛快。

线的魅力又不止于具体的人或物，而常常注入了主观精神，可囊括一个时代，代表一个地域，成了一个国家或一段历史的符号。秦篆、汉隶、魏碑、唐楷，还有春秋的金文、商代的甲骨，这每一种字体的线条，就是贴在那个朝代门楣上的标签。同为传统建筑，西方哥特式的教堂多用直线、折线，将人引向上帝的天国；而东方宏大敞亮的庙宇，则多用弧线、飞檐，震悟大千，普度众生，展现佛的救世与慈悲。新中国成立之初，林徽因受命设计国徽与人民英雄纪念碑的浮雕。其时她已重病在身，研究出方案后便让学生去画草图。一周之后交来作业，她只看了一眼，便大声说："这怎么行？这是康乾线条，你给我到汉唐去找，到霍去病墓上去找。"多年前，当我初读到这段资料时就奇怪，只用铅笔在白纸上勾出的一根细线，就能看出它是康熙、乾隆，还是大汉、盛唐？带着这个疑问，我终于在去年有缘亲到霍去病墓上走了一趟。那著名的《马踏匈奴》，还有石牛、石马等作品，线条拙朴、雄浑、苍凉，虽时隔两千年仍然传递着那个时代的辉煌、开放、不拘一格与国家的强盛无敌。康乾时期，中国的封建社会已是强弩之末，线条繁缛奢华，怎能表现当时新中国的如日初升呢？

美哉！博大精深的线条。

原载《人民日报》2018年6月23日

母亲石

我到青海塔尔寺去，被一块普通的石头深深打动。

这石其身不高，约半米；其形不奇，略瘦长，平整光滑，但它却是一块真正的文化石。当年宗喀巴就是从这块石头旁出发，进藏学佛，他的母亲每天到山下背水回来时就在这块石旁休息，西望拉萨，盼儿想儿。泪水滴于石，汗水抹于石，背靠石头小憩时，体温亦传于石。后来，宗喀巴创立新教派成功，塔尔寺成了佛教圣地，这块望儿石就被请到庙门口。

这实在是一块圣母石，现在每当虔诚的信徒们来朝拜时，都要以他们特有的习惯来表达对这块石头的崇拜。有的在其上抹一层酥油，有的撒一把糌粑，有的放几丝红线，有的放一枚银针。时间一长，这石的原形早已难认，完全被人重新塑出了一个新貌，真正成了一块母亲石。就是毕加索、米开朗琪罗再世，也创作不出这样的杰作啊！

我在石旁驻足良久，细读着那一层层的、在半透明的酥油间游走着的红线和闪亮的银针。红线蜿蜒曲折如山间细流，飘忽来去又如晚照中的彩云。而散落着的细针，发出淡淡的青光，刺着游子们的心微微发痛。我突然想起自己的母亲。

那年我奉调进京，走前正在家里收拾文件书籍，忽然听到楼下有"笃笃"的竹杖声。我急忙推开门，老母亲出现在楼梯口，背后窗户的逆光勾映出她满头的白发和微胖的身影。母亲的家离我住的地方有几里地，街上车水马龙，我真不知道她是怎样拄着杖走过来的。我赶紧去扶她，她看着我，大约有几秒钟，然后说："你能不能不走？"声音有点颤抖。我的鼻子一下酸了。

父亲文化程度不低，母亲却基本上是文盲，她这一辈子是典型的贤妻良母。小时每天放学，我一进门，母亲问的第一句话就是："肚子饿了吧？"菜已炒好，炉子上的水已开过两遍。我大学毕业后先在外地工作，后调回来没有房子，就住在父母家里，一下班，母亲还是那一句话："饿了吧。我马上去下面。"

我又想起第一次离开母亲的时候。那年我已是十七岁的小伙子，高中毕业，考上北京的学校。晚上父亲和哥哥送我去火车站。我们出门后，母亲一人对着空落落的房间，不知道该做什么，就打来一盆水准备洗脚。但是直到几个小时后父亲送完我回来，她还是两眼看着窗户，两只脚搁在盆边上没有沾一点水，这是我寒假回家时父亲给我讲的。现在，她年近八十，却要离别自己最小的儿子。我上前扶着母亲，一瞬间觉得我是这世上一个最不孝顺的儿子。我还想起一个朋友讲起他的故事。他回老家出差，在城里办完事就回村里看了一下老母亲，说好明天走前就不见了。然而，当他第二天到机场时，远远地就看见母亲扶着拐杖坐在候机厅大门口。可怜天下父母心，儿女对他们的报答，哪及他们对儿女关怀的万分之一。

我知道在东南沿海有很多望夫石，而在荒凉的西北却有这样一块温情的望儿石，一块伟大的圣母石。它是一面镜子，照见了所有慈母的爱，也照出了所有儿女们的惭愧。

原载《北京日报》2009年12月24日

何处是乡愁

乡愁，这个词有几分凄美。原先我不懂，故乡或儿时的事很多，可喜可乐的也不少，为什么不说乡喜乡乐，而说乡愁呢？最近回了一趟阔别六十年的故乡，才解开这个人生之谜。

故乡在霍山脚下。一个古老美丽的小山村，水多，树多。村中两庙、一阁、一塔，有很深的文化积淀。

我家院子里长着两棵大树，一棵是核桃，一棵是香椿，直翻到窑顶上遮住了半个院子。核桃，不用说了，收获时，挂满一树翠绿滚圆的小球。大人站到窑顶上用木杆子打，孩子们就在树下冒着"枪林弹雨"去拾，虽然头上砸出几个包也喜滋滋的，此中乐趣无法为外人道。香椿炒鸡蛋是一道最普通的家常菜，但我吃的那道不普通。老香椿树的根，不知何时从地下钻到我家的窑洞里，又从炕边的砖缝里伸出几枝嫩芽。我们就这样无心去栽花，终日伴香眠。每当我有小病，或有什么不快要发一下小脾气时，母亲安慰的办法是，到外面鸡窝里收一颗还发热的鸡蛋，回来在炕沿边掐几根香椿芽，咫尺之近，就在锅台上翻手做一个香椿炒鸡蛋。那种清香，那种童话式、魔术般的乐趣，永生难忘。

当然炕头上的记忆还有很多，如在油灯下，枕着母亲的膝盖，看纺车的转动，听远处深巷里的狗吠和小河流水的叮咚。这次回村，我站在老炕前叙说往事，直惊得随行的人张大嘴合不拢。而村里的侄孙辈也如听古。因为那两棵大树早已被砍掉，河已不在，只有旧窑在，寂寞忆香椿。

出了院子，大门外还有两棵树，一棵是槐树，另一棵也是槐树。大的那棵特别大，五六个人也搂不住，在孩子们眼中就是一座绿山、一座树塔。长记树下总是拴着一头牛或一匹马。主干以上，枝叶重重叠叠，浓得化不开。上面有鸟窝、蛇洞，还寄生有其他的小树、枯藤，像一座古旧的王宫。而爬小槐树，则是我们每天必修的功课。隐身于树顶的浓荫中，做着空中迷藏。

槐树枝极有韧性，遇热可以变形。秋天大人们会在树下生一堆火，砍下适用的枝条，在火堆里煨烤，制作扁担、镰把、担钩、木杈等农具，而孩子们则兴奋地挤在火堆旁，求做一副精巧的弹弓架或一个小镰把。有树必有动物，现在野生动物事业就归国家林业部来管。村里的野物当然也不离古树，各种鸟就不用说了，松鼠、黄鼠狼、獾子、狐狸的造访是家常便饭。

夏天的一个中午，正日长人欲眠，突然老槐树上掉下一条蛇，足有五尺多长，直挺挺地躺在树荫中。一群鸡，虽以食虫为天职，但还从未见过这么大的虫子，一时惊得没有了主意，就分列于蛇的两旁，圆睁鸡眼，死死地盯着它。双方相持了足有半个时辰。这时有人吃完饭在河边洗碗，就随手将半碗水泼向蛇身。那蛇一惊，嗖的一下蹿入草丛，蛇鸡对阵才算收场。现在，就是到动物园里，也看不到这样的好戏。

还有一天的晚上,我一个叔叔串门回来,见树下卧着一个黑影,便上去踢了一脚,说:"这狗,怎么卧在当道上!"不想那"狗"嗖地翻身逃去。星光下分明是一只狼。大约是来河边喝水,顺便在树下小憩片刻。第二天听了这故事,很令人神往,我们决心去找这只狼。长期在农村,早得了关于狼知识的秘传:铜头、铁身、麻秆腿。腿是它的最弱项。傍晚时分,四五个孩子结伴向村外走去。随身带上镰刀、斧头、绳子,这都是平时帮大人打柴的家什。大家七嘴八舌,说见了狼,我先用镰刀搂腿,你用斧砍,他用绳捆。正说得热闹,碰见一个大人,问去干什么,答,去找狼。大人厉声训斥道:"天快黑了,你们还不都喂了狼?给我回去!"我们永远怀念那次未遂的捕狼壮举。

出大门外几十步即一条小河。流水潺潺,不舍昼夜。河边最热闹的场景是洗衣。在没有自来水和洗衣机之前,这是北方农村一道最美丽的风景。是家务劳动,也是社交活动,还是一种行为艺术。女人和孩子们是主角,欢声笑语,热闹非凡。许多著名的文艺作品都喜欢借用洗衣这个题材。如藏族舞蹈《洗衣歌》、歌剧《小二黑结婚》等。我们山西还有一首原汁原味的民歌就叫《亲圪蛋下河洗衣裳》。

印象最深的是河边的洗衣石,有黑、红、青各色,大如案板,溜光圆润。这是多少女子柔嫩白净的双手,蘸着清清的河水,经多少代的打磨而成的呀。河边总是笑声、歌声、捶衣声,声声入耳。偶尔有一两个来担水的男子,便成了女人们围攻的目标。现在想来,那洗衣阵中肯定有小二黑、小青、亲圪蛋等。洗好的衣服就晒在岸边的草地上,五颜六色,天然画图。

我们常在河边的青草窝里放羊,高兴时就推开羊羔,钻到羊肚子下吸几口鲜奶,很是享受。那时也不懂什么过滤、消毒。清明前后,暖风吹软了柳枝,可褪下一截完整树皮管,做成柳笛,"呜哇呜哇"

地乱吹。大人不洗衣时我们就在这洗衣石上玩泥，或坐上去感受它的光润。

那时洗衣用皂角，村里一棵硕大的皂角树，一季收获，够全村人用上一年。皂角在洗衣石上捶碎后，它的种子会随河水漂落到岸边的泥土里，春天就长出新的皂角苗。小村庄，大自然，草木之命生生不息，孩子们的心里阳光满地。大家比赛，看谁发现了一株最大的皂角苗，然后连泥捧起种到自家的院子里。可惜，这情景永不会再有了，前几年开煤矿破坏了地下水，村里的三条河全部干涸，连河床都已荡平，树也没了踪影。洗衣歌、柳笛声都已成了历史的回声。

忆童年，最忆是黄土。我的老乡、前辈诗人牛汉，就曾以敬畏的心情写过一篇散文《绵绵土》。村里人土炕上生，土窑里长，土堆里爬。家家院里有一个神龛供着土地爷。我能认字就记住了这副对联："土能生万物，地可载山川。"黄土是我的襁褓、我的摇篮。农村孩子穿开裆裤时，就会撒尿和泥。这几年城里因为环保，不许放鞭炮，遇有喜事就踩气球，都市式的浪费。且看当年我们怎样制造声响。

一群孩子，将胶泥揉匀，捏成窝头状，窝要深，皮要薄。口朝下，猛地往石上一摔，泥点飞溅，声震四野，名"摔响窝"。以声响大小定输赢，以炸洞的大小要补偿。输者就补对方一块泥，就像战败国割让土地，直到把手中的泥土输光，俯首称臣。这大概源于古老的战争，是对土地的争夺。孩子们虽个个溅成了泥花脸，仍乐此不疲。这场景现在也没有了，村子成了空壳村，新盖的小学都没有了学生。空空新教室，来回燕穿梭。村庄没有了孩子，就没有了笑声，也没有人再会去让泥巴炸出声了。

农家的孩子没有城里人吃的点心，但他们有自己的土饼干。不是"洋"与"土"的土，是黄土地的"土"。在半山处取净土一筐，砸碎，细筛，炒热。将发好的面拌入茴香、芝麻，切成条节状，与土混在一起，上火慢炒至熟，名"炒节子"。然后再筛去细土，挂于篮中，随时食用。这在城里人看来，未免有点脏，怎么能吃土呢？但我们就是吃这种零食长大的。一种淡淡的土味裹着清纯的麦香，香脆可口。天人合一，五行对五脏，土配脾，可健脾养胃，是村里世代相传的育儿秘方。

从春到夏，蝉儿叫了，山坡上的杏子熟了，嫩绿的麦苗已长成金色的麦穗，该打场了。场，就是一块被碾得瓷实平整、圆形的土地。打场是粮食从地里收到家里的最后一道工序，再往下就该磨成面，吃到嘴里了。割倒的麦子被车拉人挑，铺到场上，像一层厚厚的棉被，用牲口拉着碌碡，一圈一圈地碾轧。孩子们终于盼到一年最高兴的游戏季，跟在碌碡后面，一圈一圈地翻跟斗。我们贪婪地亲吻着土地，享受着燥热空气中新麦的甜香。一次我不小心，一个跟斗翻在场边的铁耙子上，耙齿刺破小腿，鲜血直流。大人说："不碍，不碍。"顺手抓起一把黄土按在伤口上，就算是止血了。至今还有一块疤痕，留作了永久的纪念。也许就是这次与土地最亲密的接触，土分子进入了我的血液，使我一生不管走到哪里，总忘不了北方的黄土。现在机器收割，场是彻底没有了，牲口也几乎不见了，碌碡被可怜地遗弃在路旁或沟渠里。有点"九里山前古战场，牧童拾得旧刀枪"的凄凉。

没有了，没有了。凡值得凭吊的美好记忆都没有了。只能到梦中去吃一次香椿炒鸡蛋，去摔一回泥巴、翻一回跟斗了。我问自己，既知消失何必来寻呢？这就是矛盾，矛盾于心成乡愁。去了旧事，添了新愁。历史总在前进，失去的不一定是坏事。但上天偏教这物的逝去与情的割舍，同时作用在一个人身上，搅动你心底深处自以为已经忘掉了的秘密。于是岁月的双手，就当着你的面将最美丽的东西撕裂，这就有了几分悲剧的凄美。但它还不是大悲、大恸，还不至于呼天抢地，只是一种温馨的淡淡的哀伤，是在古老悠长的雨巷里"逢着一个丁香一样的结着愁怨的姑娘"。乡愁是留不住的回声，是捕捉不到的美丽。

那天回到县里，主人问此行的感想。我随手写了四句小诗：

何处是乡愁，
云在霍山头。
儿时常入梦，
杏黄麦子熟。

原载《人民日报》2017年4月29日

万鞋墙

陕北多山，千山万壑。有村名赤牛洼，世代农耕，名不见经传。近年有退休回村的干部老高，下决心搜集本地藏品，建起一农耕博物馆。我前去参观，不外锄、犁、耧、耙、车、斗、磨、碾之类，也未有见奇。当转入一巨大窑洞时，迎面一堵高墙，齐齐地码着穿旧、遗弃了的布鞋。足有两人之高、数丈之长。我问："有多少双？"答道："一万三千双。"我脱口而出："好一堵万鞋墙！"

这鞋平常是踩在脚底下的，与汗臭为伴，与尘土、泥水厮磨，是最脏最贱之物。穿之不觉，弃之不惜，几乎感不到它的存在。今天忽然集合在一起，被请到墙上，就像一队浩浩荡荡的翻身的奴隶大军，顿然感到它的伟大。

鞋有各种大小、各种颜色，这是乡下人的身份证，代表着男人、女人、大人、孩子。但不管什么鞋，都已经磨得穿帮破底、绽开线头，鞋底也成了一个薄片。仔细看，还能依稀辨出原来的形式、针脚、颜色。这每一双鞋的后面都有一个故事，从女人做鞋到男人穿它去种田、赶脚、打工等，一个长长的故事。

我们这一代人都是穿着母亲的手做布鞋长大的，又穿着布鞋从乡下走进城市。每一双鞋都能勾起一段心底甜蜜的或辛酸的回忆。这鞋墙就像是一堵磁墙，又像一个黑洞，我伫立良久，一时无语，半天，眼眶里竟有点潮湿。同行的几个人也突然不说话了，像同时被击中了某个痛点，被点了哑穴。大家只是仰着头细细地看，像是在寻找自己曾穿过的那一双鞋。半天，陪同来的辛书记才冒出一句："老高，你怎么想出这么个主意，怎么想出这么个主意！"

鞋墙下面还有鞋展柜，展示着山里鞋的前世今生。有一双"三寸金莲"，那是旧社会妇女裹脚时的遗物，现在的女孩子绝对想不到，妙龄少女还曾以美的名义受过那样的酷刑。有一双特大号的布鞋，是本村一个大汉穿过的，足有一尺长。据说当年他的母亲很为做鞋犯愁。有一双新鞋底上纳着两个"念"字，这种鞋是男女的信物，一般舍不得沾地。有名"踢倒山"的牛鼻子鞋，有轻软华丽的绣花鞋，有雪地里穿的毡窝子鞋，也有黄河边纤夫拉纤穿的草鞋，等等，不一而足。这是山里人的才艺展示，也是他们的人生速写。

在回县里的车上，大家还在说鞋。想不到这个最普通的穿戴之物，经今天这样一上墙，竟牵动了每一个人的神经。一种鞋就是一个时代的标志。中国革命是穿着草鞋和布鞋走过来的。

建国初，我们建第一个驻外使馆，大使临行时才发现脚上还穿着延安的布鞋，才匆忙到委托店里买了一双旧皮鞋上路。大约在上世纪六十年代以前，北方农村的人一律穿家做的布鞋。小时穿妈妈做的鞋，成人穿老婆（陕北人叫婆姨）做的鞋。马克思说："人和人之间的直接的、自然的、必然的关系是男女之间的关系。"布鞋是维系农耕社会中男女关系和农民与土地关系的一根纽带。做鞋也成了农村妇女生命的一部分，从少女时学纳鞋底开始，一直到为妇为母，满头白发，满脸皱纹。一针一线地纳着青春，纳着生命。遇有孩子多的人家，做鞋成了女人的沉重负担。男人们很珍惜这一双鞋，夏天干活则尽量打赤脚。出门时穿上鞋，到地头就脱下来，两鞋相扣小心地放在田垄上，收工时再穿回来。每年农历正月穿新鞋是孩子们永远的企盼，也是母亲笑容最灿烂的时刻。要说乡愁、亲情、家忆，布鞋是最好的标志。

在大家的议论声中，我提了一个问题：请说出自己关于鞋的最深刻的记忆。同车的老安，一个退休多年的老干部，他说："我记忆最深的是小时候的一年正月，刚换上新鞋，几步就奔到大门外，不想一脚踏到冰窟窿里，新鞋成了两团泥。回家后，我妈气得手提笤帚疙瘩，一直把我追到窑畔上。"一车人发出哄然的笑声，每个人的心底都美美地藏着这样一个又甜又酸的故事。

鞋不但是人情关系的标志，还是社会进步的符号。有人说，看一个人富不富，就看他家里地上摆的鞋。我是1963年进大学的，同班有一位从湘西大山里考来的同学，赤着脚上课。老师问，为什么不穿鞋？他说长这么大，就没有穿过鞋。

1968年大学毕业，按那时的规矩，我到内蒙古农村当农民劳动一年。生产队饲养院的热炕，是冬季的晚上村民们聚会、抽烟、说事的热闹地方。腾腾的烟雾和昏暗的灯光中，炕沿下总是一大堆七扭八歪、又脏又瘪的鞋。其中有一双就是我从北京穿来的，上面已补了十三个补丁。就是后来当了记者，走遍了黄土高原的沟沟壑壑，也还是一双布鞋。遇到下雨，照样蹚泥水，一步一响声。采访后回到住地的第一件事，就是到伙房里烤鞋。九十年代，我已在北京中央国家机关工作，那时的会议通知常会附一句话：请着正装。"正装"是什么意思？就是要穿皮鞋。

那几天在县里采访，虽还有许多其他内容，但是脑子里总是转着那些鞋。立一堵墙以为纪念，是人们常用的方法。最著名的如巴黎公社墙、犹太人的哭墙，还有国内外经常看到的烈士人名墙。但集鞋为墙，还是第一次见到。鞋虽踩在脚下，不像帽子风光，却要承一身之重，走一生之路，最是苦重，也最易被人忘记。

我们常说"慈母手中线，游子身上衣"，却很少人说到"游子脚下鞋"。做鞋，首要是结实。先要用布浆成"衬"，裁成帮，裹成底。将麻搓成绳，锥一下，纳一针。记得幼时，深夜油灯下，躺在母亲身旁，是听着纳鞋底的刺刺声入睡的。现在市面上已找不到人工布鞋了，那天我在县里托人找了一双，不为穿，是想数一下一双鞋底要纳多少针。你猜多少？两千五百针。那堵鞋墙共有一万三千双鞋，你算一下总共要多少针哪。每一个人都说自己的事业轰轰烈烈，走过的道路艰苦曲折，又有谁想到脚下千针万线的慈母鞋呢？

鞋墙不朽。

原载《光明日报》2016年11月4日

六味斋记

并州六味斋为二百年之老店。其所制酱肘，辛苦之极。先将整骨掏出，再填以碎肉，复其形，调其味，精蒸煮，是为绝活。幼时随父上街，偶尝一丝，至今不忘。

60多年后余重回并州，再访六味斋，当年小店已焕然而成300亩之现代食品工厂，并成旅游景点。排排车间坐落于花园之中，阵阵暗香飘散在游人前后。我问："你们用的什么香料？"答曰："并非香料，多为姜、桂、茴、椒等辛辣之材。"原来一切生肉皆带腥、膻、秽、腻之气，欲求其香，先去其秽，唯辛是用。

公司董事长阎继红本一扫地打杂之女工，自荐操刀挥斧，掌案劈肉，虎威而不亚男子。原企业受旧体制之束缚，连年亏损，渐成颓败之势。改革大潮起，阎奋然为首，率领团队及职工，披荆斩棘，成就今日之大业。其间多少辛酸、辛劳、辛苦、辛勤，难以言尽。可知，欲成一事，唯辛是用。

人间有五味，酸甜苦辣咸都不足以言香，唯加一辛字，托百味而冲天香阵漫并州。是所以为六味斋。

原载《太原晚报》2020年4月21日

开　河

　　二十世纪七十年代初，大学毕业生必须先到农村劳动锻炼。我从北京毕业后到内蒙古临河县劳动一年，就地分配到县里工作。想不到，我还没有打开行李，就受命带民工到黄河岸边去防凌汛。

　　"凌汛"是北方河流解冻时的专用名词——我是第一次听到——特别是气势磅礴的黄河，冰封一冬之后在春的回暖中慢慢苏醒，冰块开裂，漂流为凌，谓之开河。开河又分"文开""武开"两种。河水慢慢融化，顺畅而下者谓之"文开"；河冰骤然开裂，翻江倒海者谓之"武开"，这时流动的冰块如同一场地震或山洪引发的泥石流，你推我搡，挤挤擦擦，滚滚而下。如果前面的冰块走得慢一点，或者冰面还未化开，后面的冰急急赶来叠压上去，就会陡立起一座冰坝，横立河面，形成类似电视上说的堰塞湖。冰河泛滥，"人或为鱼鳖"，那时就要调飞机炸冰排险了。无论"文开"还是"武开"都可能有冰凌冲击河堤，危及两岸，所以每年春天都要组织防凌汛。我就是踏着黄河开裂的轰鸣声走向社会的。

　　虽然我在临河县已生活一年，但还未亲见过黄河。在中国地图上,黄河西出青海,东下甘肃,又北上宁夏、内蒙古,拐了一个大弯子,如一个绳套,被称为"河套"。在这里,黄河造就了一块八百里冲积平原。我这一年在河套平原生活劳作,虽未与黄河谋面,却一直饱吸着黄河母亲的乳汁。每当我早晨到井台上去担水时,知道这清凉的井水是黄河从地下悄悄送过来的;当夏夜的晚上我们借着月光浇地时,田野里一片"噼噼啪啪"庄稼的生长拔节声,我知道这是玉米正畅快地喝着黄河水。河套平原盛产小麦、玉米,还有一种别处都没有的"糜子米",粒金黄,比小米大,味香甜,是当地人的主食,也是供牧区制作炒米的原料。在河套,无论人还是庄稼都是喝着黄河水长大的,片刻不曾脱离。生活于斯,你才真切地体会到为什么黄河叫"母亲河",是她哺育了我们这个古老的农耕民族。前几年联合国粮农组织在全球普查农业遗产,在陕北佳县黄河河谷发现了一千四百年前的古枣园,在山东黄泛区发现了六千亩的成片古桑园,可知我们的先民早就享受着黄河的养育之恩。沿黄河一带的农民说:"枣树一听不到黄河的流水声就不结枣了。"

我受命之后,匆匆奔向黄河。一辆毛驴车,拉着我和我的行李,在长长的大堤上,如一只小蚂蚁般缓缓地爬行。堤外是一条凝固了的亮晶晶的冰河,直至天际;堤内是一条灌木林带,灰蒙蒙的,连着远处的炊烟。最后,我被丢在堤内一个守林人的小屋里,将要在这里等待开河,等待春天的到来。一般人对黄河的印象是飞流直下、奔腾万里,如三门峡那样湍急,如壶口瀑布那样震耳欲聋。其实她在河套这一段面阔如海,是极其安详平和、雍容大度的。

我的任务是带着二十多个民工和几辆小毛驴车,每天在十公里长的河段上来回巡视,备料,检查和修补隐患,特别要警惕河冰的变化,与指挥部保持不间断的联系。民工都是从各村抽来的,大家也是刚刚认识，都很亲热。河套是我国传统的四大自流灌溉区之一，黄河水从上游的宁夏流过来，顺着干渠、支渠、斗渠、农渠、毛渠等大大小小的河道，让庄稼灌饱喝足后，再经排水网络流向下游。因水过沙淤，每年冬春修整河道就成了当地必不可少的工作。在还没有机械施工的年代，全靠人工把泥沙一锹一锹地挑出去，俗称"挑渠"。从另一个角度讲，这也是年轻人欢乐的聚会，类似南方少数民族的"三月三"，不过那是纯粹地唱歌游戏，我们这里却是借走河工而欢聚。民工出发前会往毛驴车上扔几口袋糜子米，在铁锹把上挂几串咸菜疙瘩，富一点的生产队还会带上半扇猪肉。人们难得享受一次大干、海吃、打牌、摔跤、说笑话的集体生活。我现在参与的也属这类劳动，不过不是"挑渠"而是"护渠"，规模也小，人也少，民工的年纪也略大，气氛就安详了许多。

住下以后，我到堤上的工棚里看了炉灶、粮食等生活用品的安排，就出来和他们一起装土、拉车。这时一个民工们都叫他王叔的中年汉子突然走上前来拦住我说："头儿，这可不行。你是县里的干部，张张嘴、指指手就行，哪能真干活？"这一句话把我说蒙了，我怎么一夜之间就从一个学生、一个在公社劳动的临时农民变成"头儿"，成了干部？从此就可以只要张张嘴，不用动手干活了？真是受宠若惊，我还很不习惯这个新身份。就像京剧《法门寺》里的贾桂，站惯了不敢坐，我这双手动惯了，一时还停不下来。马克思说劳动创造人，莫非这一年的劳动就把我改造成了另一个人？我一高兴也吹起牛来，我说："这点活算什么，我在村里整担了一年的土，担杖（扁担）都记不清压断了几根。"他们看着我笑道："除了衣服上有补丁，怎么看，也还是个学生娃哩。"大家嘻嘻哈哈，一会儿就混熟了。

因为是上堤第一天，为了庆祝，中午就在工棚里包饺子。当地盛产胡麻油，生胡油拌饺子馅特别香。一脸盆肉馅拌好后，王叔提出一把装满胡油的大铝壶，就像提水浇花一样，对着脸盆大大地转了三圈，看得我目瞪口呆。你要知道那是在物资极端缺乏的年代啊，城里每人一个月才供应三两油。但是生产队自家地里长胡麻，自家油坊里榨胡油，吃多吃少，谁管得着？况且出工就和当兵出征一样，是要格外优待的。那年我在村里，春天派河工时，无肉不行。队长无奈，就发话杀了一头毛驴为大家壮行。今日我们在黄河大堤上吃开工宴，真有点梁山好汉初上山来喝聚义酒、大块吃肉的味道。这时大堤内外寒风过野，嘶嘶有声，而工棚内热气腾腾，笑声不断。我内心里觉得，这就是冥冥中给我办的一个劳动毕业典礼，也是身份改变，从此由学生转为干部的加冕宴。

我白天在河堤上和民工们厮混在一起，晚上就回到自己住的林间小屋里，静悄悄的好像退回到另一个世界。这林子是一大片与河堤平行的灌木，专为防风、固沙、防止水土流失而栽。树是北方沙地一种永远长不大的"老头杨"。护林员姓李，一个五十多岁的朴实农民。他的任务是每年春天把这些灌木贴着地皮砍一次，叫"平茬"，促使它根系发达；平时则看护好林子，防止牲畜啃食。这是黄河的一条绿腰带。这个林间小屋里热炕、炉灶等生活用具应有尽有，老李白天在这里煮饭、干活、看林子，晚上回村里去和老婆孩子挤热炕头。他临走时问我："你晚上一个人住在这片林子里怕不怕？"我说："不怕。"我心想，说怕又有什么用？他说："我把这条大黄狗给你留下。你现在就喂它一块骨头，先建立一下感情。"在这个半农半牧区，吃肉是平常事，我一进到这个小院就发现半人高的矮墙头上摆满了一圈完整的羊头骨，如果是哪个画家来了一定会选一个回去当艺术品。我接过黄狗摸摸它的头，算是我们俩击掌为友了。

后半夜，一钩弯月挂在天边，四周静极了，风起沙扬，打在窗户纸上沙沙作响，大黄狗不时地汪汪几声。微风拂过林梢掀起隐隐的波涛，我这个小屋就像大海里的一只小船。我怎么也睡不着了，突然想到这是我平生第一次一个人过夜，而且还是在万里黄河边的旷野上。大约这就是在预示一个人将要独立走向社会。上大学之前我从没有离开过家，在大学里条件有限，一间宿舍上下铺八个人，再后来就是到农村劳动，四人睡一条土炕。而今天，脱离了家庭，离开了集体，像被母亲推出了怀抱，说你已长大，快快出门而去吧。我感到几分孤单，又有一点兴奋。人生本是一场偶然，命运之舟从来不由自己掌舵，你唯一的办法就是如鹰雁在空，借气流滑行。我从北京来到塞外，从学校到生产队，再从生产队来到黄河边，被一双无形的手推过一程又一程。

我辗转难眠，就去想那些类似今夜光景的诗篇。苏东坡有一首《卜算子》："缺月挂疏桐，漏断人初静。谁见幽人独往来，缥缈孤鸿影。"不好，太凄苦了。我虽分配塞外，但还不似苏轼发配黄州。又想起辛弃疾的《破阵子》："醉里挑灯看剑，梦回吹角连营。八百里分麾下炙……"现时大漠孤烟，河堤上吃肉，倒有几分身在沙场的味道。你看，堤外漠漠层林，堤上车马工棚；千万里大河东去，枕戈静待凌汛。那么，凌汛过后的我又将漂向何处呢？

天气渐渐转暖，脚下的土地也在一天天地变软，有了一点潮气。按照老河工的经验，今年的开河将是"文开"，不会有太大麻烦。我作为"头儿"，紧张的情绪也有了缓和，不过倒从心里生出一丝遗憾，既为凌汛而来，却没有看到冰坝陡立、飞机投弹炸冰，好像少了点什么。人生就是这样，想要又怕，又爱又恨。民工们已经在悄悄地收拾行装，我无事可干就裹上一件老羊皮袄在堤上漫不经心地巡走，有时遥望对岸，对岸是鄂尔多斯高原，成吉思汗的发家之地。几千年来，这片土地上曾演绎了多少惊心动魄的故事，而我一出校门就投向黄河的怀抱里。中国民间风俗：孩子满周岁时，在他面前摆上各种小件物品，看他去抓什么，以此来卜测孩子将来的作为，名为"抓周"。《红楼梦》里贾宝玉抓到的是女孩儿用的钗环脂粉，贾政因此心中不悦，说这孩子将来必无所成。现代也有类似的新说：小儿断奶后吃的第一口菜是什么味道，就决定了他一生的饮食习惯。我出校门后正式受命干的第一件事就是到黄河上带工，这也是一种"抓周"，而且十分灵——果然，从此我的后半生就再也没有离开过黄河。几十年的记者生涯，我上起青海黄河源头，下到山东黄河的出海口，不知走了多少遍，采写了多少文字，至今还有一篇《壶口瀑布》在中学课本里。这是黄河发给我的最高奖。

　　一天，当我照例巡河时，发现靠岸边的河冰已经悄悄消融，退出一条灰色的曲线，宽阔的河滩上也渗出一片一片的湿地。枯黄的草滩隐约间有了一层茸茸的绿意。用手扒开去看，枯叶下边已露出羞涩的草芽。风吹在脸上也不那么硬了，太阳愈发地温暖，晒得人身上痒痒的。再看远处的河面，亮晶晶的冰床上撑开了纵横的裂缝，而中心的主河道上已有小的冰块在浮动。又过了几天，当我迎着早晨的太阳爬上河堤时，突然发现满河都是大大小小的浮冰，浩浩荡荡，从天际涌来，犹如一支出海的舰队。阳光从云缝里射下来，银光闪闪，冰块互相撞击着，发出隆隆的响声，碎冰和着白色的浪花炸开在黄色的水面上，开河了！一架值勤的飞机正压低高度，轻轻地掠过河面。

　　不知何时，河滩上跑来了一群马儿，有红有白，四蹄翻腾，仰天长鸣，如徐悲鸿笔下的奔马。在农机还不普及的时代，同为耕畜，南方用水牛，中原多黄牛，而河套地区则基本用马。那马儿不干活时一律褪去笼头，放开缰绳，天高地阔，任它去吃草追风。尤其冬春之际，地里还没有什么农活，更是无拘无束。眼前这群撒欢的骏马，有的仰起脖子甩动着鬃毛，有的低头去饮黄河水，有的悠闲地亲吻着湿软的土地，啃食着刚刚出土的草芽。忽然它们又会莫名地激动起来，在河滩上掀起一阵旋风，仿佛在放飞郁闷了一冬的心情，蹄声叩响大地如节日的鼓点。我一时被眼前的情景所感染，心底暗暗涌出一首小诗：

河边马

俯饮千里水，仰嘶万里云。

鬃红风吹火，蹄轻翻细尘。

时间过去半个世纪，我还清楚地记着这首小诗。那是我第一次感知春的味道，也是我会写字以来写的第一首古体诗。

我激动得甩掉老羊皮袄，双手掬起一捧黄河水泼在自己脸上，一丝丝的凉意，一阵阵的温馨。开河了，新一年的春天来到了，我也迈出了人生的第一步，明天将要正式到县里去上班。

原载《当代》2023年第1期

第四辑　品味人生

夏　感

充满整个夏天的是一个紧张、热烈、急促的旋律。

好像炉子上的一锅冷水在逐渐泛泡、冒气而终于沸腾一样。山坡上的芊芊细草渐渐滋成一片密密的厚发，林带上的淡淡绿烟也凝成了一堵黛色的长墙。轻飞曼舞的蜂蝶不见了，却换来烦人的蝉儿，潜在树叶间一声声地长鸣。火红的太阳烘烤着金黄的大地，麦浪翻滚着，扑打着远处的山、天上的云，扑打着公路上的汽车，像海浪涌着一艘艘的船。金色主宰了世界上的一切，热风浮动着，飘过田野，吹送着已熟透了的麦香。那春天的灵秀之气经过半年的积蓄，这时已酿成一种磅礴之势，在田野上滚动，在天地间升腾。夏天到了。

夏天的色彩是金黄的。按绘画的观点，这大约有其中的道理。春之色为冷的绿，如碧波，如嫩竹，贮满希望之情；秋之色为热的赤，如夕阳，如红叶，标志着事物的终极。夏正当春华秋实之间，自然应了这中性的黄色——收获之已有而希望还未尽，正是一个承前启后、生命交替的旺季。

你看，麦子刚刚割过，田间那挑着七八片绿叶的棉苗，那朝天举着喇叭筒的高粱、玉米，那在地上匍匐前进的瓜秧，无不迸发出旺盛的活力。这时她们已不是在春风微雨中细滋慢长，而是在暑气的蒸腾下，蓬蓬勃发，向秋的终点做着最后的冲刺。

夏天的旋律是紧张的，人们的每一根神经都被绷紧。你看田间那些挥镰的农民，弯着腰，流着汗，只是想着快割，快割。麦子上场了，又想着快打，快打。他们早起晚睡已够苦了，半夜醒来还要听听窗纸，可是起了风；看看窗外，天空可是遮上了云。麦子打完了，该松一口气了，又得赶快去给秋苗追肥浇水。"田家少闲月，五月人倍忙"，他们的肩上挑着夏秋两季。

遗憾的是，历代文人不知写了多少春花秋月，却极少有夏的影子。大概春日融融，秋波澹澹，而夏呢，总是浸在苦涩的汗水里。有闲情逸致的人，自然不喜欢这种紧张的旋律。我却想大声赞美这个春与秋之间的金黄的夏季。

原载《语文报》1984年6月4日
2007年入选人教版初中语文课本

说人性

有一句劝人的话:"要做事,先做人。"这个"人"是指人性,"事"包括一般的生活小事,也包括政治大事。人性和人格还不一样,人格的标准更高一些,上不封顶;但人性的标准是起码要下能保底。人格在上,人性在下。人性保底,大概有三条。

一是率真,即真心。每一个人都是一个真实的存在,对外不伪装,不欺人。为亲可以信赖,为友可以相托,为领导可以追随。对自己则按兴趣和理想做事,不压抑,不自闭,阳光、透明、自在做人。天真是人的本性,大约孩提时代的人都是这样的,后随着社会经历的增多,就将这种天性扭曲了。虽然人际交往和实际生活中要有一点策略,但不能扭曲到虚伪、变性、失真。正如女人可以有一点化妆,但不能整天在脸上贴一个面膜,谁还敢接近?

人如果失却率真之性后患无穷。明代万历皇帝就是个典型。他九岁登基时还是个孩童,任人摆弄,过早地失去了天真的人性,失去了作为人的自由。到二十岁之后掌了权就恶性反弹,赌气二十年不上朝理政。他已不是一个正常的人,当然也干不了大事,做不好皇帝。明朝的衰落从万历朝始,是从主政者人性的崩溃开始的。在社会上假风盛行,官场虚伪日重时,这种率真而不作秀的人性,反倒成了一种稀有的执政资本,转化成了政绩和威信。

二是爱心,慈爱之心。佛教讲慈悲,普度众生,实际上就是大爱之心。爱而生情,主要有三:亲情、爱情、友情。人生而有父母、兄弟、姐妹,一落地就处在一种血缘关系网中,享受亲情之爱,当然也要回报亲人以亲情,对上要敬爱曰孝,对平辈要友爱曰悌,对晚辈要关爱曰慈,这就是中国传统的伦理道德。社会以家庭为单位,一个人先在家庭中养成一颗爱心,从身边的亲人做起,被人爱或爱别人。

然后是爱情。世有阴阳,人分男女,稍长就要学会处理男女之情。马克思说:"人和人之间的直接的、自然的、必然的关系是男女之间的关系。"男女结合才有家庭,才有后代,社会才得以延续。处理好爱情是一大课题,情不定,家不安,则社会不稳。如果是政要人物就更为明显,唐明皇就是因与杨贵妃之爱而丢了江山。

接着就是友情。人是社会动物,为了生存要结成各种社会关系,有同志、朋友、同学、战友等,要相互爱护、关心才能形成合力,实现理想。所谓志同道合。朋友、同事间则要真诚,讲究一个诚信、仗义。

亲情、爱情、友情,凡此三种都是人性中最基本的。鲁迅诗云"无情未必真豪杰,怜子如何不丈夫";林觉民《与妻书》,以爱妻之心,而爱社会,勇于就义;《三国演义》桃园三结义。就是这三种爱心的典型。只有这三种爱心训练过关,才能谈到爱国、爱民、爱社会。未见有不孝、不悌,不爱妻、爱子、忠友、重朋者,却能爱国、爱民,成大事。因为具有爱心的人少悔、少怨、少计较,能忍耐,肯牺牲,能自我完善,团结他人。而许多大人物名声毁于一旦,王业败于垂成，都可以追溯到这三种爱心的缺失。如史上为争权而父子相残，掌权后大杀功臣等。

三是公心。虽然维护个人利益是生存的需要，但团结合作却能更好地生存。所以处理好公私关系就成了一切道德的基础。小至与亲人、朋友、同事相处，大到与社会相处，都要肯牺牲一点私利。私心重、性格偏狭的人，讨人嫌，自身生存状态都不会好，更不用说成大事了。就是在政治竞争中，小心眼也成不了大事业。《三国演义》多处写政治家怎么爱百姓、爱部下。刘备后有追兵，不丢百姓。曹操虽奸，犯了军纪还要"削发代罚"。吕布是三国里武艺最高的人，刘、关、张三英战吕布，才打个平手。但他的致命缺点是小心眼，私心重，只顾自己。在最后一役被围时，本有多次突围机会，但他"爱妻妾，不爱事业"，致使战败身死。

同是共产党人，同是党的领袖，周恩来在这"三心"上做得最好，大无大有，做到"六无"：死不留灰、生而无后、党而不私、官而不显、劳而无怨、去不留言。这些本是最基本的人性，最后都化为巨大的政治智慧。

2018 年

人生没有返程票

报载，美国航天公司计划造一个大飞船，将人送到外星球，大约在二十六世纪实现。飞船可容纳一百万人，速度为光速的五百分之一，就是说飞行五百年才能达到一光年的距离，要飞到二十光年远处的星体，需整整一万年时间。所以飞船必须很大，是一个小社会，当船到目的地时，走出来的乘客已是上船人的第四百代子孙了。

这场旅行代价真大，四百代人才能完成。现在地球上所有能找到的、有文字记录的古人也没有这么老。就是说，这个飞船在太空中要经历一个地球人类成长的文明史，才能到达另一个星球落脚。不是我们一个人重活一遍，是整个地球上的人类重活一遍。想来真是渺茫，既可怕，又有吸引力。报纸说："星际旅行只需单程票。"初一看，有点去而不回的味道，要在航行途中写遗嘱，开追悼会，那谁还愿去呢？

事情就怕放大来看。看完星际旅行计划，再反观人类自己，其实我们一生下来就不是买了一张单程票吗？这个地球上不是每天也在有死、有生、有老吗？区别只在于你是在原地过完单程，还是在运动中过完单程，反正人生没有返程票。我们常说：假如我小十岁、小二十岁，将如何如何。假如你小上一百岁，你也许能协助孙中山，不让军阀混战；假如你小上两百岁，也许你能帮林则徐去烧鸦片，但是这一切都不可能。

万物在动、在变，哲学家说一个人不可能两次走过同一条河流，俗话说，开弓没有回头箭。你只能创造一次，也只能享受一次。正是因为只有一次，人生才珍贵，才有特殊的意义。

1999 年 1 月 27 日

人人皆可为国王

说到权力和享受，国王可算是一国之最。普天之下，莫非王土，一国之财任其索用，一国之民任其役使。所以古往今来王位就成了很多人追求的目标，国王生活的状态也成了一般人追求的最高标准。

但是不要忘了一句俗话：尺有所短，寸有所长。虽然大有大的好处，但它却不能占尽全部的风光。比如，同是长度单位，以"里"去量路程可以，去量房屋之大小则不成；用"尺"去量房间大小可以，去量一本书的厚薄则难为了它。同是观察工具，望远镜可以观数里、数十里之外，看微生物则不行，这时挥洒自如的是显微镜。

以人而论，权大位显，如王如皇者亦有他的局限，比如他就不能享村夫之乐、平民之趣。《红楼梦》里凤姐说得好，"大有大的难处"。而《西游记》里孙悟空就懂得小有小的好处，钻到铁扇公主肚子里去成大事。就是在君主制度的社会里，王位也不是所有人的选择。明代仁宗皇帝的第六世孙朱载堉，就曾七次上疏，终于辞掉了自己的爵位。他一生潜心研究音乐和数学，他发现的"十二平均律"传到西方后，对欧洲音乐产生了巨大影响。对量子理论作出贡献的法国人德布罗意也出身于公爵世家，但他不要锦衣美食，终于在科学史上占有一席之地。据说现在的荷兰女王也很为继承人发愁，因为她的三个子女对王位都不感兴趣。

在现代社会里，特别是在市场经济的运行规律下，人们的利益取向、价值取向和实现途径已变得多元化了。每一个成功者都可以享受高呼万岁式的崇敬，享受鲜花和红地毯。社会上有许许多多的"国王"，在各自不同的"王国"里享受着自己臣民的膜拜。你看，歌星、球星是追星族的国王；作家、画家是读者的国王；学者、教授是学术领域内的国王；幼儿园的阿姨、小学校的教师，整天享受着孩子们的拥戴，也俨然如王——孩子王；就是牧羊人，在蓝天白云下长鞭一甩，引吭高歌，也有天地间唯我独尊的国王感。

事物总是有两面性，有所不为才能有所为；失之东隅，收之桑榆；塞翁失马，焉知非福。每个人只要努力都能得到一种王者的回报。当一个人壮志难酬或怀才不遇时，这大约是人生最低潮最无奈的时期吧。但就是在这种状态下，他仍然会有追随者，仍然可以为王。

北宋时的柳永，宋仁宗不喜欢他，几次考试不第，连做个小官的资格也拿不到，他只好去当"民"。但是在歌楼妓院、勾栏瓦肆的王国里他成了国王——词王，"凡有井水处即能歌柳词"，可见他这个王国有多大。林则徐被贬到新疆伊犁，但就是这样一个"钦犯"，沿途官民却争相拜迎，泪洒长亭，赠衣赠食，争睹尊容。他到驻地后，人们又去慰问，去求字，以至于待写的宣纸堆积如山。在人格王国里，林则徐被推举为国王。

在日常生活中，更是人人可以为王。我看过一场演唱会，那歌手也没有什么名，但当时着实有王者风范，台下的女孩子毫无羞涩地高喊"我爱你"，演唱结束，歌迷就冲到台上要签名，要拥抱。一次去

191

爬山,在山脚下,一位年轻人用草编成蚂蚱、小鹿之类的小动物,插满一担,惹得小孩子和家长围成几层厚厚的圆圈,很有拥兵自重的威风。等到登上半山时,又见许多人挤在一起围观,一个老者在玩三节棍,两手各持一节细棍,将那第三节不停地上下翻挑,做出各种花样,人们越是喝彩他越是得意。在这个山坡上临时组建的三节棍小王国里,他就是国王。

国王的精神享受有三:一是有成就感,二是有自由度,三是有追随者。只要做到这三点,不管你是白金汉宫里的英国女王,还是拉着小提琴的街头艺术家,在精神上都能得到同样的满足。要做到这一点并不难,只要诚实、勤奋就行——因为你虽没有王业之成,大小总有事业之成;虽没有权的自由,但有身心的自由;虽没有臣民追随,但一定有朋友、有人缘,也可能还有崇拜者,"天下谁人不识君"。所以人人皆可为国王,谁也不用自卑,谁也不要骄傲。

原载《光明日报》2007年1月23日

匠人与大师

在社会上常听到叫某人为"大师",有时是尊敬,有时是吹捧。又常不满于某件作品,说有"匠气"。匠人与大师到底有何区别?大致有三点。

第一,匠人在重复,大师在创造。一个匠人,比如木匠,他总在重复做着一种式样的家具,高下之分只在他的熟练程度和技术精度。比如一般木匠每天做一把椅子,好木匠一天做三把、五把,再加上刨面更光、对缝更严等。但是就算一天做到一百把也还是一个木匠。大师则绝不重复,他设计了一种家具,又另是一个新样子。判断他的高下是有没有突破和创新。匠人总在想怎么把手里的玩意儿做得更多、更快、更绝。大师则早就不稀罕这玩意儿,又在构思一件新东西。

第二,匠人在实践层面,大师在理论层面。匠人从事具体操作水平的上限是经验丰富,但还没从经验上升到理论。虽然这些经验体现和验证了规律,但还不是规律本身。大师则站在理论的层面上,靠规律运作。面对一片瓜地,匠人忙着一个一个去摘瓜,大师只需提起一根瓜藤;面对一大堆数字,匠人满头大汗,一道接一道地去算,大师只需轻轻给出一个公式；匠人在想怎么才能捏好一个泥人，大师则探讨宇宙和人。匠人常自恃于一技，自炫于一艺，偶有一得，守之为本；大师则鲜花掌声过眼烟云，进取不竭，心忧难宁。所以你就明白为什么居里夫人会把诺贝尔奖章给小女儿当玩具，但是接着她又得了一个诺贝尔奖。

第三，匠人较单一，大师善综合。我们常说一技之长，"一招鲜，吃遍天"，这是指匠人。大师则不靠这，他纵横捭阖，运筹帷幄，触类旁通，举一反三。因为凡创新、创造，都是在引进、吸收、对比、杂交、重构等大综合之后才出现的。同样是碳元素，软时可为铅笔，硬时可为金刚石，盖因结构之变化。当匠人靠一技之长，享一得之利，拿人一把、压人一筹时，大师则把这一技收来只作恒河一沙，再佐以砖、瓦、土、石、泥，起一座高楼。牛顿、爱因斯坦成为物理大师并不只因物理，还有更重要的数学、哲学等。一个画家，当他成为绘画大师时，他艺术生命中起关键作用的早已不是绘画，而是音乐、文学、科学、政治、哲学等。同理，一个音乐、书法、文学、科学方面的大师也是如此。而一个社会科学方面的大师就要求更高，马恩是他们那个时代的百科全书，毛泽东则是当时中国政治、军事、文学的宝典。

这就是大师与匠人的区别。

我们研究这个区别毫无贬损匠人之意，大师是辉煌的里程碑，匠人是可贵的铺路石。世界是五光十色的，需要大师也需要匠人，正如需要将军也需要士兵。但是我们必须承认这个世界有层次之别，必须有起码的识别力，有一个较高的追求目标。拿破仑说"不想当将军的士兵不是好士兵"，将军总是在优秀的士兵中成长起来的，当他不满足于打枪、投弹的重复，而由单一到综合，由经验到理性，有了战役、战略的水平时他就成了将军。鲁班最初也是一名普通木匠，当他在技术层面已经纯熟，不满足于斧锯的重复，而进军建筑设计、构造原理时，他就成了建筑大师。虽然从匠人而成为大师的总是少数，但这种进取精神是人类进步、社会发展的动力。古语言，法乎其上，取乎其中；法乎其中，取乎其下。要是人人都法乎其下呢？这个社会就不堪设想，地球就会停止转动。

我们可能在实际业绩上达不到大师水平，但至少在思想方法上要循大师的思路，比如力求创新，不要重复，不要窃喜于小巧小技，顾影自怜。对事物要有识别、有目标、有追求。力虽不逮，心向往之。在个人有了这样一种心理，就会有所上进，哪怕还不脱匠气，也是达到了纯熟的、高等的技艺；在民族有了这样一个素质，就是一个生气勃勃的、向上的民族；在社会有了这样一个氛围，就是一个创新的社会。

原载《人民日报》2006年5月19日

生与死的吻别

上飞机前还有一小时的机动时间，我坚持要去看看莫斯科的公墓，看看那个特殊的文化角落。

去得匆匆，竟连大门口是什么样子也未及细看，只记得是一条很宽的街，高大的门，门对面好大一片树林，绿涛翻滚着，无闹市的喧嚣，有郊野的清风，气氛是一种淡淡的寂静。一进门，甬道两旁分列着一排排的常青松柏，松柏下是死者整整齐齐的眠床。这里没有中国公墓常见的土堆，也无供骨灰的灵堂，只有绿树护着青石，青石衬着鲜花，猛一看像一个清静的公园或谁家的庭院。

我向一个靠近路边的墓葬走去。墓盖是一面极光洁的花岗石板，石板中央伸出两只大手，也是花岗石雕成，粗壮的腕部，有力的骨节，立时叫人起一种坚实的联想。这两只手轻轻地合拢着，捧着一块三角形的大红宝石，我一时不解了。这组颇具匠心的雕塑，就算是墓碑吗？那么这下面安息着一个怎样特殊的人呢？我在墓前肃立良久，细细揣度着，那双手从石中冲出时的强劲与合拢时的轻柔，那花岗石的纯黑与宝石的鲜红，幻化成一种多层复合的美，将人引向一个深邃的意境。向导过来告诉我，这里安眠着的是一位著名的心脏外科专家，他一生用自己灵巧而有力的手拯救过无数人的生命。

噢，我一下明白了，在一个人死后用这种含蓄的手法来表达他的生平与事业，表达生者对死者的纪念。最哀切的事情却用最艺术的手法来表达，这是一种多么平静、超脱而又理智的举动啊！我们说长歌当哭，他们却更祭以艺术。

我慢慢地往里去，一股强劲的艺术魅力如磁石般吸引着我。这哪是什么墓地，简直是画廊。所不同的是这里每一件艺术品下还有一个曾是活泼泼的人，那是这件艺术的根，是它的主题。墓碑全部是清一色的黑花岗石，打磨得极光亮，熠熠照人如一面银镜。有的只简单地在这石面上刻出死者的头像，轻轻的又淡淡的如一幅随意素描。说是清淡，那不过是艺术的质感，这石与锤造就的作品自然是风雨不去、历久如新的。有的凿成浮雕，死者的形象微微突起在石板、石块或石柱上，若隐若现，好像在天国那边透过云雾回望人间。更多的则是半身胸像和各种义深刻的组合雕塑。但这偌大的墓地无两块相同式样的墓碑。生者不肯抹杀死者的个性，也决计要表现出自己的匠心。

一位叫依留申的飞机设计师，他的墓碑是一个圆柱形与凹面的组合，圆柱上雕有他的胸像，胸前有三枚醒目的大勋章。那块凹面石块立衬在石柱后面，表示无垠的天穹，天穹上还有些飞机的航行轨迹。看着这一组近在咫尺、盈缩如许的石雕，我顿然如驰骋蓝天，并感到一种凌云的壮志。有一位海军将领，他的墓盖上只有一只大铁锚，黑锚金链，屹然挺立，风打浪涌，不动丝纹。有一组更特殊的墓碑，石柱上横着一个大箭头，上面浮雕着六个人的头像，这只箭头正穿云过雾急急飞行，原来这六个人是一个派到国外的救援小组，不幸同机遇难。

松柏中有一组男女雕像吸引了我。不用说这是一个合葬墓了，令人吃惊的是，两人全是裸体。男子略向前俯身，倚在一石上，右臂弯回，手中握着一柄铁锤；女子偎在他的身后，手执一条轻纱，款款地飘在身后。两人都目视前方，但我切实地感到他们的心是那样地相连相通，是一个不可分的整体，最纯真大方的爱是用不得一点遮掩的。

原来这对夫妻，男的是雕刻家，女的是一位芭蕾舞演员，都是搞艺术的。我想这组作为墓碑的石雕一定是他们生前设计好，叮嘱后人这样创作的。试想，以我们的传统观念谁愿在自己的墓前留一个裸体像呢？又有谁敢将自己的亲友雕成一个裸体立于墓上呢？但艺术家自有艺术家的思考。世间虽有山水的磅礴、花草的艳丽，但哪一种美能比得上人体蕴藏的灵感呢？而这种人类的共性之美，并不是随便哪一个形象都可以表达的，只有那些个别的、极富外美条件的人体，才可充分表现这种内蕴的美感。

这两位艺术家，一个人是终生为人们塑造这种能表达内蕴之美的外形，另一个则所幸天地钟秀其身，就矢志以自己美的外形去表现人类美的灵魂。总之，他们一生都沉浸在对人体美的追求、创造中。正当他们的事业处于顶峰之时，突然上帝要召他们而去，这是多大的遗憾啊。我好像听见他们弥留之际请求上帝答应他们再给世上留下点东西，上帝说只许留一件，这就是墓碑。于是他们就将自己的一生浓缩在这块石头上。他们要将自己美丽的躯体展示在这里，用这力、这柔、这情，留给后人永恒的美。什么才能久而不朽呢？石头。什么才能跨越生命的"代沟"，无言地表达感情与思想呢？艺术。于是这石头的艺术便成了死者与生者在墓前吻别的信物。

当匆匆的一小时参观行将结束的时候，我没忘记这普通公墓里还有一位不普通的人物——赫鲁晓夫。他的墓在公墓前后大院之间的甬道旁,占地不大。我没想到这样一个曾为超级大国一号领袖的人物,死后却屈身路旁。当他和光明一别之时,就来这里与民同乐了。他的墓碑从艺术角度来说也真有个性。那是由三个黑白方格相扣而成的石雕,在最上一格中放着赫鲁晓夫的人头雕像。

赫在位时的一件惊世之举就是将斯大林遗体迁出列宁墓,而他现在却被置于公墓堆中。历史人物的功过且由历史学家去评说,但艺术家自有自己的见解。据说,这个墓碑的设计者曾受过赫鲁晓夫的批评,但他并不从个人好恶出发,客观地认为赫这个人是功过参半,所以就用黑白两色夹一人头,赫鲁晓夫的家属也接受了这个方案。我站在那里好一会儿,端详着这件艺术家送给政治家的礼物。

在回去的车上,我自然联想到国内的墓葬风气。一次在南方旅行,老远就见到青山上一片片的白,像长了秃疮一样。那是新修的水泥墓。像这样铲去青松翠柏,铺上冰冷的水泥,且不说破坏水土,于死者又有何益呢?建筑向来标志着当时当地的社会文化。我想起一位建筑师朋友说的话,世界上的建筑可以分为三类:给人住的,给神住的,给鬼住的。那么,通过神鬼之居的庙堂、陵墓同样可以窥见社会文明的一斑。封建帝王可以独占金字塔或十三陵那样大的地下宫殿,而刚才参观的这个苏联公墓,无论贵贱,每人交一笔租金,占地一方,限期十四年。

这几年我们国内不少人富了,人住的房子非常现代化,却又按最陈旧的规矩去盖庙修墓安抚鬼神。看来有了钱,没有文化、没有新观念还是难超越自我。能懂得向死者献上一件富有审美价值的雕塑,生者与死者之间能以艺术方式倾心交流思想,交流感情,这个民族的文化素养就不会很低了。

1989 年 5 月

年　感

钟声一响，已入不惑之年；爆竹声中，青春已成昨天。是谁发明了"年"这个怪东西，它像一把刀，直把我们的生命，就这样寸寸地剁去。可是人们好像还欢迎这种切剁，还张灯结彩地相庆，还美酒盈杯地相贺。我却暗暗地诅咒："你这个叫我无可奈何的家伙！"

你在我生命的直尺上留下怎样的印记呢？

有许多地方是浅浅的一痕，甚至今天想来都忆不起是怎样划下的。当小学生时苦等着下课的铃声，盼着星期六的到来，盼着一个学年快快地逝去。当大学生时正赶上"文化大革命"的年代，整日乱哄哄地集会，莫名其妙地激动，慷慨激昂地斗争，最后又都将这些一把抹去。发配边疆，白日冷对大漠的孤烟，夜里遥望西天的寒星。这许多岁月就这样在我的心中被烦恼地推开，被急切切地赶走了。年，是年年过的，可是除却划了浅浅的表示时间已过的一痕，便再没有什么。

但在有的地方，却是重重的一笔，一道深深的印记。当我学会用笔和墨工作，知道向知识的长河里吸取乳汁时，也就懂得了把时间紧紧地攥在手里。静静的阅览室里，突然下班的铃声响了，我无可奈何地合上书，抬头瞪一眼管理员。本是被拦蓄了一上午的时间，就让她这么轻轻一点，闸门大开，时间的绿波便洞然泻去，而我立时也成了一条被困在干滩上的鱼。

后来从事文字工作，当我一人伏案写作时，我就用锋利的笔尖，将一日、几时撕成分秒，再将这分分秒秒点瓜种豆般地填到稿纸格里。我拖着时间之车的轮，求它慢一点，不要这样急。但是年，还是要过的。记得我第一本书出版时，正赶上一个年头的岁末。我怅然对着墙上的日历，久久地像望着山路上远去的情人，望着她那飘逝的裙裾。但她也没有负我，留下了手中这本还散着墨香的厚礼。这个年就这样难舍难分地送去了，生命直尺上用汗水和墨重重地画下了一笔。

想来孔夫子把四十作为"不惑"之年也真有他的道理。人生到此，正如行路爬上了山巅，登高一望，回首过去，我顿然明白，原来狡猾的岁月是悄悄地用一个个的年来换我们一程程的生命的。有那聪明的哲人，会做这个买卖，牛顿用他生命的第二十三个年头换了一个"万有引力"，而哥白尼已垂危床头，还挣扎着用生命的最后一年换了一个崭新的日心说体系。

时间不可留，但却能换得做成一件事，明白一个理。而我过去多傻，做了多少赔钱的，不，赔了生命的交易啊！假若把过去那些乱哄哄的日子压成一块海绵，浸在知识的长河里能饱吸多少汁液，假使把那寒夜的苦寂变为积极的思索，又能悟出多少哲理。

时间这个冰冷却又公平的家伙，你无情，他就无意；可你有求，他就给予。人生原来就这样被年、月、时，一尺、一寸、一分地度量着，人生又像一支蜡烛，每时都在做着物与光的交易。但是总有一部分蜡变成光热，另一部分变成了泪滴。年是年年要过的，爆竹是岁岁

201

要响的，美酒是每回都要斟满的，不过，有的人在傻呵呵地随人家过年，有的却微笑着，窃喜自己用"年"换来的果实。

这么想来，我真清楚了，真的不惑了。我不该诅咒那年，倒后悔自己的过去。人，假如三十或二十就能不惑呢？生命又该焕发出怎样的价值呢？

1986年2月6日

碑不自立，名由人传

据《人民日报》4月7日报道，陕西某贫困县，县委领导竭诚尽力为群众办了不少好事，受到群众好评。但遗憾的是，每完成一件工程，领导即要立碑以记，并亲拟碑文。由此引出群言纷纷，石碑虽起，口碑却降。由是想到碑的本义，试略为一辩。

碑者从石从卑，取坚用谦。本义是以坚石刻记要事，以期久远，所以立碑之时总是思之又思，酌之再三，心也惴惴，手也颤颤，不知后人将会作何评点。碑即是"备"，既已上碑，就为历史所备案。宠辱底定，不由人易。何敢草率，何敢张扬？在盛行立碑的封建时代，若行此事，往往也要廷议公论，焚香沐浴，毕恭毕敬。当年新中国成立，中国人民政治协商会议念及近百年来无数英烈为国捐躯，特决定于天安门广场立人民英雄纪念碑一座，并议请周恩来总理亲题碑文。周恩来受命之后，诚惶诚恐，闭门三日，潜心练字，抄写多遍，才完成现在碑上的这通文字，但他却坚辞不题名落款。这是何等的胸怀和品德！

碑者背也。一背，指所书之事已背人而去，属事后之论。碑，最早是古人在下葬之时立于墓坑两侧的系绳引棺之石。后来就顺便将死者的事迹刻于其上，后逐渐演变为专门的记事之碑。可见其本义是盖棺论定，后而书之。二背，指所言为他人、他事，是背对背，不是面对面，更不是自说自。

现在某些地方官忙于为自己树形象，争虚名。工程甫定，碑身即起，水泥未干，墨色已干，行匆匆，急慌慌，如赶早集。争立石碑之外，又有争出书者、争登报者，花样翻新，不厌其烦。唐时白居易知杭州，为民修堤，后人感其功，立碑曰白堤；宋时苏东坡又知杭州，再修一堤，后人又念其功，立碑曰苏堤。假如当年白居易、苏东坡都自磨一石，曰白曰苏，立之湖畔，也许早已被埋于污泥，没于尘烟。

数十年前，大寨因大修梯田而名扬全国，老英雄贾进才一生垒坝无数，满手老茧如铁锈铜斑。别人说，老贾，大寨该给你立一座碑。老人说："要碑做啥？这满沟的石坝不就是碑。"说得好，碑本天成，何必人立？试想，如果老人也像某县领导那样，往每块坝石上刻一个"贾"字，那参观者该有何感？正因这坝上无字，所以如今大寨展览馆里这位老英雄的形象更加灿烂。

大功无碑，大道无形。你看历史上有多少功德碑、记功铭都已湮没荒草，踩入泥土。而那些为民族为人民做了好事的人，虽无碑无铭，甚至无墓无灰，却永存青史，长在人间。历史老人很怪，有自鸣得意者，就捂住他的嘴；有桃李不言者，偏扬他的德。从来都是碑不自立，名由人传。

有立碑嗜好者当引以为戒。

原载《人民日报》2004年4月9日

九华山悟佛

到九华山已是下午,我们匆匆安顿好住处便乘缆车直上天台。缆车缓缓而行,脚下是层层的山峦和覆满山坡、崖脚的松柏、云杉、桂花、苦楝,最迷人的是那一片片的翠竹,黄绿的竹叶一束一束,如凤尾轻摆,在黛绿的树海中摇曳,有时叶梢就探摸到我们的缆车。更有那些当年的新竹,竹竿露出茁壮的新绿,竹尖却还顶着土色的笋壳,光溜溜的,带着一身稚气直向我们的脚底刺来。

天台顶是一平缓的山脊,有巨石,石间有古松,当路两石相挤,中留一缝,石壁上有摩崖大字"一线天"。侧身从石缝中穿过,又豁然一平台。台对面有奇峰突起,旁贴一巨石,跃然昂首,是为九华山一名景"老鹰爬壁"。壁上则有松八九棵,抓石而生,枝叶如盖。登台俯望山下,只见松涛竹海,风起云涌。偶有杜鹃花盛开于万绿丛中,如火炽燃。遥望山峰连绵弯成一弧,如长臂一伸,将这万千秀色揽在怀中。远处林海间不时闪出一座座白色的或黄色的房子,是些和尚庙或者尼姑庵。我心中默念,好一弯山水,好一弯竹树。

流连些时候,我们踏着一条青石小路走下山来,这时薄暮已渐渐浸润山谷，左手是村落小街，右手是绿树深掩着的山涧，唯闻水流潺潺，不见溪在何处。山风习习，宁静可人，大家从都市走来，每个人都感觉到了一种久违了的静谧，谁也不说话，只是默默地享受。这时左边一个小院里突然走出一位老人，手持一个簸箕，着一身尼姑青衣，体形癯瘦，满脸皱纹，以手拦住我们，道："善人啊，菩萨保佑你们全家平安，快请进来烧炷香。"我一抬头才发现，这是一个尼姑庵。大家好奇，便折身跟了进去。老妇人高兴得嘴里不住地念叨："好人啊，贵人啊，菩萨保佑你们升官发财。"这其实是一间普通的民房，外间屋里供着一尊观音像，设一只香炉、一个蒲团。墙脚堆满一应农家用具，观音被挟持其中。我探身里屋，是一个灶房。我们向功德箱里丢了几张票子，便和老妇人聊了起来。

老人六十九岁，原住山下，来这里已七年。家里现有两个儿子、两个孙子。我说："现在村里富了，你为什么不回去抱孙子？"她说："儿媳妇骂得凶，说我出来了就别想再回去。""儿子来不来看你？""不来。他让我修行，说怎么都行，就是不许剃发。"老妇人指指自己稀疏的白发，一再解释。"香火好吗？""哪有什么香火？你不请，人就不进来。"我看一眼院子，有水井、桶杖之类，可想她一人生活的艰难。同行的两位女同志欷歔不已，我也心中悒悒。

下山时我便更留意街上的情景。整个山镇全是些大大小小的取了各种名字的庙庵、精舍、茅棚。许多还是新盖的，墙都刷成刺目的白色或黄色，门口贴副带佛味的对联，大门内供尊佛像，隐约香烟缭绕。原来这里的人世代以佛为生，人家竟以佛事相传。过一中等"精舍"，一着僧衣者立于门前与人闲话。我稍一搭讪，他便热烈地介绍开来。原来这大大小小的庙庵在全山竟有七百多家，有的是正规管理的庙，而绝大部分都是起个名字就称佛、摆台香炉就迎客的"私"庙。

宛如城里人，将自己临街的门窗打开，就是个小店。下山后我在招待所里谈及此事，一位当地人说："嘿！你还不知道，有的干脆就是两口子，白天男人穿上僧衣，女人穿上尼姑服，各摆一个功德箱，晚上并床睡觉，打开箱子数钱。"我一时语塞，不由联想起刚才那老妇人一再自我表白"儿子不让我削发"，大约怕我们以之为假。

第二天一早，我们即去拜谒这山上的名刹祗园寺。一进庙，见和尚们匆匆奔走，如有军情。一队老僧身披袈裟折入大雄宝殿，几个年轻一点的跑前跑后，就像我们地方上在开什么大会或者搞什么庆典。更奇怪的是一些俗民男女也匆匆进入一个客堂，片刻后又出来，男的油发革履之间裹一件僧袍，女的则缠一袭尼衣，唯露朱唇金坠和高跟皮鞋，僧俗各众进入大雄宝殿后，前僧后俗站成数排。只见前侧一执棒老僧击木鱼数下，殿内便经声四起，嗡嗡如隐雷。那些披了僧袍尼衣的俗民便也两手合十跟着动嘴唇。

大殿两侧有条凳，是专为我们这些更俗一些的旁观游客准备的。我拣条凳子坐下，同凳还有两位中年妇女。一位妇人掩不住地激动，怯生生又急慌慌地拉着那位同伴要去入列诵经，那一位却挣开她的手不去。要去的这位回望一眼佛友，又睁大眼睛扫视一下这神秘、庄严又有几分恐惧的殿堂，三宝大佛端身坐在半空，双目微睁，俯瞰人间。她终于经不住这种压力，提起宽大的尼袍，加入了那二等诵经的行列。

我便挪动一下身子，乘机与留下的这位聊了起来。我说："你为什么不去？"她说："人家是为自己的先人做道场，我去给他念什么经。""这个道场要多少钱？""少说也得有几十万。这是一家新加坡的富商，为自己所有的先人做超度，念大悲咒。"我大吃一惊，做一场佛事竟能收这么多的钱！她说："便宜一点也行，出十元钱写个死者

207

的牌位,可在殿里放七天。"她顺手指指大殿的左后角,我才发现那里有一堆牌位叠成的小山。我说:"看样子你是在家的居士吧。"她说才入佛门,知之不多。问及身上的尼姑黑袍,她说是在庙上买来的,三十五元一件,凡入这个大殿的信徒,必须穿僧衣,庙上有供应。我这才明白,刚才那帮俗家弟子为什么要到客堂里去,专门来一次金蝉脱壳。这有点像学校里统一制作校服,是规矩但也是一笔可观的生意。

从祇园寺出来,我们拾级而上去看山顶上的百岁宫,实际上是一个山洞。相传明代有一无暇和尚来此修行,积二十八年刺舌血写得一部《华严经》,活到一百一十岁坐化,肉身三年不腐,门徒奇之,以金裹身,存之至今。因为是真身所在,这里香火更旺。我们到时,这里也正大做道场,问及价目,曰每场二十万元。

山顶风景无他,只是大兴土木,满地砖木沙石,碍脚碍眼。庙门前空地上,几个石匠正在叮叮当当地刻功德牌。路边小店起劲地放着念经的录音带,高声叫卖木鱼、念珠之类的法物。梵音与市声齐飞,游客共香客一体。我们缓缓下山,走几步就会碰到扛着木头或担着砖瓦的山民,这些苦力不时停下来将木料拄地,擦着汗水。但是他们不肯静下来休息,而是向每一个擦身而过的游客伸出手:"菩萨保佑,行个好,给个茶水钱。钱给了修庙人比买了香火还灵。"一种矛盾的心理立即攫住了我的心,见苦而不救,有违人心;鼓励乞讨,又助长歪风。这种层层的堵截使人大为扫兴,那些佛心重、心肠软者更是被弄得十分尴尬,只要给了一个就会有两个、三个上身。我立即想起在印度访问时的情景,回国后愤而写了一篇《到处都伸出一双乞讨的手》,想不到今天在国内的圣地名山又重陷那时的窘境。

但我的心还是硬不起来,就与一个扛木头的山民聊了起来,知道他们的工钱是每扛百斤可得四元三角，是够苦的，便顺手掏出一张票子，那人的脸立即笑得像一朵花。可是我并没有一丝做了善事的喜悦。下山后又接着看了地藏王殿，这是九华山的主供菩萨，主管阴间轮回之事，殿内经声嗡嗡，木鱼声声。门口有一位边吃饭边当值的小僧，我问这里可做道场，他翻我一眼，说："这是地藏王亲自住的地方，他专管超度，怎么会不做？"很怪我的无知。问及价码，七百元到二十万元不等。下山时，我们从九华街穿过，路过两间储蓄所，见柜上都有和尚在存钱。从背后望去，其双手举在柜上，头向前探，腰板就拔得更直，僧袍也更显得挺括岸然。

中午吃饭时，我心里总是不悦。中国四大佛教名山，前三个五台、峨眉、普陀，我早已去过，唯有九华心仪已久，不想今天却得了一个铜臭味极浓的印象。钱这个东西像流水，赚钱聚财如挖渠。有人挖工业之渠，借产品赚钱；有人挖农业之渠，借菜粮赚钱；有人挖商业之渠，借流通赚钱；另有书报、娱乐、旅游、饮食甚至赌博、色情，皆因各人所好而设专渠。这个世界上是处处挖渠，处处设坑，借高水低流之势，把你口袋里的那一点积蓄都要滴引过来，聚而敛之。

但今天令我吃惊的是，向以慈悲、普度、舍身、苦行为本的佛，也自己或允许别人在这方圆百公里的九华山腹地引了这么多的渠，挖了这么大的坑。你看那山上卖香的，路边卖佛的，九华街上卖饭开店的，遍山开庙开庵的，拦路行乞的，据说还有经营墓地的。我突然感到昨天在山顶所陶醉的一弯山树、一弯翠竹，竟是一弯欲海。在薄暮时分于茂林修竹间所用心体会的淙淙细泉，原来都向着这个大海流了过来。我们仿佛不是来游山，不是来欣赏山水的美，而是被人招来送钱的，宛如河面上随波逐流的一片落叶。

午饭后，我怀着怅然若失的心情下山。车到山口，闪过一弯翠竹和一棵枝叶如盖遮着半天的大树。树下露出了一座黄墙青瓦的古寺。这也是一座上了九华名刹榜的大庙，叫甘露寺，同时也是九华山佛学院。肃穆之象不由让我驻车凭吊。正当中午，僧人午休，整座大庙寂然如灭，使人有忽入空门之感。大殿上杳无一人，唯几炷香袅袅自燃，几排坐禅的蒲团静列成行。

佛祖端坐半空，目澄如水，静观大千。殿柱上挂有戒牌，上书《九华山佛学院坐禅规则》："进禅堂心平气和，万缘放下……"廊柱上有《僧伽壁训》："为僧首要老实，接物必重慈悲……"右侧为饭堂，十数排桌凳，原木原色，古拙简朴。桌上每隔二尺之远反扣两个碗，清洁照人。墙上有许多戒条，都是'当思一餐不易，一粒难得'之语。饭厅之侧有平台，上植花木，红花绿叶。一小树干上悬一偈牌，上书："绿竹黄花即佛性，炎日皓月照禅心"。我顿觉佛无处不在。我们这样穿堂入室在大庙中随意行走，偶遇一二僧人也目不斜视，既不怕我们为偷为盗，也不把我们喜作上门的财神，心情比在山上时愉悦多了。返到大殿，我虽不信佛，还是双手合十对着佛像拜了三拜，心中说道："这才是真佛。"

从庙里出来继续下山，车子弯过一弯又一弯，峰峦叠翠，竹影绵绵。我想佛教到底是高深莫测，处处随缘，可以是立见现钱的摇钱树，也可以是一本悟不透的哲学书。你可以马上掏钱换一个安慰，换一个虔诚；也可以无限追求，以情以性去悟那四大皆空、永无止境的佛理佛心。

原载《文汇报》1995年8月

圣弥爱尔大教堂

青岛是美丽的。在海边回望全城，散于山坡上的房子，五彩纷呈，形态各异。其中最吸引我的是圣弥爱尔大教堂。它那两个高耸着的尖顶，如鹤立鸡群，那殷红的色彩，在绿树之中犹如一束明艳的火把花。我不能满足于远眺，便托熟人引见，想到里面去看个究竟。

青岛是山城，车子上坡下坡，七拐八拐，在一个巷子里停了下来。下车仰头一看，眼前的教堂如一座壁立的大山，双峰并峙，峰顶的两个十字架在蓝天中，渺渺然，撕挂着流云，刚才远眺时心中所起的轻松突然被肃穆庄重所代替。我不信教，但我不能不惊叹这建筑的艺术魅力。如中国古庙前的旗杆，如佛殿殿脊上的尖塔，这种抽象的装饰总把人引入特定的空间，让你去与某一种情绪共振。

陪同的人说，今天不是星期天，一般不接待参观，他先派人去请神父，然后指着那两个半空中的十字架说："'文革'时，红卫兵把它割了下来，当时我到现场看过。别看在空中不怎么大，躺在地上长宽四点五米，有一间房子大呢，后来重修时是用直升机吊着焊上去的。"这座教堂长八十米，高六十余米，占地两千七百四十平方米，在全亚洲也是数得着的大教堂。

神父出来了，这是一位清癯老者，衬衣外面套一件干净的灰背心，头发略微谢顶，一脸和善。他领我从东侧门进入教堂，推开笨重的大门，右手石墙上镶着一个石碗，盛着半碗清水。他伸手以食指蘸水在额上略点一下，我们开始在大厅内漫步。

大厅高十八米，如一个旧式大礼堂。前面有讲台，台顶拱顶上画着宗教壁画，是些圣母、教徒、小天使，色彩绚丽和谐。台上摆着些祭品之类，灯光通明，绝无佛殿道观那种阴暗之感，无论从建筑风格还是从宗教用品上说，资本主义比封建时代是进了一步。我在内蒙古看过喇嘛庙，那油黑的皮鼓，长如一人的大喇叭总有一种原始的神秘。

我问这个讲台作何用处。神父说："做弥撒用，这是我们的宗教仪式，每天早晨一次，星期天三次。"我回过头，厅内是一排排的长条椅。靠前面几排的跪板上有小棉垫，看来是常来的教徒，他们都有固定的座位。厅后二层楼上有一大平台。神父说："那上面是唱诗班站的地方。原有一个极大的管风琴，全世界只有四架。1956年时苏联一位音乐教师慕名专门来探访，也是我陪他参观，他弹奏之后赞叹得很。'文革'中也被红卫兵砸了。"说完他又不停地惋惜。我说："那现在用什么伴奏？""用雅马哈电子琴。"我们都不由笑了起来。这古老的教堂总是挡不住新东西的渗入，不管它是因为什么。

有两个地方引起我的好奇。一是厅前左侧有一个与地平齐的石棺。根据我浅薄的经验，推想这里埋着这座教堂的建筑师。那一年我在国外一个教堂里就曾遇到此事。神父说不是，原来这里埋的是创建这教会的第一位主教。这教堂的前身是海边一间油纸铺顶的小屋，后改为一间瓦房，是德国入侵时的产物。1932年才动工扩建，1934年完工，就是现在这个样子。我默算了一下，1897年，德国入侵青岛，1914年已被日本人赶走。这教堂怎么还能继续修建呢？神父说当时德军撤了，德国主教并没有走。我默然了，我苦难的同胞，其时国破家亡，身处水深火热，何有财力心力修此辉煌的工程呢？但确实是我中华大地上的民脂民膏，其中相当一部分还是教民牙缝里的自愿节余。

我仰望这教堂灿烂的穹顶，惊叹上帝的力量，宗教的麻醉果然更胜过刺刀的镇压。日本人坚决地从青岛赶走了德国人，却又聪明地留下一个主教，还在两年之内就帮他修成这教堂。但是那个石棺中现在也已空空，已故主教大人也在"文革"中被红卫兵掘出，抛尸荒野了。这真是一出历史的闹剧，挖坟鞭尸，是伍子胥的发明，帝国主义的侵略遇上了封建式的狭隘报复。这石棺对面还有一空棺，是留作葬这教堂里的第二位圣人，还不知下回如何分解。

大厅两侧各有两个木制小橱，状如庙里的神龛。橱两侧各有一窗，窗下有小木凳。原来这就是忏悔的地方，神父坐在橱内"垂帘听罪"，教徒跪在外面解剖灵魂。我还是第一次见到这种实物实地，大为新鲜。我说："教徒什么时候来做忏悔？""随时都可，教堂里住有神父，我们这些人是一辈子不能结婚的。"

我倒又生了疑问：神父没有家庭，他怎么能懂婚姻家庭方面的事，怎么会有情海欲火、恩恩怨怨方面的体验，怎样对症下药帮那些诸如犯了"第三者"罪的人赎罪呢？不过我问出口的是："教友肯说心里话吗？"神父笑笑："昨天陈香梅女士来参观也提这个问题。"我记起报上登的陈香梅（美籍华人，当年美国空军飞虎队队长陈纳德的遗孀）这两天正在本市访问。看来提这种问题的人都是圈子外的人了。诚则灵，不说实话是心不诚，死后灵魂就不能升天。要灵就必诚，不怕他不自觉。我想起在峨眉山、五台山见到的香客，他们在崎岖的山路上负重苦行，在佛像前五体投地式地叩头。眼前小橱外的跪凳上似乎闪出一个哆哆嗦嗦、双肩抽搐、双手扪面的女人身影。宗教本来就是一条自设自用的苦肉计。

从教堂大厅里出来，外面阳光灿烂，我又仰望了一会儿这座通体深红、指向蓝天的双峰高塔。它的确够得上当地建筑史上的一座丰碑。我想起在国外看过的几个大教堂，莫斯科红场那个大洋葱头造型的教堂，圣彼得堡十六根花岗石巨柱的英沙克耶夫教堂，印度九瓣莲花形大同教堂，这些都以建筑风格独特而闻名。我甚至怀疑建筑师是借题发挥，在尽情发挥自己的创作欲。

从教堂院子里出来，我开门上车，发现刚才丢在车座上的西服上衣不见了。下车时我曾动了一念是否要把车窗摇上，一想司机在车上也就算了，果然就这一念之差出了漏洞。司机也大呼上当，他们只到五步之外的门口说了两句话，可见偷者的高明。幸好衣袋内不曾装一分钱。下坡时，我又探出车窗，我想这小偷每天在这教堂外做活，肯定也得空进去看过那赎罪的小橱，不过他不信，这也是一种解脱。

下山时我又探出窗外回望一下这神圣的教堂，心中不由闪过一丝微笑。你看，建筑师假这教堂创造自己的艺术，神父在教堂内布道，教徒在跪凳上忏悔，小偷则在教堂外自由潇洒地行窃。大家都守定自己的宗旨，心诚则灵。社会就在这种复杂的关系中共生共存。

1991 年 10 月

桑氏老人

"四人帮"垮台之后，曾留下许多冤案。我在当记者时曾受命调查过这样一件。

山西蒲县为吕梁山南端一偏僻小县，县城南有一座柏山，遍生松柏，森森然如仙境鬼域。山上有一庙是《封神演义》里黄飞虎的行宫，曰东岳大帝庙。庙下有一阎罗殿，殿内泥塑有阴曹地府中的诸般惨烈之状，为国内唯一保存的地下阎罗殿，凑巧冤案就发生在这里。受害者共牵连两百多人，为首的是一位县委书记，已被迫自杀，但出面斗争最激烈者却是一名孤身老人桑宝珍。

桑原为志愿军战士，转业后回县，在县委当炊事员，后又上山看庙。他被无故逮捕，但极坚强。每晚残阳压山、晚霞血照之时，他便双手把定铁窗，向全城大呼："桑宝珍现在开始喊冤……"蒲县县城极小，一条街不过二三百米长，人少房稀，他一声呼喊声震半街屋瓦，这时大家就说："桑宝珍喊冤电台又开始广播了。"家家屏息凝神，小小山城唯闻铁窗吼声，其声如困兽之嚎，十分瘆人。

当局不得已，将其释放，他一获释即进京告状。进不了中南海，就跑到西单电报大楼向中央发了一份一千二百字的电报。回县后，当局恨其告状，又抓他进牢，他复日日喊冤，并拒不剃须理发，铁窗夕照其威严之状更如一头笼内猛狮。后由于上面干预，当局要释放他，劝他先理个发，他仍拒之曰："留个纪念，让世人看看这场冤枉。"我上山之时，老人终因折磨既久，身心交瘁，已躺在医院里。但神志清楚，听说来了记者，十分高兴。可惜他已不能说话，只以手指心，表示其志已遂。

此案假判错定当然是坏事，但大小牵连两百余人，其中有知识有地位的也不少，然而奋然出头、力争力抗者竟是一看庙的孤身老人。县委书记自杀亦当同情，若以其智、其势愤而反击，效果当更在老人孤斗之上，然却悄然自遁黄泉。呜呼，人之于世，诚搏一气也，气壮则身存事成，气馁则人亡事败。所以文天祥身系大狱之中仍赋《正气歌》。

壮哉，桑氏老人。

1980年2月

选自《没有新闻的角落》书海出版社1990年7月

夜幕下的京城故事

在报社最怕值夜班时生病。病痛本身不足畏，是病的时机不好，不好意思张口请假，有逃难、避苦之嫌，只好挺着。十二月又轮到值夜班。正是北京最冷的季节，说怕病，病真的就来了。挺了几天，这天实在挺不住了。凌晨两点下班后路过航天桥下的三〇二医院，便进去想打一支退烧针。

我从来没有半夜进过医院，大楼里静得怕人。空荡，昏暗，无声。我刚从夜班平台下来，觉得像从闹市一下被推进了百年前的一座老宫殿里。接诊护士睡眼惺忪，问："怎么这个时候来看病？"我说："报社的，刚下班。"她大奇，瞪着眼道："报社还有夜班？我还以为这北京城里只有我们医院才上夜班呢。"我说："没有夜班，你白天怎么能看到报纸？"本想打一针，赶快回家睡觉，医生说，一针不顶用，要输液。这一下可糟了，起码要三个小时。大厅里空着几张输液用的躺椅。我拣了一张，老老实实等那瓶子漏声迢递到天明。

身上发烧，脑子里一片混乱，正强迫自己闭目小睡一会儿，突然一阵清脆娇媚的笑声震入耳膜。我睁眼一看，两个漂亮的女孩相扶着走进大厅。一个穿着红色的羽绒大衣，一顶浅蓝色的绒线帽，另一个着黄色风衣，一条宽大的花围巾，潇洒地甩到肩后。她们也在接诊台前办了手续，就在离我不远处拣了一张躺椅输液。那红衣女孩躺在椅子上，嗓音有点沙哑，是感冒了。黄衣女没病，是来陪女友的。她伏在椅背上，病友半仰着头，两人亲密地聊着。"这衣服真漂亮。""是我换季新买的。""你每月的钱够花吗？""够，反正我每月给我妈寄五千元。"这话像一颗小炸弹，震醒了蒙眬的我。好家伙，什么工作啊，小小年纪，每月只寄回家的钱就比我这个党报老总的工资还多，难得她还很孝顺。我没有了睡意，也忘了发烧。

正待侧耳细听，右边的屏风后面，医生正在大声地训斥一个急诊病人。"你叫什么名字？"没有声音。半天，"给我喝点水"。"你连名字都不说，还想喝水？"没有声音。"说，是谁送你来的。"没有声音。那两个女孩子也停止了谈话，大厅一片寂静。一会儿，红衣女说："去看看。"黄衣女就小跑着到了屏风后面。医生还在大声问："说，你怎么进来的？"这时我才依稀看清屏风后的一张急诊床上躺着一个汉子。原来，不知什么时候救护车悄悄送进一个人来。送的人放下就跑了。看样子是斗殴，这男子伤得不轻，对方定是怕出人命，偷偷把人推到这里。但是，没有事主或家属，医生坚决不接病人。就这样僵着。那黄衣女孩看了一会儿，就回去复命，只听红衣女问："那娃子漂亮不漂亮？"回答说："还行，看不大清。"

我的心还是惦记着这一头。一会儿医生转出屏风，从我身旁过，我说："严重吗？不行，先治病再说？"我心想，不就几块挂号费吗？我垫上也行。医生说："不行，这种事我们见多了。"我说："那怎么办？""还打110，让他们把人取走，要不就等找见家属再说。"我心想，在这座城里他哪里有什么家属？

医生走了，那边两个女孩子还在低声私语。那汉子一会儿怯生生地喊一句要水喝。我只觉得浑身软软的，忘了手上的针头，也忘了身上的高烧。半个小时前，我脑子里还是新闻、大样、标题，现在却一片空白，只觉心里酸酸的，说不出的味道。

要不是凌晨就诊，真还不知道版面以外，夜幕中的京城还有这样的故事。

2005 年 12 月

选自《洗尘》中国人民大学出版社 2013 年 1 月

享受岂能是头衔？

有一件事想了很久，不吐不快。

常见报刊上或会议上介绍某人时，或在名片上印头衔时称"享受国务院特殊津贴"，甚至追悼会上也不忘加这一条。这个"津贴"首施行于刚打倒"四人帮"后、改革之初。那时知识分子长期受压，待遇很低，生活拮据，于是为一部分精英人才发津贴，有重视知识、重视人才之意，后延续下来。不想这倒使一些人用来做了终身夸耀的资本，动不动就"我享受国务院津贴"（类似提法还有"享受正部级医疗待遇"之类）。事情虽小，却关价值观和社会风气。

津贴是什么？就是生活补助。正常情况下，一个有自尊心的人很少受人补助，如果真拿了别人或政府给的补助也会心怀愧疚，低调处事，加倍工作。现在反过来了，把"津贴"挂在嘴边，印之名片，显于报章，足见其浅。

此现象文科多于理科，而犹以书画界为最。媒体也无知，跟着捧。就像某一级首长，在单位吃小灶，出门坐小车，这本是一种生活、工作待遇。如果每开会或印名片，都要称"享受小灶、小车者某"，这成何体统，他还算个首长吗？

记得前些年，有某大学教授写了一书稿，投之某出版社，数月无回音，便写信去催问。内容只一句话：某日寄去某稿，不知下文如何。下面的落款倒有二十多个头衔，包括"享受津贴"，占了大半页纸。那个编辑也有水平，先用大半页纸照抄了这二十多个头衔，再呼某某先生，正文也只有一句话："水平不够，恕不能用。"想来这编辑回信的当时内心一定荡起一种强烈的厌恶与轻蔑，他指的水平绝不只是文稿的水平。

记得当年我在基层当记者，跑乡村学校。那些最基层的乡间知识分子生活困难，县里重才，就特批给一些老教师每逢重大节日可享受二斤猪肉的供应。但我从未听到过哪个教师自我介绍：享受猪肉二斤。居里夫人是唯一得过两次诺贝尔奖的女科学家，但她从不拿这个奖说事，还把金质奖章给小女儿在地上踢着玩。无论大的还是小的知识分子，无论做事还是做学问，一个最基本的素质就是脚踏实地，不欺世盗名。

我们常说，知识分子是国家和社会的精英。精英者，思想之精，品德之英，又学有所专，能为社会之脊梁、公民之师范。知识者，先知耻而后知识，耻于沽名，耻于钓誉，不耻下问，沉下心来做事情、做学问。今身为国家级的精英，一点区区津贴念念不忘，又设法挪作虚名，社会泡沫何其多，国事实堪忧！

国要强，先强国民；国民要强，先强知识精英层。我担心，如果有人出国去也印一张"享受"字头的名片，一是外国人看不懂，二是真看懂了就更糟，要大丢人格、国格。我们常批评世风浮躁，怨青年人不成熟、文艺圈太浮浅、干部无学等等。殊不知精英之浮，才真正是社会的危机。况时过境迁，时下知识层早已无冻馁之虞，那个津贴之法不要也罢，徒乱人心。

原载《人民日报》2014年12月8日

在印度看乞讨

尽管我们受到了特殊的礼遇，尽管这里的风光是平生从未见过的美，但是在将离开印度时，我们几个人都发誓不愿再来第二次了。我们实在受不了那一双双总是在你面前晃着的乞讨的手。

七日凌晨三时到德里，住五星级阿育王饭店。旅途劳顿，蒙头大睡，早晨醒来一开门，两个白衣黑汉（印度的饭店全是男服务员）就进来打扫。我们下楼吃饭，回来时房间已收拾好，这时他们又进来挥着大抹布比画着说："打扫一下好吗？"我点头表示同意。他不打扫，出去一趟，又敲门进来，又比画一下，我又点头，他又不打扫，出去又回来。这样骚扰再三，我终于明白是来要小费的。但刚下飞机，饭店银行还未开门，卢比换不出来。一大早我们同行的几个人都受到这种反复的"问候"。直到换来钱，发了小费我们才有了一点自由，才能静下来观察一下这座以印度历史上的"秦始皇"命名的豪华的饭店。

一会儿，使馆同志来约去看看市容。浓绿阔叶的参天巨木，沿街随意怒放的玫瑰，嫩细的草坪，使我们顿生新奇兴奋之感。沿着总统府前气势雄浑的大道，我们漫步到印度门下。这是一座如巴黎凯旋门式的纪念碑建筑，我掏出相机，仰头辨认着门楣上的字迹，准备作一会儿历史的沉思，身后却响起清脆的小锣声，回头一看，一个精瘦的黑汉子牵着两只猴子，龇着一口白牙，不知何时已蹲在我们身后的草坪上，那两只猴子正围着他挤眉弄眼地转圈。他一见我们回头，便招手请照相。陪同连说："那是讨钱的。"话音未落，快门已按，那汉子早起身伸手，那两只小精灵也立即停止舞动，静静地侍立两旁。我们猝不及防，只好掏出十个卢比，打发走玩猴人，重又抬头研究印度门的历史。

忽然背后又响起呜呜的笛声。又一个头上缠着一大团花布的汉子，不知何时已盘膝坐在我们身后，他面前摆着一个小竹盘，盘中蜷缩着一条比拇指还粗些的长蛇。那蛇随着笛声将头挺起一尺高，吐出长长的信子，样子十分凶残。思古幽情让这一猴一蛇是给彻底吹掉了，况且我们刚才匆匆出来，也没有换几个零钱。大家便准备上车走路。但那玩蛇的汉子却拦住路不肯放行，说少给一点也行，又突然将挟在腋下的竹盘一翻，那蒙在布里本来蜷成一盘的蛇突然人立前身，探头吐信，咄咄逼人。汉子脸上涎笑着，一手托蛇，一手伸着要钱，没办法，又投下十个卢比，我们慌慌而去。

从印度门出来到红堡，这是一座印度末代王朝的皇宫。门口熙熙攘攘，卖水果的，卖孔雀毛的，卖假胡子的，拦住路非要给你剪个影不可，五光十色，喊声不绝，像一锅冒着热气的八宝粥。这回有了经验，不管什么人上来，连声"no，no"，目不旁视。但是当我们从堡内出来，又有几个人拥了上来，非要领你到停车场不可，真是笑话，我们自己刚才停的车，还用别人领路？但是不行。特别是一个拄拐的残腿青年，你左突右冲，他东拦西堵，而且故意在你面前晃动那条半截腿。只好给他十个卢比。拿了卢比也不领路了，我们自己去上车，

223

这简直有点强夺了。

从红堡出来去看甘地墓，进墓地要脱鞋，门口早有一堆人争着给你看鞋子，又是十个卢比。接着看比拉庙，在印度凡进庙和旧王宫、城堡之类的地方都要脱鞋，于是给人看鞋，成了最方便的要钱行业，类似北京街上存车的老太太，见车就收钱。这里是见鞋就收钱，而且你非脱鞋不可，不给钱不行。比拉庙前又被敲了一次竹杠。

这座庙是全石建筑，太阳晒得石板火烫，我们赤着脚，龇咧着嘴，正想欣赏一下各种雕像，一个穿黄衣、持竹棍的警察（印度警察的警棍是一根一米长的普通竹竿）走上来喝道开路，要为我们领路。

我们一行中有三人英语很好，又有使馆同志陪同，实在想自己静静地观赏一下这古代的建筑艺术。但是不行。你从这座房子里进去，他就在门口堵你，非要领你进另一座房子不可，还把别的游人推开，像是对我们特别照顾。我们心里实在烦透了，而你越烦，他越缠住不放，在一个个神像前指指画画，又用乌黑的食指蘸一点朱砂，强在你的额头上按一个红痣。其实他那半生不熟的英语，那点历史、艺术知识真说不出什么东西。但我们成了他的俘虏，只得跟他一处一处地绕，终于走完了这座庙，脚也烫得成了烙饼。他自然又向我们伸出手。刚才因为无零钱，一咬牙给了看鞋人五十卢比，现在除了一百的一张，再无小票了。况且，到印度还不过半天，照这样下去我们每人三十美元的补助，怕只填了这些人的手心也不够。陪同的同志只好拔下身上的一支圆珠笔。那警察接过看也不看一眼，老大不高兴地走了。

在印度，讨钱成了一种风气、一种行业。好像一切人都可以想出要钱要东西的招数，而且毫不脸红。孟买海湾中有一个象岛，星期天，我们乘船去玩，一下船，一个约五六十岁的老太婆便来搀扶你。我看她这一身打扮，花里胡哨的"纱丽"（印度妇女穿的服装，就是身上裹的一块大布），两个大耳环，黑如树皮的面部闪着两只贼亮的眼，额头上一个大红吉祥痣，额顶发缝里也有一道红朱砂，像被人刚砍了一刀，很是吓人，忙摆手避让。

这时，一对欧洲夫妇跳下船。老太婆就上来扶那欧洲女人，她那双枯瘦如柴的黑手紧扣着那女人肥嫩的白手臂，指甲几乎掐到肉里去，生怕这个到手的猎物逃掉。那白女人大概不知其意，边走边听她指指画画地说海边的树林、滩上的鹭鸟，很为异乡情趣所醉。一会儿走过栈桥，那老太婆就拉着白女人要照相，跟在后面的丈夫忙举起相机。这时旁边果然又跳出一个同样打扮的老太婆，一照完相，两人都伸手要钱，丈夫愕然，准备走，哪能走了，只好掏出一张纸币给了第一个老太婆，但第二个却坚决缠住不放。我窃喜自己的经验，聪明的白人活该上当。

岛上有一个从整座石山中掏出的印度教庙，是游人必到之地。这庙前也就成了向游客讨钱的主战场。许多如刚才那样的当地妇女，着"纱丽"服装，头顶两个高高的铜壶，缠着人照相，而且一般你很难摆脱她的纠缠。我从庙里出来，汗水湿透了衣裳，便躲在一棵大树下，揪起衣领扇风，树上一群猴子蹦来蹦去，抓着树枝打秋千，我不由掏出相机。突然觉得有人在扯后衣襟，回头一看，一个十来岁的女孩，穿一件地方味很浓的新裙子，头顶一个铜壶，正向我伸出手。她那对小黑眼珠中还透出几分稚气，但脸上的神情分明已很老练，看来操此业至少已有几年。

我一时陷入深思，像这种从大人到孩子，人人处处都讨钱的现象，到底是生活所迫呢，还是一种方便省事的职业（尽管在国内我也听说有乞丐万元户的，但绝没有这样一个天罗地网）？这小孩子身上的裙子、头上的铜壶分明是一套要钱的道具。而我这几日在印度看到

225

的不是向你挥舞蛇头，就是伸出断腿，或让你看腿上流脓的疮，或抢着为你领路，在饭店里送行李时就是一个箱子也要两人提，用饭则一再要给你送到房间，手纸也要故意送一次，又送一次，费尽心机，想出许多要钱手段。总之，一起床，你周围就晃着许多乞讨的手。

穷人自然是值得同情的，但只有穷而有志的人才该同情。向人伸手乞讨如同妇女卖身一样，是真正被逼到绝路之后才不得已而为之的求生之法。但如果把穷当成一种要钱手段，甚至不穷也要变着法要钱，而根本无所谓人的尊严，那么这种同情心便会立即变为厌恶。我想起昨天和几位印度知识分子的谈话，他们也很为这种乞讨的恶习忧虑。说政府为无业人想了许多办法，包括在海边造了房子，但他们不愿劳动，把房子租了出去，又到城里来讨钱。事实上，这种乞讨风已经无所谓有无职业了，人人都可毫不脸红地伸出自己的手。

我想，大凡给予有两种，一是对对方付出劳动的补偿，是平等的交换；二是对对方的爱和怜，是愉快的奉献或捐助。当对方既无付出劳动，又无可爱可怜之处时，你无端地付出倒是对自己自尊心的践踏了。但我还是无法拒绝身边这个女孩，我掏出口袋里仅有的两个卢比，给她照了一张相。关上相机，我的心里像收进一个魔影……

1991年3月

丑碑记

2017年过河南南乐县，拜谒仓颉陵。仓颉为传说中的造字圣人，全国有多处陵、庙纪念。明朝天启年间，宰相魏广微等四个南乐籍的大臣奉旨在仓颉陵旁修建仓颉庙。竣工时立大方碑两通以记其盛。当时大名府知府向胤贤命南乐知县叶廷秀负责此事。南乐县小无钱，知府向胤贤就号召各县捐资，并带头许诺捐银十两，各县知县也许诺各捐银五两。叶廷秀见钱有着落，即迅速办成了此事。碑共左右两通，左碑刻"三教之祖"，右碑刻"三教之宗"，各四个大字。左碑后刻了捐款人名单并银两。碑立毕，叶廷秀向各位收银，不料知府却赖账分文不出。各知县同僚碍于叶廷秀的面子只肯出一两银子。但方碑上的名字和捐献银数都已事先刻好。叶廷秀生性耿直，他发话说："你们让我为难一时，我让你丢人万世。"于是他命人在知府向胤贤"捐银十两"之后加刻两个字"未给"。其他知县"捐银五两"后面都加刻"止给一两"。而在自己的名字后面加刻上"足数色"三个字。就是说只有他一人在银子的数量和成色方面都是给足了的。知府与各位县官只好喝下这杯苦酒。这通大方碑一直屹立到至今，十分完好，真的是"贪银一时，丢人万世"了。

还有一种是自己立碑留笑柄。2002年，河北正定县修公路时出土一块巨大石碑，只碑座就有一辆小汽车大。奇怪的是，虽经千年，字迹十分清晰，这显然是刚立不久便人为砸碎掩埋的。经考，这是五代时驻军河北的一个小军阀，也准备起事夺权登基。事先为自己刻好了一块颂德碑。不想事不机密，漏了消息。仓促间他慌忙毁灭罪证，自己砸碑埋石。但还是没有免祸，被处死了。这成了野心未遂者的一块耻辱碑。

现代人也会干这种蠢事。发生在陕北的就有两件。当年毛泽东转战陕北，留下许多故事。有一个省级干部随便捡了一个毛泽东看戏的小故事，就以"我"的名义立了一块碑，"我很感动"，特立碑以教育后人。有一个县委书记修桥补路，干了不少好事。但每干一事毕，必立一块碑，而且自拟碑文，文中必有自己，这都是丑碑丑闻。

碑在人心，人心如镜，无形之碑，更胜有形。

原载《北京晚报》2019年3月27日

怎样做官、做人、作文

——《岳阳楼记》解读

毛泽东在《讲堂录》中说:"在中国历史上,不乏建功立业的人,也不乏以思想品行影响后世的人,前者如诸葛亮、范仲淹,后者如孔孟等人。但二者兼有,即'办事兼传教'之人,历史上只有两位,即宋代的范仲淹和清代的曾国藩。"范仲淹正当北宋封建社会的成熟期,他"办事兼传教",是一个典型的封建官员知识分子。而他留给我们的政治财富和文化思考全部浓缩在一篇只有三百六十八字的短文中,这就是传唱千古的《岳阳楼记》。

中国古代留下的文章不知有多少。如果让我在古今文章中选一篇最好的,只需忍痛选一篇,那就是范仲淹的《岳阳楼记》。千百年来,中国知识界流传一句话:不读《出师表》,不知何为忠;不读《陈情表》,不知何为孝。忠孝是封建道德标准。随着历史进入现代社会,这"两表"的影响力,已在逐渐减弱,特别是《陈情表》,已鲜为人知。但有一个奇怪的现象,同样产生于封建时代的《岳阳楼记》却丝毫没有因历史的变迁而被冷落、淘汰,相反,它如一棵千年古槐,经岁月的沧桑,愈显其旺盛的生命力。

北宋之后，论朝代，已经南宋、元、明、清、民国及中华人民共和国等六代的更迭；论社会形态，也经封建主义、民主主义、社会主义三世的冲击。但它穿云破雾，历久弥新。呜呼，以一文之力能抗六代之易、三世之变，靠什么？靠它的思想含量，人格思想、政治思想和艺术思想。它以传统的文字，表达了一种跨越时空的思想，上下千年，唯此一文。

《岳阳楼记》已经成为一份独特的历史遗产，其中有无尽的文化思考和政治财富。从《古文观止》到解放以后历届的中学课本，常选不衰；从政界要人、学者、教授到中小学生，无人不读，不背，这说明它仍有现实意义。归纳起来有三条：一是教我们怎样做人，二是教我们怎样做官，三是教我们怎样写文章。

一、我们该怎样做人——独立、理性、牺牲的人格之美

人们都熟知范仲淹在《岳阳楼记》里的名言"先天下之忧而忧，后天下之乐而乐"，却常忽略了文中的另一句话："不以物喜，不以己悲。"前者是讲政治，怎样为政、为官，后者是讲人格，怎样做人。前者是讲政治观，后者是讲人生观。正因为讲出了这两个人生和政治的基本道理，这篇文章才达到了不朽。其实，一个政治家政治行为的背后都有人格精神在支撑，而且其人格的力量会更长久地作用于后人，存在于历史。

"不以物喜，不以己悲"：物，指外部世界，不为利动；己，指内心世界，不为私惑。就是说：有信仰、有目标，有精神追求，有道德操守。结合范仲淹的人生实践，可从三个方面来解读他的人格思想。

一是独立精神——无奴气，有志气。

范仲淹有两句诗最能说明他的独立人格："心焉介如石，可裂不可夺。"范仲淹于太宗端拱二年（989年）生于徐州，出生第二年父亲去世，二十九岁的母亲贫无所依，抱着襁褓中的他改嫁朱家，来到山东淄州（今山东邹平县附近）。他也改姓朱，名朱说。他少年时在附近的庙里借宿读书，每晚煮粥一小锅，次日用刀划为四块，早晚各取两块，拌一点咸韭菜为食。这就是成语"断齑划粥"的来历。这样苦读三年，直到附近的书都已被他搜读得再无可读。但他的两个异父兄长却不好好读书，花钱如水。一次他稍劝几句，对方反唇相讥："连你花的钱都是我们朱家的，有什么资格说话。"他才知道自己的身世，心灵大受刺激。真是未出家门便感知世态之炎凉。他发誓期以十年，恢复范姓，自立门户。

大中祥符四年（1011年），二十三岁的范仲淹开始外出游学，来到当时一所大书院应天书院（在今河南商丘市），昼夜苦读。一次真宗皇帝巡幸这里，同学们都争先出去观瞻圣容，他却仍闭门读书，别人怪之，他说："日后再见，也不晚！"可知其志之大，其心之静。有富家子弟送他美食，他竟一口不吃，任其发霉。人家怪罪，他谢曰："我已安于喝粥的清苦，一旦吃了美味怕日后再吃不得苦。"真是天降大任于是人，自觉自愿苦其心志，劳其筋骨。他在大中祥符八年（1015年）中进士，在殿试时终于见到了真宗皇帝，并赴御宴。他不久调去安徽广德亳县做官，立即把母亲接来赡养，并正式恢复范姓。这时离他发愤复姓只用了五年。

范仲淹中了进士后被任命的第一个地方官职是到安徽广德任"司理参军"，就是审理案件的助理。当时地方官普遍贪赃爱财，人为制造冤案。他廉洁守身，秉公办案，常与上司发生争论，任其怎样以势压人，也不屈服。每结一案，就把争论内容记在屏风上，可见其性格的耿直。一年后离任时，屏风上已写满案情，这就是"屏风记案"的故事。他两袖清风，走时无路费，只好把老马卖掉。对历史上有骨气的人，范仲淹非常敬重。1037年，范第三次被贬赴润州（今江苏镇江）任上时，途中经彭泽拜谒唐代名相狄仁杰的祠堂。狄刚正不阿不畏武则天的权势被陷入狱，又贬为县令。范当即为其写一碑文，歌颂他：

"呜呼，武暴如火，李寒如灰，何心不随，何力不回！我公哀伤，拯天之亡：逆长风而孤骞，溯大川而独航。金可革，公不可革，孰为乎刚！地可动，公不可动，孰为乎方！"文字掷地有声。而当时作者也正冒着朝中的"暴火寒灰"，独行在被贬的路上。而他所描写的刚不可摧、方不可变，也正是自己的形象。

二是理性精神——实事求是，按原则办事。

范仲淹的独立精神绝不是桀骜不驯的自我标榜和逞一时之快的匹夫之勇。他是按自己的信仰办事，是知识分子的那种理性的勇敢。在我写瞿秋白的《觅渡》一文中曾谈到，这是一种像铁轨延伸一样的坚定精神。

亚里士多德说："吾爱吾师，吾更爱真理。"范仲淹是晏殊推荐入朝为官的。他一入朝就上奏章给朝廷提意见。这吓坏了推荐人晏殊，说，你刚入朝就这样轻狂，就不怕连累到我这个举荐人吗？范听后半晌没有反应过来，一会儿，难受地说："我一入朝就总想着奉公直言，千万不敢辜负您的举荐，没想到尽忠尽职反而会得罪于您。"回到家，他又给晏写了一封三千字的长信说："当公之知，惟惧忠不如金石之坚，直不如药石之良，才不为天下之奇，名不及泰山之高，未足副大贤人之清举。今乃一变为忧，能不自疑而惊呼！为公之悔，倪默默不辨，则恐缙绅先生诮公之失举也。"晏殊是他的恩师、入朝的引路人。这件事充分体现了范"爱吾师更爱真理"的品格。

宋仁宗时，西北强敌西夏不断侵扰，他被任为前线副帅抗敌。当时朝野上下出于报仇心理和抗战激情，都高喊出兵。主帅命令出兵，皇上不断催问，左右不停地劝说。但他认为备战还不成熟，坚持不出兵。主帅韩琦说："大凡用兵，先得置胜负于度外。"他说："大军一动就是千万人的性命，怎敢置之度外？"朝廷严词催促出兵，他反复申诉，自知"不从众议则得罪必速"，"奈何成败安危之机，国家大事，岂敢避罪于其间"。结果，上面不听他的意见，1041年好水川一战，宋军损失六千人。此后宋军再不敢盲动，最终按范仲淹的策略取得了胜利。这种独立思考的理性精神到九百多年后类似一例就是，粟裕将军，在淮海战役前中央三下其令要他率师渡江，他三次斗胆向中央和毛主席上书，建议战场摆在江北，终于为毛泽东所接受，这一决策使得解放战争提前胜利三年。[1]

在人性中，独立和奴气，是基本的两大分野。一般来讲，人格上有独立精神的人，在政治上就不大容易被收买。我们不要小看人格的独立。就整个社会来讲，这种道德的进步经历了一个漫长的过程。奴隶制度造成人的奴性，封建制度下虽有"士可杀不可辱"的说法，但还是强调等级、服从。进入资产阶级民主社会，才响亮地提出平等、自由。人性的独立才作为一种普遍的社会标准和道德意识。这一点，

---

[1] 1948年1月，中央决定分10万兵南渡长江，由粟裕统率。1月12日，粟电中央，过江后无后方，不利。建议不过江，在中原打大仗。1月27日，中央再令粟最迟5月渡江。1月31日，粟以2000字长电二次电中央，建议三个野战军联合在中原打大仗，将敌主力消灭在江北。2月1日，中央再电令粟3月渡江，后令5月渡江。4月18日，粟面见陈毅，重申己见。4月29日又赶赴城南庄，直接向五大书记汇报，终于说动中央，搞淮海大决战，保证歼敌50万到60万，结果歼敌80万。

233

西方比我们好一些，民主革命彻底，封建残留较少。[1] 中国封建社会长，又没有经过彻底的资本主义民主革命，人格中的奴性残留就多。[2]

现在许多人也在变着法媚上，对照现实我们更感到范仲淹在一千年前坚持的独立精神的可贵。正是这一点，促成了他在政治上能经得起风浪。做人就应该"宠而不惊，弃而不伤，丈夫立世，独对八荒"。鲁迅就曾痛斥中国人的奴性。一个人先得骨头硬，才能成事，如果他总是看别人的脸色，他除了当奴才还能干什么？纵观范仲淹一生为官，无论在朝、在野、打仗、理政，从不人云亦云，就是对上级、对皇帝，他也实事求是，敢于坚持。这里固然有负责精神，但不改信仰、按规律办事，却是他的为人标准。

"不以物喜，不以己悲"，就是不随波逐流。那么以什么为立身根本呢？以实际情况，以国家利益为根本。用现在的话说就是实事求是，无私奉献。"人能超然物外，克服私心，就是一个大写的人，就是君子，不是小人。可惜，千年来人性虽已大有进步，社会仍然没有能摆脱这种公与私的羁绊。这个问题恐怕要到共产主义社会才能解决。你看我们的周围，有多少光明磊落，又有多少虚伪龌龊。

凡成大事者，首先在人格上要能独立思考，理性处事，敢于牺牲。而那些人格上不独立的人，政治上必然得软骨病，一入官场，就阿谀奉承，明哲保身，甚而阳奉阴违，贪赃枉法，卖身投靠，紧要关头投敌叛变。我在官场几十年，目之所及，已数不清有多少的事例，让你

---

[1] 英国布莱尔作首相时，苏格兰北部落后地区一女学生考上牛津大学，这在当地百年一遇。但面试未通过。地方政府请教育大臣出面说情，学校未许。大臣又托副首相去学校说情，未许。副相找到布莱尔，学校对他说："任何人无权改变教授面试的结论。"布只好同意，但背后发了一句牢骚，说这个学校也太古板了。学校大怒，宣布取消原定授予布莱尔荣誉博士的计划。

[2] 2009年7月1日《新京报》消息。北京市建成第一批廉租房，市委领导为住户发钥匙，住户代表跪地而接，向领导感恩。

落泪,又让你失望。有的官员,专研究上司所好,媚态献尽,唯命是从。上发一言,必弯腰尽十倍之诚,而不惜耗部下百倍之力,费公家千倍之财,以博领导一喜。这种对上为奴、对下为虎的劣根人格实在可悲。我每次读《岳阳楼记》就会立即联想到周围的现实。"不以物喜,不以己悲",这种对独立人格的追求,仍然是我们现在所需要的。

三是牺牲精神——为官不滑,为人不私。

"不以己悲"就是抛却个人利益,敢于牺牲,不患得患失。怎样处理公与私的关系,是判断一个人道德高下的基本标准。我们熟悉的林则徐的两句诗"苟利国家生死以,岂因祸福避趋之"讲的就是这个道理。范仲淹一生为官不滑,为人不奸。他的道德标准是只要为国家,为百姓,为正义,都可牺牲自己。下面兹举两例。

1038年,宋西北的夏建国,赵元昊称帝。宋夏战事不断。边防主帅范雍无能,1040年,仁宗不得不重组一线指挥机构,任命范仲淹为陕西经略招讨副使(副总指挥)赶赴前线,这年他已五十二岁,这之前他从未带过兵。范仲淹一路兼程,赶到延州(今延安)。延州才经兵火之后,前面三十六寨都被荡平,孤悬于敌阵前。朝廷先后任命的数人都畏敌而找借口不去到任。范说,形势危急,延州不能无守,就挺身而出,自请兼知延州。

范仲淹虽是一介书生,但文韬武略,胆识过人。他见敌势坐大,又以骑兵见长,便取守势,并加紧部队的整肃改编,提拔了一批战将,在当地边民中招募了一批新兵。庆历二年(1042年),范仲淹密令十九岁的长子纯佑偷袭西夏,夺回战略要地"马铺寨"。他引大军带筑城工具随后跟进。部队一接近对方营地,他令就地筑城,十天,一座新城平地而起。这就是后来发挥了重要战略作用的像一个楔子一样打入夏界的孤城——大顺城。城与附近的寨堡相呼应，西夏再也撼不动宋界。夏军中传说着，现在带兵的这个范小老子（西夏人称官为老子）胸中自有数万甲兵，不像原先那个范大老子（指前任范雍）好对付。西夏见无机可乘，随即开始议和。范以一书生领兵获胜，除其智慧之外，最主要的是这种为国牺牲的精神。①

范与滕宗谅（字子京）的关系，是他为国惜才、为朋友牺牲的例证。滕与范仲淹是同年的进士，也是一个热血报国的忠臣。西北战事吃紧时，滕也在边防效力，知泾州。当时正定川一役大败之后，形势危急。滕招兵买马，犒赏将士，重整旗鼓。范又让他兼知庆州，亦治理得井井有条。但正因为他干事太多，就总被人挑毛病，有人告他挪用公款十五万贯。仁宗大怒，要查办。但很快查明，这十五万贯钱，犒赏用了三千贯，其他皆用于军饷。而这三千贯的使用也没有超出地方官的权力规定范围，但是朝中的守旧派咬住不放，乘机大做文章，宰相等也默不作声。

范这时已回京，他激愤地说，朝廷看不到边防将士的辛苦和功劳，一任有人在这些小问题上捕风捉影，加以陷害，这必让将士寒心，边防不稳。他力保滕宗谅无大过，如有事甘愿同受处分。这样滕才没有被撤职，而在庆历四年（1044年）被贬到了岳阳，才有后来《岳阳楼记》这一段佳话。如果没有当年范对滕的冒死一保，政治史和文学史都将缺少精彩的一笔。可知范后来为他写《岳阳楼记》，本身就是一种对朋友、对正义事业的支持，而这是要冒风险、付代价的。他在文章中叹道："微斯人，吾谁与归？"他愿意和志同道合的战友一起

---

① 范仲淹词《渔家傲》："塞下秋来风景异，衡阳雁去无留意。四面边声连角起。千嶂里，长烟落日孤城闭。浊酒一杯家万里，燕然未勒归无计。羌管悠悠霜满地。人不寐，将军白发征夫泪。"

去为事业牺牲。

任何革命的、进步的团体和事业，都是以肝胆相照的人格精神为基础凝聚力量，团结队伍的。不要奸猾，只要忠诚。"文化大革命"中，"四人帮"制造了"六十一人叛徒集团"，诬刘少奇为"内奸""叛徒"。周恩来1966年11月22日致信毛泽东："当时确为少奇同志代表中央所决定，七大、八大又均已审查过，故中央必须承认知道此事。"红卫兵要揪斗陈毅，周站在大会堂门口厉声说："你们要揪，就从我身上踩过去。"而康生对借"伍豪事件"整周恩来却装聋作哑。

二、我们该怎样做官——忧民、忧君、忧政的为官之道

范仲淹对政治文明的贡献，主要体现在一个"忧"字上。《岳阳楼记》产生于我国封建社会成熟期之宋代，作者生于忧患，成于忧患，倾其一生和一个时代来解读这个"忧"字。好像是中国封建社会发展到转折时期，专门要找一个这样的解读人。范仲淹的忧国思想，最忧之处有三，即忧民、忧君、忧政。也可以说这是留给我们的政治财富。这是每一个政治家都要面对的问题。

1. 忧民

他在文章中写道"居庙堂之高，则忧其民"，就是说当官千万不要忘了百姓，官位越高，越要注意这一点。

政治就是管理，就是民心。官和民的关系是政治运作中最基本的内容。忧民生的本质是官员的公心、服务心，是怎样处理个人与群众的关系。人民永远是第一性的，任何政权都是靠人民来支撑。一些进步的封建政治家也看到了这一点，强调"民为邦本"，唐太宗甚至说

"水可载舟亦可覆舟"。范仲淹继承了这一思想并努力在实践中贯彻。他认为君要"爱民""养民",就像调养自己的身体,要十分小心,要轻徭役、重农耕。特别是地方官,如果压榨百姓,就是自毁邦本。

范仲淹从1015年二十七岁中进士到1028年四十岁进京任职前,已在基层为官十三年。这期间,他先后转任广德(今安徽广德)、亳州(今安徽亳县)、泰州(今江苏泰州)、兴化(今江苏南通一带)、楚州(今江苏淮安)五地,任过一些掌管刑狱的幕僚小职,最后一任是管盐仓的小吏。他表现出一个典型的有知识、有理想又时时想着报国安民的青年官吏的所作所为。他按儒家经典的要求"达则兼济天下",但是却扬弃了"穷则独善其身",只要有一点机会,就去用手中的权力为老百姓办事,并时刻思考着只有百姓安康,政治才能稳定。

范仲淹的忧民思想体现在三个方面,即为民办事、为民请命和为民除弊。

一是为民请命。用现在的话说就是"情为民所系"。

关心民情,是中国古代清官的一种好品质、好传统。就是说先得从思想上解决问题,要有一颗为民的心。郑板桥就有一首名诗:"衙斋卧听萧萧竹,疑是民间疾苦声。些小吾曹州县吏,一枝一叶总关情。"出身贫寒、起于基层的范仲淹一生不管地位怎么变,忧民之心始终不变。

1033年,全国蝗、旱灾害流行,山东、江淮地区尤甚。时范已调回朝中,他上书希望朝廷派员视察,却迟迟得不到答复,他又忍不住了,冒杀头之祸,去当面质问仁宗:"我们在上面要时刻想着下面的百姓。要是您这宫里的人半天没有饭吃会是什么样子?今饿殍遍野,为君的怎能熟视无睹?"皇帝被他问得无言以对,就顺水推舟说:"那就派你去赈灾吧。"当年他以一个盐吏因上书自讨了一个修堤的苦差事,这次他这个谏官,又因言得差,自讨了一份棘手难办的赈灾之事。但从这件事情上倒让我们看到了他的办事才干。

他一到灾区就开仓济民，组织生产自救。灾后必有大疫，他遍设诊所，甚至还亲自研制出一种防疫的白药丸。赈灾结束回京后，他还特意带回灾民吃的一种"乌味草"，送给仁宗，并请传示后宫，以戒宫中的奢侈浪费。他的这个举动肯定又引起宫中人的反感。你去赈灾，完成任务回来交差就是，何苦又要借机为宫里人上一堂课呢？就你最爱表现，这怎能不招惹人嫉妒？他还给仁宗讲了他调查访问的一件实事。途中，他碰到六个从长沙到安徽的漕运兵，他们出来时三十人，现连死带逃，还剩六人，路途遥远，还不知能不能活着回到家。他深感百姓粮饷和运输负担太重。他对皇帝说："知之生物有时，而国家用度无度，天下安得不困！"

二是为民办事。用现在的话说就是"利为民所谋"。

思想上爱民还不算，还得办实事。他较突出的一件政绩是修海堤。1021年，范仲淹调泰州，任一个管理盐仓的小官。当时泰州、楚州、通州（今南通）位于淮水之南，东临黄海，海堤年久失修，海水倒灌，冲毁盐场，淹没良田，不但政府盐利受损，百姓亦流离失所，逃荒他乡。范仲淹只是一个看盐场的小吏，这些地方上的政务经济上的事本不归他管，但他见民受其苦，国损其利，便一再建议复修海堤，政府就干脆任他为灾区中心兴化县的县令。他制定规划，亲率几万民工日夜劳作在筑堤工地。

一次大浪淹来，百多人顿时被卷入海底。一时各种非议四起，要求停工罢修，范力排众议，身先民工，亲自督战，前后三年，终使大堤告成。地方经济恢复，国家增收盐利，流离的百姓又回到故乡。人们感谢范仲淹，将此堤称为"范堤"，甚至有不少人改姓范，以之为荣。历代，就是直到今天，能为范仲淹之后仍是一种光荣。明朝朱元璋一次审查犯人名单，见一叫范从文的人，疑是仲淹之后，一问，果是其十二世孙，便特赦了他。有一土匪绑票，见苦主名范希荣，再问是范仲淹之后，立即放掉。可见范在民间的影响之大之远。现在全国为纪念他而建的"景范希望小学"就有三十九所。

三是为民除弊。用现在的话说，就是敢于改革。

他是一位行政能力极强的政要。他的忧民，绝不像其他官僚那样空发议论，装装样子。他能将思想和具体的行动进一步上升到制度的改革，每治一地，必有创造性的惠民政策。他在西北前线积极改革用兵制度。当时因战事紧张，政府在陕西征农民当兵，士兵不愿背井离乡，便有逃兵。政府就规定在兵的脸上刺字，谓之"黥面"。一旦黥面，他永世，甚至子孙后代都不得脱离军籍。范经调查后体恤民情，认为这"岂徒星霜之苦，极伤骨肉之恩"，就进行改革，边寨大办营田，将士可以带家，又改刺面为刺手，罢兵后还可为民。深得百姓拥护。

范仲淹是六十四岁去世的。在他生命的最后三年，积劳成疾，病体难支，但愈迸发出为民请命、大胆改革的热情。1050年，他六十二岁时，知杭州，遇大旱，流民遍地。他不只用传统的调粮、赈济之法，而是以工代赈，大兴土木，特别是让寺院参加进来，用平时节余搞基建，增加就业；二是大办西湖的龙舟赛事，让富人捐助，繁荣贸易，扩大内需；三是高价收粮，使粮商无法囤粮抬价。这些看似不当，也受到非议，但却挖掘了民间财力，杭州平安度荒。

宋代税收常以实物缴纳，以余补缺，移此输彼，谓之支移，但运输费要纳税人出。范在1051年，去世前一年，知青州，这是他生命旅途的最后一站。他见百姓往二百里外的博州纳税，往返经月，路途劳苦，还误农时，运费又多出税额的二到三成。农民之苦，上面长期熟视无睹，范心里十分不安。他就改革征税方法，命将粮赋折成现金，派人到博州高于市价购粮，不出五天即完成任务，免了百姓运输之苦，还有余钱。一般地方官都是尽量超征，讨好朝廷。他却多一斤不要，将余钱退给青州百姓。

诚如他言："救民疾于一方，分国忧于千里。"可以看出他的忧民是真忧，决不沽名，不作秀，甚至还要顶着上面的压力，冒被处分的危险。像上面所举之例，都是问题早就在那里明摆着，为什么前任那么多官都不去解决呢？为什么朝廷不管呢？关键是心中没有装着老百姓。所以"忧民"实际上是检验一个官好坏的试金石，也成了千百年来永远的政治话题。这种以民为上的思想延续到共产党就是彻底地为人民服务。毛泽东专门写过一篇《为人民服务》的文章。2004年是邓小平诞辰百周年纪念，我受命写一篇纪念文章，在收集资料时，我问研究邓的专家："有哪一句话最能体现邓的思想？"对方思考片刻，答曰，邓对家人说过的一句话可作代表，他说："我这个人没有什么大志，就是希望中国的老百姓都富起来，我做一个富裕国家的公民就行。"

2. 忧君

范仲淹的第二忧是忧君。他说"处江湖之远，则忧其君"，不管在朝在野都不忘君。封建社会的"君"即是国，他的忧"君"就是忧国。不管在朝还是在野，时时处处都在忧国。

无论过去的皇帝还是现在的总统、主席，虽权在一人，但却身系一国之安危。于是，以"君"为核心的君民关系、君政关系、君臣关系便构成了一国政治的核心部分。而君臣关系，直接涉及领导集团的团结，是核心中的核心。综观历史，历代的君大致有明君、能君、庸君、昏君四个档次；臣也有贤臣、忠臣、庸臣、奸臣四种。于是明君贤臣、昏君奸臣，抑或庸君与庸臣就决定了一朝政府的工作质量。而又以君臣关系最为具体，君臣故事成了中国政治史上最生动的内容（比如，史上最典型的明君贤臣配——唐太宗与魏征；昏君贤臣配——阿斗与诸葛亮；昏君奸臣配——宋高宗与秦桧等）。

范仲淹是贤臣，属臣中最高的一档；仁宗不庸不昏，基本上算是能君，属于第二档。他们的君臣矛盾，是比较典型的能君与贤臣的关系。在专制和权力高度集中的制度下，君既有代表国家的一面，又有权力私有的一面；臣子既要忠君，又要报国。这就带来了"君"的两重性和"臣"的两重性。君有明、昏之分；臣有忠、奸之别。遇明君则宵衣旰食，如履薄冰，勤恳为国；遇昏君，则独断专行，为所欲为，玩忽国事。"忧君"的实质是忧君所代表的国事，而不是忧君个人的私事。忠臣忧君不媚君，总是想着怎么劝君谏君，抑其私心而扬其公责，把国家治好。奸臣媚君不忧国，总在琢磨怎么满足君的私欲，把他拍得舒服一些。当然，奸臣这种行为总能得到个人的好处，而忠臣的行为则可能招来杀身之祸。范仲淹行的是忠臣之道，是通过忧君而忧国、忧民，所以，当这个"君"与国、与民矛盾时，他就左右为难。这是一种矛盾、一种悲剧，但正是这种矛盾和悲剧考验出忠臣、贤臣的人格。

这种"四重奏"和"两重性"的矛盾关系决定了一个忠心忧国的臣子必然要实事求是，敢说真话，对国家负责。用范仲淹的话说："士不死不为忠，言不逆不为谏。"欧阳修评价他："直辞正色，面争庭对"，"敢与天子争是非"。仁宗属于"能君"，他有他的主意，对范是既不全信任，又离不开，时用时弃，即信即离。而范仲淹既有独立见解，又有个性，这就构成范仲淹的悲剧人生。封建社会，伴君如伴虎，真正的忧君，敢说真话是要以生命作抵押的。范仲淹不是不知道这一点，他说："臣非不知逆龙鳞者，掇齑粉之患；忤天威者，负雷霆之诛。理或当言，死无所避。"他将一切置之度外，一生四起四落，前后四次被贬出京城。他从二十七岁中进士，到六十四岁去世，一生为官三十七年，在京城工作却总共不到四年。

1028年，范仲淹经晏殊推荐到京任秘阁校理——皇家图书馆的工作人员。这是一个可以常见到皇帝的近水楼台。如果他会钻营奉承，很快就可以飞黄腾达。中国历史上有多少宦官、近臣如高俅、魏忠贤等都是这样爬上高位的。但是范仲淹的"忧君"，却招来了他京官生涯中的第一次谪贬。

原来，这时仁宗皇帝虽已经二十岁，但刘太后还在垂帘听政。朝中实际上是两个"君"。一个名分上的君仁宗皇帝，一个实权之君刘太后。这个刘太后可不是一般人等，她本是仁宗的父亲真宗的一位普通后宫，只有"修仪"名分，但她很会讨真宗欢心。皇后去世，真宗无子，嫔妃们都争着能为真宗生一个孩子，好荣登后位。刘修仪自己无能，便想出一计，将身边的一位李姓侍女送给皇帝"伺寝"，果然生下一子。但她立即抱入宫中，作为己子，就是后来的宋仁宗。刘随即因此封后，真宗死后她又当上太后，长期干预朝政，满朝没有一人敢有异议。

范新入朝就赶上太后过生日，要皇帝率百官为之跪拜祝寿。范仲淹认为这有损君的尊严，君代表国家，朝廷是治理国家大事的地方，怎么能在这里玩起家庭游戏。皇家虽然也有家庭私事，但家礼国礼不能混淆，便上书劝阻："天子有事亲之道，无为臣之礼；有南面之位，无北面之仪。"干脆再上一章，请太后还政于帝。这一举动震动了朝廷。那太后在当"修仪"时先夺人子，后挟子封后，又扶帝登位，从皇帝在襁褓之中到现在已二十年，满朝有谁敢置一喙？今天突然杀出了个程咬金，一个刚来的图书校勘管理员就敢问皇帝和太后之间的事。封建王朝是家天下、私天下，大臣就是家奴，哪能容得下这种不懂家规的臣子？他即刻被贬到河中府（今山西永济市）任副长官——通判。范仲淹百思不得其解，十三年身处江湖之远，时时想着能伴君左右，为国分忧，第一次进京却一张嘴就获罪，在最方便接近皇帝的秘阁只待了一年，就砸了自己的饭碗。

范仲淹第二次进京为官是三年之后，皇太后去世。也许是皇帝看中他敢说真话的长处，就召他回朝做评议朝事的言官——右司谏。我国封建社会的政府监察体制分两部分：一是谏官，专门给皇帝提意见；二是台官，专门弹劾百官，合称台谏。到宋真宗时期，谏官权已扩大到可议论朝政，弹劾百官。中国封建社会长期稳定，台谏制度有其一功，它强调权力制约，是中国封建制度中的积极部分。便是皇帝也要有人来监督，勿使放任而误国事。在推行制度的同时又在道德上提倡"文死谏，武死战"，使之成为一种风气。在中国历史上从秦始皇到溥仪共三百三十四位皇帝，就曾有七十九位皇帝下罪己诏二百六十次，作自我批评。这种对最高权力的监督和皇帝的自我批评是中国封建政治中积极的一面。

范二次进京所授右司谏官的级别并不高，七品，但权大、责大、影响大。范仲淹的正直当时已很有名，他一上任立即受到朝野的欢迎。这时的当朝宰相是吕夷简。吕靠太后起家，太后一死他就说太后坏话，被郭皇后揭穿其伎，相位被罢。吕也不是一般人等，他一面收买内侍，一面默而不言等待时机。时皇帝与杨、尚两位美人热恋。一日，杨自恃得宠，对郭皇后出言不逊，郭挥手一掌向她打去，仁宗在一旁急忙拉架，这一掌正打在皇帝脖颈上。吕和内侍便乘机鼓动皇帝废后。

后与帝都是稳定封建政权的重要因素，看似家事，常关国运。就是现代社会，第一夫人也会影响政治，影响国事。以毛泽东那样伟大的人，错娶江青，对他个人、党和国家都带来恶果，不堪回首。范仲淹知道皇后一旦被废，将会引起一场政治混乱。这种家事纠纷的背后是正邪之争，皇后易位的结果是奸相专权。他联合负责纠察的御史台官数人上殿前求见仁宗。半日无人搭理。司门官又出来将大门砰的一声闭上。他的犟劲又上来了，就手执铜门环，敲击大门，并高呼："皇后被废，何不听听谏官的意见！"这真是有点不知高低，要舍命与皇帝辩论了。看看没有人理，他们议定第二天上朝当面再奏。

第二天，天不亮范仲淹就穿好朝服准备出门。妻子牵着他的衣服哭着说："你已经被贬过一次了，不为别的，就为孩子着想，你也再不敢多说了。"他就把九岁的长子叫到面前正色说道："我今天上朝，如果回不来，你和弟弟好好读书，一生不要做官。"说罢，头也不回地向待漏院走去。"漏"是古代计时之器，待漏院是设在皇城门外，供百官暂歇等候皇帝召见的地方。

范仲淹这次上朝是在1033年，比这早四十六年，公元987年，宋太宗朝的大臣王禹偁曾写过一篇很有名的《待漏院记》，分析忠臣、奸臣在见皇帝前的不同心理。他说，当大臣在这个地方静等上朝时，心里却在各打各的算盘。贤相"忧心忡忡"。忧什么，有八个方面：安民、扶夷、息兵、辟田、进贤、斥佞、禳灾、措刑，等到宫门一开就向上直言，君王采纳，"皇风于是乎清夷，苍生以之富庶"。而奸相则"假寐而坐""私心慆慆"，①想的是怎样报私仇、搜钱财，提拔党羽，媚惑君王，"政柄于是乎隳哉，帝位以之而危矣"。他说，既然为官就

---

① 1931年12月，国民党南北两派勉强联合，召开四中全会，但仍勾心斗角，会前一齐去谒中山陵。鲁迅有诗讽刺："大家去谒陵，强盗装正经。静默十分钟，各自念拳经。"

要担起责任,那种"无毁无誉,旅进旅退,窃位而苟禄,备员而全身"的态度最不可取。他在这里惟妙惟肖地描述和揭示了贤相与明君、奸相与昏君的两个组合,还要求把这篇文章刻在待漏院的墙上,以诫后人。

不知范仲淹上朝时壁上是否真的刻有这篇文章。但范仲淹此时的确是忧心忡忡。他忧皇上不明事理,以私害公,因小乱大。这种家务之事,你要是一般百姓,爱谁、娶谁,休妻、纳妾也没有人管。你是一国之君啊,君行无私,君行无小。枕边人的好坏,常关政事国运。历史上因后贤而国安、后劣而国乱的事太多太多。同在一个唐朝,长孙皇后帮李世民出了不少好主意,甚至纠正他欲杀魏征这样的坏念头;杨贵妃却引进家族势力,招来安史之乱。

范仲淹正盘算着怎样进一步劝谏皇上,忽然传他接旨,只听宣旨官朗朗念道,贬他到睦州(今浙江桐庐附近),接着朝中就派人赶到他家,催他当天动身离京。这果然不幸为妻子所言中,顿时全家老小,哭作一团。显然这吕夷简玩起权术来比他高明,事前已做过认真准备,三下五除二就干净利落地将他赶出京城。他明道二年(1033年)四月回京,第二年五月被贬出京,第二次进京做官只有一年时间。

如果说范仲淹第一次遭贬,是性格使然,还有几分书生气,这二次遭贬,却是他更自觉地心忧君王,心忧国事。平心而论,仁宗不是昏君,更不是暴君,也曾想有所作为,君臣关系也曾出现过短时蜜月,但随即就如肥皂泡一样破灭。范仲淹不明白,几乎所有的忠臣都如诸葛亮那样希望君王"亲贤臣,远小人",但几乎所有的君王都离不开小人,喜欢用小人。

犯颜直谏的政治品德是超地域、超时代的,是一种可以继承的政治文明。时间过了近千年，到了1959年，庐山发生了一场中共高层领导的争论，当然有对形势和方针方面的认识问题，但也有传统的君臣政治理念和道德、人格上的问题。彭德怀当然是那个事件的一个主角，但在毛泽东的秘书田家英身上却更集中地体现出这种矛盾冲突，而别有一种悲剧色彩。田的身份有点类似范仲淹初入朝在秘阁的工作，是最高领袖的身边人。他虽对毛主席敬之如父，但从外地调查回来却如实反映了毛不愿意听的情况，7月23日那天，他在庐山上听了毛泽东批判彭德怀的讲话，更是忧从心底生，既为他所敬重的领袖犯错误遗憾，又为党和国家的前途担忧。他和几个朋友来到山顶的一个亭子里，俯瞰山下万里山河，更加心事沉沉。有人说这空空的亭柱上怎么没有对联，田即张口愤然吟道："四面江山来眼底，万家忧乐到心头。"其忧国、忧民又忧君的矛盾和痛苦可见一斑。他后来在"文革"中自杀明志。于此例我们也可以看出忧君思想在中国政治长河中的影响。

3. 忧政

忠臣总是一片忠心，借君之力为国家办大事；奸臣总是耍尽手段投君所好，为君办私事。范仲淹一生心忧天下，总是在和政治腐败，特别是吏治腐败做斗争，并进行了中国封建社会成熟期的第一场大改革——"庆历新政"。一个政权的腐败总是先从吏治腐败开始。当一个新政权诞生后，第一件事就是安排干部。通常，官位成了胜利者的最高回报和掌权者对亲信、子女的最好赏赐。官吏既是这个政权的代表和既得利益者，也就成了最易被腐蚀的对象和最不情愿改革的阶层。只有其中的少数清醒者，能抛却个人利益，看到历史规律而想到改革。

1035年，范仲淹因知苏州治水有功又被调回京，任尚书礼部员外郎，知京城开封府。他已两次遭贬，这次能够回京，在一般人定要接受教训慎言敏行，明哲保身。但这却让范仲淹更深刻地看到国家的政治危机。他又浑身热血沸腾，要指陈时弊了。这次，范仲淹没有像前两次那样挑"君"的毛病，他这次主要针对的是干部制度问题。也就是由尽"谏官"之责，转而要尽"台官"之责了。

原来这宋朝的老祖宗——太祖赵匡胤得天下是利用带兵之权，阴谋篡位当的皇帝。他怕部下也学这一招来夺其子孙的皇位，就收买人心，凡高官的子孙后代都可荫封官职。这样累积到仁宗朝时，已官多为患，甚至骑竹马的孩子都有官在身。

凡一个新政权五十年左右是一道坎，这就是当年黄炎培与毛泽东在延安讨论的"周期率"。到范仲淹在朝时，宋朝开国已八十年，吏治腐败，积重难返。再加上当朝宰相培植党羽，各种关系盘根错节。皇帝要保护官僚，官僚要巩固个人的势力，拼命扩大关系网，百姓养官越来越多，官的质量越来越低。这之前，范两次遭贬，三次在地方为官，深知百姓赋税之重，政府行政能力之低，民间冤狱之多，根子都在朝中吏治腐败。

他经过调查研究，就将朝中官员的关系网绘了一张"百官图"。1036年，他拿着这图去面见仁宗，说宰相统领百官，不替君分忧，不为国尽忠，反广开后门，大用私人，买官卖官，这样的干部路线，政府还能有什么效率，朝廷还有什么威信，百姓怎么会拥护我们。范又连上四章，要求整顿吏治。你想，拔起一株苗，连起百条根，这一整顿要伤到多少人的利益，如欧阳修所说："如此等事，皆外招小人之怨，不免浮议之纷纷。"皇帝虽有改革之意，但他绝不敢把这官僚班底兜翻，范仲淹在朝中就成了一个讨嫌的人。吕夷简对他更是恨得牙根子痒，就反诬他"越职言事，荐引朋党，离间君臣"。那个仁宗是最怕大臣结党的，吕很聪明，一下就说到了皇上的痒处，于是就把他贬到饶州（今江西鄱阳）。从他1035年3月进京，第三次被起用，到第二年5月被贬出京，又只有一年多一点。

这是他第一次试图碰一碰腐败的吏治。这次，许多正直有为的臣子也都被划入范党，分别发配到边远僻地。朝中已彻底没有人再敢就干部问题说三道四了。范仲淹离京，几乎没有人再敢为他送行。只有一个叫王质的人扶病载酒而来，他举杯道："范君坚守自己的立场，此行比之前两次更加光彩！"范笑道："我已经前后'三光'了。你看，来送行的人也越来越少。下次如再送我，请准备一只整羊，祭祀我吧。"他坚守自己的信仰"不以物喜，不以己悲"，虽三次被贬而不改初衷。

从京城开封出来到饶州要经过十几个州，除扬州外，一路上竟无一人出门接待范仲淹。他对这些都不介意，到饶州任后吟诗道："三出青城鬓如丝，斋中潇洒过禅师。""潇洒过禅师"，这是无奈的自我解嘲，是一种无法排解的苦闷。翻读中国历史，我们经常会听到这种怀才不遇、报国无门者的自嘲之声。柳永屡试不中，就去为歌女写歌词，说自己是"奉旨填词"；林则徐被谪贬新疆，说是"谪居正是君恩厚，养拙刚于戍卒宜"；辛弃疾被免职闲居，说是"君恩重，且教种芙蓉"。现在范仲淹也是：君恩厚重，让你到湖边去休息！

饶州在鄱阳湖边，风高浪大，范自幼多病，这时又肺病复发。不久，那成天担惊受怕、随他四处奔波的妻子也病死在饶州。未几，他又连调润州（今江苏镇江）、越州（今浙江绍兴）。四年换了三个地方。他想起楚国被流放的屈原，汉代被放逐的贾谊，报国无门，不知路在何方。他说："仲淹草莱经生，服习古训，所学者惟修身治民而已。一日登朝，辄不知忌讳，效贾生'恸哭''太息'之说，为报国安危之计。情既龃龉，词乃睽戾……天下指之为狂士。"范仲淹已三进三出京城，来回调动已不下二十次。他想，看来这一生他只有在人们嫌弃的目光中度过了。

但忠臣注定不得休闲，就像周恩来虽多次遭毛泽东的批评，写检讨，甚至被迫准备辞职，但救火的时候还是要用他。范仲淹也是这样，自1036年，被贬外地四年后，西北战事吃紧，皇帝又想起了他。1040年他被派往延州（今延安）前线指挥抗战。1043年，宋夏议和，战事稍缓，国内矛盾又尖锐起来。赋税增加，吏治黑暗，地方上暴动四起，仁宗束手无策。庆历三年（1043年）四月，仁宗又将他调回京城任为副相，又免了吕夷简的官，请范主持改革，史称"庆历新政"。这是他第四次进京为官了。

这次，他指出的要害仍然是吏治。前面说过，范仲淹第三次被贬就是因为上了一个"百官图"，揭露吏治的腐败。七年过去了，他连任了四任地方官，又和西夏打了一仗，但朝中的吏治腐败不但没有解决，反愈演愈烈。他立即上书《条陈十事》。

他说，第一条，先要明确罢免升迁。现在无论功过，不问好坏，文官三年一升，武将五年一提，人人都在混日子。假如同僚中有一个忧国忧民，"思兴利去害而有为"的，"众皆指为生事，必嫉之，沮之、非之、笑之，稍有差失，随而挤陷。故不有者素餐尸禄，安然而莫有为也。虽愚暗鄙猥，人莫齿之，而三年一迁，坐至卿、监、丞、郎者，历历皆是。谁肯为陛下兴公家之利，救生民之病，去政事之弊，葺纲纪之坏哉？利而不兴则国虚，病而不救则民怨，弊而不去则小人得志，坏而不葺，则王者失政"。你看"国虚""民怨""小人得志""王者失政"，现在我们读这篇《条陈》仍能感受到范仲淹那种深深的忧国忧民之心和急切的除弊救政之志。

他条陈的第二条是抑制大官子弟世袭为官。就是说不能靠出身好当官。现在朝中的大官每年都可自荐子弟当官,"每岁奏荐,积成冗官",甚至有"一家兄弟子孙出京官二十人"。大官子弟"充塞铨曹(官署),与孤寒争路"。范仲淹是"孤寒"出身,深深痛恨这种排斥人才的门阀观念和世袭制度。

他条陈的第三条是贡举选人,第四条是选好的地方官,"一方舒惨,百姓休戚,实系此人"。第五条是公田养廉。十条倒有五条有关吏治。后面还有厚农桑、修武备、减徭役等。我们听着这些连珠炮似的言词和条分缕析般的陈述,仿佛看到了一个痛心疾首、泪流满面的臣子,上忧其君,下忧其民,恨不得国家一夜之间扭转乾坤,来一个河清海晏,政通人和。

毛泽东说:"政治路线确定之后,干部是决定的因素。"干部制度向来是政权的核心问题。治国先治吏,历来的政治改革都把吏治作为重点。不管是忧君、忧国、忧民,最后总要落实在"忧政"上,即谁来施政,怎样施政。

"庆历新政"的改革之初,仁宗皇帝对范仲淹还是很信任的,改革的决心也很大。仁宗甚至让他搬到自己的殿旁办公。范仲淹派许多按察使到地方考察官员的政绩,调查材料一到,他就从官名册上勾掉一批赃官。仁宗即刻批准。这是一段君臣难得的合作蜜月。有人劝道:"你这一勾,就有一家人要哭!"范说:"一家人哭总比一州县的百姓哭好吧。"短短几个月,朝廷上下风气为之一新。贪官收敛,行政效率提高。

但是,由于新政首先对腐败的干部制度开刀,先得罪朝中的既得利益者,必然会有强大的阻力。他的朋友欧阳修最担心这一点,专门向仁宗上书，希望能放心用范仲淹，并能保护他，不要听信谗言。"凡小人怨怒，仲淹当自以身当，浮议奸谗，陛下亦须力拒。"但是皇帝在小人之怨和纷纭的浮议面前渐渐开始动摇了。他一次又一次地无法"自以身当"，终于在朝中难以立足。庆历四年（1044年），保守派制造了一起谋逆大案，将改革派一网囊括进去。这回还是利用了仁宗疑心重、怕臣子结党的弱点，把改革派打成"朋党"。庆历五年（1045年）初，失去了皇帝支持的改革彻底失败，范仲淹被调出京到邠州（今陕西彬县）任职，这是他第四次被贬出京了。这之后就再也没有回中央工作。

庆历六年（1046年），范仲淹因肺病不堪北地的风寒，要求调邓州（今河南南阳），这年他已五十八岁。生命已进入最后六年的倒计时。他自二十七岁中进士为官，四处奔波，四起四落已三十一年。自庆历改革失败后，他已没有重回中央的打算。现在他可以静静地回顾一生的阅历，思考为官为人的哲理。

一天他的老朋友滕子京从岳阳送来一信，并一图，画的是新落成的岳阳楼，希望他能为之写一篇记。这滕子京与他是同年进士，又在泰州任上和西北前线共过事，是庆历新政的积极推行者。滕的一生也很坎坷，他敢作敢为，总想干一番事，却常招人忌，甚至被陷害。那一次在西北遭人陷害，亏得范力保，虽没有下狱却被贬岳阳，但仍怀忧国之心，才两年就政绩显著，又重修名楼。

范仲淹看罢信，将图挂在堂前，只见一楼高耸，万顷碧波。胸中不由翻江倒海，那西北的风沙，东海的波涛，朝中的争斗，饥民的眼泪，金戈铁马，阁中书卷，狄仁杰的祠堂，楔入西夏的孤城，仁宗皇帝忽而手诏亲见，忽而挥袖逐他出京，还有妻子牵衣滴泪的阻劝，长子随他在西北前线的冲杀……一起浮到眼前。他心中万分激动，喊一声:"研墨!"挑灯对图,凝神静思,片刻,一篇三百六十八字的《岳阳楼记》就如珠落玉盘,风舒岫云,标新立异,墨透纸背。他把自己奋斗一生的做人标准和政治理想提炼为"不以物喜,不以己悲""先天下之忧而忧,后天下之乐而乐"。震大千而醒人世,承千古而启后人。文章熔山水、政治、情感、理想、人格于一炉,用纯青的火候为我们铸炼了一面照史、照人的铜镜。文章说是写岳阳楼,实在是写他自己的一生。现在我们来看一下范仲淹怎样写文章。

三、我们该怎样作文章——文章达到的"三境之美"

1. 一文、二为、三境、五诀

在中国古代,文章是官员政治素质的一部分。"立功、立德、立言",三者缺一不可。古今有三种文章:一是官场应景,空话、套话,人们很快忘记;二是有一点思想内容,但行文不美(如大量的奏折、记、表等),人们也已经忘记;三就是以《岳阳楼记》为代表的,既有思想内容,又有艺术高度,是一种思想美文。

《岳阳楼记》到底好在什么地方?在下评语前,我们不妨先探究一下好文章的标准。概括地说可以叫作"一文、二为、三境、五诀"。

"一文"是指文采。首先你要明白,你是在作文章,不是写应用文、写公文。文者,纹也,花纹之谓;章者,章法。文章是一门以文字为对象的形式艺术,它要遵循形式美的法则,并通过这个法则表达作者的精神美。中国古代文、言相分,说话可以随便点,既要落成文字,就要讲究美。诏书、奏折、书信等文件、应用文字也一样求美。古代是把文件写成美文,而我们现在却常把美文改成了文件,都一个面孔。

"二为"是写文章的目的,一为思想而写,二为美而写。既要有思想,又要有美感。文章有"思"无美则枯,有美无"思"则浮。

"三境"是指文章要达到三个层次的美,或曰三个境界。古人论诗词就有"境界"之说。我现在把文章的境界细分为三个层次:一是描述之美,描写叙述事物的形象和过程,让人如临其境,谓之"形境",类似绘画的写生;二是情感之美,创造一种精神氛围叫人留恋体味,谓之"情境",类似绘画的写意,如徐渭(青藤);三是哲理之美,说出一个你不得不信的道理,让你口服心服,谓之"理境",类似绘画的抽象,如毕加索。这三个境界一个比一个高。

"五诀"是指要达到这三境的方法,我把它叫作"文章五诀",即"形、事、情、理、典"。文中必有具体形象,有可叙之事,有真挚的情感,有深刻的道理,还有可借用的典故知识。这一切,又都得用优美的文字来表达。这就是"一文、二为、三境、五诀"之法。

以这个标准来分析《岳阳楼记》,我们就会惊喜地发现它原来暗合作文和审美的规律,所以成了一篇千古不朽的范文。

请看全文:

庆历四年春,滕子京谪守巴陵郡。越明年,政通人和,百废俱兴,乃重修岳阳楼,增其旧制,刻唐贤今人诗赋于其上,属予作文以记之。

予观夫巴陵胜状,在洞庭一湖。衔远山,吞长江,浩浩汤汤,横无际涯;朝晖夕阴,气象万千。此则岳阳楼之大观也,前人之述备矣。然则北通巫峡,南极潇湘,迁客骚人,多会于此。览物之情,得无异乎?

若夫淫雨霏霏,连月不开;阴风怒号,浊浪排空;日星隐曜，山岳潜形；商旅不行，樯倾楫摧；薄暮冥冥，虎啸猿啼。登斯楼也，则有去国怀乡，忧谗畏讥，满目萧然，感极而悲者矣。

至若春和景明，波澜不惊，上下天光，一碧万顷；沙鸥翔集，锦鳞游泳；岸芷汀兰，郁郁青青。而或长烟一空，皓月千里，浮光跃金，静影沉璧，渔歌互答，此乐何极！登斯楼也，则有心旷神怡，宠辱皆忘，把酒临风，其喜洋洋者矣。

嗟夫！予尝求古仁人之心，或异二者之为，何哉？不以物喜，不以己悲，居庙堂之高，则忧其民；处江湖之远，则忧其君。是进亦忧，退亦忧；然则何时而乐耶？其必曰：先天下之忧而忧，后天下之乐而乐乎！噫！微斯人，吾谁与归？

时六年九月十五日。

全文共有六个自然段。

第一段叙写这件事的缘起。以事起兴，作一个引子，用"事"字诀。

第二段描写洞庭湖的气象，铺垫出一个宏大的背景。借山川豪气写忠臣志士之志，用"形"字诀。

第三、四段，作者借景抒情，设想了两种"览物之情"，创造出一悲一喜的意境。通过景物描写营造气氛，水到渠成，即用"形"字诀和"情"字诀，由"形境"过渡到"情境"。连用淫雨、阴风、浊浪、星隐、山潜、商断、船翻、日暮、虎啸、猿啼等十个恐怖的形象。然后推出"去国怀乡，忧谗畏讥，满目萧然，感极而悲"的伤感情境。连用春风、丽日、微波、碧浪、鸟飞、鱼游、芷草、兰花、月色、渔歌等十个美好的形象，推出"心旷神怡，宠辱皆忘，把酒临风，其喜洋洋"的快乐情境。

第五段，导出哲理，作者将形和情有意推向理的高度，设问：有没有超出上面那两种的情况呢？有，那就不是一般人，而是"古仁人之心"了。这种人超出物质利益的诱惑，超出个人的私念：在朝为官，不忘百姓；被贬江湖，不忘其君。太平时忧天下，危难时担天下。进也忧，退也忧，那么，什么时候才乐呢？到文章快结束时才推出一声绝响，一个响亮的哲理式结论："先天下之忧而忧，后天下之乐而乐。"做官要做这样的官，做人要做这样的人！用我们现在的话说，就是无私奉献，全心全意为人民服务。用的是"理"字诀。这个道理一下讲透了，这个标准一下管了一千年，而且还要永远管下去！这是文章的高潮，全文的主题，是作者一生悟出的真理，也是他的信念。不管哪个时代、哪个国家的官员都有忠奸、公私、贤愚、勤庸之分。而公而忘私、"先忧后乐"是超时代和超阶级的道德文明、政治文明，是人类共同的、永远的精神财富。范仲淹道出了这种为人、为臣的本质的理性的大美，文章就千古不朽了。作者讲完这个结论后，文章又从"理"回转到"情"："噫，微斯人，吾谁与归"。前不见古人，后不见来者，写出了一种超时空的向往和惆怅。

第六段，不经意间再轻带一笔转回到记"事"："时六年九月十五日"，照应文章的开头，像一个绕梁的余音。至此，文章形、事、情、理都有（注意本文没有用典），形美、情美、理美三个层次皆具，已达到了一个完美的艺术境界。

这篇文章的核心是阐述"先天下之忧而忧，后天下之乐而乐"的道理。但如果作者只说出这一句话，这一个理就不会有多大的感染效果，那不是文学艺术，是口号社论。好就好在它有形、有景、有情、有人、有物的铺垫，而且全都用优美的文字来表述，用了许多修辞手法。在"理境"之美出现之前，已先收"形境""情境"之效，再加上贯穿始终的文字之美，形美、情美、理美、文美，算是"四美"了，在内容和形式两方面都分别达到了很难得的高度，借用王勃在《滕王阁序》里的一句话，就是"四美具，二难并"了，是一种高难度的美。

2. 两类作者，两类文章

虽然我们给出了"一文"的要求、"二为"的宗旨、"三境"的标准、"五诀"的方法，但并不是谁人拿去一套，就可以写出一篇好文章。就像数学课上，不是老师教给一个公式，人人都能得一百分。这还得有一个艰苦的修炼过程。

凡古今文章，从作者角度分有两大类。一类是文人、专业作家，如古代的司马相如、李白、王勃，现代的许多专业作家。作者先从文章形式入手，已娴熟地掌握了艺术技巧，然后再努力去修炼思想，充实内容，但无论如何，由于阅历所限，其思想总难拔到很高的境界。就像一个美人，已得先天之美，又想再成就一番英雄业绩，其难也哉！

第二类是政治家、思想家，如古代的贾谊、诸葛亮、魏征、韩愈、范仲淹，近代的林觉民、梁启超，现代如毛泽东等人。这类作者是从思想内容入手。他并不想以文为业，只是由于环境、经历使然，内心积累甚多，如火山之待喷，不吐不快，就借文章的形式表达出来。当然，大部分政治家是写不出好文章的，他们忙于事务，长于公文、讲话、指示等应用文字而不善美文，或者根本就没有修炼到思想的美，很难做到"四美具，二难并"。但也有少数政治家、思想家，或因小时就有文章阅读或写作训练的童子功（如人外表的先天之美），或政务之余不忘治学（如人形体的后天训练），于是便挟思想之深，又借艺术之美，登上了文章的顶峰。就像一个美女后来又成就了伟功大业，既天生丽质，又惊天动地，百里挑一。

因为有两类作家，也就有两类文章，"文人文章"和"道德文章"。中国文学传统很重视政治家的"道德文章"。政治家为文是用个性的话说出共性的思想（如诸葛亮说的"鞠躬尽瘁，死而后已"）。如果只会用共性的语言说共性的思想，就是官话、套话，有理而无美，这不叫文章，也不可能流传。

"文人文章"，求"美"而不求"理"，是以个性的语言说出共性的美感。常"美"有余而理不足（如王勃的"落霞与孤鹜齐飞，秋水共长天一色"）。因为文章第一位是表达思想，"理境"为"三境"中最高之境，所以相对来讲，先入艺术之门，再求深造思想难；先登思想之峰，再入艺术之门易。所以真正的大文章家，由政治家、思想家出身的多，而专攻文章，以文为业的反倒少。历史上的范仲淹是一个政治家、军事家、学者，也许他从来也没有把自己当作一个作家。后人在排唐宋八大家之类的排行榜时，他也无缘入列。但这恰恰是他胜过一般文人之处。或者历史根本就不忍心将他排入文人之列。这倒给我们一个启示，每一个政治家都有条件写出大文章，都应该写出大文章。

这篇文章是对我国封建政治文明的高度总结。中国封建社会近三千年，政界人物多得数不清，历朝皇帝三百三十四个（按理，他们是当然的大政治家），大臣官员更不知几多。但能写出《岳阳楼记》，并被后人所记住、学习和研究的只有范仲淹一人。现在我们知道要出一篇好文章是多么不容易了。要作文，先做人。金代学者元好问评价范仲淹说："范文正公，在布衣为名士，在州县为能吏，在边境为名将。其才、其量、其忠，一身而备数器。"我们还可以再加上一句："在文坛为大家。其思想、其文采，光照千年。"[1]

中国从古至今，内容形式都好，以一篇文章而影响了中华民族政治文明、人格行为和文化思想的文章为数不多。我排了一下有十篇。它们是：

1. 汉代贾谊的《过秦论》
2. 司马迁的《报任安书》
3. 三国诸葛亮的《出师表》
4. 晋代陶渊明的《桃花源记》
5. 唐代魏征的《谏太宗十思疏》
6. 宋代范仲淹的《岳阳楼记》
7. 文天祥的《正气歌并序》
8. 民国梁启超的《少年中国说》
9. 林觉民的《与妻书》
10. 中华人民共和国毛泽东的《为人民服务》

这些文章已经成为中华经典。什么是经典？我在《说经典》一文中谈道："第一，经典是一个时代的标志，空前绝后，比如我们现在不可能再写出唐诗、宋词；第二，已上升到理性，有长远的指导意义；第三，能经得起重复，即实践的检验，会常读常新。人们每重复一次都能从中开发出有用的东西。这就是经典与平凡的区别。一块黄土，雨一打就碎；而一块钻石，岁月的打磨，只能使它愈见光亮。"

---

[1] 冯玉祥曾有一联号召人学习范仲淹："兵甲富胸中，纵叫他虏骑横飞，也怕那范小老子；忧乐观天下，劝今人砥砺振奋，都学这秀才先生。"

怎么才能达到经典的高度呢？这又回到我们开头讲的"一文、二为、三境、五诀"的标准。简要来说，你得有很高的政治修养和文学修养，而且还要能有机地结合。而这不是每一个人都能做到的，用美学大师黑格尔的话说这种人是天才，"一般来说有这种才能的人一遇到心中有什么观念，有什么在感发他，鼓动他，他就会马上把它化为一个形象，一幅素描，一曲乐调或一首诗"。艺术史上这样的例子很多，如王羲之的《兰亭序》、徐悲鸿的《奔马图》、冼星海的《黄河大合唱》等。范仲淹在这里是把他的政治理念化作了一篇《岳阳楼记》。

好文章是一个人在一定的时代背景下全部知识和阅历的结晶，是他生命的写照。其中不知要经历多少矛盾、冲突、坎坷、辛酸、成功与失败。这非主观意志可得，只可遇而不可求。因此一篇好的文章就如一个天才人物、一个历史事件，甚或如一个太平盛世的出现，不是随便就有的，它要综天时地利之和，得历史演变之机，靠作者的修炼之功，是积数十年甚或数百年才可能出现的一个思想和艺术的高峰。千军易得，一将难求；千年易过，好文难有。

范仲淹为我们写了一篇千古美文，留下了一笔重要的文化遗产和政治财富，同时他也以不朽的政治家、思想家和文学家身份载入史册。

2009年7月18日讲演于中央部长文史知识讲座

第五辑　大情大理

觅渡，觅渡，渡何处？

　　常州城里那座不大的瞿秋白纪念馆我已经去过三次。从第一次看到那个黑旧的房舍，我就想写篇文章。但是六个年头过去了，还是没有写出。瞿秋白实在是一个谜，他太博大深邃，让你看不清摸不透，无从写起但又放不下笔。去年我第三次访瞿秋白故居时正值他牺牲六十周年，地方上和北京都在筹备关于他的讨论会。他就义时才三十六岁，可人们已经纪念了他六十年，而且还会永远纪念下去。是因为他当过党的领袖？是因为他的文学成就？是因为他的才气？是，又不全是。他短短的一生就像一幅永远读不完的名画。

　　我第一次到纪念馆是 1990 年。纪念馆本是瞿家的一间旧祠堂，祠堂前原有一条河，河上有一桥叫觅渡桥。一听这名字我就心中一惊，觅渡，觅渡，渡在何处？瞿秋白是以职业革命家自许的，但从这个渡口出发并没有让他走出一条路。"八七会议"后，他受命于白色恐怖之中，以一副柔弱的书生之肩，挑起了统率全党的重担，发出武装斗争的吼声。但是他随即被王明、被自己的人一巴掌打倒，永不重用。后来在长征时又借口他有病，不带他北上。而比他年纪大身体弱

263

的徐特立、谢觉哉等都安然到达陕北，活到了建国。他其实不是被国民党杀的，是为"左倾"路线所杀。是自己的人按住了他的脖子，好让敌人的屠刀来砍。而他先是仔细地独白，然后就去从容就义。

如果瞿秋白是一个如李逵式的人物，大喊一声："你朝爷爷砍吧，二十年后又是一条好汉。"也许人们早已把他忘掉。他是一个书生啊，一个典型的中国知识分子，你看他的照片，一副多么秀气但又有几分苍白的面容。他一开始就不是舞枪弄刀的人。

他在黄埔军校讲课，在上海大学讲课，他的才华熠熠闪光，听课的人挤满礼堂，爬上窗台，甚至连学校的老师也挤进来听。后来成为大作家的丁玲，这时也在台下瞪着一双稚气的大眼睛。瞿秋白的文才曾是怎样折服了一代人。后来成为文化史专家、新中国文化部副部长的郑振铎，当时准备结婚，想求秋白刻一对印，秋白开的润格是五十元。郑付不起转而求茅盾。婚礼那天，秋白手提一手绢小包，说来送礼金五十元，郑不胜惶恐，打开一看却是两方石印，可想他当时的治印水平。秋白被排挤离开党的领导岗位之后，转而为文，短短几年，他的著译竟有五百万字。

鲁迅与他之间的敬重和友谊，就像马克思与恩格斯之间一样地完美。秋白夫妇到上海住鲁迅家中，鲁迅和许广平睡地板，而将床铺让给他们。秋白被捕后，鲁迅立即组织营救，他就义后，鲁迅又亲自为他编文集，装帧和用料在当时都是第一流的。秋白与鲁迅、茅盾、郑振铎这些现代文化史上的高峰，也是齐肩至顶的啊。

他应该知道自己身躯内所含的文化价值，应该到书斋里去实现这个价值。但是他没有，他目睹人民沉浮于水火，目睹党濒于灭顶，他振臂一呼，跃向黑暗。只要能为社会的前进照亮一步之路，他就毅然举全身而自燃。他的俄文水平在当时的中国是数一数二了，他曾发宏愿，要将俄国文学名著介绍到中国来，他牺牲后，鲁迅感叹说，本来《死魂灵》由秋白来译是最合适的。

这使我想起另一件事，和秋白同时代的有一个人叫梁实秋，在抗日高潮中仍大写悠闲文字，被左翼作家批评为"抗战无关论"。他自我辩解说，人在情急时固然可以操起菜刀杀人，但杀人毕竟不是菜刀的使命。他还是一直弄他的"纯文学"，后来确实也成就很高，一人独立译完了《莎士比亚全集》。现在，当我们很大度地承认梁实秋的贡献时，更不该忘记秋白这样的，情急用菜刀去救国救民，甚至连自己的珠玉之身也扑上去的人。如果他不这样做，留把菜刀作后用，留得青山来养柴，在文坛上他也会成为一个甚至十个梁实秋。但是他没有。

如果瞿秋白的骨头像他的身体一样地柔弱，他一被捕就招供认罪，那么历史也早就忘了他。革命史上有多少英雄就有多少叛徒。曾是共产党总书记的向忠发、政治局委员的顾顺章，都有一个工人阶级的好出身，但是一被逮捕，就立即招供。此外像陈公博、周佛海、张国焘等高干，还可以举出不少。而秋白偏偏以柔弱之躯演出了一场泰山崩于前而不惊的英雄戏。

他刚被捕时敌人并不明他的身份，他自称是一名医生，在狱中读书写字，连监狱长也求他开方看病。其实，他实实在在是一个书生、画家、医生，除了名字是假的，这些身份对他来说一个都不假。这时，上海的鲁迅等正在设法营救他。但是一个听过他讲课的叛徒终于认出了他。特务乘其不备突然大喊一声："瞿秋白！"他却木然无应。敌人无法，只好把叛徒拉出当面对质，这时他却淡淡一笑，说："既然你们已认出了我，我就是瞿秋白。过去我写的那份供词就权当小说去读吧。"

蒋介石听说抓到了瞿秋白，急电宋希濂去处理此事。宋在黄埔时听过他的课，执学生礼，想以师生之情劝其降，并派军医为之治病。他死意已决，说："减轻一点痛苦是可以的，要治好病就大可不必了。"当一个人从道理上明白了生死大义之后，他就获得了最大的坚强和最大的从容。这是靠肉体的耐力和感情的倾注所无法达到的，理性的力量就像轨道的延伸一样坚定。

一个真正的知识分子向来是以理行事，所谓士可杀而不可辱。文天祥被捕，跳水、撞墙，唯求一死。鲁迅受到恐吓，出门都不带钥匙，以示不归之志。毛泽东赞扬朱自清宁饿死也不吃美国的救济粉。秋白正是这样一个典型的已达到自由阶段的知识分子。蒋介石见威胁利诱实在不能使之屈服，遂下令枪决。刑前，秋白唱《国际歌》，唱红军歌曲，泰然自行至刑场，高呼"中国共产党万岁"，盘腿席地而坐，令敌开枪。从被捕到就义，这里没有一点对死的畏惧。

如果瞿秋白就这样高呼口号为革命献身，人们也许还不会这样长久地怀念他研究他。他偏偏在临死时又抢着写了一篇《多余的话》，这在一般人看来真是多余。我们看他短短的一生斗争何等坚决：他在国共合作中对国民党右派的批驳，在党内对陈独秀右倾路线的批判何等犀利；他主持八七会议，决定武装斗争，永远功彪史册；他在监狱中从容斗敌，最后英勇就义，泣天地动鬼神。这是一个多么完整的句号。

但是他不肯，他觉得自己实在渺小，实在愧对党的领袖这个称号，于是用解剖刀，将自己的灵魂仔仔细细地剖析了一遍。别人看到的他是一个光明的结论，他在这里却非要说一说这光明之前的暗淡，或者光明后面的阴影。这又是一种惊人的平静。就像敌人要给他治病时，他说，不必了。他将生命看得很淡。现在为了做人，他又将虚名看得很淡。

他认为自己是从绅士家庭、从旧文人走向革命的，他在新与旧的斗争中受着煎熬，在文学爱好与政治责任的抉择中受着煎熬。他说以后旧文人将不会再有了，他要将这个典型、这个痛苦的改造过程如实地录下，献给后人。他说过："光明和火焰从地心里钻出来的时候，难免要经过好几次的尝试，试探自己的道路，锻炼自己的力量。"他不但解剖了自己的灵魂，在这《多余的话》里还嘱咐死后请解剖他的尸体，因为他是一个得了多年肺病的人。这又是他的伟大、他的无私。

我们可以对比一下，世上有多少人都在涂脂抹粉，挖空心思地打扮自己的历史，极力隐恶扬善。特别是一些地位越高的人越爱这样做，别人也帮他这样做，所谓为尊者讳。而他却不肯。作为领袖，人们希望他内外都是彻底的鲜红，而他却固执地说，不，我是一个多重色彩的人。在一般人是把人生投入革命，在他是把革命投入人生，革命是他人生实验的一部分。当我们只看他的事业，看他从容赴死时，他是一座平原上的高山，令人崇敬；当我们再看他对自己的解剖时，他更是一座下临深谷的高峰，风鸣林吼，奇绝险峻，给人更多的思考。他是一个内心既纵横交错，又坦荡如一张白纸的人。

我在这间旧祠堂里，一年年地来去，一次次地徘徊。我想象着当年门前的小河，河上来往觅渡的小舟。秋白就是从这里出发，到上海办学，去会鲁迅；到广州参与国共合作，去会孙中山；到苏俄去当记者，去参加共产国际会议；到汉口去主持八七会议，发起武装斗争；到江西苏区去，主持教育工作。

他生命短促，行色匆匆。他出门登舟之时一定想到"野渡无人舟自横"，想到"轻解罗裳，独上兰舟"。那是一种多么悠闲的生活，多么美的诗句，是一个多么宁静的港湾。他在《多余的话》里一再表达他对文学的热爱，他多么想靠上那个码头。但他没有，直到死亡的前一刻他还在探究生命的归宿。他一生都在觅渡，可是到最后也没有傍到一个好的码头，这实在是一个悲剧。但正是这悲剧的遗憾，人们才这样以其生命的一倍、两倍、十倍的岁月去纪念他。

如果他一开始就不闹什么革命，只要随便拔下身上的一根汗毛，悉心培植，他也会成为著名的作家、翻译家、金石家、书法家或者名医。梁实秋、徐志摩现在不是尚享后人之飨吗？如果他革命之后，又拨转船头，退而治学呢，仍然可以成为一个文坛泰斗。与他同时代的陈望道，本来是和陈独秀一起筹建共产党的，后来退而研究修辞，著《修辞学发凡》，成了中国修辞第一人，人们也记住了他。

可是秋白没有这样做。就像一个美女偏不肯去演戏，一个高个儿男子偏不肯去打篮球。他另有所求，但又求而无获，甚至被人误会。一个人无才也就罢了，或者有一分才干成了一件事也罢了。最可惜的是他有十分才只干成了一件事，甚而一件也没有干成，这才叫后人惋惜。

你看岳飞的诗词写得多好，他是有文才的，但世人只记住了他的武功。辛弃疾是有武才的，他年轻时率一万义军反金投宋，但南宋政府不用他，他只能"醉里挑灯看剑，梦回吹角连营"，后人也只知他的诗才。瞿秋白以文人为政，又因政事之败而反观人生。如果他只是慷慨就义再不说什么，也许他早已没入历史的年轮。但是他又说了一些看似多余的话，他觉得探索比到达更可贵。当年项羽兵败，虽前有渡船，却拒不渡河。项羽如果为刘邦所杀，或者他失败后再渡乌江，都不如临江自刎这样留给历史永远的回味。项羽面对生的希望却举起了一把自刎的剑，秋白在将要英名流芳时却举起了一把解剖刀，他们都把行将定格的生命的价值又推上了一层。

哲人者，宁肯舍其事而成其心。

秋白不朽！

2003 年入选人教版高中语文课本

大无大有周恩来

今年是周恩来诞辰百年,他离开我们也已经二十二年。但是他的身影却时时在我们身边,至今,许多人仍是一提总理双泪流,一谈国事就念总理。陆放翁诗:"何方可化身千亿,一树梅前一放翁。"是什么办法化作总理身千亿,人人面前有总理呢?难道世界上真的有什么灵魂的永恒?伟人之魂竟是可以这样地充盈天地,浸润万物吗?就像老僧悟禅,就如朱子格物,自从1976年1月国丧以来,我就常穷思默想这个费解的难题。二十多年了,终于有一天我悟出了一个理:总理这时时处处的"有",原来是因为他那许许多多的"无",那些最不该、最让人想不到、受不了的"无"啊。

总理的惊人之"无"有六。

总理的一无是死不留灰。

周恩来是中国历史上第一个提出死后不留骨灰的人。当总理去世的时候,正是中国政治风云变幻的日子,林彪集团刚被粉碎,江青"四人帮"集团正自鸣得意,中国上空乌云压城,百姓肚里愁肠百结。1976年新年刚过,一个寒冷的早晨,突然广播里传出了哀乐。人们噙着泪水,对着电视一遍遍地看着那个简陋的遗体告别仪式。突然江青那副可憎的面孔出现了,她居然不脱帽鞠躬。许多人在电视机旁都发出了怒吼:"江青脱掉帽子!"过了几天,报上又公布了遗体火化,并且根据总理遗嘱不留骨灰。许多人都不相信这个事实,一定是江青这个臭婆娘又在搞什么阴谋。直到多少年后,我们才清楚,这确实是总理遗愿。

1月15日下午追悼会结束后,邓颖超就把家属召集到一起,说总理在十几年前就与她约定死后不留骨灰,灰入大地,可以肥田。当晚,邓颖超找来总理生前党小组的几个成员帮忙,一架农用飞机在北京如磐的夜色中冷清地起飞,飞临天津——这个总理少年时代生活和最早投身革命的地方,又沿着渤海湾飞临黄河入海口,将那一捧银白的灰粉化入海空,也许就是这一撒,总理的魂魄就永远充满人间,贯通天地。

但人们还是不能接受这一事实。多少年后还是有人提问,难道总理的骨灰就真的一点也没有留下吗?中国人和世界上大多数民族都习惯修墓土葬,这对生者来说,以备不时之念,对死者来说则希望还能长留人间。多少年来,越有权的人就越下力气去做这件事。许多世界上著名的陵寝,如中国的十三陵、印度的泰姬陵、埃及的金字塔,还有一些埋葬神父的大教堂,我都看过。共产党是无神论,又是以解放全人类为己任,当然不会为自己的身后事去费许多神。所以新中国一成立,毛泽东就带头签名火葬,以节约耕地,但彻底如周恩来这样连骨灰都不留却还是第一次。你看一座八宝山上,还不就是存灰为记吗?历史上有多少名人,死后即使无尸人们也要为他修一个衣冠冢。老舍先生的追悼会上,骨灰盒里放的是一副眼镜、一支钢笔。纪念死者总得有个念物、有个引子啊。

没有灰，当然也谈不上埋灰之处，也就没有碑和墓，欲哭无泪，欲祭无碑，魂兮何在，无限相思寄何处？中外文学史上有许多名篇都是碑文、墓志和在名人墓前的凭吊之作，有许多还发挥出炽热的情和永恒的理。如韩愈为柳宗元写的墓志痛呼"士穷乃见节义"，如杜甫在诸葛亮祠中所叹"出师未捷身先死，长使英雄泪满襟"，都成了千古名言。明代张溥著名的《五人墓碑记》"扼腕墓道，发其志士之悲"，简直就是一篇正义对邪恶的檄文。就是空前伟大如马克思这样的人，死后也有一块墓地，恩格斯在他墓前的演说也选入马恩文选，成了国际共运的重要文献。马克思的形象也因这篇文章更加辉煌。

为伟人修墓立碑已成为中国文化的传统、中国百姓的习惯，你看明山秀水间，市井乡村里，还有那些州县府志的字里行间，有多少知名的、不知名的故人墓、碑、庙、祠、铭、志，怎么偏偏轮到总理，这个前代所有的名人加起来都不足抵其人格伟大的人，就连一个我们可以为之扼腕、叹息、流泪的地方也没有呢？于是人们难免生出一丝丝的猜测，有的说是总理英明，见"四人帮"猖狂，政局反复，不愿身后有伍子胥鞭尸之事；有的说是总理节俭，不愿为自己的身后事再破费国家钱财。但我想，他主要的就是要求一个干净：生时鞠躬尽瘁，死后不留麻烦。他是一个只讲奉献、献完转身就走的人，不求什么纪念的回报和香火的馈饷。也许隐隐还有另一层意思。以他共产主义者的无私和中国传统文化的忠君，他更不愿在身后出现什么"僭越"式的悼念，或因此又生出一些政治上的尴尬。

果然，地球上第一个为周恩来修纪念碑的，并不是在中国，而是在日本。第一个纪念馆也不是建在北京，而是在他的家乡。日本的纪念碑是一块天然的石头，上面刻着他留学日本时写的那首诗《雨中岚山》。1994年，我去日本时曾专门到樱花丛中去寻找过这块诗碑。我双手抚石，西望长安，不觉泪水涟涟。天力难回，斯人长逝已是天大的遗憾，而在国内又无墓可寻，叫人又是一种怎样的惆怅？一个曾让世界天翻地覆的英雄，一个为民族留下了一个共和国的总理，却连一点骨灰也没有留下，这强烈的反差，让人一想，心里就有如坠落千丈似的空茫。

总理的二无是生而无后。

中国人习惯续家谱，重出身，爱攀名人之后也重名人之后。刘备明明是个编席卖履的小贩，却攀了个皇族之后，被尊为皇叔。诸葛亮和关、张、赵、马、黄等一批文武，就捧着这块招牌，居然三分天下。一般人有后无后，还是个人和家族的事，名人无后却成了国人的遗憾。不孝有三，无后为大。

纪念故人也有三：故居、墓地、后人，后人为大。虽然后人不能尽续其先人的功德才智，但对世人来说，有一条血缘的根传下来，总比无声的遗物更惹人怀旧。要不我们现在的政协委员中为什么要安排一些名人之后呢？连孔子这个两千多年前的老名人，也要一代代地去细寻其脉，找出几个世孙来去做人大、政协的代表委员。人们尊其后，说到底还是尊其人。这是一种纪念，一种传扬，否则怎么不去找出个秦桧的几世孙呢？清朝乾隆年间有位叫秦大士的名士过岳坟，不由感叹道："人从宋后羞名桧，我到坟前愧姓秦。"可见前人与后人还是大有关系，名人之后更是关系重大。对越是功高德重为民族做出牺牲的逝者，人们就越尊重他们的后代，好像只有这样才能表达对他们的感激，赎回生者的遗憾。

总理并不脱俗，也不寡情。我在他的绍兴祖居，亲眼见过抗战时期他回乡动员抗日时，恭恭敬敬地续写在家谱上的名字。他在白区经常做的一件事，就是搜求烈士遗孤，安排抚养。他常说："不这样，我怎么能对得起他们的父母?"

他在延安时亲自安排将瞿秋白、蔡和森、苏兆征、张太雷、赵世炎、王若飞等烈士之子女送到苏联好生教育、看护,并亲自到苏联去与斯大林谈判,达成了一个谁也想不到的协议:这批子弟在苏联只求学,不上前线(而苏联国际儿童院中其他国家的子弟,在战争中上前线共牺牲了二十一名)。这恐怕是当时世界上两个最大的人物,达成的一个最小的协议。

总理何等苦心,他是要为烈士存孤续后啊。

确实,子孙的繁衍是人类最实际的需要,是人最基本的情感。但是天何不公,轮到总理却偏偏无后,这怎么能不使人遗憾呢?是残酷的地下斗争和战争夺去邓颖超同志腹中的胎儿,以后又摧残了她的健康。但是以总理之权、之位、之才和倾倒多少女性的风采,何愁不能再建家室,传宗接代呢?这在新中国成立初党的中高级干部中不乏其人,并几乎成风。但总理没有,他以倾国之权而坚守平民之德。

后来有一个厚脸皮的女人写过一本书,称她自己就是总理的私生女,这当然经不起档案资料的核验。举国一阵哗然之后,如风吹黄叶落,复又秋阳红。但人们在愤怒之余心里仍然隐隐存着一丝的惆怅。特别是眼见和总理同代人的子女,或子女的子女,不少都官居高位名显于世,不禁又要黯然神伤。中国人的传统文化是求全求美的,如总理这样的伟人该是英雄美人、父英子雄、家运绵长的啊。然而,这一切都没有。这怎么能不在国人心中凿下一个空洞呢?人们的习惯思维如列车疾驶,负着浓浓的希望,却一下子冲出轨道,跌入了一个无底的深渊。

总理的三无是官而不显。

千百年来,官和权是连在一起的。官就是显赫的地位,就是特殊的享受，就是人上人，就是福中福，官和民成了一个对立的概念，也有了一种对立的形象。但周恩来作为一国总理则只求不显。在外交、公务场合他是官，而在生活中，在内心深处，他是一个最低标准甚至不够标准的平民。他是中国有史以来的第一个平民宰相，是世界上最平民化的总理。

一次他出国访问，内衣破了送到我驻外使馆去补，去洗。当大使夫人抱着这一团衣服回来时，伤心得泪水盈眶，她怒指着工作人员道："原来你们就这样照顾总理啊！这是一个大国总理的衣服吗？"总理的衬衣多处打过补丁，白领子和袖口是换过几次的，一件毛巾睡衣本来白底蓝格，但早已磨得像一件纱衣。后来我见过这件睡衣，瞪大眼睛也找不出原来的纹路。这样寒酸的行头，当然不敢示人，更不敢示外国人。所以总理出国总带一只特殊的箱子，不管住多高级的宾馆，每天起床，先由我方人员将这一套行头收入箱内锁好，才许宾馆服务生进去整理房间，人家一直以为这是一个最高机密的文件箱呢。这专用箱里锁着一个贫民的灵魂。

而当总理在国内办公时就不必这样遮挡"家丑"了，他一坐到桌旁，就套上一副蓝布袖套，那样子就像一个坐在包装台前的工人。许多政府工作报告、国务院文件和震惊世界的声明，都是套着这蓝袖套写出来的啊。只有总理的贴身人员才知道他的生活实在太不像个总理。

总理一入城就在中南海西花厅办公，一直住了二十五年。这座老平房又湿又暗，多次请示总理都不准维修，终于有一次，工作人员趁总理外出时将房子小修了一下。《周恩来年谱》记载：1960年3月6日，总理回京，发现房已维修，当晚即离去暂住钓鱼台，要求将房内的旧家具(含旧窗帘)全部换回来，否则就不回去住。工作人员只得从命。一次，总理在杭州出差，临上飞机时地方上送了一筐南方的时鲜蔬菜，到京时被他发现，严厉批评了工作人员，并命令折价寄钱去。一次，总理在洛阳视察，见到一册碑帖，问秘书身上带钱没有。没有钱，总理摇摇头走了。总理从小随伯父求学，伯父的坟迁移，他不能回去，先派弟弟去，临行时又改派侄儿去，为的是尽量不惊动地方。一国总理啊，他理天下事，管天下财，住一室、食一蔬、用一物、办一事算得了什么？

多少年来，在人们的脑子里，做官就是显耀。你看，封建社会的官帽，不是乌纱便是红顶；官员的出行，或鸣锣开道，或静街回避，不就是要一个"显"字！这种显耀或为显示权力，或为显示财富，总之是要显出高人一等。古人一考上进士就要鸣锣报喜，一考上状元就要骑马披红走街，一当上官就要回乡到父老面前转一圈，所谓衣锦还乡，就为的是显一显。

刘邦做了皇帝后，曾痛痛快快地回乡显示过一回，元散曲中专有一篇著名的《高祖还乡》挖苦此事，你看那排场："红漆了叉，银铮了斧。甜瓜苦瓜黄金镀。明晃晃马镫枪尖上挑，白雪雪鹅毛扇上铺。这几个乔人物，拿着些不曾见的器杖，穿着些大作怪的衣服。"西晋时有个石崇官做到个荆州刺史，也就是地委书记吧，就敢同皇帝司马昭的小舅子王恺斗富。他平时生活"丝竹尽当时之精，庖膳穷水陆之珍"，招待客人，以锦围步幛五十里，以蜡烧柴做饭，王恺自叹不如。

现在这种显弄之举更有新招，比座位、比上镜头、比好房、比好车、比架子。一次，一位县级小官到我办公室，身披呢子大衣，刚握完手，突然后面蹿出一小童，双手托举一张名片，原来这是他的跟班。连递名片也要秘书代劳，这个架子设计之精，我万没有想到。刚说几句话又抽出"大哥大"（第一代手机），向千里之外的穷乡僻壤报

275

告他现已到京，正在某某办公室，连我也被他编入了显耀自己的广告词。我不知他在地方上有多大政绩，为百姓办了多少实事，看这架子，心里只有说不出的苦和酸。想总理有权不私，有名不显，权倾一国却两袖清风，这种近似残酷的反差随着岁月的增加倒叫人更加十分地不安和不忍了。

总理的四无是党而不私。

列宁讲，人是分为阶级的，阶级是由政党来领导的，政党是由领袖来主持的。大概有人类就有党，除政党外还有朋党、乡党等小党。毛泽东同志就提到过党外有党，党内有派。同好者为党，同利者为党。在私有制的基础上，结党为了营私，党成了求权、求荣、求利的工具。项羽、刘邦为楚汉两党，汉党胜，建刘汉王朝；《三国演义》就是曹、吴、刘三党演义；朱元璋结党扯旗，他的对立面除元政权这个执政党外，还有张士诚、陈友谅各在野党，结果朱党胜而建朱明王朝。

只有共产党成立以后才宣布，它是专门为解放全人类而做牺牲的党，除了人民利益、国家民族利益，党无私利，党员个人无私求。无数如白求恩、张思德、雷锋、焦裕禄这样的基层党员，都做到了入党无私，在党无私。但是当身处要位甚至领袖之位，权握一国之财时，而要私无一点，利无一分，却是最难最难的。权用于私，权大一分就私大一丈，失之毫厘差之千里。做无私的战士易，做无私的官员难，做无私的大官更难。像总理这样军政大权在握的人，权力的砝码已经可以使他左偏则个人为党所用，右偏则党为个人所私，或可为党员，或可为党阀了。王明、张国焘不都是这样吗？而总理的可贵正在党而不私。

1974年，康生被查出癌症住院治疗。周恩来这时也有绝症在身，还是拖着病体常去看康。康一辈子与总理不和，总理每次一出病房他就在背后骂。工作人员告诉总理，说既然这样您何必去看他，但总理笑一笑，还是去。这种以德报怨、顾全大局、委曲求全的事，在他一生中不胜枚举。

周总理同胞兄弟三人，他是老大，老二早逝，他与三弟恩寿情同手足。恩寿新中国成立前经商为我党提供过不少经费，新中国成立后安排工作到内务部，总理指示职务要安排得尽量低些，因为他是自己的弟弟。后恩寿有胃病，不能正常上班，总理又指示要办退休，说不上班就不能领国家工资。曾山部长执行得慢了些，总理又严厉批评说："你不办，我就要给你处分了。"

"文化大革命"中，总理尽全力保护救助干部，一次范长江的夫人沈谱（著名民主人士沈钧儒之女）找到总理的侄女周秉德，希望能向总理转交一封信，救救长江。周秉德是沈钧儒长孙媳妇，沈谱是她丈夫的亲姑姑，范长江是我党新闻事业的开拓者，又是沈老的女婿，总理还是他的入党介绍人。以这样深的背景，周秉德却不敢接这封信，因为总理有一条家规：任何家人不得参与公事。

如果说总理要借党的力量谋大私、闹独立、闹分裂、篡权的话，他比任何人都有更多的机会、更好的条件。但是他恰恰以自己坚定的党性和人格的凝聚力，消除了党内的多次摩擦和四次大的分裂危机。五十年来，他是党内须臾不可缺少的凝固剂。

第一次是红军长征时，当时周恩来身兼四职，是中央三人团（博古、李德、周恩来）之一、中央政治书记处书记（相当于后来的政治局常委）、军委副主席、红军总政委。在遵义会议上，只有他才有资格去和博古、李德争吵，把毛泽东请了回来。王明派对党的干扰基本排除了（彻底排除要到延安整风以后），红一、四方面军会师后又冒出个张国焘。张兵力远胜中央红军，是个实力派。有枪就要权，党和红军又面临一次分裂。这时周恩来主动将自己担任的红军总政委让给了张国焘。红军总算统一，得以继续北上，扎根陕北。

第二次是"大跃进"和三年困难时期。1957年年底，冒进情绪明显抬头，周恩来、刘少奇、陈云等提出反冒进，毛泽东大怒，说不是冒进，是跃进，并多次让周恩来检讨，甚至说到党的分裂。周恩来立即站出来将责任全部揽到自己身上，几乎逢会就检讨，目的只有一个，就是保住党的团结，保住一批如陈云、刘少奇等有正确经济思想的干部，留得青山在，为党度危机。而他在修订规划时，又小心地坚持原则，实事求是。他藏而不露地将"十五年赶上英国"改为"十五年或者更多的一点时间"，加了十一个字；将"在今后十年或者更短的时间内实现全国农业发展纲要"一句，删去了"或者更短的时间内"八个字。不要小看这一加一减八九个字，果然一年以后，经济凋敝，毛泽东说："国难思良将，家贫思贤妻。搞经济还得靠恩来、陈云，多亏恩来给我们留了三年余地。"

第三次是"文化大革命"中，林彪骗取了毛主席信任。这时作为二把手的周恩来再次让出了自己的位置。他这个当年黄埔军校的主任，毕恭毕敬地向他当年的学生、现在的"副统帅"请示汇报，在天安门城楼上，在大会堂等公众场合为之领座引路。林彪的威望，或者就以他当时的投机表现、身体状况，总理自然知道他是不配接这个班的，但主席同意了，党的代表大会通过了，总理只有服从。果然，"九大"之后只有两年多，林彪自我爆炸，总理连夜坐镇大会堂，弹指一挥，将其余党一网打尽，为国为党再定乾坤。让也总理，争也总理，一屈一伸又弥合了一次分裂。

第四次，林彪事件之后，总理威信已到绝高之境，但"四人帮"

的篡权阴谋也到了剑拔弩张的境地。这时已经不是拯救党的分裂，而是拯救党的危亡了。总理自知身染绝症，一病难起，于是他在抓紧寻找接班人，寻找可以接替他与"四人帮"抗衡的人物，他找到了邓小平。

1974年12月，他不顾危病在身飞到长沙与毛泽东商量邓小平的任职。小平一出山，双方就展开拉锯战，这时总理躺在医院里，就像诸葛亮当年卧病军帐之中，仍侧耳静听着帐外的金戈铁马声。"四人帮"唯一忌惮的就是周恩来还在世。这时主席病重，全党的安危系于周恩来一身，他生命延缓一分钟，党的统一就能维持一分钟。现在他躺在床上，像手中没有了弹药的战士，只能以重病之躯扑上去堵枪眼了。

癌症折磨得他消瘦、发烧，常处在如针刺刀割般的疼痛中，后来连大剂量的镇痛、麻醉药都已不起作用。但是他忍着，他知道多坚持一分钟，党的希望就多一分。因为人民正在觉醒，叶帅他们正在组织反击。他已到弥留之际，当他清醒过来时，对身边的人员说："你去给中央打一个电话，中央让我活几天，我就活几天！"就这样一直撑到1976年1月8日。这时消息还未正式公布，但群众一看医院内外的动静就猜出大事不好。这天总理的保健医生外出办事，一个熟人拦住问："是不是总理出事了，真的吗？"他不敢回答，稍一迟疑，对方转身就走，边走边哭，终于放声大哭起来。九个月后，百姓心中的这股怨气，一举掀翻了"四人帮"。总理在死后又一次救了党。

宋代欧阳修写过一篇著名的《朋党论》，指出有两种朋党：一种是小人之朋，"所好者禄利，所贪者财货"；一种是君子之朋，"所守者道义，所行者忠信，所惜者名节"。而只有君子之朋才能万众一心，"周武王之臣，三千人成一大朋"，以周公为首，这就是周灭商的道理。周恩来在重庆时就被人称周公，直到晚年，他立党为公，功同周公的形象更加鲜明。"周公吐哺，天下归心"。周公不过是"一饭三吐哺"，而我们的总理在病榻上还心忧国事，"一次输液三拔针"啊。如此忧国，如此竭诚，怎么能不天下归心呢？

总理的五无是劳而无怨。

周总理是中国革命的第一受苦人。上海工人起义、"八一"南昌起义、万里长征、三大战役，这种真刀真枪的事他干；地下特科斗争、国统区长驻虎穴，这种生死度外的事他干；新中国成立后政治工作、经济工作、文化工作，这种大管家的烦人杂事他干；"文化大革命"中上下周旋，这种在夹缝中委曲求全的事他干。他一生的最后一些年头，直到临终，身上一直戴着的一块徽章是"为人民服务"。如果计算工作量，他真正是党内之最。

周恩来是1974年6月1日住进医院的，而据资料统计，1月到5月共一百三十九天，他每天工作十二到十四个小时的有九天；十四到十八个小时的有七十四天；十九到二十三个小时的有三十八天；连续二十四小时的有五天。只有十三天的工作在十二小时之内。而从3月中旬到5月底，两个半月，日常工作之外，他又参加中央会议二十一次，外事活动五十四次，其他会议和谈话五十七次。他像一头牛，只知道负重，没完没了地受苦，有时还要受气。

1934年，因为王明的"左倾"路线和洋顾问李德的指挥之误，红军丢了苏区，血染湘江，长征北上。这时周恩来是"军事三人团"之一，他既要负失败之责，又要说服博古恢复毛泽东的指挥权，惶惶然，就如《打金枝》中的皇后，劝了金枝，回过头来又劝驸马。1938年，他右臂受伤，两次治疗不愈，只好赴苏联求医。医生说为了彻底好，治疗时间就要长一些。他却说时局危急，不能长离国内，只短住了六个月,最后还是落下个臂伸不直的残疾。而林彪也是治病,也是这个时局,却在苏联从1938年住到了1941年。

"文化大革命"中,周恩来成了"救火队长",他像老母鸡以双翅护雏防老鹰叼食一样,尽其所能保护干部。红卫兵要揪斗陈毅,周恩来苦苦说服无效,最后震怒道:"我就站在大会堂门口,看你们从我身上踩过去!"这时国家已经瘫痪,全国人除少数"造反派"外大多数都成了逍遥派,就只剩下周恩来一个苦撑派,一个苦命人。他像扛着城门的力士,放不下,走不开。每天无休止地接见,无休止地调解,饭都来不及吃,服务员只好在茶杯里调一点面糊。

当时干部一层层地被打倒,他周围的战友、副总理、政治局委员已被打倒一大片,连国家主席刘少奇都被打倒了,但偏偏留下了他一个。他连这种"休息"的机会也得不到啊!全国到处点火,留一个周恩来东奔西跑去救火,这真是命运的捉弄。他坦然一笑,说:"我不下地狱,谁下地狱?"大厦将倾,只留下一根大柱。这柱子已经被压得吱吱响,已经出现裂纹,但他还是咬牙苦撑。

由于他的自我牺牲,他的厚道宽容,他的任劳任怨,革命的每一个重要关头,每一次进退两难,都离不开他。许多时候他都左右逢源,稳定时局,但许多时候,他又只能被人们作为平衡的棋子,或者替罪的羔羊。历史上向来是一朝天子一朝臣,共产党的领导人换了多少,却人人要用周恩来。他的过人才干"害"了他,他的任劳任怨的品质"害"了他,多苦、多难、多累、多险的活,都由他去顶。

1957年年底,我国经济出现急功近利的苗头,周恩来提出反冒进。毛泽东大怒,连续开会发脾气。1958年1月初杭州会议,毛主席说:"你脱离了各省、各部。"1月中旬的南宁会议,毛主席说:"你不是反冒进吗?我是反'反冒进'的。"这时柯庆施写了一篇升虚火的文章，毛主席说："恩来，你是总理，这篇文章你写得出来吗？"

1958年3月成都会议，周恩来做检查，毛主席还不满意，表示仍然要作为一个犯错误的例子再议。从成都回京之后，一个静静的夜晚，西花厅夜凉如水，周恩来把秘书叫来说："我要给主席写份检查，我讲一句，你记一句。"但是他枯对孤灯，常常五六分钟说不出一个字。冒进造成的险情已经四处露头，在对下与对上、报国与忠君之间，他陷入了深深的矛盾、深深的痛苦。他对领袖的忠诚与服从绝不是封建式的愚忠。他是基于领袖是党的核心、是党统一的标志这一原则和毛主席的威信这一事实，从唯物史观和党性标准出发来严格要求自己的。连毛主席都说过，真理有时在少数人手中，卑贱者最聪明。但是你必须等待多数人或高贵者的觉醒。为了大局，在前几次会上他已经把"反冒进"的责任全揽在了自己身上，现在还要怎样深挖呢？而这深深游走的笔刃又怎样才能做到既解剖自己又不伤实情，不伤国事大局呢？

天亮时，秘书终于整理成一篇文字，其中加了这样一句："我与主席多年风雨同舟，朝夕与共，还是跟不上主席的思想。"周恩来指着"风雨同舟，朝夕与共"八个字说，怎么能这样提呢？你太不懂党史，说时眼眶里已泪水盈盈了。秘书不知总理苦，为文犹用昨日词。几天后，他在"八大"二次会上做完检讨，并委婉地请求辞职。结论是不许辞。哀莫大于心死，苦莫大于心苦，但痛苦更在于心虽苦极又没有死。周恩来对国、对民、对领袖都痴心不死啊，于是，他只有负起那让常人看来，无论如何也负不动的委屈。

总理的六无是去不留言。

1976年元旦前后，总理已经到了弥留之际。这时中央领导对总理病情已是一日一问，邓颖超同志每日必到病房陪坐。可惜总理将去之时正是中央领导核心中鱼龙混杂、忠奸共处的混乱之际。奸佞之徒江青、王洪文常假惺惺地慰问却又暗藏杀机。这时忠节老臣中还没有被打倒的只有叶剑英了。叶帅与总理自黄埔时期起便患难与共，又共同经历过党史上许多是非曲直。眼见总理已是一日三厥，气若游丝，而"四人帮"又趁危乱国，叶帅心乱如麻，老泪纵横。一日他取来一沓白纸，对病房值班人员说：总理一生顾全大局，严守机密，肚子里装着很多东西，死前肯定有话要说，你们要随时记下。但总理去世后，值班人员交到叶帅手里的仍然是一沓白纸。

当真是总理肚中无话吗？当然不是。在会场上，在向领袖汇报时，在对"四人帮"斗争时，在与同志谈心时，该说的都说过了，他觉得不该说的，平时不多说一字，现在并不因为要撒手而去就可以不负责任，随心所欲。总理的办公室和卧室同处一栋，邓颖超同志是他一生的革命知己，又同是中央高干，但总理工作上的事邓颖超自动回避，总理也不与她多讲一字。

总理办公室有三把钥匙，他一把，秘书一把，警卫一把，邓颖超没有，她要进办公室必须先敲门。周总理把自己一劈两半，一半是公家的人、党的人，一半是他自己。他也有家私，也有个人丰富的内心世界，但是这两部分泾渭分明，决不相混。周恩来与邓颖超的爱可谓至纯至诚，但也不敢因私犯公。他们两人，丈夫的心可以全部掏给妻子，但绝不能搭上公家的一点东西；反过来，妻子对丈夫可以是十二分的关心，但绝不能关心到公事里去。总理与邓大姐这对权高德重的伴侣堪称是正确处理家事国事的楷模。

诗言志，为说心里话而写。总理年轻时还有诗作，现在东瀛岛的诗碑上就刻着他那首著名的《雨中岚山》。皖南事变骤起，他愤怒地以诗惩敌："千古奇冤，江南一叶，同室操戈，相煎何急？！"但新中国成立后,他除了公文报告,却很少有诗。当真他的内心情感之门关闭了吗?没有。工作人员回忆,总理工作之余也写诗,用毛笔写在信笺上,反复改。但写好后又撕成碎片,碎碎的,投入纸篓,宛如一群梦中的蝴蝶。除了工作,除了按照党的决定和纪律所做的事,他不愿再表白什么,留下什么。瞿秋白在临终时留下一篇《多余的话》,将一个真实的我剖析得淋漓尽透,然后昂然就义,舍身成仁。坦白是一种崇高。周恩来在临终时只留下一沓白纸。"菩提本无树,明镜亦非台",本来就无我,我复何言哉?不必再说,又是一种崇高。

周恩来的六个"大无",说到底是一个无私。公私之分古来有之,但真正的大公无私自共产党始。1998年是周恩来诞辰一百周年,也是划时代的《共产党宣言》发表一百五十周年。是这个宣言公开提出要消灭私有制,要求每个党员只有解放全人类才能最后解放自己。我敢大胆说一句,一百五十年来,实践《宣言》精神,将公私关系处理得这样彻底、完美,达到如此绝妙之境界者,周恩来是第一人,因为即使如马恩、列宁也没有他这样长期处于手握党权、政权的诱惑和身处各种矛盾的煎熬。总理在甩脱自我、真正实现"大无"的同时却得到了别人没有的"大有":有大智、大勇、大才和大貌,那种倾城倾国、倾倒联合国的风貌,特别是他的大爱大德。

他爱心博大,覆盖国家、人民及整个世界。你看他大至处理国际关系,小至处理人际关系,无不充满浓浓的、厚厚的爱心。美帝国主义和中国人民、中国共产党曾是积怨如山的,但是战争结束后,1954年周恩来第一次与美国代表团在日内瓦见面时就发出友好的表示,虽然美国国务卿杜勒斯拒绝了,或者是不敢接受,但周恩来还是满脸的宽厚与自信。就是这种宽厚与自信,终于吸引尼克松在我们立国二十一年后,横跨太平洋到中国来与周恩来握手。

国共两党是曾有血海深仇的,蒋介石曾以巨额大洋悬赏要周恩来的头。但是当西安事变,蒋介石已成阶下囚,国人皆曰可杀,连陈独秀都高兴地连呼"打酒来,蒋介石必死无疑"时,周恩来只带了十个人,进到刀枪如林的西安城去与蒋介石握手。周恩来长期代表中共与国民党谈判,在重庆、在南京、在北平,到最后,这些敌方代表为他的魅力所吸引,投向了中共。只有团长张治中说别人可以留下,从手续上讲他应回去复命。周却坚决挽留,说西安事变已对不起一位姓张的朋友(张学良),这次不能重演悲剧,并立即通过地下党将张的家属也接到了北平。

他的爱心征服了多少人,温暖了多少人,甚至连敌人也不得不叹服。宋美龄连问蒋介石:为什么我们就没有这样的人?美方与他长期打交道后,甚至后悔当初不该去扶植蒋介石。至于他对人民的爱、对革命队伍内同志的爱,则更是如雨润田、如土载物般的浑厚深沉。曾任党的总书记、犯过"左倾"路线错误的博古,可以说是经周恩来亲手"颠覆"下台的,但后来他们相处得很好,在重庆,博古成了周的得力助手。甚至像陈独秀这样曾给党造成流血的损失的人,当他对自己的错误已有认识,并有回党的表示时,周恩来立即着手接洽此事,可惜未能谈成。恩格斯在马克思墓前讲话说:"他可能有过许多敌人,但未必有一个私敌。"这话移来评价周恩来最合适不过。当周恩来去世时,无论东方西方同声悲泣,整个地球都载不动这许多遗憾、许多愁。

他的大德,再造了党,再造了共和国,并且将一个共产主义者的无私和儒家传统的仁义忠信糅合成一种新的美德,为中华文明提供了新的典范。如果说毛泽东是中国共产党和中华人民共和国的缔造者,周恩来则是党和国家的养护人。他硬是让各方面的压力、各种矛盾将

285

自己压成了粉，挤成了油，润滑着党和共和国这架机器，维持着它的正常运行。五十年来，他亲手托起党的两任领袖，又拯救过共和国的三次危机。遵义会议后，他扶起了毛泽东，"文化大革命"后期，他托出邓小平。作为两代领袖，毛、邓之功彪炳史册，而周恩来却静静地化作了那六个"无"。建国后他首治战争创伤，国家复苏；二治"大跃进"灾难，国又中兴；三抗林彪江青集团，铲除妖孽。而他在举国欢庆的前夜却先悄悄地走了，走时连一点骨灰也没有留。

周恩来为什么这样地感人至深、感人至久呢？正是这"六无""六有"，在人们心中撞击、翻搅和掀动着大起大落、大跌大荡的波浪。他的博爱与大德，拯救、温暖和护佑了太多太多的人。自古以来，爱民之官受人爱。诸葛亮治蜀二十七年，而武侯祠香火不断一千七百年。陈毅游武侯祠道："孔明反胜昭烈（刘备），其何故也，余意孔明治蜀留有遗爱。遗爱愈厚，念之愈切。"平日常人相处尚投桃报李，有恩必报，而一个伟人再造了国家，复兴了民族，泽润了百姓，后人又怎能轻易地淡忘了他呢？

我们是唯物论者，但我心里总觉得大概有一天还是会有人来要为总理修一座庙。庙是神的殿堂，神是后人在所有的前人中筛选出来的模范，比如忠义如关公，爱民如诸葛亮。周总理无论在自身修养和治国理政方面，功德、才智、民心等都很像诸葛亮。诸葛亮教子很严，他那篇有名的《诫子书》，教子"静以修身，俭以养德，非淡泊无以明志，非宁静无以致远"。他勤俭持家，上书后主说，自己家有桑树八百棵，薄田十五顷，供给一家人的生活，余再无积蓄。这两件事都常为史家称道。

呜呼，总理何如？他没有后，当然也没有什么教子格言；他没有遗产，去世时，家属各分到几件补丁衣服作纪念；他没有祠，没有墓，连骨灰都不知落在何方；他不立言，没有一篇《出师表》可以传世。他越是这样的没有没有，后人就越感念他的遗爱；那一个个没有也就越像一条条鞭子抽在人们的心上。鲁迅说，悲剧是把人生有价值的东西撕裂给人看。是命运从总理身上一条条地撕去许多本该属于他的东西，同时也在撕裂后人的心肺肝肠。那是永远无法弥补的遗憾，这遗憾又加倍转化为深深的思念。

渐渐地，二十二年过去了，思念又转化为人们更深的思考，于是总理的人格力量在浓缩，在定格，在突现。而人格的力量一旦形成便是超越时空的。不独总理，所有历史上的伟人，中国的司马迁、文天祥，外国的马克思、列宁，我们又何曾见过呢？爱因斯坦生生将一座物理大山凿穿而得出一个哲学结论：当速度等于光速时，时间就停止；当质量足够大时，它周围的空间就弯曲。那么，我们为什么不可以再提出一个"人格相对论"呢？当人格的力量达到一定强度时，它就会迅如光速而追附万物，囊括空间而护佑生灵。我们与伟人当然就既无时间之差又无空间之别了。

这就是生命的哲学。

周恩来还会伴我们到永远。

原载《中华散文》1998年第2期
《新华文摘》1998年第2期

带伤的重阳木

毛泽东有一首词，里面有一句："岁岁重阳，今又重阳。"今年重阳节刚过我就到湖南湘潭来看一棵树，树名重阳木。开始听到这个名字我还以为是当地人的俗称。后来一查才知道这就是它的学名。大戟科，重阳木属。产长江以南，根深树大，冠如伞盖，木质坚硬，抗风、抗污能力极强，常被乡民膜拜为树神。能以它为标志命名为一个属种，可见这是一种很正规、很典型的树。湘潭是毛泽东的家乡，也是彭德怀的家乡，我曾去过多次，而这次却是专门为了这棵树，为了这棵重阳木。

这棵重阳木长在湘潭县黄荆坪村外的一条河旁，河名流叶河，从上游的隐山流下来的。隐山是湖湘学派的发祥地，南宋时胡安国在这里创办"碧泉书院"，后逐渐发展成一个著名学派，出了周敦颐、王船山、曾国藩、左宗棠等不少名人。现隐山范围内还有左宗棠故居、周敦颐的濂溪书堂等文化景点。这条河从山里流出，进入平原的人烟稠密地带后，就五里一渡，八里一桥，碧浪轻轻，水波映人。而每座桥旁都会有一两棵枝繁叶茂的大树，供人歇脚纳凉。我要找的这棵重阳木就在流叶桥旁，当地人叫它"元帅树"，和彭德怀元帅的一段逸事有关。

我们到达的时候已是午后，太阳西斜，远山在天边显出一个起伏的轮廓，深秋的田野上裸露着刚收割过的稻茬，垄间的秋菜在阳光下探出嫩绿的新叶。河边有农家新盖的屋舍，远处有冉冉的炊烟，四野茫茫，寥廓江天，目光所及，唯有这棵大树，十分高大，却又有一丝的孤独。这树出地之后，在两米多高处分为两股粗壮的主干，不即不离并行着一直向天空伸去，枝叶遮住了路边的半座楼房。由于岁月的侵蚀，树皮高低不平，树纹左右扭曲，如山川起伏，河流经地。我们想量一下它的周长，三个人走上前去伸开双臂，还是不能合拢。它伟岸的身躯有一种无可撼动的气势，而柔枝绿叶又披拂着，轻轻地垂下来，像是要亲吻大地。虽是深秋，树叶仍十分茂密，在斜阳中泛着粼粼的光。五十五年前，一个人们永远不会忘记的故事就发生在这棵树下。

1958 年，那是共和国历史上的特殊年份，也是彭德怀心里最纠结不解的一年。还是在上年年底，彭就发现报上出现了一个新名词："大跃进"。他不以为然，说跃进是质变，就算产量增加也不能叫跃进哪。转过年，1958 年的 2 月 18 日，彭为《解放军报》写祝贺春节的稿子，就把秘书拟的"大跃进"全改成了"大发展"。而事有凑巧，同天《人民日报》发表毛泽东修改过的社论却在讲"促进生产大跃进"。也许从这时起，彭的头脑里就埋下了一粒疑问的种子。3 月中央下发的正式文件说："这是一个社会主义的生产'大跃进'和文化'大跃进'的运动"。接着中央在成都开会，毛泽东在会上的讲话意气风发、势如破竹。彭也被鼓舞得热血沸腾。5 月，北戴河会议通过《关于在农村建立人民公社的决议》，并要求各项工作"大跃进"，钢产量比上年要翻一番，彭也举手同意。

会后的第二天他即到东北视察，很为沿途的"跃进"气氛所感动。他向部队讲话说："过去唱'起来，饥寒交迫的奴隶'，中国人民几千年饿肚子，今年解决了。今年钢产量一千零七十万吨，明年两千五百万吨，'一天等于二十年'，我是最近才相信这番话的。"10月，他到甘肃视察，看到盲目搞大公社致使农民杀羊、杀驴，生产资料遭破坏，公社食堂大量浪费粮食，社员却吃不饱，又心生疑虑。回到北京，部队里有人要求成立公社，要求实行供给制。他说："这不行，部队是战斗组织，怎么能搞公社？不要把过去的军事共产主义和未来'各尽所能，按需分配'的共产主义分配混为一谈。"12月，中央在武汉召开八届六中全会，说当年粮食产量已超万亿斤，彭说怕没有这么多吧，被人批评保守。他就这样在痛苦与疑惑中度过了1958年。

武汉会议一结束，彭没有回京，便到湖南做调查，他想家乡人总是能给他说些真话。湖南省委书记周小舟陪同调查，他介绍说全省建起五万个土高炉，能生火的不到一半，能出铁的更少。而为了炼铁，群众家里的铁锅都被收缴，大量砍伐树木，甚至拆房子、卸门窗。

彭德怀没有住招待所，住在彭家围子自己的旧房子里。当天晚上，乡亲们挤满了一屋子，七嘴八舌说社情。他最关心粮食产量的真假，听说有个生产队亩产过千斤，他立即同干部打着手电步行数里到田边察看。他蹲下身子拔起一蔸稻子，仔细数秆、数粒。他说："你们看，禾蔸这么小，秆子这么瘦，能上千斤？我小时种田，一亩五百，就是好禾呢。"

他听说公社铁厂炼出六百四十吨铁，就去看现场，算细账，说为了这一点铁，动用了全社的劳力，稻谷烂在地里，还砍伐了山林，这不合算。他去看公社办的学校，这里也在搞军事化，从一年级开始就全部住校。寒冬季节，门窗没有玻璃，狮子大张口，冷风飕飕直往屋里灌。孩子们住上下层的大通铺，睡稻草，尿床，满屋臭气。食堂吃不饱，学生们面有菜色。他说："小学生军事化，化不得呀！没有妈妈照顾要生病的。快开笼放雀，都让他们回去吧。"当天学生们就都回了家，高兴得如遇大赦。

彭总这次回乡住了两个晚上一个白天，看了农田、铁场、学校、食堂、敬老院。他用筷子挑挑食堂的菜，没有油水。摸摸老人的床，没有褥子，眉头皱成了一团。他说："这怎么行，共产主义狂热症，不顾群众的死活。"那天，他从黄荆坪出来看见一群人正围着一棵大树，熙熙攘攘，原来又是在砍树。他走上前说："这么好的树，长成这个样子不容易啊。你们舍得砍掉它？让它留下来在这桥边给过路人遮点阴凉不好吗？"这时大树的齐根处已被斧子砍进一道深沟，青色的树皮向外翻卷，木质部已被剁出一个深窝，雪白的木茬飞满一地。而在桥的另一头，一棵大槐树已被放倒。他心里一阵难受，像是在战场上看到了流血倒地的士兵，紧绷着嘴一句话也不说，便默默地上了车，接着前去韶山考察人民公社。周小舟见状连忙吩咐干部停止砍树，这天是1958年12月17日。

这个彭老总护树的故事，我大约三年前就已听说，一直存在心里，这次才有缘到现场一看。这棵重阳木紧贴着石桥，桥边有一座房子，房主老人姓欧阳，当年他正在现场，讲述往事如在眼前。他印象最深的还是那句话：给老百姓留一点阴凉！

我问那棵阻拦不及而被砍掉的古槐在什么位置，老人顺手往桥那边一指，桥外是路，路外是收割后的水田，一片空茫，我就去凭吊那座古桥，这是一座不知修于何年何月的老石桥，由于现代交通的发达，旁边早已另辟新路，它也被弃而不用，但石板仍完好，桥正中留有一条独轮车碾出的深槽。石板经过无数脚步、车轮，还有岁月的打磨，光滑得像一面镜子，在夕阳中静静地沉思着。车辙里、栏杆底下簇拥着刚飘落的秋叶，这桥还在不停地收藏着新的记忆。

我蹲下身去，仔细察看树上当年留下的斧痕。这是一个方圆深浅都近一尺的树洞，可知那天彭总喝退刀斧时，这可怜的老树已被砍得有多深。我们知道，树木是通过表皮来输送营养和水分的，五十五年过去了，可以清晰地看到，树皮小心地裹护着树心，相濡以沫，一点一点地涂盖着木质上的斧痕，经年累月，这个洞在一圈一圈地缩小。现在虽已看不到裸露的伤口，但还是留下了一个凹陷着的碗口大的疤痕。疤痕呈一个圆窝形，这令我想起在气象预告图上常见的海上风暴旋动的窝槽，又像是一个旧社会穷人卖身时被强按的红手印，似有风雨、哭喊、雷鸣回旋其中。

五十五年的岁月也未能抚平它的伤痛。就像一只受伤的老虎，躲在山崖下独自舔着自己的伤口，这棵重阳木偎在石桥旁，靠树皮组织分泌的汁液，一滴一滴地填补着这个深可及骨的伤洞。我用手轻轻抚摸着洞口一圈圈干硬的树皮，摸着这些枯涩的皱褶，侧耳静听着历史的回声。

彭德怀湘潭调查之后，又回京忙他的军务。但"大跃进"的狂热，遍地冒烟的土高炉，田野里无人收割的稻谷、棉花，公社大食堂没有油水的饭菜，一幕一幕，在他的脑子里总是挥之不去。转过年，就是1959年，彭万没有想到这竟是他人生的转折之年，也是中国共产党命运的转折之年。其时"大跃进"、人民公社造成的经济败象已逐渐显露出来，这年7月，中央在庐山召开会议准备纠"左"，彭根据他的调查据实给毛泽东写了一封信。他不知道，毛是绝不允许别人否定他的"大跃进"、人民公社的，于是雷霆震怒，就将他并支持他意见的黄克诚、张闻天、周小舟一起打成"彭、黄、张、周"反党集团。从此，党内高层噤若寒蝉，再也听不到不同意见，党和毛的自我纠错能力也日弱一日，直到发生"文革"大难。

彭德怀生性刚正不阿，又极认真。他罢官后被安置在北京郊外一处荒废的院子里，就自己开荒、积肥、种地，要验证那些亩产千斤、万斤的神话。1961年12月，他再次向毛写信申请回乡调查。这又是一个寒冷的冬季，他回乡住了五十六天。经过1958年的大砍伐，家乡举目四望，已几乎看不到一棵树。他对陪同人员说："你看山是光秃秃的，和尚脑壳没有毛。我二十三四岁时避难回家种田，推脚子车（独轮车）沿湘河到湘潭，一路树荫，都不用戴草帽。再长成以前那样的山林，恐怕要五十年、八十年也不成。现在农民盖房想找根木料都难。"

他一共写了五个调查报告，其中有一个是专门在黄荆坪集市调查木料的价格。回京后他给家乡寄来四大箱子树种，嘱咐要想尽法子多种树。他念念不忘栽树、护树，是因为这树连着百姓的命根子啊。

他虽是戎马一生，在炮火硝烟中滚爬，却是爱绿如命。抗日战争中，八路军总部设在山西武乡。山里人穷，春天以榆钱（榆树花）为食。彭就在总部门口栽了一棵榆树，现在已有参天之高，老乡呼之为"彭总榆"，成了永久的纪念。

1949年，他率大军进军西北，驻于陕西白水县之仓颉庙外。庙中有"二龙戏珠"古柏一株。炊事班做饭无柴就爬上树将那颗"珠子"割下来烧了火。彭严肃批评并当即亲笔书写命令一道："全体指战员均须切实保护文物古迹，严格禁止攀折树木，不得随意破坏。"现这命令还刻在树下的石头上。

彭总不忘百姓，百姓也不忘彭总。他的冤案昭雪之后，这棵重阳木就被当地群众称为"元帅树"，年年祭奠，四时养护。我在树旁看到农民刚砌好的一口井,上面也刻了"元帅井"三个字。而树下还有一块石碑,辨认字迹,是1998年有一个企业来领养这棵树,国家林业局还为此正式发了文,并作了档案记录。那年的树龄是四百九十年,树高二十二米,胸径一点二米。又十五年过去了,这树已过五百大寿,更加高大壮实。彭总又回到了湘潭大地,回到了人民群众之中。

因为当年回乡调查是周小舟陪同,他在庐山上又支持彭的意见,也被罚同罪,归入反党。周也是湘潭人,他的故居离这棵重阳木只有二里地,我顺便又去拜谒。这是一座白墙黑瓦的小院,典型的湘中民居。周在这里度过了童年,后来到北方学习,参加革命,领导"一二·九"运动,极有才华。因为到延安汇报工作,被毛泽东看中,便留下当了一年的秘书。后又南下,直到任湖南省委书记。

毛泽东本是十分欣赏他的,1956年曾对他说:"你已经不是小舟了,你成了承载几千万人的大船。"可惜他和彭德怀一样,也是为民请命不顾命的人。庐山会议后,他一下子从省委书记贬为一个公社副书记。但他还是尽自己所能保护百姓。在那个非常时期中,他的公社是最少饿肚子的。

看过这棵重阳木的当晚,我夜宿韶山,窗外就是毛泽东塑像广场,月光如水,"共产党最好,毛主席最亲"的老歌旋律在夜空中轻轻飘荡。我清理着白天的笔记和照片,很为毛未能听取彭、周的逆耳忠言而遗憾。周曾是他的秘书,而彭从长征到抗美援朝,也是他很倚重的人,毛曾有诗"谁敢横刀立马,唯我彭大将军",但终因政见不合,自损大将,自折手足。谁能想到三个曾经出生入死的战友、忠诚共事的同志、不出百里的老乡,在庐山上面对自己家乡的同一堆调查材料,却得出不同的结论,翻脸为仇,指为"反党"。这真是一场悲剧。

周在 1962 年 12 月 25 日，毛生日的前夜去世，疑为自杀。而直到 1965 年，毛才重新启用彭，并说："也许真理在你那边。"但这一点友谊和真理的回光又很快被第二年开始的"文化大革命"的狂潮所吞灭。现在毛、彭、周三人都早已作古。"岁岁重阳，今又重阳"，人们年复一年地讲述着重阳木的故事，三个战友和老乡却再也不能重聚。这棵重阳木却不管寒往暑来，风吹雨打，还在一圈一圈地画着自己的年轮。我想，随着岁月的流逝，中国大地上如果要寻找 1958 年到 1959 年那场灾难的活着的记忆，就只有这棵重阳木了，而且这记忆还在与日俱长，并随着尘埃的落定日见清晰，它是一部活着的史书。

作为自然生命的树木却能为人类书写人文记录，这真是万物有灵，天人合一。它还会超出我们生命的十倍、百倍，继续书写下去。半个多世纪后，当人们再来树下凭吊时，也许那伤口已经平复，但总还会留下一个疤痕。树木无言，无论功过是非，它总是在默默地记录历史。正是：

元帅一怒为古树，喝断斧钺放生路。
忍看四野青烟起，农夫炼钢田禾枯。
谏书一封庐山去，烟云缈缈人不复。
唯留正气在人间，顶天立地重阳木。

原载《人民日报》2014 年月 22 日

把栏杆拍遍

中国历史上由行伍出身,以武起事,而最终以文为业,成为大诗词作家的只有一人,这就是辛弃疾。这也注定了他的词及他这个人在文人中的唯一性和在历史上的独特地位。

在我看到的资料里,辛弃疾至少是快刀利剑地杀过几次人的。他天生孔武高大,从小苦修剑法。他又生于金宋乱世,不满金人的侵略蹂躏,二十二岁时他就拉起了一支数千人的义军,后又与耿京为首的义军合并,并兼任书记长,掌管印信。一次义军中出了叛徒,将印信偷走,准备投金。辛弃疾手提利剑单人独马追贼两日,第三天提回一颗人头。为了光复大业,他又说服耿京南归,南下临安亲自联络。不想就这几天之内又变生肘腋,当他完成任务返回时,部将叛变,耿京被杀。辛大怒,跃马横刀,只率数骑突入敌营生擒叛将,又奔突千里,将其押解至临安正法,并率万人南下归宋。说来,他干这场壮举时还只是一个英雄少年,正血气方刚,欲为朝廷痛杀贼寇,收复失地。

但世上的事并不能心想事成。南归之后,他手里立即失去了钢刀利剑,就只剩下一支羊毫软笔,他也再没有机会奔走沙场,血溅战袍，而只能笔走龙蛇，泪洒宣纸，为历史留下一声声悲壮的呼喊、遗憾的叹息和无奈的自嘲。

应该说，辛弃疾的词不是用笔写成，而是用刀和剑刻成的。他是以一个沙场英雄和爱国将军的形象留存在历史上和自己的诗词中。时隔千年，当今天我们重读他的作品时，仍感到一种凛然杀气和磅礴之势。比如这首著名的《破阵子》：

> 醉里挑灯看剑，梦回吹角连营，八百里分麾下炙，五十弦翻塞外声。沙场秋点兵。
>
> 马作的卢飞快，弓如霹雳弦惊。了却君王天下事，赢得生前身后名。可怜白发生。

我敢大胆说一句，这首词除了武圣岳飞的《满江红》可与之媲美外，在中国上下五千年的文人堆里，再难找出第二首这样有金戈之声的力作。虽然杜甫也写过"射人先射马，擒贼先擒王"，诗人卢纶也写过"欲将轻骑逐，大雪满弓刀"，但这些都是旁观式的想象、抒发和描述，哪一个诗人曾有他这样亲身在刀刃剑尖上滚过来的经历？"列舰层楼""投鞭飞渡""剑指三秦""西风塞马"，他的诗词简直是一部军事辞典。他本来是以身许国，准备血洒大漠、马革裹尸的。但是南渡后他被迫脱离战场，再无用武之地。像屈原那样仰问苍天，像共工那样怒撞不周，他临江水，望长安，登危楼，拍栏杆，只能热泪横流。

> 楚天千里清秋，水随天去秋无际。遥岑远目，献愁供恨，玉簪螺髻。落日楼头，断鸿声里，江南游子。把吴钩看了，栏杆拍遍，无人会，登临意。
>
> 　　　　　　　　　　《水龙吟》

谁能懂得他这个游子，实际上是亡国浪子的悲愤之心呢？这是他登临建康城赏心亭时所作。此亭遥对古秦淮河，是历代文人墨客赏心雅兴之所，但辛弃疾在这里发出的却是一声悲怆的呼喊。他痛拍栏杆时一定想起过当年的拍刀催马，驰骋沙场，但今天空有一身力、一腔志，又能向何处使呢？我曾专门到南京寻找过这个辛公拍栏杆处，但人去楼毁，早已了无痕迹，唯有江水悠悠，似词人的长叹，东流不息。

辛词比其他文人更深一层的不同，是他的词不是用墨来写，而是蘸着血和泪涂抹而成的。我们今天读其词，总是清清楚楚地听到一个爱国臣子，一遍一遍地哭诉，一次一次地表白。总忘不了他那在夕阳中扶栏远眺、望眼欲穿的形象。

辛弃疾南归后为什么这样不为朝廷喜欢呢？他在一首《戒酒》的戏作中说："怨无大小，生于所爱；物无美恶，过则为灾。"这首小品正好刻画出他的政治苦闷。他因爱国而生怨，因尽职而招灾。他太爱国家、爱百姓、爱朝廷了。但是朝廷怕他、烦他、忌用他。他作为南宋臣民共生活了四十年，倒有近二十年的时间被闲置一旁，而在断断续续被使用的二十多年间又有三十七次频繁调动。

但是，每当他得到一次效力的机会，就特别认真、特别执着地去工作。本来有碗饭吃便不该再多事，可是那颗炽热的爱国心烧得他浑身发热。四十年间无论在何地何时任何职，甚至赋闲期间，他都不停地上书，不停地唠叨，一有机会还要真抓实干，练兵、筹款、整饬政务，时刻摆出一副要冲上前线的样子。你想这怎能不让主和苟安的朝廷心烦？

他任湖南安抚使，这本是一个地方行政长官，他却在任上创办了一支两千五百人的"飞虎军"，铁甲烈马，威风凛凛，雄镇江南。建军之初，造营房，恰逢连日阴雨，无法烧制屋瓦。他就令长沙市民，每户送瓦二十片，立付现银，两日内便全部筹足。其施政的干练作风可见一斑。后来他到福建任地方官，又在那里招兵买马。闽南与漠北相隔何远，但还是隔不断他的忧民情、复国志。他这个书生、这个工作狂，实在太过了，"过则为灾"，终于惹来了许多的诽谤，甚至说他独裁、犯上。皇帝对他也就时用时弃。国有危难时招来用几天，朝有谣言，又弃而闲几年，这就是他的基本生活节奏，也是他一生最大的悲剧。别看他饱读诗书，在词中到处用典，甚至被后人讥为"掉书袋"，但他至死，也没有弄懂南宋小朝廷为什么只图苟安而不愿去收复失地。

辛弃疾名弃疾，但他那从小使枪舞剑、壮如铁塔的五尺身躯，何尝有什么疾病？他只有一块心病：金瓯缺，月未圆，山河碎，心不安。

> 郁孤台下清江水，中间多少行人泪。西北望长安，可怜无数山。青山遮不住，毕竟东流去。江晚正愁余，山深闻鹧鸪。

这是我们在中学课本里就读过的那首著名的《菩萨蛮》，他得的是心郁之病啊。他甚至自嘲自己的姓氏：

> 烈日秋霜，忠肝义胆，千载家谱。得姓何年，细参辛字，一笑君听取。艰辛做就，悲辛滋味，总是辛酸辛苦。更十分，向人辛辣，椒桂捣残堪吐。
>
> 《永遇乐》

你看"艰辛""酸辛""悲辛""辛辣"，真是五内俱焚。世上许多甜美之事、顺达之志，怎么总轮不到他呢？他要不就是被闲置，要不就是走马灯似的被调动。1179年，他从湖北调湖南，同僚为他送行时他心情难平，终于以极委婉的口气叹出了自己政治的失意，这便是那首著名的《摸鱼儿》：

更能消几番风雨，匆匆春又归去。惜春长怕花开早，何况落红无数。春且住，见说道，天涯芳草无归路。怨春不语。算只有殷勤，画檐蛛网，尽日惹飞絮。

长门事，准拟佳期又误。蛾眉曾有人妒。千金纵买相如赋，脉脉此情谁诉？君莫舞，君不见，玉环飞燕皆尘土。闲愁最苦。休去倚危栏，斜阳正在，烟柳断肠处。

据说宋孝宗看到这首词后很不高兴。梁启超评曰："回肠荡气，至于此极，前无古人，后无来者。""长门事"，是指汉武帝的陈皇后遭忌被打入长门宫里。辛以此典相比，一片忠心、痴情和着那许多辛酸、辛苦、辛辣，真是打翻了五味坛子。今天我们读时，每一个字都让人一惊，直让你觉得就是一滴血，或者是一行泪。确实，古来文人的惜春之作，多得可以堆成一座纸山。但有哪一首，能这样委婉而又悲愤地将春色化入政治、诠释政治呢？美人相思也是旧文人写滥了的题材，有哪一首能这样深刻贴切地寓意国事，评论正邪，抒发忧愤呢？

但是南宋朝廷毕竟是将他闲置了二十年。二十年的时间让他脱离政界，只许旁观，不得插手，也不得插嘴。辛在他的词中自我解嘲道："君恩重，且教种芙蓉！"这有点像宋仁宗说柳永："且去浅斟低唱，何要浮名？"柳永倒是真的去浅斟低唱了，结果唱出一个纯粹的词人艺术家。辛与柳不同，你想，他是一个大碗喝酒、大块吃肉、痛拍栏杆、大声议政的人。报国无门,他便到赣东北修了一座带湖别墅,咀嚼自己的寂寞。

> 带湖吾甚爱,千丈翠奁开。先生杖屦无事,一日走千回。凡我同盟鸥鹭,今日既盟之后,来往莫相猜。白鹤在何处,尝试与偕来。
> 破青萍,排翠藻,立苍苔。窥鱼笑汝痴计,不解举吾杯。废沼荒丘畴昔,明月清风此夜,人世几欢哀。东岸绿阴少,杨柳更须栽。
>
> 《水调歌头》

这回可真的应了他的号——"稼轩",要回乡种地了。一个正当壮年又阅历丰富、胸怀大志的政治家,却每天在山坡和水边踱步,与百姓聊一聊农桑收成之类的闲话,再对着飞鸟游鱼自言自语一番,真是"闲愁最苦""脉脉此情谁诉"。

说到辛弃疾的笔力多深,是刀刻也罢,血写也罢,其实他的追求从来不是要做一个词人。郭沫若说陈毅,"将军本色是诗人"。辛弃疾这个人,词人本色是武人,武人本色是政人。他的词是在政治的大磨盘间磨出来的豆浆汁液。他由武而文,又由文而政,始终在出世与入世间矛盾,在被用或被弃中受煎熬。

作为封建知识分子,对待政治,他不像陶渊明那样浅尝辄止,便再不染政;也不像白居易那样长期在任,亦政亦文。对国家民族,他有一颗放不下、关不住、比天大、比火热的心;他有一身早练就、憋不住、使不完的劲。他不计较"五斗米折腰",也不怕逸言倾盆。所以随时局起伏,他就大忙大闲,大起大落,大进大退。稍有政绩,便

301

招谤而被弃；国有危难，便又被招而任用。他亲自组练过军队，上书过《美芹十论》这样著名的治国方略。他是贾谊、诸葛亮、范仲淹一类的时刻忧心如焚的政治家。

他像一块铁，时而被烧红锤打，时而又被扔到冷水中淬火。有人说他是豪放派，继承了苏东坡，但苏的豪放仅止于"大江东去"，山水之阔。苏正当北宋太平盛世，还没有民族仇、复国志来炼其词魂，也没有胡尘飞、金戈鸣来壮其词威。真正的诗人只有被政治大事（包括社会、民族、军事等矛盾）所挤压、扭曲、拧绞、烧炼、锤打时才可能得到合乎历史潮流的感悟，才可能成为正义的化身。诗歌，也只有在政治之风的鼓荡下，才能飞翔，才能燃烧，才能炸响，才能振聋发聩。学诗功夫在诗外，诗歌之效在诗外。我们承认艺术本身的魅力，更承认艺术加上思想的爆发力。

有人说辛词其实也是婉约派，多情细腻处不亚于柳永、李清照。

> 近来愁似天来大，谁解相怜？谁解相怜？又把愁来做个天。都将今古无穷事，放在愁边。放在愁边，却自移家向酒泉。
>
> 《丑奴儿》
>
> 少年不识愁滋味，爱上层楼。爱上层楼，为赋新词强说愁。而今识尽愁滋味，欲说还休。欲说还休，却道天凉好个秋。
>
> 《丑奴儿》

柳李的多情多愁仅止于"执手相看泪眼""梧桐更兼细雨"，而辛词中的婉约言愁之笔，于淡淡的艺术美感中，却含有深沉的政治与生活哲理。真正的诗人，最善以常人之心言大情大理，能于无声处炸响惊雷。

我常想，要是为辛弃疾造像，最贴切的题目就是"把栏杆拍遍"。他一生大都是在被抛弃的感叹与无奈中度过的。当权者不使为官，却为他准备了锤炼思想和艺术的反面环境。他被九蒸九晒，水煮油炸，千锤百炼。历史的风云，民族的仇恨，正与邪的搏击，爱与恨的纠缠，知识的积累，感情的浇铸，艺术的升华，文字的锤打，这一切都在他的胸中、他的脑海，翻腾、激荡，如地壳内岩浆的滚动鼓胀，冲击积聚。既然这股能量一不能化作刀枪之力，二不能化作施政之策，便只有一股脑地注入诗词，化作诗词。他并不想当词人，但武途政路不通，历史歪打正着地把他逼向了词人之道。终于他被修炼得连叹一口气，也是一首好词了。

说到底，才能和思想是一个人的立身之本。像石缝里的一棵小树，虽然被扭曲、挤压，成不了旗杆，却也可成一条遒劲的龙头拐杖，别是一种价值。但这前提，你必须是一棵树，而不是一棵草。从"沙场秋点兵"到"天凉好个秋"；从决心为国弃疾去病，到最后掰开嚼碎，识得辛字含义；再到自号"稼轩"，同盟鸥鹭；辛弃疾走过了一个爱国志士、爱国诗人的成熟过程。

诗，是随便什么人就可以写的吗？诗人，能在历史上留下名的诗人，是随便什么人都可以当的吗？"一将功成万骨枯"，一员武将的故事，还要多少持刀舞剑者的鲜血才能写成。那么，有思想光芒而又有艺术魅力的诗人呢？他的成名，要有时代的运动，像地球大板块的冲撞那样，他时而被夹其间感受折磨，时而又被甩在一旁被迫冷静思考，所以积三百年北宋南宋之动荡，才产生了一个辛弃疾。

原载《散文》2002年4月

武侯祠，一千七百年的沉思

中国历史上有无数个名人，但很少有人像诸葛亮这样引起人们长久不衰的怀念；中国大地上有无数座祠堂，但没有哪一座能像成都武侯祠这样，让人生出无限的崇敬、无尽的思考和深深的遗憾。这座带有传奇色彩的建筑，令海内外所有的崇拜者一提起它就产生一种神秘的向往。

武侯祠坐落在成都市区略偏南的闹市。两棵古榕为屏，一对古狮拱卫，当街一座朱红飞檐的庙门。你只要往门口一站，一种尘世暂离而圣地在即的庄严肃穆之感便油然而生。

进门是一庭院，满院绿树披道，杂花映目，一条五十米长的甬道直达二门，路两侧各有唐代、明代的古碑一座。这绿荫的清凉和古碑的幽远先教你有一种感情的准备，我们将去造访一位一千七百年前的哲人。进二门又一座四合庭院，约五十米深，刘备殿飞檐翘角，雄踞正中，左右两廊分别供着二十八位文臣武将。

过刘备殿，下十一阶，穿过庭，又一四合院，东西南三面以回廊相通，正北是诸葛亮殿。由诸葛亮殿顺一红墙翠竹夹道就到了祠的西部——惠陵，这是刘备的墓，夕阳抹过古冢老松，叫人想起遥远的汉魏。由诸葛亮殿向东有门通向一片偌大的园林。这些树、殿、陵都被一线红墙环绕，墙外车马喧，墙内柏森森。诸葛亮能在一千七百年后享此祀地，并前配天子庙，右依先帝陵，千多年来香火不绝，这气象也真绝无仅有了。

公元234年，诸葛亮在进行他一生的最后一次对魏作战时病死军中。一时国倾梁柱，民失相父，举国上下莫不痛悲，百姓请建祠庙，但朝廷以礼不合，不许建祠。于是每年清明节，百姓就于野外对天设祭，举国痛呼魂兮归来。这样过了三十年，民心难违，朝廷才允许在诸葛亮殉职的定军山建第一座祠，不想此例一开，全国武侯祠林立。成都最早建祠是在西晋，以后多有变迁。先是武侯祠与刘备庙毗邻，诸葛祠前香火旺，刘备庙前车马稀。

明朝初年，帝室之胄朱椿来拜，心中很不是滋味，下令废武侯祠，只在刘备殿旁附带供诸葛亮。不想事与愿违，百姓反把整座庙称武侯祠，香火更甚。到清康熙年间，为解决这个矛盾，干脆改建为君臣合庙，刘备在前，诸葛亮在后，以后朝廷又多次重申，这祠的正名为昭烈庙（刘备谥号昭烈帝），并在大门上悬以巨匾。但是朝朝代代，人们总是称它为武侯祠，直到今天。"文化大革命"曾经疯狂地破坏了多少文物古迹，但武侯祠却片瓦未损，至今每年还有两百万人来拜访。这是一处供人感怀、抒情的所在，一个借古证今的地方。

我穿过一座又一座的院落，悄悄地向诸葛亮殿走去。这殿不像一般佛殿那样深暗，它合为丞相治事之地，殿柱矗立，贯天地正气，殿门前敞，容万民之情。诸葛亮端坐在正中的龛台上，头戴纶巾，手持羽扇，正凝神沉思。往事越千年，历史的风尘不能掩遮他聪慧的目光，墙外车马的喧闹也不能把他从沉思中唤醒。他的左右是其子诸葛瞻、其孙诸葛尚，瞻与尚在诸葛亮死后都为蜀汉政权战死沙场。殿后有铜鼓三面，为丞相当初治军之用，已绿锈斑驳，却余威尚存。

我默对良久，隐隐如闻金戈铁马声。殿的左右两壁书着他的两篇名文，左为《隆中对》，条分缕析，预知数十年后天下事；右为《出师表》，慷慨陈词，痛表一颗忧国忧民心。我透过他深沉的目光，努力想从中发现这位东方"思想家"的过去。我看到他在国乱家丧之时，布衣粗茶，耕读山中；我看到他初出茅庐，羽扇轻轻一挥，八十万曹兵灰飞烟灭；我看到他在斩马谡时那一滴难言的浊泪；我看到他在向后主自报家产时那一颗坦然无私的心。记得小时读《三国》，总希望蜀国能赢，那实在不是为了刘备，而是为了诸葛亮。这样一位才比天高、德昭宇宙的人不赢，真是天理不容。但他还是输了，上帝为中国历史安排了一出最雄壮的悲剧。

假如他生在古周、盛唐，他会成为周公、魏征；假如上天再给他十年时间（活到六十三岁不算老吧），他也许会再造一个盛汉；假如他少一点愚忠，真按刘备的遗言，将阿斗取而代之，也许又建一个什么新朝。我胸中四海翻腾做着这许多的"假如"，抬头一看，诸葛亮还是那样安静地坐着，目光更加明净，手中的羽扇像刚刚挥过一下。我不觉可笑自己的胡思乱想。我知道他已这样静坐默想一千七百年，他知道天命不可违，英雄无法再造一个时势。

一千七百年前，诸葛亮输给了曹魏，却赢了从此以后所有人的心。我从大殿上走下，沿着回廊在院中漫步。这个天井式的院落像一个历史的隧道，我们随手可翻检到唐宋遗物，甚至还可驻足廊下与古人、故人聊上几句。杜甫是到这祠里做客次数最多的，他的名句"出师未捷身先死，长使英雄泪满襟"，唱出了这个悲剧的主调。

院东有一块唐碑，正面、背面、两侧或文或诗，密密麻麻，都与杜甫做着悲壮的唱酬。唐人的碑文说:"若天假之年,则继大汉之祀,成先生之志,不难矣。"元人的一首诗叹道:"正统不惭传千古,莫将成败论三分。"明人的一首诗简直恨历史不能重写了:"托孤未付先君望,恨入岷江昼夜流。"南面东西两廊的墙上嵌着岳飞草书的前后《出师表》,笔走龙蛇,倒海翻江,黑底白字在幽暗的廊中如长夜闪电,我默读着"临表涕零,不知所云",读着"汉贼不两立,王业不偏安",看那墨痕如涕如泪,笔锋如枪如戟,我听到了这两位忠臣良将遥隔九百年的灵魂共鸣。

这座天井式的祠院一千七百年来就这样始终为诸葛亮的英气所笼罩,并慢慢积聚而成为一种民族魂。我看到一个个的后来者,他们在这里扼腕叹息、仰天长呼或沉思默想。他们中有诗人,有将军,有朝廷的大臣,有封疆大吏,甚至还有割据巴蜀的草头王。但不管是什么人,不管来自什么出身,负有什么使命,只要在这个天井小院里一站,就受到一种庄严的召唤。人人都为他的凛然正气所感召,都为他的忠义之举而激动,都为他的淡泊之志所净化,都为他的聪明才智所倾倒。人有才不难,历史上如秦桧那样的大奸也有歪才;有德也不难,天下与人为善者不乏其人。难得的是德才兼备,有才又肯为天下人兴利,有功又不自傲。

历史早已过去,我们现在追溯旧事,也未必对"曹贼"那样仇恨,但对诸葛亮却更觉亲切。这说明诸葛亮在那场历史斗争中并不单纯地为克曹灭魏,他不过是要实现自己的治国理想,是在实践自己的做人规范,他在试着把聪明才智发挥到极限,蜀、魏、吴之争不过是这三种实验的一个载体,他借此实现了作为一个人、一个历史伟人的价值。

史载公元347年,"桓温征蜀,犹见武侯时小吏,年百余岁。温

307

问曰：'诸葛丞相今谁与比？'答曰：'诸葛在时，亦不觉异，自公没后，不见其比。'"此事未必可信，但诸葛亮确实实现了超时空的存在。古往今来有两种人，一种人为现在而活，拼命享受，死而后已；一种人为理想而生，鞠躬尽瘁，死而后已。一个人不管他的官位多大，总要还原为人；不管他的寿命多长，总要变为鬼；而只有极少数人才有幸被百姓筛选、历史擢拔为神，享四时之祀，得到永恒。

我在祠中盘桓半日，临别时又在武侯像前伫立一会儿，他还是那样，目光如泉水般地明净，手中的羽扇轻轻抬起，一动也不动。

原载《人民日报》（海外版）1990年12月

读韩愈

韩愈为唐宋八大家之首，其文章写得好是真的。所以，我读韩愈其人是从读韩愈其文开始的，因为中学课本上就有他的《师说》《进学解》。课外阅读、各种选本上韩文也随处可见。他的许多警句，如"师者，所以传道、授业、解惑也"，"业精于勤荒于嬉，行成于思毁于随"等，跨越了一千多年，仍在指导我们的行为。

但由读其文而读其人，却是因一件事引起的。去年，到潮州出差，潮州有韩公祠，祠依山临水而建，气势雄伟。祠后有山曰韩山，祠前有水名韩江。当地人说此皆因韩愈而名。我大惑不解，韩愈一介书生，怎么会在这天涯海角霸得一块山水，享千秋之祀呢？

原来有这样一段故事。唐代有个宪宗皇帝十分迷信佛教，在他的倡导下，国内佛事大盛，公元819年，又搞了一次大规模的迎佛骨活动，就是将据称是佛祖的一块朽骨迎到长安，修路盖庙，人山人海，官商民等舍物捐款，劳民伤财，一场闹剧。韩愈对这件事有看法，他当过监察御史，有随时向上面提出诚实意见的习惯。这种官职的第一素质就是不怕得罪人，因提意见获死罪都在所不辞。所谓"文死谏，武死战"。韩愈在上书前思想好一番斗争,最后还是大义战胜了私心,终于实现了勇敢的"一递",谁知奏折一递,就惹来了大祸,而大祸又引来了一连串的故事,也成就了他的身后名。

韩愈是个文章家,写奏折自然比一般为官者也要讲究些。于理、于情都特别动人,文字铿锵有力。他说那所谓佛骨不过是一块脏兮兮的枯骨,皇帝您"今无故取朽秽之物,亲临观之","群臣不言其非,御史不举其失,臣实耻之。乞以此骨付之有司,投诸水火,永绝根本……岂不盛哉,岂不快哉"!这佛如果真的有灵,有什么祸殃,就让他来找我吧。("佛如有灵,能作祸祟,凡有殃咎,宜加臣身")这真有一股不怕鬼、不信邪的凛然大气和献身精神。但是,这正应了我们现时说的"立场不同,感情不同"这句话。韩愈越是肝脑涂地陈利害表忠心,宪宗越觉得他是在抗龙颜,揭龙鳞,大逆不道。于是,大喝一声把他赶出京城,贬到八千里外的海边潮州去当地方小官。

韩愈这一贬,是他人生的一大挫折。因为这不同于一般的逆境、一般的不顺,比之李白的怀才不遇、柳永的屡试不第要严重得多。他们不过是登山无路,韩愈是已登山顶,又一下子被推到无底深渊,其心情之坏可想而知。他被押送出京不久,家眷也被赶出长安,年仅十二岁的小女儿也惨死在驿道旁。韩愈自己觉得实在活得没有什么意思,他在过蓝关时写了那首著名的诗。我向来觉得韩愈文好,诗却一般,只有这首,胸中块垒,笔底波涛,确是不一样:

一封朝奏九重天,夕贬潮州路八千。
欲为圣明除弊事,肯将衰朽惜残年?
云横秦岭家何在,雪拥蓝关马不前。
知汝远来应有意,好收吾骨瘴江边。

这是给前来看他的侄孙写的，其心境之冷可见一斑。但是，当他到了潮州后，发现当地的情况比他的心境还要坏。就气候水土而言，这里条件不坏，但由于地处偏僻，文化落后，弊政陋习极多极重。农耕方式原始，乡村学校不兴。当时在北方早已告别了奴隶制，唐律明确规定了不准蓄奴，这里却还在买卖人口，有钱人养奴成风。"岭南以口为货，其荒阻处，父子相缚为奴。"其习俗又多崇鬼神，有病不求药，杀鸡杀狗，求神显灵，人们长年在浑浑噩噩中生活。

见此情景，韩愈大吃一惊，比之于北方的先进文明，这里简直就是茹毛饮血，同为大唐圣土，同为大唐子民，何忍遗此一隅，视而不救呢？用我们现在的话说，就是同在一片蓝天下，人人都该享有爱。按照当时的规矩，贬臣如罪人服刑，老老实实磨时间，等机会便是，绝不会主动参政。但韩愈还是忍不住，他觉得自己的知识、能力还能为地方百姓做点事，觉得比之百姓之苦，自己的这点冤、这点苦反倒算不了什么。于是他到任之后，就如新官上任一般，连续干了四件事。

一是驱除鳄鱼。当时鳄鱼为害甚烈，当地人又迷信，只知投牲畜以祭，韩愈"选材技吏民，操强弓毒矢"，大除其害。二是兴修水利，推广北方先进耕作技术。三是赎放奴婢。他下令奴婢可以工钱抵债，钱债相抵就给人自由，不抵者可用钱赎，以后不得蓄奴。四是兴办教育，请先生，建学校，甚至还"以正音为潮人语"，用今天的话说就是推广普通话。不可想象，从他贬潮州到再离潮州而调袁州，八个月就干了这四件事。我们且不说这事的大小，只说他那片诚心。

我在祠内仔细看着题刻碑文和有关资料。韩愈的确是个文人，干什么都要用文章来表现，也正是这一点为我们留下了如日记一样珍贵的史料。比如，除鳄之前，他先写了一篇《祭鳄鱼文》，这简直就是一篇讨鳄檄文。他说我受天子之命来守此土,而鳄鱼悍然在这里争食民畜,"与刺史亢拒,争为长雄。刺史虽驽弱,亦安肯为鳄鱼低首下心"。他限鳄鱼三日内远徙于海,三日不行五日,五日不行七日,再不行就是傲天子之命吏,"必尽杀乃止"!

阴雨连绵不断,他连写祭文,祭于湖,祭于城隍,祭于石,请求天晴。他说天啊,老这么下雨,稻不得熟,蚕不得成,百姓吃什么、穿什么呢?要是我为官的不好,就降我以罪吧,百姓是无辜的,请降福给他们。("刺史不仁,可以坐罪;惟彼无辜,惠以福也")一片拳拳之心。韩愈在潮州任上共有十三篇文章,除三篇短信、两篇上表外,余皆是驱鳄祭天、请设乡校、为民请命祈福之作。文如其人,文如其心。当其获罪海隅、家破人亡之时,尚能心系百姓,真是难能可贵了。

一个人为文不说空话,为官不说假话,为政务求实绩,这在封建时代难能可贵。应该说韩愈是言行一致的。他在政治上高举儒家旗帜,是个封建传统思想道德的维护者。传统这个东西有两面性,当它面对革命新潮时,表现出一副可憎的顽固面孔;而当它面对逆流邪说时,又表现出撼山易撼传统难的威严。韩愈也是这样。他一方面反对宰相王叔文的改革,一方面又对当时最尖锐的两个社会问题,即藩镇割据和佛道泛滥,深恶痛绝,坚决抨击。他亲自参加平定叛乱,到晚年时还以衰朽之身一人一马到叛军营中去劝敌投诚,其英雄气概不亚于关云长单刀赴会。

他出身于小户,考进士三次落第,第四次才中进士,在考官时又三次碰壁,乌纱帽得来不易,按说他该惜官如命,但是他两次犯上直言,被贬后又继续尽其所能为民办事。这是中国知识分子的传统,以国为任、以民为本,不违心,不费时,不浪费生命。他又倡导古文运动，领导了一场文章革命，他要求"文以载道""陈言务去"，开一代文章先河，砍掉了骈文这个重形式求华丽的节外之枝，而直承秦汉。所以苏东坡说他："文起八代之衰，道济天下之溺。"他既立业又立言，全面实践了儒家道德。

当我手抚韩祠石栏，远眺滚滚韩江时，我就想，宪宗佞佛，满朝文武，就是韩愈敢出来说话，如果有人在韩愈之前上书直谏呢？如果在韩愈被贬时又有人出来为之抗争呢？历史会怎样改写？还有在韩愈到来之前潮州买卖人口、教育荒废等四个问题早已存在，地方官吏走马灯似的换了一任又一任，其任职超过八个月的也大有人在，为什么没有谁去解决呢？如果有人在韩愈之前解决了这些问题，历史又将怎样写？但是没有，什么都没有。长安大殿上的雕梁玉砌在如钩晓月下静静地等待，秦岭驿道上的风雪、南海丛林中的雾瘴在悄悄地徘徊。历史终于等来了一个衰朽的书生，他长须弓背，双手托着一封奏折，一步一颤地走上大殿，然后又单人瘦马，形影相吊地走向海角天涯。

人生的逆境大约可分四种：一曰生活之苦，饥寒交迫；二曰心境之苦，怀才不遇；三曰事业受阻，功败垂成；四曰性命之危，身处绝境。处逆境之心也分四种：一是心灰意冷，逆来顺受；二是怨天尤人，牢骚满腹；三是见心明志，直言疾呼；四是泰然处之，尽力有为。

韩愈是处在第二、第三种逆境，而选择了后两种心态，既见心明志，著文倡道，又脚踏实地，尽力去为。只这一点他比屈原、李白就要多一层高明，没有只停留在蜀道叹难、江畔沉吟上。他不辞海隅之小，不求其功之显，只是奉献于民，求成于心。有人研究，韩愈之前，潮州只有进士三名，韩愈之后，到南宋时，登第进士就达一百七十二名。是他大开教育之功，所以韩祠中有诗曰："文章随代起，烟瘴几时开。不有韩夫子，人心尚草莱。"

这倒使我想到现代的一件实事。1957年"反右"扩大化中，京城不少知识分子被错划为"右派"，并发配到基层。当时王震同志主持新疆开发，就主动收容了一批。想不到这倒促成了春风度玉门，戈壁绽绿荫。那年我在石河子采访，亲身感受到充边文人的功劳。一个人不管你有多大的委屈，历史绝不会陪你哭泣，而它只认你的贡献。"悲壮"二字，无"壮"便无以言"悲"。这宏伟的韩公祠，还有这韩山韩水，不是纪念韩愈的冤屈，而是纪念他的功绩。

李渊父子虽然得了天下，大唐河山也没有听说哪山哪河易姓为李，倒是韩愈一个罪臣，在海边一块蛮夷之地施政八月，这里就忽然山河易姓了。历朝历代有多少人希望不朽，或刻碑勒石，或建庙建祠，但哪一块碑哪一座庙能大过高山、永如江河呢？这是人民对办了好事的人永久的纪念。一个人是微不足道的，但是当他与百姓利益、与社会进步连在一起时就价值无穷，就被社会所承认。我遍读祠内凭吊之作，诗、词、文、联，上起唐宋下迄当今，刻于匾，勒于石，大约不下百十来件。一千三百年来，各种人物在这里将韩公不知读了多少遍。我心中也渐渐泛起这样的四句诗：

　　一封朝奏九重天，夕贬潮州路八千。
　　八月为民兴四利，一片江山尽姓韩。

原载《十月》1998年第6期

读柳永

柳永是中国历史上一个并不大的人物。很多人不知道他，或者碰到过又很快忘了他。但是近年来这根柳丝却紧紧地系着我，倒不是为了他的名句"杨柳岸晓风残月"，也不为那句"衣带渐宽终不悔，为伊消得人憔悴"，只为他那人，他那身不由己的经历和那歪打正着的成就，以及由此揭示的做人成事的道理。

柳永是福建北部崇安人，他没有为我们留下太多的生平记载，以至于现在也不知道他确切的生卒年月。那年到闽北去，我曾想打听一下他的家世，找一点可凭吊的实物，但一川绿风，山水寂寂，没有一点的音息。我们现在只知道他大约在三十岁时便告别家乡，到京城求功名去了。

柳永像封建时代的大多数知识分子一样，总是把从政作为人生的第一目标。其实这也有一定的道理，人生一世谁不想让有限的生命发挥最大的光热？有职才能有权，才能施展抱负，改造世界，名垂后世。那时没有像现在这样成就多元化，可以当企业家，当作家，当歌星、球星，当富翁，要成名只有一条路，去当官。所以就出现了各种各样在从政大路上跋涉着的而被扭曲了的人。像李白、陶渊明那样求政不得而求山水;像苏轼、白居易那样政心不顺而求文心;像孟浩然那样躲在终南山里而窥京城;像诸葛亮那样虽说不求闻达,布衣躬耕,却又暗暗积聚内力,一遇明主就出来建功立业。

柳永是另一类的人物,他先以极大的热情投身政治,碰了钉子后没有像大多数文人那样转向山水,而是转向市井深处,扎到市民堆里,在这里成就了他的文名,成就了他在中国文学史上的地位,他是中国封建知识分子中一个仅有的类型,一个特殊的代表。

柳永大约在公元1017年,宋真宗天禧元年时到京城赶考。以自己的才华,他有充分的信心金榜题名,而且幻想着有一番大作为。谁知第一次考试就没有考上,他不在乎,轻轻一笑,填词道:"富贵岂由人,时会高志须酬。"等了三年,第二次开科又没有考上,这回他忍不住要发牢骚了,便写了那首著名的《鹤冲天》:

> 黄金榜上,偶失龙头望。明代暂遗贤,如何向。未遂风云便,争不恣狂荡。何须论得丧。才子词人,自是白衣卿相。
>
> 烟花巷陌,依约丹青屏障。幸有意中人,堪寻访。且恁偎红倚翠,风流事,平生畅。青春都一饷。忍把浮名,换了浅斟低唱。

他说我考不上官有什么关系呢?只要我有才,也一样被社会承认,我就是一个没有穿官服的官。要那些虚名有什么用,还不如把它换来吃酒唱歌。这本是一个在背地里发的小牢骚,但是他也没有想一想,你怎么敢用你最拿手的歌词来发牢骚呢?他这时或许还不知道自己歌词的分量。它那美丽的语句和优美的音律已经征服了所有的歌迷,覆盖了所有的官家的和民间的歌舞晚会,"凡有井水处都唱柳词"。这使我想起"文化大革命"中大书法家沈尹默先生被打成"黑帮",被逼写检查。但是他写出去的检查大字报,总是糨糊未干就被人偷去,这检查总是交代不了。

柳永这首牢骚歌不胫而走传到了宫里,宋仁宗一听大为恼火,并记在心里。柳永在京城又挨了三年,参加了下一次考试,这次好不容易通过了,但临到皇帝亲自圈点放榜时,仁宗说:"且去浅斟低唱,何要浮名。"又把他给勾掉了。这次打击实在太大,柳永就更深地扎到市民堆里去写他的歌词,并且不无解嘲地说:"我是奉旨填词。"他终日出入歌馆妓楼,交了许多歌伎朋友,许多歌伎也因他的词而走红,她们真诚地爱护他,给他吃,给他住,还给他发稿费。你想他一介穷书生流落京城有什么生活来源?只有卖词为生。这种生活的压力,生活的体味,还有皇家的冷淡,倒使他一心去从事民间创作。他是第一个去到民间的词作家,这种扎根坊间的创作生活一直持续了十七年,直到他终于在四十七岁那年才算通过考试,得了一个小官。

歌馆妓楼是什么地方啊,是提供享乐、制造消沉、拉你堕落、教你挥霍、引人轻浮、教人浪荡的地方。任你有四海之心、摩天之志,在这里也要魂销骨铄,化作一团烂泥。但是柳永没有被化掉,他的才华在这里派上了用场。成语言:脱颖而出。锥子装在衣袋里总要露出尖来,宋仁宗嫌柳永这把锥子不好,"啪"的一声从皇宫大殿上扔到了市井底层,不想俗衣破袍仍然裹不住他闪亮的锥尖。这真应了柳永自己的那句话:"才子词人,自是白衣卿相。"寒酸的衣服裹着闪光的才华。有才还得有志,多少人进了红粉堆里也就把才沤了粪。

也许我们可以责备柳永没有大志,同为词人不像辛弃疾那样"男

317

儿到死心如铁,看试手,补天裂",不像陆游那样"自许封侯在万里。有谁知,鬓虽残,心未死"。时势不同,柳永所处的时代当北宋开国不久,国家统一,天下太平,经济文化正复苏繁荣。京城汴梁是当时世界上最大的都市,新兴市民阶层迅速形成,都市通俗文艺相应发展。恩格斯论欧洲文艺复兴时说,这是需要巨人而且产生了巨人的时代,市民文化呼唤着自己的文化巨人。这时柳永出现了,他是中国历史上第一个专业的市民文学作家。市井这块沃土堆拥着他,托举着他,他像田禾见了水肥一样拼命地疯长,淋漓酣畅地发挥着自己的才华。

柳永于词的贡献,可以说如牛顿、爱因斯坦于物理学的贡献一样,是里程碑式的。他在形式上把过去只有几十字的短令发展到百多字的长调。在内容上把词从官词中解放出来,大胆引进了市民生活、市民情感、市民语言,从而开创了市民所歌唱着的是自己的词的局面。在艺术上他发展了铺叙手法,基本上不用比兴,硬是靠叙述的白描的功夫创造出前所未有的意境。就像超声波探测,就像电子显微镜扫描,你得佩服他的笔怎么能伸入到这么细微绝妙的层次。他常常只用几个字,就是我们调动全套摄影器材也很难达到这个情景。比如这首已传唱九百年不衰的名作《八声甘州》:

> 对潇潇暮雨洒江天,一番洗清秋。渐霜风凄紧,关河冷落,残照当楼。是处红衰翠减,苒苒物华休。惟有长江水,无语东流。
>
> 不忍登高临远,望故乡渺邈,归思难收。叹年来踪迹,何事苦淹留?想佳人,妆楼颙望,误几回天际识归舟。争知我,倚阑干处,正恁凝愁。

一读到这些句子我就联想到第一次置身于九寨沟山水中的感觉，那时照相根本不用选景，随便一抬手就是一幅绝妙的山水图。现在你对着这词，任裁其中一句都情意无尽，美不胜收。这种功夫，古今词坛能有几人？

艺术高峰的产生和自然界的名山秀峰一样，是不以人的意志为转移的，柳永自己也没有想到他身后在中国文学史上会占有这样一个重要位置。就像我们现在作为典范而临摹的碑帖，很多就是死人墓里一块普通的刻了主人生平的石头，大部分连作者姓名也没有。凡艺术成就都是阴差阳错，各种条件交汇而成一个特殊气候，一粒艺术的种子就在这种气候下自然地生根发芽了。

柳永不是想当名作家而到市井中去的，他是怀着极不情愿的心情从考场落第后走向瓦肆勾栏，但是他身上的文学才华与艺术天赋立即与这里喧闹的生活气息、优美的丝竹管弦和多情婀娜的女子发生共鸣。他在这里没有堕落，他跳进了一个消费的陷阱，却成了一个创造的巨人。这再次证明成事成才的辩证道理。一个人在社会这架大算盘上只是一颗珠子，他受命运的摆弄；但是在自身这架小算盘上他却是一只拨着算珠的手，才华、时间、精力、意志、学识、环境统统变成了由你支配的珠子。

一个人很难选择环境，却可以利用环境，大约每个人都有他基本的条件，也有基本的才学，他能不能成才成事，原来全在他与外部世界的关系怎么处理。就像黄山上的迎客松，立于悬崖绝壁，沐着霜风雪雨，就渐渐干挺如铁、叶茂如云，游人见了都要敬之仰之了。但是如果当初这一粒松子有灵，让它自选生命的落脚地，它肯定选择山下风和日丽的平原，只是一阵无奈的山风将它带到这里，或者飞鸟将它衔到这里，托于高山之上寄于绝壁之缝。它哭天天不应，喊地地不灵，一阵悲泣（也许还有如柳永那样的牢骚）之后也就把那岩石拍遍，痛下决心，既活就要活出个样子。它拼命地吸天地之精华，探出枝叶追日，伸着根须找水，与风斗与雪斗，终于成就了自己。这时它想到多亏我留在了这里，要是生在山下将平庸一世。

生命是什么？生命就是创造，是携带着母体留下的那一点信息去与外部世界做着最大限度的重新组合，创造一个新的生命。为什么逆境能成大才？就是因为在逆境下你心里想着一个世界，上天却偏要给你另外一个世界。两个世界矛盾斗争的结果，你便得到了一个超乎这两个之上的更新的更完美的世界。而顺境下，时时天遂人愿，你心里没有矛盾，没有企盼，没有一个理想中的新世界，当然也不会去为之斗争，为之创造，那就只有徒增马齿，虚掷一生了。柳永是经历了宋真宗、仁宗两朝四次大考才中了进士的，这四次共取士九百一十六人，其他九百一十五人都顺顺利利地当了官，有的或许还很显赫，但他们大都被历史忘得干干净净，而柳永至今还享此殊荣。

呜呼，人生在世，天地公心。人各其志，人各其才，无大无小，贵贱不分。只要其心不死，才得其用，就能名垂后世，就不算虚度生命。这就是为什么历史记住了秦皇汉武，也同样记住了柳永。

《当代》1997年第2期

乱世中的美神

李清照是因为那首著名的《声声慢》被人们所记住的。那是一种凄冷的美，特别是那句"寻寻觅觅，冷冷清清，凄凄惨惨戚戚"，简直成了她个人的专有品牌，彪炳于文学史，空前绝后，没有任何人敢于企及。于是，她便被当作了愁的化身。当我们穿过历史的尘烟咀嚼她的愁情时，才发现在中国三千年的古代文学史中，特立独行、登峰造极的女性也就只有她一人。而对她的解读又"怎一个愁字了得"。

其实李清照在写这首词前，曾经有过太多太多的欢乐。

李清照于宋神宗元丰七年（1084年）出生于一个官宦人家。父亲李格非进士出身，在朝为官，地位并不算低，是学者兼文学家，又是苏东坡的学生。母亲也是名门闺秀，善文学。这样的出身，在当时对一个女子来说是很可贵的。官宦门第及政治活动的濡染，使她视界开阔，气质高贵。而文学艺术的熏陶，又让她能更深切细微地感知生活，体验美感。因为不可能有当时的照片传世，我们现在无从知道她的相貌。但据这出身的推测，再参考她以后诗词所流露的神韵，她该天生就是一个美人坯子。李清照几乎一懂事，就开始接受中国传统文化的审美训练。又几乎是同时,她一边创作,一边评判他人,研究文艺理论。她不但会享受美,还能驾驭美,一下就跃上一个很高的起点,而这时她还是一个待字闺中的少女。

请看下面这三首词:

绣面芙蓉一笑开,斜飞宝鸭衬香腮。眼波才动被人猜。一面风情深有韵,半笺娇恨寄幽怀,月移花影约重来。

《浣溪沙》

淡荡春光寒食天,玉炉沉水袅残烟,梦回山枕隐花钿。海燕未来人斗草,江梅已过柳生绵,黄昏疏雨湿秋千。

《浣溪沙》

蹴罢秋千,起来慵整纤纤手。露浓花瘦,薄汗轻衣透。见客入来,袜刬金钗溜。和羞走,倚门回首,却把青梅嗅。

《点绛唇》

一个天真无邪的少女,秀发香腮,面如花玉,情窦初开,春心萌动,难以按捺。她躺在闺房中,或者傻傻地看着沉香袅袅,或者起身写一封情书,然后又到后园里去与女伴斗一会儿草。

官宦人家的千金小姐,享受着舒适的生活,并能得到一定的文化教育,这在数千年封建社会中并不奇怪。令人惊奇的是,李清照并没有按常规初识文字,娴熟针绣,然后就等待出嫁。她饱览了父亲的所有藏书,文化的汁液将她浇灌得不但外美如花,而且内秀如竹。她在驾驭诗词格律方面已经如斗草、荡秋千般随意自如,而品评史实人物,却胸有块垒,大气如虹。

唐开元、天宝间的"安史之乱"及其被平定是中国历史上的一个大事件，后人多有评论。唐代诗人元结作有著名的《大唐中兴颂》，并请大书法家颜真卿书刻于壁，被称为"双绝"。与李清照同时的张文潜，是"苏门四学士"之一，诗名已盛，也算个大人物，曾就这道碑写了一首诗，感叹：

天遣二子传将来，高山十丈摩苍崖。
谁持此碑入我室，使我一见昏眸开。

这诗转闺阁，入绣户，传到李清照的耳朵里，她随即和一首道：

五十年功如电扫，华清花柳咸阳草。
五坊供俸斗鸡儿，酒肉堆中不知老。
胡兵忽自天上来，逆胡亦是奸雄才。
勤政楼前走胡马，珠翠踏尽香尘埃。
何为出战辄披靡，传置荔枝多马死。
尧功舜德本如天，安用区区纪文字。
著碑铭德真陋哉，乃令神鬼磨山崖。

你看这诗的气势哪像是出自一个闺中女子之手。铺叙场面，品评功过，慨叹世事，不让浪漫豪放派的李白、辛弃疾。李父格非初见此诗不觉一惊，这诗传到外面更是引起文人堆里好一阵躁动。李家有女初长成，笔走龙蛇起雷声。少女李清照静静地享受着娇宠和才气编织的美丽光环。

爱情是人生最美好的一章。它是一个渡口，一个人将从这里出发，从少年走向青年，从父母温暖的翅膀下走向独立的人生，包括再延续新的生命。因此,它充满着期待的焦虑、碰撞的火花、沁人的温馨,也有失败的悲凉。它能奏出最复杂、最震撼人心的交响,许多伟人的生命都是在这一刻放出奇光异彩的。

当李清照满载着闺中少女所能得到的一切幸福,步入爱河时,她的美好人生又更上一层楼,为我们留下了一部爱情经典。她的爱情不像西方的罗密欧与朱丽叶,也不像东方的梁山伯与祝英台,不是那种经历千难万阻,要死要活之后才享受到的甜蜜,而是起步甚高,一开始就跌在蜜罐里,就站在山顶上,就住进了水晶宫里。夫婿赵明诚是一位翩翩少年,两人又是文学知己,情投意合。赵明诚的父亲也在朝为官,两家门当户对。更难得的是他们二人除一般文人诗词琴棋的雅兴外,还有更相投的事业结合点——金石研究。在不准自由恋爱,要靠媒妁之言、父母之意的封建时代,他俩能有这样的爱情结局,真是天赐良缘,百里挑一了。就像陆游的《钗头凤》为我们留下爱的悲伤一样,李清照为我们留下了爱情的另一端——爱的甜美。这个爱情故事,经李清照妙笔的深情润色,成了中国人千余年来的精神享受。

请看这首《减字木兰花》:

卖花担上,买得一枝春欲放。泪染轻匀,犹带彤霞晓露痕。怕郎猜道,奴面不如花面好。云鬓斜簪,徒要教郎比并看。

这是婚后的甜蜜,是对丈夫的撒娇。从中也透出她对自己美丽的自信。

再看这首送别之作《一剪梅》:

> 红藕香残玉簟秋,轻解罗裳,独上兰舟。云中谁寄锦书来,雁字回时,月满西楼。
> 花自飘零水自流,一种相思,两处闲愁。此情无计可消除,才下眉头,却上心头。

离愁别绪,难舍难分,爱之愈深,思之愈切。另是一种甜蜜的偷偷的咀嚼。

更重要的是,李清照绝不是一般的只会叹息几句"贱妾守空房"的小妇人,她在空房里修炼着文学,直将这门艺术炼得炉火纯青,于是这种最普通的爱情表达竟变成了夫妻间的命题创作比赛,成了他们向艺术高峰攀登的记录。

请看这首《醉花阴·重阳》:

> 薄雾浓云愁永昼,瑞脑销金兽。佳节又重阳,玉枕纱橱,半夜凉初透。东篱把酒黄昏后,有暗香盈袖。莫道不消魂,帘卷西风,人比黄花瘦。

这是赵明诚在外地时,李清照寄给他的一首相思词。彻骨的爱恋,痴痴地思念,借秋风、黄花表现得淋漓尽致。史载赵明诚收到这首词后,先为情所感,后更为词的艺术力所激,发誓要写一首超过妻子的词。他闭门谢客,三日得词五十首,将李词杂于其间,请友人评点,不料友人说只有三句最好:"莫道不消魂,帘卷西风,人比黄花瘦。"赵自叹不如。这个故事流传极广,可想他们夫妻二人是怎样在相互爱慕中享受着琴瑟相和的甜蜜,这也令后世一切有才有貌却得不到相应爱情质量的男女感到一丝的悲凉。李清照自己在《金石录后序》

里追忆那段生活时说:"余性偶强记,每饭罢,坐归来堂烹茶,指堆积书史,言某事在某卷第几页第几行,以中否角胜负,为饮茶先后。中即举杯大笑,至茶倾覆怀中,反不得饮而起。"这是何等的幸福,何等的欢乐,怎一个"甜"字了得。这蜜一样的生活,滋养着她绰约的风姿和旺盛的艺术创造。

但上天早就发现了李清照更博大的艺术才华,如果只让她这样去轻松地写一点闺怨闲愁,中国历史、文学史将会从她的身边白白走过。于是宇宙爆炸,时空激荡,新的人格考验、新的命题创作一起推到了李清照的面前。

宋王朝经过一百六十七年"清明上河图"式的和平繁荣之后,天降煞星,北方崛起了一个游牧民族。金人一锤砸烂了都城汴京(开封)的琼楼玉苑,还掠走了徽、钦二帝,赵宋王朝于公元1127年匆匆南逃,开始了中国历史上国家民族极屈辱的一页。李清照在山东青州的爱巢也树倒窝散,一家人开始过漂泊无定的生活。南渡第二年,赵明诚被任为京城建康的知府,不想就在这时发生了一件国耻又蒙家羞的事。一天深夜,城里发生叛乱,身为地方长官的赵明诚不是身先士卒指挥戡乱,而是偷偷用绳子缒城逃走。事定之后,他被朝廷撤职。李清照这个柔弱女子,在这件事上却表现出大节大义,很为丈夫临阵脱逃而羞愧。赵被撤职后,夫妇二人继续沿长江而上向江西方向流亡,一路难免有点别扭,略失往昔的鱼水之和。当行至乌江镇时,李清照得知这就是当年项羽兵败自刎之处,不觉心潮起伏,面对浩浩江面,吟下了这首千古绝唱:

生当作人杰,死亦为鬼雄。
至今思项羽,不肯过江东。

《夏日绝句》

丈夫在其身后听着这一字一句的金石之声，面有愧色，心中泛起深深的自责。第二年（1129年），赵明诚被召回京复职，但随即患急病而亡。

人不能没有爱，如花的女人不能没有爱，感情丰富的女诗人就更不能没有爱。正当她的艺术之树在爱的汁液浇灌下茁壮成长时，上帝无情地斩断了她的爱河。李清照是一懂得爱就被爱所宠、被家所捧的人，现在一下被困在了干涸的河床上，她怎么能不犯愁呢？

失家之后的李清照开始了她后半生的三大磨难。

第一大磨难是：再婚又离婚，遭遇感情生活的痛苦。

赵明诚死后，李清照行无定所，身心憔悴。不久嫁给了一个叫张汝舟的人。对于李清照为什么改嫁，史说不一，但一个人生活的艰辛恐怕是主要原因。这个张汝舟，初一接触也是个彬彬有礼的君子，刚结婚之后张对她照顾得也还不错，但很快就露出原形，原来他是想占有李清照身边尚存的文物。这些东西李视之如命，而且《金石录》也还没有整理成书，当然不能失去。在张看来，你既嫁我，你的身体连同你的一切都归我所有，为我支配，你还会有什么独立的追求？两人先是在文物支配权上闹矛盾，渐渐发现志向情趣大异，真正是同床异梦。张汝舟先是以占有这样一个美妇名词人自豪，后渐因不能俘获她的心、不能支配她的行为而恼羞成怒，最后完全撕下文人的面纱，拳脚相加，大打出手。华帐前，红烛下，李清照看着这个小白脸，真是怒火中烧。曾经沧海难为水，心存高洁不低头。李清照视人格比生命更珍贵，哪里受得这种窝囊气，便决定与他分手。但在封建社会女人要离婚谈何容易。无奈之中，李清照走上一条绝路，鱼死网破，告发张汝舟的欺君之罪。

原来，张汝舟在将李清照娶到手后十分得意，就将自己科举考试作弊过关的事拿来夸耀。这当然是大逆不道。李清照知道，只有将张汝舟告倒治罪，自己才能脱离这张罗网。但依宋朝法律，女人告丈夫，无论对错输赢，都要坐牢两年。李清照是一个在感情生活上绝不凑合的人，她宁肯受皮肉之苦，也不受精神的奴役。一旦看穿对方的灵魂，她便表现出无情的鄙视和深切的懊悔。她在给友人的信中说："猥以桑榆之晚景，配兹驵侩之下材。"她是何等刚烈之人，宁可坐牢下狱也不肯与"驵侩"之人为伴。这场官司的结果是张汝舟被发配到柳州，李清照也随之入狱。我们现在想象李清照为了婚姻的自由，在大堂之上，昂首挺胸，将纤细柔弱的双手伸进枷锁中的一瞬，其坚毅安详之态真不亚于项羽引颈向剑时那勇敢的一刎。可能是李清照的名声太大，当时又有许多人关注此事，再加上朝中友人帮忙，李只坐了九天牢便被释放了。但这在她心灵深处留下了重重的一道伤痕。

今天男女之间分离结合是合法合情的平常事，但在宋代，一个女人，尤其是一个读书女人的再婚又离婚就要引起社会舆论的极大歧视。在当时和事后的许多记载李清照的史书中都是一面肯定她的才华，同时又无不以"不终晚节""无检操""晚节流荡无归"记之。节是什么？就是不管好坏，女人都得跟着这个男人过，就是你不许有个性的追求。可见我们的女诗人当时是承受了多么大的心理压力。但是她不怕，她坚持独立的人格，坚持高质量的爱情，她以两个月的时间快刀斩乱麻，甩掉了张汝舟这个"驵侩"包袱，便全身心地投入到《金石录》的编写中去了。现在我们读这段史料，真不敢相信是发生在近千年以前宋代的事，倒像是一个"五四"时代反封建的新女性。

生命对人来说只有一次，那么爱情对一个人来说有几次呢？大概最美好的、最揪心彻骨的也只有一次。爱情是在生命之舟上做着的一种极危险的实验，是把青春、才华、时间、事业都要赌进去的实验。只有极少的人第一次便告成功，他们像中了头彩的幸运者一样，一边窃喜着自己的侥幸，美其名曰"缘"；一边又用同情、怜悯的目光审视着其余芸芸众生们的失败，或者半失败。李清照本来是属于这一类型的，但上苍欲成其名，必先夺其情，苦其心，于是就把她赶出这幸福一族，先是让赵明诚离她而去，再派一个张汝舟来试其心志。她驾着一叶生命的孤舟迎着世俗的恶浪，以破釜沉舟的胆力做了好一场恶斗。本来爱情一次失败，再试成功，甚而更加风光者大有人在，司马相如与卓文君就是。李清照也是准备再攀爱峰的，但可惜没有翻过这道山梁。这是一个悲剧。一个女人心中爱的火花就这样永远地熄灭了，这怎么能不令她沮丧，叫她犯愁呢？

李清照的第二大磨难是：身心颠沛流离，四处逃亡。

建炎三年（1129 年）八月，丈夫赵明诚刚去世，九月就有金兵南犯。李清照带着沉重的书籍文物开始逃难。她基本上是追随着皇上逃亡的路线，国君是国家的代表啊。但是这个可怜可恨的高宗赵构并没有这个觉悟，他不代表国家，就代表他自己的那条小命。他从建康出逃，经越州、明州、奉化、宁海、台州，一路逃下去，一直漂泊到海上，又过海到温州。

李清照一孤寡妇人眼巴巴地追寻着国君远去的方向，自己雇船，求人，投亲靠友，带着她和赵明诚一生搜集的书籍文物，这样苦苦地坚持着。赵明诚生前有托，这些文物是舍命也不能丢的，而且《金石录》也还没有出版，这是她一生的精神寄托。她还有一个想法就是这些文物在战火中靠她个人实在难以保全，希望追上去送给朝廷，但是她始终没能追上皇帝。

她在当年十一月流浪到衢州，第二年三月又到越州。这期间，她寄存在洪州的两万卷书、两千卷金石拓片又被南侵的金兵焚掠一空。而到越州时随身带着的五大箱文物又被贼人破墙盗走。建炎四年（1130年）十一月，皇上看到身后跟随的人太多不利逃跑，干脆就下令遣散百官。李清照望着龙旗龙舟消失在茫茫大海中，就更感到无限的失望。按封建社会的观念，国家者国土、国君、百姓。今国土让人家占去一半，国君让人家撵得抱头鼠窜，百姓四处流离。国已不国，君已不君，她这个无处立身的亡国之民怎么能不犯愁呢？李清照的身心在历史的油锅里忍受着痛苦的煎熬。

大约是在避难温州时，她写下这首《添字采桑子》：

窗前谁种芭蕉树？阴满中庭。阴满中庭，叶叶心心舒卷有余情。伤心枕上三更雨，点滴霖霪。点滴霖霪，愁损北人不惯起来听。

"北人"是什么样人呢？就是流浪之人，是亡国之民，李清照正是这其中的一个。中国历史上的异族入侵多是由北而南，所以"北人"逃难就成了一种历史现象，也成了一种文学现象。"愁损北人不惯起来听"，我们听到了什么呢？听到了祖逖中流击楫的呼喊，听到了陆游"遗民泪尽胡尘里，南望王师又一年"的叹息，听到了辛弃疾"可堪回首，佛狸祠下，一片神鸦社鼓"的无奈，更又仿佛听到了"我的家在东北松花江上"那悲凉的歌声。

1134年，金人又一次南侵，赵构又弃都再逃。李清照第二次流亡到了金华。国运维艰，愁压心头。有人请她去游附近的双溪名胜，她长叹一声，无心出游。

风住尘香花已尽，日晚倦梳头。物是人非事事休，欲语泪先流。闻说双溪春尚好，也拟泛轻舟。只恐双溪舴艋舟，载不动许多愁。

《武陵春》

李清照在流亡途中行无定所，国家支离破碎，到处物是人非，这愁就是一条船也载不动啊！这使我们想起杜甫在逃难中的诗句"感时花溅泪，恨别鸟惊心"。李清照这时的愁早已不是"一种相思，两处闲愁"的家愁、情愁，现在国已破，家已亡，就是真有旧愁，想觅也难寻了。她这时是《诗经》的《离黍》之愁，是辛弃疾"而今识尽愁滋味"的愁，是国家民族的大愁，她是在替天发愁啊。

李清照是恪守"诗言志，歌永言"古训的。她在词中所歌唱的主要是一种情绪，而在诗中直抒的才是自己的胸怀、志向、好恶。因为她的词名太盛，所以人们大多只看到她愁绪满怀的一面。我们如果参读她的诗文，就能更好地理解她的词背后所蕴含的苦闷、挣扎和追求，就知道她到底愁为哪般了。

1133年，高宗忽然想起应派人到金国去探视一下徽、钦二帝，顺便打探有无求和的可能。但听说要入虎狼之域，一时朝中无人敢应命。大臣韩侂胄见状自告奋勇，愿冒险一去。李清照日夜关心国事，闻此十分激动，满腹愁绪顿然化作希望与豪情，便作了一首长诗相赠。她在序中说："有易安室者，父祖皆出韩公门下，今家世沦替，子姓寒微，不敢望公之车尘。又贫病，但神明未衰弱。见此大号令，不能忘言，作古、律诗各一章，以寄区区之意。"

当时她是一个贫病交加、身心憔悴、独身寡居的妇道人家，却还这样关心国事。不用说她在朝中没有地位，就是在社会上也轮不到她来议论这些事啊。但是她站了出来,大声歌颂韩侂胄此举的凛然大义:"愿奉天地灵,愿奉宗庙威。径持紫泥诏,直入黄龙城""脱衣已被汉恩暖,离歌不道易水寒"。她愿以一个民间寡妇的身份临别赠几句话:"闾阎嫠妇亦何知,沥血投书干记室""不乞隋珠与和璧,只乞乡关新信息""子孙南渡今几年,飘零遂与流人伍。欲将血泪寄山河,去洒东山一抔土"。

浙江金华有因南北朝时沈约曾题《八咏诗》而得名的一座名楼。李避难于此,登楼遥望这残存的南国半壁江山,不禁临风感慨:

千古风流八咏楼,江山留与后人愁。
水通南国三千里,气压江城十四州。

《题八咏楼》

我们单看这诗的气势,这哪里像一个流浪中的女子所写啊!倒像一个亟待收复失地的将军或一个忧国伤时的臣子。那一年我到金华特地去凭吊这座名楼。时日推移,楼已被后起的民房拥挤在一处深巷里,但依然鹤立鸡群,风骨不减当年。一位看楼的老人也是个李清照迷,他向我讲了几个李清照故事的民间版本,又拿出几页新搜集的手抄的李词送给我。我仰望危楼,俯察巷陌,深感词人英魂不去,长在人间。李清照在金华避难期间,还写了一篇《打马赋》。"打马"本是当时的一种赌博游戏,李却借题发挥在文中大量引用历史上名臣良将的典故,状写金戈铁马、挥师疆场的气势,谴责宋室的无能。文末直抒自己烈士暮年的壮志:

木兰横戈好女子,老矣不复志千里。但愿相将过淮水!

从这些诗文中可以看见，她真是"位卑不敢忘忧国"，何等地心忧天下、心忧国家啊！"但愿相将过淮水"，这使我们想起祖逖闻鸡起舞，想起北宋抗金名臣宗泽病危之时仍拥被而坐大喊：过河！这是一个女诗人，一个"间阎嫠妇"发出的呼喊啊！与她早期的闲愁闲悲真是相差十万八千里。这愁中又多了多少政治之忧、民族之痛啊！

后人评李清照常常观止于她的一怀愁绪，殊不知她的心灵深处，总是冒着抗争的火花和对理想的呼喊，她是为看不到出路而愁啊！她不依奉权贵，不违心做事。她和当朝权臣秦桧本是亲戚，秦桧的夫人是她二舅的女儿，亲表姐。但是李清照与他们概不来往，就是在她的婚事最困难的时候，她宁可去求远亲也不上秦家的门。秦府落成，大宴亲朋，她也拒不参加。她不满足于自己"学诗谩有惊人句"，而"欲将血泪寄山河"，她希望收复失地，"径持紫泥诏，直入黄龙城"。但是她看到了什么呢？是偏安都城的虚假繁荣，是朝廷打击志士、迫害忠良的怪事，是主战派和民族义士们血泪的呼喊。1142年，也就是李清照五十八岁这一年，岳飞被秦桧下狱害死，这件案子惊动京城，震动全国，乌云压城，愁结广宇。李清照心绪难宁，我们的女诗人又陷入更深的忧伤之中。

李清照遇到的第三大磨难是：超越时空的孤独。

感情生活的痛苦和对国家民族的忧心，已将她推入深深的苦海，她像一叶孤舟在风浪中无助地漂摇。但如果只是这两点，还不算最伤最痛，最孤最寒。本来生活中婚变情离者，时时难免；忠臣遭弃，也是代代不绝。更何况她一柔弱女子又生于乱世呢。问题在于她除了遭遇国难、情愁，就连想实现一个普通人的价值，竟也是这样地难。已渐入暮年的李清照没有孩子，守着一孤清的小院落，身边没有一个亲人，国事已难问，家事怕再提，只有秋风扫着黄叶在门前盘旋，偶尔有一两个旧友来访。

她有一孙姓朋友，其小女十岁，极为聪颖。一日孩子来玩时，李清照对她说，你该学点东西，我老了，愿将平生所学相授，不想这孩子脱口说道："才藻非女子事也。"李清照不由得倒抽一口凉气，她觉得一阵晕眩，手扶门框，才使自己勉强没有摔倒。童言无忌，原来在这个社会上有才有情的女子是真正多余啊！而她却一直还奢想什么关心国事、著书立说、传道授业。她收集的文物不计其数，她学富五车，词动京华，到头来却落得个报国无门，情无所托，学无所传，别人看她如同怪物。

李清照感到她像是落在四面不着边际的深渊里，一种可怕的孤独向她袭来，这个世界上没有一个人能读懂她的心。她像祥林嫂一样茫然地行走在杭州深秋的落叶黄花中，吟出这首浓缩了她一生和全身心痛楚的，也确立了她在中国文学史上地位的《声声慢》：

寻寻觅觅，冷冷清清，凄凄惨惨戚戚。乍暖还寒时候，最难将息。三杯两盏淡酒，怎敌它，晚来风急。雁过也，正伤心，却是旧时相识。

满地黄花堆积，憔悴损，如今有谁堪摘。守着窗儿，独自怎生得黑。梧桐更兼细雨，到黄昏，点点滴滴。这次第，怎一个愁字了得！

是的，她的国愁、家愁、情愁，还有学术之愁，怎一个愁字了得！

李清照所寻寻觅觅的是什么呢？从她的身世和诗词文章中，我们至少可以看出，她在寻觅三样东西：一是国家民族的前途。她不愿看到山河破碎，不愿"飘零遂与流人伍"，"欲将血泪寄山河"。在这点上她与同时代的岳飞、陆游及稍后的辛弃疾是相通的。但身为女人，她既不能像岳飞那样驰骋疆场，也不能像辛弃疾那样上朝议事，甚至不能像陆、辛那样有政界、文坛朋友可以痛痛快快地使酒骂座，痛拍栏杆。她甚至没有机会和他们交往，只能独自一人愁。

二是寻觅幸福的爱情。她曾有过美满的家庭，有过幸福的爱情，但转瞬就破碎了。她也做过再寻真爱的梦，但又碎得更惨，甚至身负枷锁，银铛入狱。还被以"不终晚节"载入史书，生前身后受此奇辱。她能说什么呢？也只有独自一人愁。

三是寻觅自身的价值。她以非凡的才华和勤奋，又借着爱情的力量，在学术上完成了《金石录》巨著，在词艺上达到了空前的高度。但是，那个社会不以为奇，不以为功，连那十岁的小女孩都说"才藻非女子事"，甚至后来陆游为这个孙姓女子写墓志时都认为这话说得好。以陆游这样热血的爱国诗人，也认为"才藻非女子事"，李清照还有什么话可说呢？她只好一人咀嚼自己的凄凉，又是只有一个人愁。

李是研究金石学、文化史的，她当然知道从夏商到宋，女人有才藻、有著作的寥若晨星，而词艺绝高的也只有她一人。都说物以稀为贵，而她却被看作是异类、是叛逆、是多余。她环顾上下两千年，长夜如磐，风雨如晦，相知有谁？鲁迅有一首为歌女立照的诗："华灯照宴敞豪门，娇女严妆侍玉尊。忽忆情亲焦土下，佯看罗袜掩啼痕。"李清照是一个被封建社会役使的歌者，她本在严妆靓容地侍奉着这个社会，但忽然想到她所有的追求都已失落，她所歌唱的无一实现，不由得一阵心酸，只好"佯说黄花与秋风"。

李清照的悲剧就在于她是生在封建时代的一个有文化的女人。作为女人，她处在封建社会的底层，作为一个知识分子，她又处在社会思想的制高点，她看到了许多别人看不到的事情，追求着许多别人不追求的境界，这就难免有孤独的悲哀。

本来，三千年封建社会，来来往往有多少人都在心安理得、随波逐流地生活。你看，北宋仓皇南渡后不是又夹风夹雨，称臣称儿地苟延了一百五十二年吗？尽管与李清照同时代的陆游愤怒地喊道："公卿有党排宗泽，帷幄无人用岳飞。"但朝中的大人们不是照样做官，照样花天酒地吗？你看，虽生乱世，有多少文人不是照样手摇折扇，歌咏风月，琴棋书画了一生吗？你看，有多少女性，就像那个孙姓女子一般，不学什么辞藻，不追求什么爱情，不是照样生活吗？但是李清照却不，她以平民之身，思公卿之责，念国家大事；以女人之身，求人格平等，寻爱情之尊。无论对待政事、学业还是爱情、婚姻，她绝不随波，绝不凑合，这就难免有了超越时空的孤独和无法解脱的悲哀。

她背着沉重的十字架，集国难、家难、婚难和学业之难于一身，凡封建专制制度所造成的政治、文化、道德、婚姻、人格方面的冲突、磨难，都折射在她那如黄花般瘦弱的身子上。一如她的名字所昭示的，"明月松间照，清泉石上流"，李清照骨子里所追求的是一种人格的超群脱俗，这就难免像屈原一样"众人皆醉我独醒"，难免有超现实的理想化的悲哀。

有一本书叫《百年孤独》，李清照是千年孤独，环顾女界无同类，再看左右无相知，所以她才上溯千年到英雄霸王那里去求相通，"至今思项羽，不肯过江东"。还有，她不可能知道，千年之后，到封建社会气数将尽时，才又出了一个与她相知相通的女性——秋瑾。那秋瑾回首长夜三千年，也长叹了一声："秋雨秋风愁煞人！"

如果李清照像那个孙姓女孩或者鲁迅笔下的祥林嫂一样，是一个已经麻木的人，也就算了；如果李清照是以死抗争的杜十娘，也就算了。她偏偏是以心抗世，以笔唤天。她凭着极高的艺术天赋，将这漫天愁绪又抽丝剥茧般地进行了细细的纺织，化愁为美，创造了让人们永远享受无穷的词作珍品。

李词的特殊魅力就在于它一如作者的人品，于哀怨缠绵之中有执着坚韧的阳刚之气，虽为说愁，实为写真情大志，所以才耐得人百年千年地读下去。郑振铎在《中国文学史》中评价说："她是独创一格的，她是独立于一群词人之中的。她不受别的词人的什么影响，别的词人也似乎受不到她的影响。她是太高绝一时了，庸才的作家是绝不能追得上的。无数的词人诗人，写着无数的离情闺怨的诗词，他们一大半是代女主人翁立言的，这一切的诗词，在清照之前，直如粪土似的无可评价。"于是，她一生的故事和心底的怨愁就转化为凄清的悲剧之美，她和她的词也就永远高悬在历史的星空。

随着时代的进步，李清照当年许多痛苦着的事和情都已有了答案，可是当我们偶然再回望一下千年前的风雨时，总能看见那个立于秋风黄花中的寻寻觅觅的美神。

原载《十月》2003年第3期

最后一位戴罪的功臣

既然中国近代史是从1840年鸦片战争算起，禁烟英雄林则徐就是近代史上第一人。可惜这个第一英雄刚在南海点燃销烟烈火，就被发往新疆接受朝廷给他的处罚。功与罪在瞬间便交织在一个人身上，将其扭曲再造，像原子裂变一样，产生出一个意想不到的结果。

封建皇帝作为最大的私有者，总是以天下为私。道光帝在禁烟问题上本来就犹豫，大臣中也分两派。我推想，是林则徐那篇著名的奏折，指出若再任鸦片泛滥，几十年后中原将"无可以御敌之兵""无可以充饷之银"，狠狠地击中了他的私心。他感到家天下难保，所以就鞭打快牛，顺手给了林一个禁烟钦差。林眼见国危民弱，就出以公心，勇赴重任，表示"若鸦片一日未绝，本大臣一日不回，誓与此事相始终"。

他太天真，不知道自己"回不回"，鸦片"绝不绝"，不是他说了算，还得听皇上的。果然他上任只有一年半，道光二十年（1840年）九月，就被革职贬到镇海。第二年七月，又被"从重发往伊犁，效力赎罪"。就在林赴疆就罪的途中，黄河泛滥，在军机大臣王鼎的保荐下，林则徐被派赴黄河戴罪治水。他是一个见害就除、见民有难就救的人，不管是烟害、夷害还是水害都挺着身子去堵。半年后治水完毕，所有的人都论功行赏，唯独他得到的却是"仍往伊犁"的谕旨。众情难平，须发皆白的王鼎伤心得泪雨滂沱。

林则徐就是在这样一而再、再而三的打击下西出玉门关的。他以诗言志："苟利国家生死以，岂因祸福避趋之。谪居正是君恩厚，养拙刚于戍卒宜。"这诗前两句刻画出他的铮铮铁骨，刚直不阿，后两句道出了他的牢骚与无奈。给我一个谪贬休息的机会，这是皇上的大恩啊，去当一名戍卒正好养拙。你看这话是不是有点像柳永的"奉旨填词"和辛弃疾的"君恩重，且教种芙蓉"？但不同的是，柳被弃于都城闹市，辛被闲置在江南水乡，林却被发往大漠戈壁。辛、柳只是被弃而不用，而林则徐却被钦定为一个政治犯。

但是，自从林则徐开始西行就罪，随着离朝廷渐行渐远，朝中那股阴冷之气也就渐趋淡弱，而民间和中下层官吏对他的热情却渐渐高涨，如离开冰窖走进火炉。这种强烈的反差不仅是当年的林则徐没有想到，就是一百五十年后的我们也为之惊喜。

林则徐在广东和镇海被革职时，当地群众就表达出了强烈的愤懑。他们不管皇帝老子怎样说、怎样做，纷纷到林则徐的住处慰问，人数之众，阻塞了街巷。他们为林则徐送靴，送伞，送香炉、明镜，还送来了五十二面颂牌，痛痛快快地表达着自己对民族英雄的敬仰和对朝廷的抗议。林则徐治河有功之后又一次遭贬，中原立即发起援救高潮，开封知府邹鸣鹤公开宣示："有人能救林则徐者酬万金。"林则徐自中原出发后，一路西行，接受着为英雄壮行的洗礼。不论是各级官吏还是普通百姓都争着迎送，好一睹他的风采，都想尽力为他做一点事，以减轻他心理和身体上的痛苦。山高皇帝远，民心任表达。

道光二十二年（1842年）八月二十一日，林离开西安，"自将军、院、司、道、府以及州、县、营员送于郊外者三十余人"。抵兰州时，督抚亲率文职官员出城相迎，武官更是迎出十里之外。过甘肃古浪县时，县知事到离县三十里外的驿站恭迎。林则徐西行的沿途，茶食住行都安排得无微不至。进入新疆哈密，办事大臣率文武官员到行馆拜见林，又送坐骑一匹。

到乌鲁木齐，地方官员不但热情接待，还专门为他雇了大车五辆、太平车一辆、轿车两辆。道光二十二年（1842年）十二月十一日，经过四个月零三天的长途跋涉，林则徐终于到达新疆伊犁。伊犁将军布彦泰立即亲到寓所拜访，送菜、送茶，并委派他掌管粮饷。这哪里是监管朝廷流放的罪臣啊，简直是欢迎凯旋的英雄。林则徐是被皇帝远远甩出去的一块破砖头，但这块砖头还未落地就被中下层官吏和民众轻轻接住，并以身相护，安放在他们中间。

现在等待林则徐的是两个考验。

一是恶劣环境的折磨。从现存的资料看，我们知道林则徐虽有民众呵护，还是吃了不少苦头。由于年老体弱，路途颠簸，林一过西安就脾痛，鼻流血不止。当他从乌鲁木齐出发取道果子沟进伊犁时，大雪漫天而落，脚下是厚厚的坚冰，无法骑马坐车，只好徒步，踏雪而行。陪他进疆的两个儿子，于两旁搀扶老爹，心痛得泪流满面，遂跪于地上对天祷告："若父能早日得赦召还，孩儿愿赤脚蹚过此沟。"

林则徐到伊犁后，"体气衰颓，常患感冒""作字不能过二百，看书不能及三十行"。历史上许多朝臣就是这样死在被发配之地，这本来也是皇帝的目的之一。林则徐感到一个无形的黑影向他压来，他在日记中写道："深觉时光可惜，暮景可伤！""频搔白发惭衰病，犹剩丹心耐折磨。"他是以心力来抵抗身病的啊。

二是脱离战场的寂寞。林是一步一回头离开中原的。当他走到酒泉时，听到清政府签订《南京条约》的消息，痛心疾首，深感国事艰难。他在致友人书中说："自念一身休咎死生，皆可置之度外，惟中原顿遭蹂躏，如火燎原，侧身回望，寝馈皆不能安。"他赋诗感叹："小丑跳梁谁殄灭，中原揽辔望澄清。关山万里残宵梦，犹听江东战鼓声。"他为中原局势危急、无人可用而急。

果然是中原乏人吗？人才被一批一批地撤职流放。这时，和他一起在虎门销烟的邓廷桢，已早他半年被贬新疆。写下名句"我劝天公重抖擞，不拘一格降人才"的龚自珍，为朝廷提出许多御敌方略，但就是不为采用。本来封建社会一切有为的知识分子，都希望能被朝廷重用，能为国家民族做一点事，这是有为臣子的最大愿望，是他们人生价值观的核心。现在剥夺了这个愿望就是剥夺了他的生命，就是用刀子慢慢地割他的肉。虎落平川，马放南山，让他在痛苦和寂寞中毁灭。

"羌笛何须怨杨柳""西出阳关无故人"。玉门关外风物凄凉，人情不再，实在是天设地造的折磨罪臣身心的好场所。当我们现在行进在大漠戈壁时，我真感叹于当年封建专制者这种"流放边地"的发明。你走一天是黄沙，再走一天还是黄沙；你走一天是冰雪，再走一天还是冰雪。不见人，不见村，不见市。这种空虚与寂寞，与把你关在牢中目徒四壁，没有根本区别。马克思说："人是各种社会关系的总和。"把你推到大漠戈壁里，一下子割断你的所有关系，你还是人吗？呜呼，人将不人！特别是对一个博学而有思想的人、一个曾经有作为的人、一个有大志于未来的人。

他一人这样过除夕：

341

腊雪频添鬓影皤，春醪暂借病颜酡。
三年漂泊居无定，百岁光阴去已多。
新韶明日逐人来，迁客何时结伴回？
空有灯光照虚耗，竟无神诀卖痴呆。

《除夕书怀》

他一个人这样过中秋：

雪月天山皎夜光，边声惯听唱伊凉。
孤村白酒愁无奈，隔院红裙乐未央。

《中秋感怀》

他在季节变换中咀嚼着春的寂寞：

谪居权作探花使。忍轻抛，韶光九十，番风二十四。寒玉未消冰岭雪，毳幕偏闻花气。算修了，边城春禊。怨绿愁红成底事，任花开花谢皆天意。休问讯，春归来。

《金缕曲·春暮看花》

当权者实在聪明，他就是要让你在这个环境里无事可做，消磨掉理想意志，不管你怎样地怒吼、狂笑、悲歌，那空旷的戈壁瞬间就将这一切吸收得干干净净，这比有回音的囚室还可怕。任你是怎样的人杰，在这里也要成为常人、庸人、废人，失魂落魄。林则徐是一个有经天纬地之才的良臣，是可以作为历史坐标点的人物。禁烟的烈火仍在胸中燃烧，南海的涛声还在耳边回响，万里之外朝野上下还在与英国人做无奈的抗争，而他只能面对这大漠的寂寞。兔未死而狗先烹，鸟未尽而弓先藏。"何日穹庐能解脱，宝刀盼上短辕车。"他是一个被捆绑悬于壁上的壮士，心急如焚，而无可用力。

怎么摆脱这种状况？最常规的办法是得过且过，忍气苟安，争取朝廷早点召回。特别是不能再惹是非，自加其罪。一般还要想方设法讨好皇帝，贿赂官员。像韩愈当年发配南海，第一件事就是向皇帝上一篇谢恩表，不管心中服不服，嘴上先要讨个好。这时内地林的家人和朋友正在筹措银两，准备按清朝法律为他赎罪。林则徐却断然拒绝，他写信说："获咎之由，实与寻常迥异""此事定须终止，不可渎呈"。他明确表示，我没有任何错，这样假罪真赎，是自认其咎，何以面对历史？如今这些信稿还存在伊犁的纪念馆里，翰墨淋漓，正气凛然。当我以十二分的虔诚拜读文物柜中的这些手稿时，顿生一种仰望泰山、遥对长城的肃然之敬，不觉想起林公那句座右铭："海纳百川，有容乃大；壁立千仞，无欲则刚。"他没有一点私欲，不必向任何人低头，为了自己抱定的主义，他能容得下一切不公平。他选择了上对苍天，下对百姓，我行我志，不改初衷，继续为国尽力。

一个爱国臣子和封建君王的本质区别是，前者爱国爱民，以天下为己任；后者爱自己的权位，以天下为己有。当这两者暂时统一，就表现为臣忠君贤，上下一心，并且在臣子一方常将爱国统一于忠君。当这两者不能一致时，就表现为忠臣见逐，弃而不用。在臣子一方或谨遵君命，孤愤而死，如贾谊、岳飞；或暂置君于一旁，为国为民办点实事，如韩愈、辛弃疾、林则徐。他们能摆脱权力高压和私利荣辱，直接对历史负责，所以也被历史所接受、所记录。

林则徐看到这里荒地遍野，便向伊犁将军建议屯田固边，先协助将军开垦城边的二十万亩荒地。垦荒必先兴水利，但这里向无治水习惯与经验，林带头示范，捐出自己的私银，承修了一段河渠。历时四个月，用工二百一十万人。这被后人称为"林公渠"的工程，一直使用了一百二十多年，直到1967年新渠建成才得以退役。就像当年韩愈发配南海之滨带去中原先进耕作技术一样，林则徐也将内地的水利种植技术推广到清王朝最西北的边陲。他还发现并研究了当地人创造的特殊水利工程"坎儿井"，并大力推广。

皇帝本是要用边地的恶劣环境折磨他，他却用自己的意志和才能改造了环境；皇帝要用寂寞和孤闷郁杀他，他却在这亘古荒原上爆出一声惊雷。自古罪臣被流放边地的结局有两种，大部分屈从命运，于孤闷中凄惨地死于流放地；只有少数人能挽命运狂澜于既倒，重新放出生命和事业的光芒。从周文王被拘羑里而演《周易》，到越王勾践被吴所俘后卧薪尝胆，直至邓小平"文革"被贬江西而思考中国特色的社会主义，这是生命交响曲中最强的一支，林则徐就属此支此脉。

林则徐在北疆伊犁修渠垦荒卓有成效，但就像当年治好黄河一样，皇帝仍不饶他，又派他到南疆去勘察荒地。北疆虽僻远，但雨量较多，农业尚可。南疆沙海无垠，天气燥热，人烟稀少，语言不通。且北疆南疆天山阻隔，雪峰摩天。这无疑又是对林则徐的一场更大更苦的折磨。现在南北疆已有公路可行，汽车可乘，去年八月盛夏我过天山时，仍要爬雪山，穿冰洞。可想当年林则徐是怎样以羸弱之躯担当此苦任的。对皇帝而言，这是对他的进一步惩罚，而在他，则是在暮年为国为民再尽一点力气。

道光二十五年（1845年）一月十七日，林则徐在三儿聪彝的陪伴下，由伊犁出发，在以后一年内，他南到喀什，东到哈密，勘遍东、南疆域。他经历了踏冰而行的寒冬和烈日如火的酷暑，走过"车箱簸似箕中粟"的戈壁，住过茅屋、毡房、地穴，风起时"彻夕怒号""毡庐欲拔""殊难成眠",甚至可以吹走人马车辆。

林则徐每到一地,三儿与随从搭棚造饭,他则立即伏案办公,"理公牍至四鼓",只能靠第二天在车上假寐一会儿,其工作紧张、艰辛如同行军作战。对垦荒修渠工程他必得亲验土方,察看质量,要求属下必须"上可对朝廷,下可对百姓,中可对僚友"。别人十分不理解,他是戍边的罪臣啊,何必这样认真,又哪来的这种精神。说来可怜,这次受旨勘地,也算是"钦差"吧,但这与当年南下禁烟已完全不同。这是皇帝给的苦役,活得干,名分全无。他的一切功劳只能记在当地官员的名下,甚至连向皇帝写奏折、汇报工作、反映问题的权利也没有,只能拟好文稿,以别人的名义上奏,这和治黄有功而不上褒奖名单同出一辙。

林则徐在诗中写道"羁臣奉使原非分""头衔笑被旁人问",这是何等的难堪,又是何等的心灵折磨啊!但是他忍了,他不计较,只要能工作、能为国出力就行。整整一年,他为清政府新增六十九万亩耕地,极大地丰盈了府库,巩固了边防。林则徐真是干了一场"非分"之举。他以罪臣之分,而行忠臣之事。

而历史与现实中也常有人干着另一种"非分"的事,即凭着合法的职位,用国家赋予的权力去贪赃营私。如王莽、杨国忠、秦桧,直至林彪、康生、成克杰。原来社会上无论是大奸、巨贪还是小人,都是以合法的名分而行分外之奸、分外之贪、分外之私的。当然,他们最后也被历史所记录。陈毅有诗:"手莫伸,伸手必被捉。"他们被历史捉来,钉在了耻辱柱上。可知世上之事,相差之远者莫如人格之分了。有人以罪身而忍辱负重,建功立业;有人以功位而鼠窃狗盗,自取其辱,自取其罪。确实,"分"这个界限就是"人"这个原子的外壳,一旦外壳破而裂变,无论好坏,其力量都特别地大。

林则徐还有一件更加"分外"的事,就是大胆进行了一次"土地改革"。当勘地工作将结束,返回哈密时,路遇百余官绅商民跪地不起,拦轿告状。原来这里山高皇帝远,哈密土王将辖区所有土地及煤矿、山林、瓜园、菜圃等皆霸为己有。汉、维群众无寸土可耕,就是驻军修营房拉一车土也要交几十文钱,百姓埋一个死人也要交银数两。土王大肆截留国家税收,数十年间,如此横行竟无人敢管。林则徐接状后勃然大怒:"此咽喉要地,实边防最重之区,无田无粮,几成化外。"立判将土王所占一万多亩耕地分给当地汉、维农民耕种。并张出布告:"新疆与内地均在皇舆一统之内,无寸土可以自私。民人与维吾尔人均在圣恩并育之中,无一处可以异视。必须互相和睦,畛域无分。"为防有变,他还将此布告刻制成碑,"立于城关大道之旁,俾众目共瞻,永昭遵守"。布告一出,各族人民奔走相告,不但有了生计,且民族和睦,边防巩固。要知道他这是以罪臣之身又多管了一件"闲事"啊!恰这时清廷赦令亦下,林则徐在万众感激和依依不舍的祝愿声中向关内走去。

一百五十年后,我又来细细寻觅林公的踪迹。当年的惠远城早已毁于沙俄的入侵,在惠远城里,我提出一定要谒拜一下当年先生住的城南东二巷故居。陪同说,原城已无存,现在这个城是在1882年,比原城后撤了七公里重建的。这没有关系,我追寻的是那颗闪耀在中国近代史上空的民族魂,至于其载体为何无关本质。共产党夺天下前的最后一个农村指挥部,我们现在瞻仰的西柏坡村,不也是从山下上撤几十里重建的吗?我小心地迈进那条小巷,小院短墙,瓜棚豆蔓。旧时林公堂前燕,依然展翅迎远客。我不甘心,又驱车南行去寻找那个旧城。穿过一个村镇,沿着参天的白杨,再过一条河渠,一片茂密的玉米地旁留有一堵土墙,这就是古惠远城。夕阳下沉重的黄土划开浩浩绿海,如一条大堤直伸到天际。我感到了林公的魂灵充盈天地,贯穿古今。

林则徐是皇家钦定的、中国古代最后的一位罪臣,又是人民托举出来的、近代史开篇的第一位功臣。

原载《人民文学》2001年第9期

跨越百年的美丽

1998年是居里夫人发现放射性元素镭一百周年。

一百年前的1898年12月26日,法国科学院人声鼎沸,一位年轻漂亮、神色庄重又略显疲倦的妇人走上讲台,全场立即肃然无声。她叫玛丽·居里,她今天要和她的丈夫比埃尔·居里一起在这里宣布一项惊人发现,他们发现了天然放射性元素镭。本来这场报告她想让丈夫来做,但比埃尔·居里坚持让她来讲,因为在此之前还没有一个女子登上过法国科学院的讲台。玛丽·居里穿着一袭黑色长裙,端庄的脸庞显出坚定又略带淡泊的神情,而那双微微内陷的大眼睛,则让你觉得能看透一切,看透未来。她的报告使全场震惊,物理学进入了一个新时代,而她那美丽庄重的形象也就从此定格在历史上,定格在每个人的心里。

关于放射性的发现,居里夫人并不是第一人,但她是关键的一人。在她之前,1896年1月,德国科学家伦琴发现了X光,这是人工放射性。1896年5月,法国科学家贝克勒尔发现铀盐可以使胶片感光,这是天然放射性。这都是偶然的发现,居里夫人却立即提出了一个新问题，其他物质有没有放射性？物质世界里是不是还有另一块全新的领域？别人在海滩上捡到一块贝壳，她却要研究一下这贝壳是怎样生、怎样长、怎样冲到海滩上来的。别人摸瓜她寻藤，别人摘叶她问根。是她提出了"放射性"这个词。两年后，她发现了钋，接着发现了镭，冰山露出了一角。

为了提炼纯净的镭，居里夫妇搞到一吨可能含镭的工业废渣。他们在院子里支起了一口锅，一锅一锅地进行冶炼，然后再送到化验室溶解、沉淀、分析。而所谓的化验室，是一个废弃的、曾停放解剖用尸体的破棚子。玛丽终日在烟熏火燎中搅拌着锅里的矿渣，她衣裙上、双手上，留下了酸碱的点点烧痕。一天，疲劳至极，玛丽揉着酸痛的后腰，隔着满桌的试管、量杯问比埃尔："你说这镭会是什么样子？"比埃尔说："我只是希望它有美丽的颜色。"经过三年又九个月，他们终于从成吨的矿渣中提炼出了零点一克镭，它真的有极美丽的颜色，在幽暗的破木棚里发出略带蓝色的荧光；它还会自动放热，一小时放出的热能融化等重的冰块。

旧木棚里这点美丽的淡蓝色荧光，是用一个美丽女子的生命和信念换来的。这项开辟科学新纪元的伟大发现好像不该落在一个女子头上。千百年来，漂亮就是一个女人的最高荣誉、最大资本，只要有幸得到这一点，其余便不必再求了。莫泊桑在他的名著《项链》中说："女人并无社会等级，也无种族差异，她们的姿色、风度和妩媚就是她们身世和门庭的标志。"居里夫人是属于那一类很漂亮的女子，她的肖像如今挂遍世界各国的科研教学机构，我们仍可看到她昔日的风采。但是她偏偏没有利用这一点资本，她的战胜自我也恰恰就是从这一点开始的。

当她还是个小学生时就显示出上帝给她的优宠，漂亮的外貌已足以使她讨得周围所有人的喜欢。但她的性格里天生还有一种更可贵的东西，这就是人们经常加于男子汉身上的骨气，她坚定、刚毅，有远大、执着的追求。为了不受漂亮的干扰，她故意把一头金发剪得很短，她对哥哥说："毫无疑问，我们家里的人有天赋，必须使这种天赋由我们中的一个表现出来！"

她中学毕业后在城里和乡下当了七年家庭教师，积攒了一点学费便到巴黎来读书。当时大学里女学生很少，这个高额头、蓝眼睛、身材修长的漂亮的异国女子，很快成了人们议论的中心。男学生们为了能更多地看她一眼，或有幸凑上去说几句话，常常挤在教室外的走廊里，她的女友甚至不得不用伞柄赶走这些追慕者。但她对这种热闹不屑一顾，她每天到得最早，坐在前排，给那些追寻的目光一个无情的后脑勺。

她身上永远裹着一层冰霜的盔甲，凛然使那些"追星族"不敢靠近。她本来住在姐姐家中，为了求得安静，便一人租了间小阁楼，一天只吃一顿饭，日夜苦读。晚上冷得睡不着，就拉把椅子压在身上，以取得一点感觉上的温暖。这种心无旁骛、悬梁刺股、卧薪尝胆的进取精神，就是一般男子也是很难做到的啊！

宋玉说有美女在墙头看他三年而不动心，范仲淹考进士前在一间破庙里读书，晨起煮粥一碗，冷后划作四块，是为一天的口粮。而在地球那一边的法国，一个波兰女子也这样心静，这样执着，这样地耐得苦寒。她以二十五岁的妙龄，面对追者如潮而毫不心动。她只要稍微松一下手，回一下头，就会跌回温软的怀抱和赞美的泡沫中，但是她有大志、有大求，她知道只有发现、创造之花才有永开不败的美丽，所以她甘愿让酸碱啃蚀她柔美的双手，让呛人的烟气吹皱她秀美的额头。

本来玛丽·居里完全可以换另外一种活法，她可以趁着年轻貌美如现代女孩吃青春饭那样，在钦羡和礼赞中活个轻松，活个痛快。但是她没有，她知道自己更深一层的价值和更远一些的目标。成语"浅尝辄止"是指人对外部世界的认识，殊不知有多少人对自己也常是浅尝辄止，见宠即喜。数年前一位母亲对我说她刚上初中的女儿成绩下降，为什么？答曰："知道爱美了，上课总用铅笔杆做她的卷卷头。"美对人来说是一种附加，就像格律对诗词也是一种附加。律诗难作，美人难为，做得好惊天动地，做不好就黄花萎地。玛丽·居里让全世界的女子都知道，她们除了"身世"和"门庭"之外，还有更重要的东西。

1852年，斯托夫人写了一本《汤姆叔叔的小屋》，导致了美国南北战争的爆发，林肯说是一个小妇人引发了一场解放黑奴的大革命。比斯托夫人约晚五十年，居里夫人发现了镭，也是一个小妇人引发了一场革命——科学革命。它直接导致了后来卢瑟福对原子结构的探秘，导致了原子弹的爆炸，导致了原子时代的到来。更重要的是这项发现的哲学意义。哲学家说事物无时无刻不在变。西方哲人说，人不能两次踏进同一条河流。公元1028年，东方哲人苏东坡赤壁望月长叹道："盖将自其变者而观之，则天地曾不能以一瞬；自其不变者而观之，则物与我皆无尽也。"现在，居里夫人证明镭便是这样"不能以一瞬"而存在的物质，它会自己不停地发光、放热、放出射线，能灼伤人的皮肤，能穿透黑纸使胶片感光，能使空气导电，它刹那间是自己又不是自己。哲理就渗透在每个原子的毛孔里。玛丽·居里几乎在完成这项伟大自然发现的同时，也完成了对人生意义的发现。

她自己也在不停地变化着，在工作卓有成效的同时，镭射线也在无声地侵蚀着她的肌体。她美丽健康的容貌在悄悄地隐退，她逐渐变得眼花耳鸣,苍白乏力。而比埃尔不幸早逝,社会对女性的歧视,更加重了她生活和思想上的沉重负担。但她什么也不管,只是默默地工作。她从一个漂亮的小姑娘、一个端庄坚毅的女学者,变成科学教科书里的新名词"放射线",变成物理学的一个新计量单位"居里",变成一条条科学定理,她变成了科学史上一块永远的里程碑。"自其不变者而观之",她得到了永恒。"长恨春归无觅处,不知转入此中来",就像化学的置换反应一样,她的青春美丽换位到了科学教科书里,换位到了人类文化的史册里。

居里夫人的美名从她发现镭那一刻起就开始流传于世,迄今已经百年,这是她用全部的青春、信念和生命换来的荣誉。她一生共得了十项奖金、十六种奖章、一百零七个名誉头衔,特别是两次获诺贝尔奖。她本来可以躺在任何一项大奖或任何一个荣誉上尽情地享受,但是她视名利如粪土,她将奖金赠给科研事业和战争中的法国,而将那奖章给六岁的小女儿去当玩具。上帝给的美形她都不为所累,尘世给的美誉她又怎肯背负在身呢?凭谁论短长,漫将浮名换了精修细研,她一如既往,埋头工作到六十七岁离开人世,离开了她心爱的实验室。直到她死后四十年,她用过的笔记本里,还有射线在不停地释放。

爱因斯坦说:"在所有的世界著名人物当中,玛丽·居里是唯一没有被盛名宠坏的人。"她实事求是,超形脱俗,知道自己的目标,更知道自己的价值。在一般人要做到这两个自知,排除干扰并终生如一,是很难很难的,但居里夫人做到了。她让我们明白,人有多重价值,是需要多层开发的。有的人止于形,以售其貌;有的人止于勇,而呈其力;有的人止于心,而有其技;有的人达于理,而用其智。诸葛亮戎马一生,气吞曹吴,却不披一甲,不佩一刃;毛泽东指挥军民万众，在战火中打出一个新中国，却从不受军衔，不背一枪。大音希声，大道无形，大智之人，不耽于形，不逐于力，不恃于技。他们淡淡地生活，静静地思考，执着地进取，直进到智慧高地，自由地驾驭规律，而永葆一种理性的美丽。

居里夫人就是这样一位挺立在智慧高地的伟人。

原载《光明日报》1996年10月22日

梁思成落户大同

当北京正在为拆掉梁思成、林徽因故居而弄得沸沸扬扬满城风雨时，山西大同却悄悄地落成一座梁思成纪念馆。这是我知道的国内第一座关于他的纪念馆，没有出现在他拼死保护的古都北京，也没有出现在他的祖籍广东，却坐落在塞外古城大同。

我当时听到这件事不觉大奇，主持城建的耿彦波市长却静静地回答说："这有两个原因，一是三十年代梁先生即来大同考察，为古城留下许多宝贵资料，这次古城重建全赖他当年的文字和图录；二是解放初梁先生提出将北京新旧城分开建设以保护古都的方案，惜未能实现。六十多年后，大同重建正是用的这个思路。"大同人厚道，古城重建工程还未完工，便先在东城墙下为先生安了一座住宅。开馆半年，参观者已过三万人。

梁思成是古建专家，但更不如说他是古城专家、古城墙专家。他后半生的命运是与古城、古城墙连在一起的。1949年年初，解放军攻城的炮声传到了清华园，他不为食忧，不为命忧，却为身边的这座古城北平担忧。一夜有两位神秘人物来访，是解放军派来的，手持一张北平城区图，诚意相求，请他将城内的文物古迹标出，以免为炮火所伤。从来改朝换代一把火啊，项羽烧阿房，黄巢烧长安，哪有未攻城先保城的呢？仁者之师啊，他激动得说不出话来，标图的手在颤抖。这是他一生最难忘的一幕。

中国有世界上最古老的房子，却没有留下怎么盖房的文字。一代一代，匠人们口手相传地盖着宏伟的宫殿和辉煌的庙宇，诗人们笔墨相续，歌颂着雕栏玉砌，却不知道祖先留下的这些宝贝是怎么样造就的。梁思成说："独是建筑，数千年来，完全在技工匠师之手。其艺术表现大多数是不自觉的师承及演变之结果。这个同欧洲文艺复兴以前的建筑情形相似。这些无名匠师，虽在实物上为世界留下许多伟大奇迹，在理论上却未为自己或其创造留下解析或夸耀。"

如何发扬光大我民族建筑技艺之特点，在以往都是无名匠师不自觉的贡献，今后却要成为近代建筑师的责任了。直到上世纪二十年代末，国内发现了一本宋版的《营造法式》，但人们不懂它在说些什么。大学者梁启超隐约觉得这是一把开启古建之门的钥匙，便把它寄给在美国学建筑的儿子梁思成，希望他能在洪荒中开出一片新天地。梁思成像读天书、破密码一样，终于弄懂这是一本古代讲建筑结构和方法的图书。

纸上得来终觉浅，他从欧美留学回来便一头扎进实地考察之中。那时的中国兵荒马乱，梁带着他美丽的妻子林徽因和几个助手跑遍了河北、山西的古城和古庙。山西北部为佛教西来传入中原时的驻足之地，庙宇建筑、雕塑壁画等保存丰富；又是北方游牧民族定居、建都之地，城建规模宏大。上世纪三十年代，西方科学研究的"田野调查"之法刚刚引进，这里就成为中国第一代古建研究人的理想实验田。

1933年9月6日，梁思成、林徽因一行来到大同，下午即开始调查测量华严寺，接着又对云冈、善化寺进行详细考察，十七日后又往附近的应县木塔、恒山悬空寺调查。再后来，梁、林又专门去了一次五台山，直到卢沟桥的炮声响起他们才撤回北平。因为有梁思成的到来，这些上千年的殿堂才首次有现代照相机、经纬仪等设备为其量身造影。

在纪念馆里，我们看到了梁思成满面风尘趴在大梁上的情景，也看到了秀发披肩、系着一条大工作围裙的林徽因正双手叉腰，专注地仰望着一尊有她三倍之高的彩塑大佛，这就是他们当时的工作。幸亏抢在日本人占领之前，这次测量留下了许多宝贵资料。以后许多文物即毁在侵略者的炮火下。抗战八年，他们到处流浪，丢钱丢物也不肯丢掉这批宝贵资料，终于在四川长江边一个叫李庄的小镇上完成了中国古建研究的重要成果，也成就了梁、林在中国建筑史上的地位。

现在纪念馆的墙上和橱窗里还有梁、林当年为大同所绘的古建图，严格的尺寸、详尽的数据、漂亮的线条，还有石窟中那许多婀娜灵动的飞天。真不知道当时在蛛网如织、蝙蝠横飞、积土盈寸的大殿里，在昏暗的油灯下，在简陋的旅舍里，他们是怎样完成这些开山之作的。这些资料不只是为大同留下了记录，也为研究中国建筑艺术提供了依据。

1949年新中国成立，饱受战乱之苦又饱览古建之学的梁思成极为兴奋。他想得很远，9月开国前夕，他即上书北平市长聂荣臻将军，说自己"对于整个北平建设及其对于今后数十百年影响之极度关心"，"人民的首都在开始建设时必须'慎始'"，要严格规划，不要"铸成难以矫正的错误"。

他头脑里想得最多的是怎样保存北京这座古城。当时保护文物的概念已有，但是，把整座城完好保存，不破坏它的结构布局，不损失城墙、城楼、民居这些基本元素，这却是梁思成首次提出。他曾经设想为完整保留北京古城，在其西边再另辟新城以应首都的工作和生活之需；他又设想在城墙上开辟遗址公园，"城墙上面，平均宽度约十米以上，可以砌花池，栽植丁香、蔷薇一类的灌木，或铺些草地，种植草花，再安放些园椅。夏季黄昏，可供数十万人纳凉游息。秋高气爽的时节，登高远眺，俯视全城，西北苍苍的西山，东南无际的平原，居住于城市的人民可以这样接近大自然，胸襟壮阔；还有城楼角楼等可以辟为陈列馆、阅览室、茶点铺。这样一带环城的文娱圈、环城立体公园，是全世界独一无二的"。

你看，他的论文和建议，也这样富有文采，可知其人是多么纯真浪漫，这就是民国一代学人的遗风。现在我们在纪念馆里还可以看到他当年手绘的城头公园效果图。但是他的这个思想太超前了，不但与新中国翻身后建设的狂热格格不入，就是当时比较发达、正亟待从战火中复苏的伦敦、莫斯科、华沙等都市也无法接受。其时世界各国都在忙于清理战争垃圾，重建新城。刚解放的北京竟清理出三十四点九万吨垃圾、六十一万吨大粪，人们恨不能将这座旧城一锹挖去，他的这些理想也就只能是停留在建议中和图纸上了。

新中国成立后的十多年间，北京今天拆一座城楼，明天拆一段城墙。每当他听到轰然倒塌的声响，或者锹镐拆墙的咔嚓声，他就痛苦得无处可逃。他说拆一座门楼是挖他的心，拆一层城墙是剥他的皮。诚如他在给聂荣臻的信里所言，他想的是"今后数十百年"的事啊。向来，知识分子的工作就不是处置现实，而是探寻规律，预示未来。他们是先知先觉，先人之忧，先国之忧。所以也就有了超出众人、超出时代的孤独，有了心忧天下而不为人识的悲伤。

1965年，他率中国建筑代表团赴巴黎出席世界建筑师大会，这时许多名城如伦敦、莫斯科、罗马在战后重建中都有了拆毁古迹的教训，法国也正在热烈争论巴黎古城的毁与存。会议期间，法国终于通过了保护巴黎古城另建新区的方案。而这时比巴黎更古老的北京却开始大规模地拆毁城墙。消息传来，他当即病倒。回国途中，他神志恍惚，如有所失，过莫斯科时在中国大使馆小住，他找到一本《矛盾论》，把自己关在房子里苦读数遍，在字里行间寻找着，希望能排解心中的矛盾。

一年后，"文革"爆发，北京开始修地铁，而地铁选线就正在古城墙之下，好像专门要矫枉过正，要惩罚保护，要给梁思成这些"城墙保皇派"一点颜色看，硬是推其墙、毁其城、刨其根，再入地百米，铺上铁轨，拉进机车，终日让隆隆的火车去震扰那千年的古城之根。这正合了"文革"中最流行的一句革命口号，"打翻在地，再踏上一只脚"，算是挖了古城北京的祖坟。

记得那几年我正在北京西郊读书，每次进出城都是在西直门城楼下的公交车站换车，总要不由仰望一会儿那巍峨的城楼和翘动的飞檐。如果赶在黄昏时刻，那夕阳中的剪影总叫你心中升起一阵莫名的感动。但到毕业那年，楼去墙毁，沟壑纵横，黄土漫天。而这时梁思成早已被赶出清华园，经过无数次的批斗，然后被塞进旧城一个胡同的阴暗小屋里，忍受着冬日的寒风和疾病的折磨，直到1972年去世。

辛弃疾晚年怀才不遇，报国无门，他曾自嘲自己的姓氏不好，"艰辛做就，悲辛滋味，总是辛酸辛苦"。梁先生是熟悉宋词的，他晚年在这间房子里一定也联想到自己的姓氏，真是凄凉做就，悲凉滋味，凉得叫他彻心彻骨。这是他在这个生活、工作，并拼命为之保护的城市里的最后一个住所，就是这样一间旧房也还是租来的。我们伟大的建筑学家，研究了中国古往今来所有的房子，终身以他的智慧和生命来保护整座北京城，但是他一生从没有一间属于自己的房子。

今天我站在新落成的大同古城墙上，想起林徽因当年劝北京市领导人的一句话："你们现在可以拆毁古城，将来觉悟了也可以重修古城，但真城永去，留下的只不过是一件人造古董。"我们现在就正处在这种无奈和尴尬之中。但是重修总是比抛弃好，毕竟我们还没有忘记历史，在经历了痛苦的反思后又重续文明。

现在的城市早已没有城墙，有城墙的城市是古代社会的缩影，城墙上的每一块砖都保留着那个时代的信息和文化基因。每一个有文化的民族都懂得爱护自己的古城，犹如爱护自己身上的皮肤。我看过南京的明城墙，墙缝里长着百年老树，城砖上刻有当年制砖人的名字，而缘砖缝生长的小树根竟将这个我们不相识的古人拓印下来，他生命的信息融入了这棵绿树，就这样一直伴随着改朝换代的风雨走到我们的面前。我想当初如果听了梁先生的话，北京那四十公里长的古城墙，还有十多座巍峨的城楼，至今还会完好保存。我们爬上北京的城楼，能从中读出多少感人的故事，听到多少历史的回声。现在我只能在大同城头发思古之幽情和表示对梁先生的敬意了。

我手抚城墙，城内的华严寺、善化寺近在咫尺，那不是假古董，而是真正的辽、宋古建文物，是《营造法式》书中的实物。寺内的佛像至今还保存完整，栩栩如生。他们见证了当年梁先生的考察，也见证了近年来这座古城的新生。

抚着大同的城墙，我又想起在日本参观过的奈良古城。梁思成是在日本出生的，其时他的父亲梁启超正流亡日本。日本人民也世代不会忘记他的大恩。"二战"后期，盟国开始对日本本土大规模轰炸，有一百九十九座城市被毁，九成建筑物被夷为平地，这时梁先生以古建专家的身份挺身而出，劝阻美军轰炸机机下留情，终于保住了最具有日本文化特色的奈良古城。三十年后,这座城市被联合国宣布为世界文化遗产,她保有了全日本十分之一的文物。梁思成是为全人类的文化而生的,他超越民族,超越时空。这样想来,他的纪念馆无论是在古都北京还是在塞外大同都是一样的,人们对他的爱、对他的纪念,也是超越地域、超越时空的。

我手抚这似古而新的城墙垛口,远眺古城内外,在心中哦吟着这样的句子:大同之城,世界大同。哲人之爱,无复西东。古城巍巍,朔风阵阵。先生安矣!在天之魂。

原载《人民日报》2012年7月4日

百年明镜季羡老

九十八岁的季羡林先生离我们而去了。

初识先生是在九十年代的一次发奖会上。那时我在新闻出版署工作,全国每两年评选一次优秀图书,季老是评委,坐第一排,我在台上干一点宣布谁谁讲话之类的"主持"之事。他大概看过我哪一篇文章,托助手李玉洁女士来对号,我赶忙上前向他致敬,会后又带上我的几本书到北大他的住处去拜访求教。他对家中的保姆也指导读书,还教她写点小文章。先生的住处是在校园北边的一座很旧的老式楼房里,朗润园十三号楼。那天我穿树林,过小桥找到楼下,一位司机正在擦车,说正是这里,刚才老人还出来看客人来了没有。

房共两层,先生住一层。左边一套是他的会客室,有客厅和卧室兼书房,不过这只能叫书房之一,主要是用来写散文随笔的,我在心里给它取一个名字叫"散文书屋",著名的《牛棚杂忆》就产生在这里。书房里有一张睡了几十年的铁皮旧床,甚至还铺着粗布草垫,环墙满架是文学方面的书,还有朋友、学生的赠书。他很认真,凡别人送的书,都让助手仔细登记、编号、上架。到书多得放不下时,就送到学校为他准备的专门图书室去。他每天四时即起，就在床边的一张不大的书桌上写作。这是多年的习惯，学校里都知道他是"北大一盏灯"。有时会客室里客人多时，就先把熟一点的朋友避让到这间房里。

有一年春节我去看他，碰到教育部长来拜年，一会儿市委副书记又来，他就很耐心地让我到书房等一会儿，并没有一些大人物乘机借新客来就逐旧客走的手段。我尽情地仰观满架的藏书，还可低头细读他写了一半的手稿。他用钢笔，总是那样整齐的略显扁一点的小楷。学校考虑到他年高，尽量减少打扰，就在门上贴了不会客之类的小告示，助手也常出面挡驾。但先生很随和，听到动静，常主动出来请客人进屋。助手李玉洁女士说："没办法，你看我们倒成了恶人。"

这套房子的对面还有一套东屋，我暗叫它"学术书房"，共两间，全部摆满语言、佛教等方面的专业书，人要在书架的夹道中侧身穿行。和"散文书屋"不同，这里是先生专注学术文章的地方，向南临窗也有一书桌。我曾带我的搞摄影的孩子，在这里为先生照过一次相。他很慷慨地为一个孙辈小儿写了一幅勉励的字，是韩愈的那句"业精于勤荒于嬉"，还要写上"某某小友惠存"。他每有新书出版，送我时，还要写上"老友或兄指正"之类，弄得我很紧张。他却总是慈祥地笑一笑，问：还有一本什么新书送过你没有？有许多书我是没有的，但这份情太重，我不敢多受，受之一二本已很满足，就连忙说有了，有了。

先生年事已高，一般我是不带人或带任务去看他的。有一次，我在中央党校学习，党校离北大不远，他们办的《学习时报》大约正逢几周年，要我向季老求字，我就带了一个年轻记者去采访他。采访中，记者很为他的平易近人和居家生活的简朴所感动。那天助手李玉洁女士讲了一件事。季老常为目前社会上的奢费之风担忧，特别是水资源的浪费，他是多次呼吁的，但没有效果。他就从自家做起，在马桶水箱里放了两块砖，这样来减少水箱的排水量。这位年轻的女记者当时就笑弯了腰，她不能理解，先生生活起居都有国家操心，自己何至于这样认真？以后过了几年，她每次见到我都提起那件事，说季老可亲可爱，就像她家乡农村里的一位老爷爷。

后来季老住进三〇一医院，为了整理先生的谈话，我还带过我的一位学生去看他，这位年轻人回来后也说，总觉得先生就像是隔壁邻居的一位老大爷。我就只有这两次带外人去见他，不忍心加重他的负担。但是后来过了两年，我又一次住党校时，有一位学员认识他，居然带了同班十多个人去他病房里问这问那、合影留念。他们回来向我兴奋地炫耀，我却心里戚戚然，十分不安，老人也实在太厚道了。

先生永远是一身中山装，每日三餐粗茶淡饭。他是在二十四岁那一年，人生可塑可造的年龄留洋的啊，一去十年。以后又一生都在搞外国文学、外语教学和中外文化交流的研究，怎么就没有一点"洋"味呢？近几年，基因之说盛行，我就想大概是他身上农民子弟的基因使然。有一次他在病房里给我讲，小时穷得吃不饱饭，给一个亲戚家割牛草，送完草后磨蹭着不走，直等到中午，只为能给一口玉米饼子吃。他现在仍极为节俭，害怕浪费，厌恶虚荣。每到春节，总有各级官场上的人去看他，送许多大小花篮，他病房门口的走廊上就摆起一条花篮的长龙。到医院去找他，这是一个最好的标志。他对这总是暗自摇头。我知道先生是最怕虚应故事的，有一年老同学胡乔木邀他同去敦煌，他是研究古西域文化的，当然想去，但一想到沿途的官场迎送，便婉言谢绝。

自从知道他心里的所好，我再去看他时，就专送最土的最实用的东西。一次从香山下来，见到山脚下地摊上卖红薯，很干净漂亮的红

363

薯，我就买了一些直接送到病房，他极高兴，说很久没有见到这样好的红薯。先生睡眠不好，已经吃了四十年的安眠药，但他仍好喝茶。杭州的"龙井"当然是名茶，有一年我从浙江开化县的一次环保现场会上带回一种"龙顶"茶。我告诉他这"龙顶"在"龙井"上游三百公里处，少了许多污染，最好喝。他大奇，说从未听说过，目光里竟有一点孩子似的天真。我立即联想到他写的一篇《神奇的丝瓜》，文中他仰头观察房上的丝瓜，也是这个神态。这一刻我一下读懂了一个大学者的童心和他对自然的关怀。季老为读者所喜爱，实在不关什么学术，至少不全因学术。

他很喜欢我的家乡出的一种"沁州黄"小米，这米只能在一小片特定的土地上生长，过去是专供皇上的。现在人们有了经营头脑，就打起贡品的招牌，用一种肚大嘴小的青花瓷罐包装。先生吃过米后，却舍不得扔掉罐子，在窗台上摆着，说插花很好看。以后我就摸着他的脾气，送土不送洋，鲜花之类的是绝不带的。后来，聊得多了，我又发现了一丝微妙，虽是同一辈的大学者，但他对洋派一些的人物，总是所言不多。

我到先生处聊天，一般是我说得多些，考虑先生年高，出门不便，就尽量通报一点社会上的信息。有时政、社会新闻，也有近期学术动态，或说到新出的哪一本书、哪一本杂志。有时出差回来，就说一说外地见闻。有时也汇报一下自己的创作，他都很认真地听。助手李玉洁说先生希望你们多来，他还给常来的人都起个"雅号"，我的雅号是"政治散文"，他还就这个意思为我的散文集写过一篇序。如时间长了我未去，他会问助手，"政治散文"怎么没有来。

一次我从新疆回来，正在创作《最后一位戴罪的功臣》，我谈到在伊犁采访林则徐的旧事。虎门销烟之后，林被清政府发配伊犁，家人和朋友要依清律出银为他赎罪，林坚决不肯，不愿认这个罪。在纪念馆里有他就此事给夫人的信稿。还有发配入疆时，过险地"果子沟"，大雪拥谷，车不能走，林家父子只好下车蹚雪而行，其子跪地向天祷告："父若能早日得救召还，孩儿愿赤脚蹚过此沟。"先生的眼角已经饱含泪水。他对爱国和孝敬老人这两种道德观念是看得很重的。他说，爱国，世界各国都爱，但中国人爱国观念更重些。欧洲许多小国，历史变化很大，唯有中国有自己一以继之的历史，爱国情感也就更浓。他对孝道也很看重，说"孝"这个词是汉语里特有的，外语里没有相应的单词。我因在报社分管教育方面的报道，一次到病房里看他，聊天时就说到儿童教育，他说："我主张小学生的德育标准是：热爱祖国、孝顺父母、尊敬师长、和睦伙伴。"他当即提笔写下这四句话，后来发表在《人民日报》上。

先生原住在北大，房子虽旧，环境却好。门口有一水塘，夏天开满荷花。是他的学生从南方带了一把莲子，他随手扬入池中，一年、两年、三年就渐渐荷叶连连，红花映日，他有一文专记此事。于是，北大这处荷花水景就叫"季荷"。但2003年，就是中国大地"非典"流行那一年，先生病了，年初住进了三○一医院，开始治疗一段时间还回家去住一两次，后来就只好以院为家了。"留得枯荷听雨声"，季荷再也没见到它的主人，我也无缘季荷池了，以后就只有在医院里见面。

刚去时，常碰到护士换药。是腿疾，要用夹子伸到伤口里洗脓涂药，近百岁老人受此折磨，令人心中不是滋味，他却说不痛。助手说，哪能不痛？先生从不言痛。医院都说他是最好伺候的、配合得最好的模范病人。他很坦然地对我说，自己已老朽，对他用药已无价值。他郑重建议医院千万不要用贵药，实在是浪费。医院就骗他说，药不贵。一次护士说漏了嘴："季老，给您用的是最好的药。"这一下坏了，倒叫他心里长时间不安，不过他的腿疾却神奇般地好了。

先生在医院享受国家领导人待遇，刚进来时住在聂荣臻元帅曾住过的病房里。我和家人去看他，一切条件都好，但有两条不便。一是病房没有电话（为安静，有意不装）；二是没有一个方便的可移动的小书桌。先生是因腿疾住院的，不能行走、站立，而他看书、写作的习惯却不能丢。我即开车到医院南面的玉泉营商场，买了一个有四个小轮的可移动小桌，下可盛书，上可写字。先生笑呵呵地说，这就好了，这就好了。我再去时，小桌上总是堆满书，还有笔和放大镜。后来先生又搬到三〇一南院，条件更好一些。许多重要的文章，如悼念巴金、臧克家的文章都是在小桌板上，如小学生那样伏案写成的。他住院四年，竟又写了一本《病榻杂记》。

我去看季老时大部分是问病，或聊天。从不敢谈学问。在我看来，他的学问高深莫测，他大学时候受教于王国维、陈寅恪这些国学大师，留德十年，回国后与胡适、傅斯年共事，朋友中有朱光潜、冯友兰、吴晗、任继愈、臧克家，还有胡乔木、乔冠华等。"文革"前，他创办并主持北大东语系二十年。

他研究佛教，研究佛经翻译，研究古代印度和西域的各种方言，又和英、德、法、俄等国语言进行比较。试想我们现在读古汉语已是多么地吃力费解，他却去读人家印度还有西域的古语言，还要理出规律。我们平常听和尚念经，嗡嗡然，不知何意，就是看翻译过来的佛经"揭谛揭谛波罗揭谛"也不知所云，而先生却要去研究、分辨、对比这些经文是梵文的还是那些已经消失的西域古国文字。又研究法显、玄奘如何到西天取经，这经到汉地以后如何翻译，只一个"佛"就有：佛陀、浮陀、勃陀、母陀、步他、浮屠、香勃陀等二十多种译法。

不只是佛经、佛教，他还研究印度古代文学，翻译剧本《沙恭达罗》、史诗《罗摩衍那》。他不像专攻古诗词、古汉语、古代史的学者，可直接在自己的领地上打天下，享受成果和荣誉，他是在依稀可辨的古文字中研究东方古文学的遗存，在浩渺的史料中寻找中印交流与东西方交流的轨迹，及思想、文化的源流。比如他从梵文与其他多国文的"糖"字的考证中竟如茧抽丝，写出一本八十万字的《糖史》，真让人不敢相信。这些东西在我们看来像一片茫茫的原始森林，稍一涉足就会迷路而不得返。我对这些实在心存恐惧，所以很长时间没敢问及。但是就像一个孩子觉得糖好吃就忍不住要打听与糖有关的事，以后见面多了，我还是从旁观的角度提了许多可笑的问题。

我说："您研究佛教，信不信佛？"他很干脆地说："不信。"这让我很吃一惊，中国知识分子从苏东坡到梁漱溟，都把佛学当作自己立身处世规则的一部分，先生却是这样地坚决。他说："我是无神论，佛、天主、耶稣、真主都不信。假如研究一个宗教，结果又信这个教，说明他不是真研究，或者没有研究通。"

我还有一个更外行的问题："季老，您研究吐火罗文，研究那些外国古代的学问，总是让人觉得很遥远，对现实有什么用？"他没有正面回答，说："学问，不能拿有用还是无用的标准来衡量，只要精深就行。当年牛顿研究万有引力时知道有什么用？"是的，我从来没有考虑过这个问题，牛顿当时如果只想有用无用，可能早经商发财去了。事实上，所有的科学家在开始研究一个原理时，都没有功利主义地问它有何用，只要是未知，他就去探寻，不问结果。至于有没有用，那是后人的事。而许多时候，科学家、学者都是再没有看到自己的研究结果。先生在回答这个问题时的那一份平静，深深地印在我的脑

367

子里。

有一次,我带一本新出的梁漱溟的书去见他。他说:"我崇拜梁漱溟。"我就乘势问:"您还崇拜谁?"他说:"并世之人,还有彭德怀。"这又让我吃一惊。一个学者怎么崇拜的会是一个将军。他说:"彭德怀在庐山会议上敢说真话,这一点不简单,很可贵。"我又问:"还有可崇拜的人吗?""没有了。"他又想了一会儿:"如果有的话,马寅初算一个。"我没有再问。我知道希望说真话一直是他心中隐隐的痛。在骨子里,他是一个忧时忧政的人。巴金去世时,他在病中写了《悼巴金》,特别提到巴老的《真话集》。"文革"结束十年后,他又出版了一本《牛棚杂忆》。

我每去医院,总看见老人端坐在小桌后面的沙发里,挺胸,目光看着窗户一侧的明亮处,两道长长的寿眉从眼睛上方垂下来,那样深沉慈祥。前额深刻着的皱纹、嘴角处的棱线,连同身上那件特有的病袍,显出几分威严。我想起先生对自己概括的一个字"犟",这一点他和彭总、马老是相通的。不知怎么,我脑子里又飞快地联想到先生的另一个形象。一次大会堂开一个关于古籍整理的座谈会,我正好在场。任继愈老先生讲了一个故事,说北京图书馆的善本只限定有一定资格的学者才能借阅。季先生带的研究生写论文需要查阅,但无资格,先生就陪着他到北图,借出书来让学生读,他端坐一旁等着,好一幅寿者课童图。渐渐地,这与眼前他端坐病室的身影叠加起来,历史就这样洗磨出一位百岁老人,一个经历了由民国至中华人民共和国,其间又经历了"文革"和改革开放的中国知识分子。

近几年,先生的眼睛也不大好了,后来近似失明,他题字时几乎是靠惯性,笔一停就连不上了。我越来越觉得应该为先生做点事,便开始整理一点与先生的谈话。我又想到先生不只是一个很专业的学者，他的思想、精神和文采应该普及和传播，于是去年建议帮他选一本面对青少年的文集，他欣然应允，并自定题目，自题书名。又为其中的一本图集写了书名《风风雨雨一百年》。在定编辑思想时，他一再说："我这一生就是一面镜子。"我就写了一篇短跋，表达我对先生的尊敬和他的社会意义。去年这套《季羡林自选集》终于出版，想不到这竟是我为先生做的最后一件事。而谈话整理，总是因各种打扰，惜未做完。

现在我翻着先生的著作，回忆着与他无数次的见面，先生确是一面镜子，一面为时代风雨所打磨的百年明镜。在这面镜子里可以照出百年来国家民族的命运、思想学术的兴替，也可以照见我们自己的人生。

原载《人民日报》2009年7月14日

我们捧起了100个太阳

各位评委，各位老师、同学们好：

全国最著名的十多所新闻院校的代表，每年齐聚一堂，干一件促进我国新闻教育繁荣的大事，就是评出当年十名左右在校的好学生、好教师，还有校外的一两名新闻教育的好朋友。从数量就可以看出，这是一个极严格的奖项。半个月前，电影界刚公布了今年的华表奖，得主就有300人，水银灯下的红地毯就足足走了两个多小时。而我们今天的得主只有13个人，而且还这么低调，会议室一间，清茶一杯。这就是新闻人的风格，是娱乐与思想的区别。

我有幸获本年度的"新闻教育良友奖"，也向同时获奖的其他老师、同学祝贺。主持人说，只给我5分钟的答谢时间。5分钟确实有点短，还不够时下电影里一个长长的吻。（笑声）可能又考虑到是借用我们人民日报社的大楼发奖，主持人又特批我5+5，讲10分钟。我特地问了一下我在央视工作的学生，她说播音员的语速是每分钟250字。看来，5分钟显然不够一场演说，但是作为朋友，一个新加冕的"良友"，5分钟足够讲出一句忠告。这就是：同学们既然选择了新闻这一行，就要准备牺牲，只谈责任，不计名利。

今年是中国改革开放40周年，12月18日，中央刚举行了隆重的纪念大会，并表彰了全国改革有功人物100名。各行各业都有，从经济学家到歌手、演员，从厉以宁到姚明、李谷一。有人发现，这100个人里没有一个新闻界的人物。但是我们知道，这100个人的成名，有哪一位没有我们新闻人的汗水，没有经过我们新闻界的报道、宣传、推广呢？信息社会，传媒时代，每一个名人的背后都有一双看不见的"新闻手"，都站着一个新闻群体。凌烟阁上群英像，不问作画是何人。

我举一个最大却又最小的例子。关于真理标准的讨论是敲开改革开放之门的第一件大事。芝麻开门吧，这颗芝麻是谁？这是一个集体，改革开放40年，关于这篇文章的作者争论了40年。但人们恰恰忘了一个关键人物，当时《光明日报》的总编辑杨西光先生。在全国多少张报纸的老总中，他只是沧海一粟，就是一粒芝麻。但是，如果没有他当时抓住机遇，借其位，用其力，借用手中一张大报的优势，冒着各种政治风险，推出这篇文章，这个历史的细节还不知道会怎么改写。"弄潮儿向涛头立，手把红旗旗不湿"。我当时在基层当记者，亲见农民是怎样把《光明日报》挂在扁担上去赶集的，是在借报纸来护身、撑腰啊！但杨西光先生就是一个很普通的瘦弱的老头儿。我们到他办公室里去，印象中他总是伏案弯腰，埋在报纸大样里，脸色刷白，不停地抽烟，不断地咳嗽。他在思考。难受时会把报社的医生叫上来开药。那个温良的女医生心疼地说，他这样不休息，没有办法。那正是决战时刻，黎明的前夜。后来他退休了，我们住在一个院子里。这个老人早已没入了时代的年轮，几乎没有人还记得他。当时还有力主为张志新、遇罗克平反的马沛文副总编。他晚年也住在人民日报社这个院子里。

同学们，你们今天有幸来到这个院子，站在这座新媒体大楼里，举目一望，曾经生活在这座院子里的著名新闻人有：1949年10月1日在天安门城楼上记录了开国大典的李庄先生，上面提到的马沛文先生，当然还有因在经济日报主持改革，成绩卓著而调任人民日报总编辑的范敬宜先生。我比范先生稍晚几年调入人民日报社，那时正在国家新闻出版署岗位上为恢复报纸的四个属性，特别是商品属性，而苦苦挣扎。如果再往前追溯人民日报的历史人物，还有范长江先生、邓拓先生。现在报社图书馆里还有一张邓拓用过的办公桌，这是他唯一的遗物了，我看可以申请国家级至少是新闻界的非物质文化遗产。以上所有这些新闻人都曾在报社日复一日默默地上夜班。他们是真正的新闻良友、时代楷模。假如一个新闻人也不甘寂寞，自我吹嘘，那就成监守自盗了，有违新闻人的道德。范敬宜先生是因为退休后到清华教书，才有了现在这个以他的名字命名的基金。我也因为退休后在中国人民大学带新闻博士生，今天才沾了这个"新闻良友"奖的光。

关于新闻人的成名，我曾有一个比喻：采访对象是太阳，记者是月亮，你本身并不会发光。要发光吗？先要捧起一个太阳。40年来，我们捧起了100个太阳，国家进步，与国同欢，别无他求。在外人眼里，记者常是一个让人眼热、羡慕的职业。我大学学的专业是档案，与新闻系毗邻，很羡慕他们，上实习课时脖子上就挂一个照相机。这实在是一种误解，其实新闻是一种最讲责任、最能吃苦，也最有风险的职业。邓拓有诗云："文章满纸书生累"。李庄先生就说过，他在位时写的检查比稿子还多。我调入人民日报后的第一个夜班就写检查。平时甘为孺子牛，国有难时拍案起。这就是新闻人。

人的工作有两大类：一类是直接为自己的衣食；一类是先服务别

人或社会，如医生、教师，还有甘洒热血的革命者。记者属于第二类。马克思说："人们只有为同时代人的完美、为他们的幸福而工作，才能使自己也达到完美。"

祝同学们不忘前贤，不负此奖，成为一个完美的人。谢谢。

2018年12月22日

在第六届范敬宜新闻教育奖上的答谢辞